RIEN NE T'EFFACE

DE MICHEL BUSSI
AUX PRESSES DE LA CITÉ

Nymphéas noirs, 2011. Prix Polar Michel Lebrun 2011, Grand Prix Gustave Flaubert 2011, Prix Polar méditerranéen 2011, Prix des lecteurs du festival Polar de Cognac 2011, Prix Goutte de Sang d'encre de Vienne 2011, Prix Segalen des lycéens 2017
Un avion sans elle, 2012. Prix Maison de la Presse 2012, Prix du Roman populaire 2012, Prix du Polar francophone 2012, Prix du meilleur polar traduit, Oslo, Norvège, 2016
Ne lâche pas ma main, 2013
N'oublier jamais, 2014. Prix du talent littéraire normand 2016
Gravé dans le sable (nouvelle édition d'*Omaha Crimes*, Prix Sang d'encre de Vienne 2007, Prix littéraire du premier roman policier de Lens 2008, Prix des lecteurs Ancres noires du Havre 2008), 2014
Maman a tort, 2015
Le temps est assassin, 2016
On la trouvait plutôt jolie, 2017
Sang famille (nouvelle édition), 2018
J'ai dû rêver trop fort, 2019
Tout ce qui est sur terre doit périr – La Dernière Licorne, 2019
Au soleil redouté, 2020
Rien ne t'efface, 2021

Michel Bussi

RIEN NE T'EFFACE

Roman

Le Code de la propriété intellectuelle n'autorisant, aux termes de l'article L. 122-5, 2ᵉ et 3ᵉ a), d'une part, que les « copies ou reproductions strictement réservées à l'usage privé du copiste et non destinées à une utilisation collective » et, d'autre part, que les analyses et les courtes citations dans un but d'exemple et d'illustration, « toute représentation ou reproduction intégrale ou partielle faite sans le consentement de l'auteur ou de ses ayants droit ou ayants cause est illicite » (art. L. 122-4). Cette représentation ou reproduction, par quelque procédé que ce soit, constituerait donc une contrefaçon, sanctionnée par les articles L. 335-2 et suivants du Code de la propriété intellectuelle.

Txoria txori © Héritiers de Joxean Artze, et Michel Bussi pour la traduction française
Titre du roman et extrait : *Pas toi*, paroles et musique : Jean-Jacques Goldman © 1985 JRG Editions Musicales

© Michel Bussi et Presses de la Cité, 2021
92, avenue de France – 75013 Paris
ISBN 978-2-258-19530-1
Dépôt légal : février 2021

Presses de la Cité | un département **place des éditeurs**

place des éditeurs

Michel Bussi

A quarante ans, en 2006, géographe universitaire de renom, Michel Bussi publie son premier roman, *Code Lupin*. Mais c'est *Nymphéas noirs*, polar le plus primé en 2011, devenu aujourd'hui un classique, qui le fait remarquer par un large public.

Il atteint en quelques années le podium des auteurs préférés des Français, et se hisse à la première place des auteurs de polar. Un genre qu'il a su revisiter à sa façon avec toujours la promesse d'un twist renversant.

Consacré par le prix Maison de la Presse pour *Un avion sans elle* en 2012, il a reçu depuis de nombreuses récompenses. Tous ses romans ont paru en version poche aux éditions Pocket, trois d'entre eux ont été adaptés avec succès à la télévision, la plupart sont adaptés ou en cours d'adaptation en bandes dessinées, et ses droits cédés dans trente-six pays.

Si le romancier se distingue par son art du twist, il pose aussi sur la société un regard juste, personnel, profond. Et sans jamais oublier l'humour, il sait partager avec ses lecteurs le plaisir de la culture populaire, notamment musicale. « Sans une bonne mélodie, même les plus belles paroles d'une chanson ne procureront jamais d'émotion. L'intrigue de mes romans, c'est ma mélodie. »

Retrouvez toute l'actualité de l'auteur sur son site
www.michel-bussi.fr
et sur sa page Facebook, son compte Twitter et Instagram

*A Isabelle et Marie-Claude
et nos souvenirs d'Auvergne*

Si j'avais coupé ses ailes
Il serait à moi
Et il ne serait pas parti
Oui mais alors...
Il ne serait plus un oiseau
Et moi,
C'est l'oiseau que j'aimais

Txoria Txori, Joxean Artze,
traduction du basque par Michel Bussi

Le professeur Ian Stevenson, de l'université de St Andrews, a étudié, partout dans le monde, des milliers de témoignages d'enfants prétendant se souvenir de leur réincarnation. Ses travaux ont permis de définir le « modèle Stevenson », car les cas étudiés présentent d'étonnantes récurrences : les changements de sexe sont rares, inférieurs à 5 % ; l'enfant commence à donner des informations sur sa vie antérieure à partir de deux ans. Il s'arrête généralement vers dix ans ; son décès, dans sa vie antérieure, est le plus souvent marqué par une mort violente et précoce ; les anomalies physiques, somatiques et psychiques sont alors fréquentes : cicatrices, marques de naissance, phobies ou dons inexpliqués.

— Et il est sérieux, ce professeur Stevenson ? Je veux dire, c'est un scientifique ? Il a un laboratoire ? Enfin ce n'est pas du baratin, on peut le croire ?

— Tu entends quoi par « on peut le croire » ?

— Eh bien, ce qu'il raconte. Ces témoignages, c'est vrai ou pas ?

— Qu'est-ce qui, selon toi, permet de déterminer que quelque chose est vrai, ou pas ?

— Je... Je ne sais pas... Je suppose que si la majorité des gens pense quelque chose, c'est que ça doit être plus vrai que faux.

— Alors si on compte les hindouistes, les bouddhistes, mais aussi un quart des Européens et presque un tiers des Américains, une majorité de gens sur terre croient à la réincar-

nation, sont persuadés que notre corps n'est qu'un vêtement...
et que notre âme lui survit.

— Et qu'elle en change dès qu'il est trop usé, c'est cela ? C'est cela la réincarnation ? L'âme est comme une puce qui saute d'un homme à un autre, ou d'un homme à un chien, d'un chien à un chat, puis d'un chat à un rat, c'est aussi simple que cela ?

— Non, ce n'est pas aussi simple. C'est au contraire un long voyage. Un voyage dont nous ne gardons aucun souvenir, en général. Sauf quand cela se passe mal...

— Comment ça, quand ça se passe mal ?

PREMIER ÂGE
L'ÂME INFANTILE

Laisse-moi t'expliquer, Maddi. Ce n'est pas si compliqué. Les âmes infantiles sont les âmes qui commencent leur voyage. Elles découvrent la vie, et la mort. Leur seul but à ce stade, c'est d'apprendre à survivre.

I
LA DISPARITION
Esteban

— 1 —

Je suis quelqu'un de rationnel. Farouchement indépendante. Viscéralement libre. Suffisamment riche.

C'est ainsi qu'Esteban me voit, j'espère, du haut de ses dix ans. C'est aussi l'image que je renvoie auprès de mes patients, je suppose. *Docteur Maddi Libéri, médecin généraliste au 29 boulevard Thiers, à Saint-Jean-de-Luz*. Fiable, forte, franche. Personne n'a à connaître mes failles, mes doutes ou mon jardin secret ; surtout pas mon fils.

Mon appartement, au troisième étage de la rue Etchegaray, offre l'une des plus belles vues sur la Grande Plage, à cent cinquante mètres à vol de tournepierre, l'oiseau de la côte basque, et quarante-cinq secondes chrono au petit trot.

Pourquoi s'en priver ?

C'est notre rituel, chaque matin, avec Esteban, avant ma première consultation et qu'il ne file à l'école, avant même qu'on prenne ensemble le petit déjeuner : nous nous habillons avec ce que nous trouvons au pied du lit et nous filons à la plage. Et dès qu'au printemps l'eau dépasse les dix-sept degrés, nous nageons. Toutes les rues de Saint-Jean-de-Luz mènent à l'océan, comme si la ville avait été construite pour qu'on puisse apercevoir un coin de vagues depuis chaque balcon.

Il est à peine 8 heures. La plage de Saint-Jean-de-Luz est presque déserte. Je compte moins d'une vingtaine de touristes éparpillés sur le long croissant, entre la digue aux Chevaux et la digue du Port. Nous nous sommes installés face à la terrasse du Toki Goxoa, le restaurant panoramique aux faïences multicolores. Enfin, *installés* est un grand mot. Esteban a laissé tomber sur le sable la serviette de plage rouge qu'il portait autour de son cou, façon cape de Superman, a fait passer par-dessus sa tête son sweat du Biarritz Olympique et largué sur place ses deux espadrilles vertes.

— On va se baigner, maman ?
— Une seconde, mon grand.

Réflexe professionnel. J'observe tout d'un œil vigilant. Esteban d'abord. Son squelette de crevette, ses os saillants, ses clavicules trop fines, ses tibias qui dépassent d'un maillot trop grand, bleu indigo, de la même couleur que le ciel basque ce matin, décoré d'une petite baleine blanche imprimée sur la jambe gauche. Esteban est dans la juste moyenne pour son âge, il passe à la pesée et la toise chaque samedi, après ma dernière consultation. Un autre de nos rituels. Il n'a le droit à son assiette de kebab hebdomadaire que si la courbe tracée au feutre rouge ne dévie pas de l'intervalle normal.

— Alors on y va, maman ?

Esteban attend avec impatience que je me déshabille. Pour sortir de l'appartement, j'ai enfilé une simple tunique en mailles. Impossible de rater la couleur de mon bikini. Fuchsia-lilas. J'aime cette sensation de voile sur ma peau, de filet léger qui emprisonne mon ventre et libère mes jambes à mi-cuisses. J'aime me sentir encore désirable à presque quarante ans, et pas seulement dans le regard des retraités qui promènent leur caniche quai de l'Infante.

Je scrute l'océan. Au loin, en direction d'Hendaye et de la plage de Socoa, des surfeurs en combinaison noire, rangés telle une colonie de fourmis, affrontent les vagues. Derrière nous, le vent de l'Atlantique fait claquer les ikurriñak[1] plantés le long de la jetée.

— Non. Pas aujourd'hui, mon grand. Il y a trop de vagues !
— Quoi ?

Esteban regarde la mer, incrédule. Les rouleaux sont hauts de plusieurs mètres. Il n'est pas bête. Il sait que se baigner est impossible dans ces conditions. Il insiste pourtant, presque pour la forme.

— Maman, c'est mon anniversaire aujourd'hui !
— Je sais. Et alors ? Qu'est-ce que ça change ? On ne va pas se noyer parce que c'est le jour de ta naissance !

Esteban me sourit, de ce sourire irrésistible de Petit Prince qui ferait craquer n'importe quelle maman. Ses yeux clairs pétillent d'une minuscule tristesse, comme une égratignure du cœur. Je passe ma main dans ses cheveux blonds pour le consoler, pour les ébouriffer un peu aussi. Je l'adore ainsi, mon Petit Prince. Mi-rêveur, mi-rebelle. Et je bénis chaque soir, sur mon balcon, quand Esteban dort d'un sommeil de bébé, l'astéroïde dont il est tombé.

— On se baignera demain, mon grand ! Ou ce soir, si je termine assez tôt...

Il fait semblant de me croire.

— D'accord, maman.

Il sait bien que ce n'est pas mon genre d'expédier mes patients. On se comprend sans avoir besoin de mettre les points sur les i, ni de les compter, trois suffisent, alignés en suspension... Le reste est affaire de regard, de confiance, de complicité. Aucun homme ne pourra jamais se mettre

---

1. Drapeaux basques.

entre nous ! Je dois garder une place vide dans mon lit, pour Esteban, quand il me rejoint à l'aube. Jamais aucun amant ne pourra me réveiller un matin avec un *je t'aime* aussi cristallin.

Je fouille rapidement dans mon sac et confie à Esteban une pièce de 1 euro.

— Tu rapportes quand même une baguette ?

Encore l'un de nos rituels, instauré depuis qu'Esteban est entré en CM2, chez les grands ! Après notre baignade du matin, il se sèche, enfile son sweat et court chercher le pain. Seul ! Une minute trente-cinq chrono au grand galop. Ça lui laisse même le temps d'installer la table du petit déjeuner pendant que je termine ma douche : confiture de cerises noires, yaourts au lait de brebis, jus de fruits pressés la veille. On déjeune ensemble, il prend sa douche pendant que je me maquille et on file tous les deux, main dans la main, moi à mon cabinet, lui à l'école.

Esteban referme son poing sur la pièce de monnaie.

Pourquoi ai-je été aussi pressée de rentrer, ce matin-là ?

Sans baignade, nous avions tout le temps.

Pourquoi me suis-je contentée d'épousseter quelques grains de sable sur son épaule, de faire glisser mon regard jusqu'au haut de son maillot, de contrôler par réflexe l'évolution de l'angiome sur son aine, avant de le laisser ?

Pourquoi ne me suis-je pas retournée ? Pourquoi n'ai-je pas vérifié qu'il ramassait sa serviette ? Qu'il enfilait son sweat ? Qu'il prenait la direction de la boulangerie par la rue de la Corderie ?

Parce qu'on invente les rituels pour cela ? Pour se rassurer ? Pour tout contrôler ? Pour se persuader qu'aucun accident ne peut arriver ? Parce qu'on se croit en sécurité en empruntant toujours le même trajet ?

On ne fait que baisser la garde, en réalité. Abaisser, par paresse, son niveau de vigilance. Et fuir sa responsabilité.

*
* *

— Esteban ?

Je me contente de glisser la tête hors de la douche, tout en laissant l'eau brûlante couler sur ma peau. Le mur de la salle de bains, qui se résume à quelques zelliges turquoise scellés autour d'un miroir de deux mètres sur trois, me renvoie l'image de mon corps bronzé par les premières escapades de printemps, notre montée à pied jusqu'au sommet de la Rhune, notre traversée en eau vive de la Nive, tes initiations maladroites au paddle sur le lac de Saint-Pée, au surf à Guéthary, à la pelote basque sur le fronton d'Arcangues. On a toute la vie, Esteban, pour devenir des champions.

— Esteban ?

Ma main cherche le robinet à tâtons, parvient à le fermer sans tout éclabousser. J'enroule mon corps trempé dans une serviette. Dos au miroir. Je ferai plus tard l'inspection de mes imperfections.

— Esteban, tu es rentré ?

Seul Patrick Cohen me répond, il est 8 h 30 sur France Inter, et le journaliste ouvre son journal en annonçant que l'équipe de France de football, en Afrique du Sud, a refusé de descendre du bus pour s'entraîner. Il ne se passe rien de plus important sur l'un des cinq continents ? D'ailleurs, que fout Patrick Cohen dans mon salon ?

— Esteban ?

Chaque matin, dès qu'il rentre de la boulangerie, Esteban profite que je sois sous la douche pour changer de station, Fun, Sky, NRJ, ou plus souvent encore, coupe la radio et s'installe pour improviser quelques accords de guitare. Parfois, il griffonne sur des partitions ses compositions. Esteban est doué, je suis certaine qu'il possède l'oreille absolue, même si je n'ai jamais pris le temps de le faire tester.

Je sors de la salle de bains. Mes pieds inondent le parquet de peuplier, ce bois qu'il ne faut surtout pas laver, encore moins mouiller. La moindre goutte peut laisser une auréole à jamais... Je m'en fiche ! Une angoisse sourde me saisit à la gorge. J'avance d'un pas de plus vers la cuisine ouverte, avant de me statufier.

L'empreinte de mes pieds s'imprimera à jamais sur les planches de bois brut. Je suis incapable de bouger. Incapable de fixer autre chose que la table de la cuisine, vide. Que la guitare sagement rangée sur son portant.

Esteban n'est pas rentré.

Je me retiens de crier. Je me persuade qu'il s'agit d'une blague, j'ouvre une à une les portes de nos deux chambres, de nos placards, des W-C, je me penche sous les lits, je grimpe sur un tabouret pour regarder au-dessus de la penderie, je manque de tomber, je m'en moque, j'ouvre à nouveau les portes de chaque meuble, du frigidaire, du four, je commence à délirer, mon cœur est proche d'exploser, je sais reconnaître les débuts d'une crise d'angoisse.

Où peut être Esteban ? Aujourd'hui ! Le jour précis de son...

J'ai soudain une idée !

Je me précipite dans la salle de bains. J'ignore comment il a pu faire, mais Esteban est malin ; il a pu attendre que je sorte de la douche pour aller s'y cacher. Ou plus sûrement encore, y chercher ce que j'y ai caché ! Je m'accroupis en retenant mon souffle, j'ouvre le meuble bas sous le lavabo.

Il est là...

Son cadeau d'anniversaire ! Une guitare-lyre, un instrument rare dont Esteban a rêvé tant de fois devant la vitrine d'Atlantic Guitar : un son de rock électrique et une forme d'instrument antique. Esteban n'aurait jamais osé imaginer que sa maman pourrait lui...

Je coupe net le fil de mes pensées.
Esteban n'est pas là !
Esteban n'a pas cherché à trouver son cadeau. Esteban n'est nulle part dans l'appartement. Esteban n'est pas rentré. Ça ne lui est jamais arrivé !
Je consulte ma montre, les yeux troublés, à mon poignet tremblant. Je l'ai laissé il y a plus de vingt-cinq minutes maintenant. Il lui en faut moins de trois pour se rendre à la boulangerie, payer, rentrer...
Ma serviette tombe sans même que j'aie à la dénouer. J'enfile le premier bout de tissu que je trouve, un long tee-shirt qui traîne au pied du lit, et je dévale les escaliers. Je traverse la rue Etchegaray, puis la rue Saint-Jacques. La plupart des commerces sont fermés, seuls quelques couples d'octogénaires se promènent dans les rues piétonnes. Je les croise sans qu'ils aient le temps de tourner la tête, à peine celui d'apercevoir la forme de mes fesses sous mon tee-shirt trop court et de se demander s'ils n'ont pas rêvé.
Je pousse à la volée la porte vitrée du Fournil de Lamia et la retiens in extremis avant qu'elle ne vole en éclats.
— Vous n'avez pas vu mon fils ?
Je ne prends pas le temps d'observer s'il y a d'autres clients. La boulangère fixe mon visage de fantôme épouvanté, trop surprise pour vérifier si je porte un suaire.
— Non... Non, pas ce matin, madame Libéri. Mais...
Je suis déjà repartie. La plage est à moins d'une minute. Quarante secondes chrono, au galop, même dans mon état. Une grand-mère devant moi gare son chien, un grand-père range sa canne. Je parviens essoufflée au Toki Goxoa. Des touristes attablés prennent le petit déjeuner sur la vaste terrasse de bois qui domine la plage. Je continue, je vise un petit point rouge, droit devant.
Ma cible. Mon espoir.

A chaque foulée de ma course folle, des nuages de sable s'envolent, asphyxiant les rares touristes que je rase.
Je m'arrête enfin.

La cape de Superman est là, devant moi, étalée sur la plage, aussi chiffonnée que quand Esteban l'a laissée tomber, il y a près d'une demi-heure maintenant. Le sweat du Biarritz Olympique gît lui aussi, à côté. Esteban ne l'a pas enfilé.

Mon regard tente d'embrasser toute la plage, tout l'océan, de la digue aux Chevaux jusqu'aux remparts du fort de Socoa, puis se fixe sur d'éventuelles traces dans le sable, devant moi, sous mes pieds, mais je ne distingue que des monticules ridicules que le vent a déjà déplacés cent fois.

Aucune trace d'Esteban !

Les rouleaux géants de la mer déchaînée grondent devant moi, mordent la plage à défaut de pouvoir dévorer la ville. Je ne veux pas y croire, je ne veux pas les regarder, je veux me tourner vers les façades blanches des maisons, les colombages sang-de-bœuf tracés au carré, les jardinières fleuries sous les volets, les boutiques de spécialités alignées, les touristes fortunés, chercher un chien avec qui Esteban aurait pu vouloir jouer, une fille ou un garçon de son âge, le moindre château de sable, la moindre bouée, mais mes yeux sont aimantés par l'océan.

Les rouleaux dépassent les trois mètres maintenant.

J'entends mes dix mots de recommandation cogner dans ma tête.

Pas aujourd'hui, mon grand. Il y a trop de vagues !

Je les entendrai toute ma vie.

Jamais ! Jamais Esteban ne m'aurait désobéi.

– 2 –

— Votre fils porte un short de bain ? C'est bien cela ?
Les deux policiers se tiennent devant moi. Le premier me fixe sans ciller de ses yeux sépia, immobiles, comme peints sur du verre. Ils ne clignent qu'à intervalles irréguliers, après un long regard figé. Je ne connais pas la couleur des yeux du second, il ne les a pas levés depuis que je suis entrée, entièrement occupé à prendre des notes, à la vitesse d'une mitraillette, dès que j'ouvre la bouche.
— Oui. Juste son maillot. Son sweat et sa serviette étaient encore sur la plage.
Les yeux du lieutenant se sont à nouveau bloqués. A côté de lui, les doigts du greffier crépitent sur le clavier.
— Un short de bain bleu, donc ? enchaîne le lieutenant sans cesser de me fixer de son regard aveugle.
J'essaye de faire le plus court, et le plus précis possible. Je sais qu'en ce moment même, les pompiers ratissent la plage, et que le lieutenant Lazarbal a prévenu les secours en mer. Trois Zodiac longent la côte, malgré le vent et les rouleaux.
— Indigo plutôt.
— Indigo ?
Le crépitement du clavier a brusquement cessé. Je devine que le greffier cherche une photo de la couleur indigo. Quel temps perdu ! J'ai déjà parlé de la couleur de ce maillot à au moins cinq types en uniformes différents. Je crie presque.
— Oui, indigo ! Ce n'est pas sorcier. Un bleu tirant vers le violet !
Lazarbal cligne trois fois des yeux, signe sans doute d'un état d'excitation profonde, avant de bloquer à nouveau son regard sur moi.

— OK, madame Libéri. Un maillot indigo. A part la couleur, y a-t-il un autre détail qui pourrait nous aider ?

Je dois garder mon calme. Je me le suis promis. Plus de vingt sauveteurs sont à la recherche d'Esteban. Ces hommes font leur travail du mieux qu'ils le peuvent, je dois m'en persuader. Je dois collaborer. Répondre encore et encore. Répéter. Espérer.

— Sur la jambe gauche de son short, un motif, une petite baleine, blanche.

Le clavier du greffier se remet à crépiter. Les yeux de Lazarbal semblent pour la première fois s'animer, alternant rapides et lents mouvements de paupières. Peut-être qu'ils parlent en morse et appellent au secours ? Ou qu'au contraire ils me transmettent un message subliminal rassurant.

— Ne vous inquiétez pas, madame Libéri. Les secours disposent d'une photo de votre fils. Ils connaissent leur métier. Nous allons essayer de réfléchir calmement. Reprenons, votre fils a... dix ans ?

— Oui... C'est son anniversaire aujourd'hui...

Les yeux de Lazarbal sont à nouveau bloqués en mode caméra fixe.

— Dix ans donc, précisément.

Je n'aime pas la façon dont il fait traîner son « précisément ». Qu'est-ce qu'il sous-entend ? Que la coïncidence le surprend ? Quel rapport peut-il y avoir entre la disparition d'Esteban et son anniversaire ?

— Dix ans, répète le lieutenant. Excusez-moi, madame Libéri, mais ce n'est pas un peu jeune pour le laisser seul sur une plage ?

J'aboie plus que je réponds. A en couvrir le tango des doigts du greffier.

— J'habite rue Etchegaray, à cent mètres de la plage. Toutes les routes sont piétonnes. Esteban est habitué. C'est un enfant mûr pour son âge. Calme. Responsable.

Les yeux de Lazarbal sont vides. M'a-t-il seulement écoutée ? Est-il seulement là pour m'aider ? Est-ce qu'il n'a pas déjà commencé à instruire mon procès ?

— Votre fils est-il un bon nageur ?

Je le vois venir, ce salaud de gradé ! Je ne vais pas rentrer dans son jeu. Le greffier va pouvoir tout écrire, en majuscules et en caractères gras.

— ESTEBAN N'EST PAS ALLÉ NAGER. JE LUI AI INTERDIT ! MON FILS NE S'EST PAS NOYÉ. IL A... IL A ÉTÉ ENLEVÉ !

Les yeux morts de Lazarbal ne me contredisent pas. Un point pour eux.

— La noyade de votre fils n'est qu'une hypothèse, madame Libéri. On doit toutes les envisager pour l'instant. Même si...

« Même si quoi ? » hurle une voix dans ma tête.

— Même si la plage était loin d'être vide ce matin. On a dénombré plus de trente témoins potentiels. Sans compter les touristes à la terrasse du Toki Goxoa qui prenaient leur petit déjeuner. Vous venez de me confirmer que votre fils est intelligent, obéissant. Il n'aurait pas suivi un inconnu sans se défendre, et s'il s'était défendu, quelqu'un l'aurait vu, ou entendu.

« Quelqu'un l'aurait vu... ou entendu », je me contente de répéter dans ma tête les arguments imparables du lieutenant Lazarbal. Mon crâne semble sonner aussi creux que son regard vitreux.

— On a interrogé chaque touriste sur la plage, insiste le policier. Personne n'a vu votre fils quitter la plage, ou suivre un inconnu.

— Personne ne l'a vu aller se baigner non plus !

Lazarbal a réagi. Trois brefs battements de paupières, deux plus longs. Ses yeux osent un mouvement vers l'écran du greffier, avant d'à nouveau s'immobiliser.

— Vous avez raison. Les premiers témoins étaient à plus de cent mètres et n'avaient aucune raison de surveiller votre fils. En fait personne ne se souvient de rien, même pas de sa présence sur la plage. On ne se fie qu'à votre témoignage.
Connard !
— Et sa serviette ? Son sweat-shirt ?
Lazarbal lève doucement la main, comme un flic sur le bord de la route qui demande à un conducteur un peu trop nerveux de calmer le jeu.
— Personne ne met en doute votre parole, madame Libéri. Bien au contraire. On a effectivement retrouvé sa serviette et son pull, à l'endroit précis où vous l'avez quitté. Tout semble donc indiquer qu'il... (Les yeux de Lazarbal trahissent enfin un frisson d'inquiétude, un tremblement de bas en haut qu'il ne parvient pas à contrôler.) Qu'il vous a désobéi. Que... Que dès vous avez eu le dos tourné, il a filé droit vers l'océan.
— **NON !**
Caractère maximal, greffier ! En très gras et souligné, tu peux y aller !
Je répète en haussant encore le ton.
— **NON !** Je suis certaine que **NON !** Je connais Esteban. Nous sommes le jour de son anniversaire. Il était impatient de rentrer, de recevoir son cadeau. Il ne m'aurait jamais désobéi, encore moins aujourd'hui. Il s'est forcément passé autre chose !
Les yeux fixes de Lazarbal m'exaspèrent. Dans un furtif et stupide réflexe professionnel, je me dis qu'il possède peut-être une vision tubulaire, un handicap oculaire qui occulte la vision périphérique, c'est ce qui explique qu'il est enfermé dans un bureau et pas sur le terrain, à chercher mon fils, comme les autres flics.
— Si je vais dans votre direction, madame Libéri, si on admet l'hypothèse que votre fils a été enlevé, il connaissait obligatoirement son ravisseur, il l'a suivi avec confiance.

Avez-vous la moindre idée ? Un proche ? Un parent ? Son... Son père ?

— Esteban n'a pas de père ! Je suis une mère célibataire. Et si vous voulez tout savoir, ce n'est pas un accident, lieutenant, c'est mon choix.

Ses yeux de trotteur équipé d'œillères ne me jugent pas, c'est déjà ça. Ou s'en foutent. Sa main attrape à tâtons une liasse de feuilles sur le côté, sans que ses yeux ne bougent d'un millimètre. Il a peut-être au contraire une vision périphérique hyperdéveloppée. Comme tous les prédateurs...

— Qui, alors ? demande Lazarbal.

— Je ne sais pas.

Il étale une pile de clichés devant moi.

— On vérifiera. On cherchera. On a déjà récupéré une dizaine de photos. Principalement auprès des clients du Toki Goxoa. Vous êtes souvent dessus. Elles ont presque toutes été prises quand vous êtes revenue chercher votre fils.

Mon regard glisse sur les photos, mon tee-shirt trop court, mes cuisses nues. Est-ce que lui aussi mate mon cul, avec son regard de faucon pèlerin, tout en gardant ses yeux plantés dans les miens ? Qu'il se régale ! Qu'il les étale s'il veut, les clichés sordides de ces mateurs attablés, pourvu qu'on retrouve mon fils. Le greffier, moins discret, ne peut pas s'empêcher de tourner la tête, mais Lazarbal range aussitôt les photos.

— On va faire des agrandissements, précise le policier, et on va vous demander de toutes les examiner, au cas où vous reconnaîtriez quelqu'un. On a également récupéré quelques clichés de la plage juste avant que vous y retourniez, mais Esteban ne se trouve sur aucun. Personne ne l'a croisé non plus dans les rues de Saint-Jean-de-Luz. En l'absence d'autres éléments, l'hypothèse majeure reste donc la...

Tu peux en défoncer les touches de ton clavier, greffier.

— **ESTEBAN NE S'EST PAS NOYÉ** ! Combien de fois devrai-je vous le répéter ? Regardez sur vos photos, agrandissez, vous verrez qu'Esteban a laissé sa serviette, son sweat, et deux espadrilles. D'ailleurs, où sont-elles, ses espadrilles ? Esteban n'est pas allé se baigner avec !

Je veux me raccrocher à cet espoir, à n'importe quel espoir, tout sauf me résoudre à imaginer le corps de mon enfant emporté par l'océan.

— Je suis désolé, madame Libéri, j'ai l'air d'un monstre à envisager ainsi le pire, mais votre fils a pu s'approcher de la mer avec des espadrilles, les laisser au bord de l'eau et les vagues les ont ensuite emportées. Plus simplement, quelqu'un a pu les ramasser...

— Et n'aurait pas touché ni au pull, ni à la serviette ?

— C'est possible. Elles peuvent aussi avoir été enterrées dans le sable, quelque part. On cherchera.

Le greffier a cessé depuis longtemps de crépiter, comme si mes arguments ne l'intéressaient pas, comme s'il avait déjà tapé toutes les réponses que Lazarbal lui avait soufflées. Il me reste un dernier argument, pourtant.

Celui qui me permet de ne pas sortir en courant, me précipiter droit vers l'océan, me laisser moi aussi dériver par le courant.

— Le sweat, du Biarritz Olympique, il n'a pas de poche.

— Quoi ?

— Son short de bain non plus n'a pas de poche.

Pour la première fois, les yeux de Lazarbal sont parfaitement réveillés. Ils se mettent à papillonner telles des abeilles affolées.

— Et alors ?

— J'ai donné une pièce de 1 euro à Esteban, comme chaque matin, pour qu'il aille au Fournil de Lamia. S'il était allé se baigner, il l'aurait forcément laissée sur la plage. On ne se baigne pas avec une pièce serrée dans son poing ! Je n'ai trouvé aucune pièce sur la serviette, ni sur le sable, ni dans un cercle d'un mètre autour.

— On cherchera, madame Libéri. On passera toute la plage au tamis, je vous le promets.

— Je ne vous ai pas attendu, lieutenant ! J'ai déjà fouillé. Et je vais continuer.

En priant, en priant si fort, de ne pas la retrouver.

Si je ne la retrouve jamais, c'est qu'Esteban n'est pas allé se baigner. C'est qu'il serre toujours cette pièce de 1 euro, quelque part, dans son poing.

Trouver cette pièce, c'est le condamner ; la chercher, c'est espérer...

*
* *

Je l'ai cherchée, toutes ces années.
J'ai espéré, toutes ces années.
Je ne les ai jamais retrouvés.
Ni la pièce.
Ni Esteban.

DIX ANS PLUS TARD

– 3 –

Le sable de la plage de Saint-Jean-de-Luz, presque blanchi par le soleil, glisse entre mes orteils. Je fais un pas et je m'arrête. J'essaye de choisir un repère, la digue aux Chevaux, le bar Toki Goxoa, et j'enfonce mon pied, le plus profondément possible, avant de le relever et de provoquer une minuscule cascade de grains fins. Un nouveau pas, je recommence.
Qu'est-ce que je cherche ?
Qu'est-ce que j'espère ?
Esteban a disparu depuis si longtemps. Dix ans, très exactement.
— Laisse tomber, fait derrière moi la voix de Gabriel.
Je ne prends pas la peine de me retourner, de lui offrir un sourire.
Esteban aurait eu vingt ans aujourd'hui.
— Regarde, poursuit Gabriel. On vient d'arriver et le vent efface déjà nos pas.
Il a raison, comme toujours. Rien n'a changé depuis dix ans. Le même vent balaye la plage de Saint-Jean-de-Luz, les mêmes ikurriñak flottent sur la jetée, les mêmes surfeurs défient les mêmes rouleaux, les mêmes serveurs servent les mêmes cafés, les mêmes touristes, rares, se partagent la plage. Et pourtant, aucun détail n'est identique, aucune vague n'est la jumelle parfaite de la précédente, aucun nuage n'arrête

jamais sa course, aucun des figurants de cette scène ne cesse de vieillir.

Gabriel s'avance, entoure ma taille, m'embrasse dans le cou. Je regarde nos deux ombres s'étirer sur le sable, collées, serrées, tels ces couples enlacés dans les vieux films en noir et blanc.
Le décor est idyllique pour une promenade matinale romantique.
Je me dégage déjà, pourtant.
Je suis désolée, Gabriel, je te le promets, il y aura d'autres matins plus magiques.
Esteban aurait vingt ans aujourd'hui.
Esteban aurait été un étudiant brillant, Esteban aurait eu le bac avec mention et on l'aurait fêté en tête à tête dans le plus grand restaurant de la côte basque, aux Jardins de Bakea peut-être, Esteban aurait été champion de natation, les années lui auraient sculpté un corps d'athlète, Esteban aurait continué de jouer de la guitare, Esteban aurait sûrement laissé pousser ses cheveux blonds, Esteban m'aurait pris la main, sur cette plage, le jour de son anniversaire, et j'aurais été tellement fière.
Tu me prends la main, Gabriel. Je ne la lâche pas.
C'est la première fois que je reviens sur la Grande Plage.
J'ai eu besoin de partir, il y a dix ans, quand la police a abandonné les recherches, un mois après la disparition d'Esteban. Loin, très loin. J'ai ouvert un cabinet face à une autre mer, plus froide, moins sauvage, à Etretat, entre deux falaises.
J'ai eu besoin de tout reconstruire. Gabriel partage ma vie depuis presque tout ce temps.
J'ai eu besoin de revenir, après dix ans.
La main de Gabriel est forte, chaude, solide… et vide. Elle ne serre qu'une branche morte. Cinq doigts de bois.

Je me souviens de chacune de mes pensées, ce matin du 21 juin 2010, avant de laisser Esteban seul sur la plage. *Aucun homme ne pourra jamais se mettre entre nous deux. Je dois garder une place vide dans mon lit, pour Esteban, quand il me rejoint à l'aube. Jamais aucun amant ne pourra me réveiller un matin avec un* je t'aime *aussi cristallin.*

Plus jamais Esteban ne me rejoindra à l'aube. C'est Gabriel qui désormais occupe la place vide dans mon lit, mais aucun de ses *je t'aime* au réveil n'aura jamais la force de ceux d'Esteban.

Gabriel m'embrasse encore, avec délicatesse.

Ni aucun de ses baisers, même s'ils me font tellement de bien, ce matin.

J'ai proposé à Gabriel de revenir avec moi, à Saint-Jean-de-Luz, pour une semaine, sans rien lui cacher de ce que je revenais déterrer. Il a tout de suite accepté. J'ai réservé une chambre à l'hôtel de la Caravelle, près de mon ancien appartement. La plus belle, aux dimensions d'une suite nuptiale, pour faire plaisir à Gabriel. J'ai les moyens, je gagne bien ma vie et je n'ai presque aucune envie.

Je continue de laisser traîner mes pieds dans le sable, de le fouiller stupidement, comme si j'imaginais, dix ans après, découvrir une pièce de 1 euro. Celle qu'Esteban aurait abandonnée, avant de courir vers l'océan, pour s'y noyer. Comme si j'espérais en finir enfin avec le mystère. Avec les milliers de questions sans réponses. Avec les équations aux inconnues jamais résolues.

Que s'est-il passé, sur cette plage, ce matin du 21 juin 2010 ?

Gabriel lâche ma main, enroule à nouveau son bras autour de ma taille. Nous marchons ainsi, côte à côte, accrochés.

La plage est longue, plus d'un kilomètre, et nous progressons lentement. Gabriel ralentit souvent pour m'embrasser. Je me contente d'accepter, de ne pas paraître trop distante,

de me forcer à admirer son envoûtant regard sombre, ses cheveux bruns, sa peau qui reste bronzée même dans l'hiver normand.
Aucun homme ne pourra jamais se mettre entre nous deux. Jamais je n'aurais cru que quelqu'un puisse remplacer Esteban. D'ailleurs, Gabriel ne le remplace pas ! Il se contente d'occuper la place vide. Il a tout accepté, mes douleurs, mes changements d'humeur, mes pleurs, mes peurs, ne voir jamais aucun ami, seulement un psy, mes silences, mes séances. Il m'a empêchée de devenir folle. Sans se plaindre, sans poser de questions, il s'est contenté de réclamer un peu de tendresse, quelques caresses. Comme un gentil et joli animal de compagnie.
Je suis désolée, Gabriel, je peux être tellement cruelle.

Nous marchons au hasard, je fixe au bout de la baie les remparts du fort de Socoa, la tour ronde qui le surplombe, les barques colorées qui clapotent à ses pieds. De la distance où je l'observe, on croirait davantage un château en Lego qu'une forteresse imprenable.
Les rares personnes qui nous connaissent, Gaby et moi, pensent que je suis la plus forte. Ne suis-je pas le docteur Maddi Libéri ? Celle qui force l'admiration ? Celle qui a su reconstruire sa vie, alors que Gabriel renvoie l'image d'un poète, un peu fantasque, un peu rêveur, un peu glandeur.
C'est pourtant tout l'inverse. Les gens ne comprennent rien. Depuis toutes ces années, c'est Gabriel qui me soutient.

*
* *

Je le vois d'abord de loin.
Je ne distingue qu'une tache de couleur, indistincte, sur la plage déjà saturée de soleil. Les touristes sont encore rares, si

tôt le matin. Je n'en compte qu'une cinquantaine : quelques couples, quelques joggeurs, quelques promeneurs de chiens, quelques familles.

Je m'approche, entraînant Gabriel. Mètre après mètre, la tache devient plus nette, la couleur plus précise.

Un maillot, indigo.

Je ne ressens encore que quelques picotements. Depuis dix ans, chaque fois que je mets les pieds sur une plage, de sable ou de galets, chaque fois que je contourne des serviettes étalées, que j'évite des ballons lancés, des éclaboussures, des rires d'enfants qui courent se baigner, mon cœur se tord de la même douleur. Et je ne peux pas me retenir de suivre les silhouettes des garçons de dix ans, trop maigres dans leur short de bain flottant, ni empêcher mon cœur de s'emballer quand j'aperçois l'un d'eux porter un maillot bleu. J'ai été foudroyée dix fois, cent fois, de cette douleur, sur les plages d'Etretat, de Deauville, de Cabourg ou de Honfleur.

Je lâche la main de Gabriel.

J'approche de la digue du Port. Un groupe de jeunes adultes improvise un volley. Les garçons sont musclés, les filles élancées, douées, le ballon ne tombe jamais.

Gabriel est resté à les regarder, je continue d'avancer.

Mes picotements deviennent des piqûres de dards empoisonnées.

Je distingue désormais parfaitement l'enfant au maillot indigo, même s'il me tourne le dos.

Il a une dizaine d'années. Il a posé sa serviette à côté de celle de sa mère, une femme blonde d'une trentaine d'années, très fine, sans fesses ni poitrine.

Mes pensées s'affolent mais je tente de me raisonner.

Des maillots indigo, portés par un garçon de dix ans, j'en ai sans doute déjà croisé, j'en croiserai encore. Une voix sceptique dans ma tête n'est pourtant pas satisfaite.

Certes, n'importe quelle boutique vend des maillots de cette couleur, mais en croiser un aujourd'hui, le jour précis où...
Je retiens un cri.
Le garçon s'est assis sur sa serviette, je ne vois toujours pas son visage, mais je peux observer ses jambes repliées, le short de bain qui tombe sur ses cuisses...
Le motif...
Imprimé sur le tissu indigo, jambe gauche.
Une petite baleine blanche.
Les dards qui lardent mon cœur deviennent des poignards.
Le maillot que porte ce garçon est le même que celui d'Esteban, il y a dix ans !
Combien de chances y a-t-il qu'une telle coïncidence se produise, ici, aujourd'hui ? Je tente de réfléchir rationnellement pour ne pas basculer dans le gouffre qui s'ouvre devant moi. Bien entendu, des centaines, sans doute des milliers de maillots strictement identiques à celui-ci sont portés par des centaines, des milliers de garçons.
Mais ici ? Aujourd'hui ?
Gabriel ne m'a pas rejointe, il doit être resté à mater les volleyeuses. Qu'il fasse ce qu'il veut, je ne vais pas être jalouse de gamines qui ont trente ans de moins que moi.
J'aime autant qu'il ne soit pas là. Ne pas avoir à lui expliquer que je veux encore m'approcher de ce garçon et de sa mère, et tant pis si mes jambes n'arrivent plus à me porter.
Je ne veux pas qu'il voie mes mains se tétaniser. Je ne veux pas qu'il me voie, hypnotisée par les cheveux blonds ébouriffés du garçon sur la serviette, par ses jambes maigres, par son squelette de crevette.
Je suis désormais suffisamment près, moins de dix mètres derrière eux, pour les entendre.
— On va se baigner ? Maman ?

Sa mère ne lui répond pas. Elle se contente d'ouvrir un magazine.
La suite se déroule au ralenti. Le garçon tourne doucement la tête, pour supplier sa mère.
Il ne me remarque pas, je n'existe pas pour lui.
Moi je ne vois que lui.
Je reconnais chaque trait de son visage, chaque pli de son sourire, chaque étoile bleue de ses iris, chaque courbe de son front à son menton, chaque fossette, chaque cil, chaque proportion, chaque expression.
C'est lui !
Ce n'est pas un enfant qui lui ressemble, ce n'est pas un sosie.
C'est mon Petit Prince !
C'est Esteban.
Peu importe s'il aurait vingt ans aujourd'hui, peu importe si ça n'a aucun sens, si le croire n'est que pure folie.
Je sais que c'est lui.

*
* *

Le garçon au maillot indigo s'installe chaque matin sur la plage de Saint-Jean-de-Luz. Entre la digue du Port et la terrasse du Toki Goxoa. Toujours au même endroit. Toujours avec sa mère.
Je suis assise huit mètres derrière lui. Je m'approche petit à petit, mètre après mètre, avec la patience qu'il faut pour apprivoiser un oiseau.
Ni lui ni sa mère ne m'ont remarquée. Sa mère est toujours plongée dans un livre ou un journal, et le regard du garçon, quand il s'aperçoit de ma présence, me traverse comme si j'étais transparente, comme si je n'étais qu'un être de poussière. Comme si le sablier de ma vie avait été retourné, que

mon Petit Prince était bien vivant et que c'était moi le fantôme.

Je ne suis pas un fantôme ! Je suis faite de chair et de sang, je le sais, je le sens, et chacun de ses regards indifférents me déchire davantage les entrailles qu'une épée avec laquelle il me transpercerait.

Je n'ai rien dit à Gabriel.
Comment pourrait-il me croire ?
Il m'attend dans le lit de notre chambre. Il aime veiller longtemps sur ses écrans le soir, et se réveiller tard. Il déteste se baigner le matin.
Je le remercie, intérieurement.
Chaque matin, depuis que nous sommes arrivés, j'ai pu espionner ce garçon et sa mère, sans avoir d'explications à donner. Une petite heure, avant qu'ils ne quittent la plage, et que j'aille retrouver Gabriel à l'hôtel.

Le garçon s'appelle Tom.
Il est plutôt calme, obéissant. Il paraît un peu triste, parfois.
Il s'ennuie, je crois. Il se baigne, souvent.
Il est très bon nageur, comme l'était Esteban.
Sa mère, elle, ne se baigne pas. Elle le surveille à peine. Elle se contente de lancer quelques recommandations sans lever les yeux de ses livres. *Ne t'éloigne pas, couvre-toi, sèche-toi.* Régulièrement, Tom demande à sa mère de venir jouer. Elle s'intéresse à lui quelques minutes, puis le laisse s'occuper seul. Et s'ennuyer.
Tom n'a pas tout à fait la même voix qu'Esteban. Sa peau est un peu plus claire aussi. Mais ces deux infimes différences ne pèsent rien face à l'évidence de leur ressemblance. Si Tom et Esteban pouvaient se tenir l'un à côté de l'autre, il serait impossible de déterminer qui est qui.

Des jumeaux parfaits.
J'ai essayé de me raisonner, depuis trois jours. Je suis une scientifique, j'ai suivi des études de médecine, je ne crois à aucun Dieu ni à aucun paradis, Esteban aurait vingt ans aujourd'hui, Tom n'en a que dix, même si Tom sourit comme Esteban, rit comme Esteban, nage comme Esteban, porte le même maillot qu'Esteban...
Tom ne peut pas être Esteban.
Alors, je me suis raccrochée à une preuve, la seule qui pouvait encore me convaincre que je ne tombais pas dans un puits sans fond de suppositions, m'empêcher d'entretenir une aussi absurde illusion.
L'angiome d'Esteban. Sa marque de naissance, bien visible, à hauteur de son pubis, sous son maillot.
J'ai guetté, chaque fois que Tom se levait, se déshabillait, s'habillait. Chaque rare fois où sa mère époussetait le sable collé sur sa peau. J'ai fixé le bas du ventre de ce garçon, partagée entre deux émotions. Celle de la raison, l'espoir qu'aucune tache sombre n'y apparaisse, et qu'enfin cette obsession délirante cesse ; celle du cœur, l'espoir que cette marque de naissance soit imprimée sur son aine droite, la preuve qu'Esteban est là, bien vivant, devant moi.
Et tant pis s'il n'a pas vieilli d'une journée en dix ans ! S'il ne se souvient pas de moi, s'il porte un autre prénom et possède une autre maman. Peu importe où il est parti, et ce qu'il a vécu, pendant toutes ces années.
Il est revenu.

Malgré tous mes efforts, je n'y suis pas parvenue. Tom ne s'est jamais montré nu. Pudique, il s'enroule dans une serviette dès qu'il retire son maillot. Je n'ai rien distingué non plus quand il sort de l'eau et que son short alourdi glisse un peu plus sur sa peau. J'ai maudit sa mère, qui aucune fois en trois jours n'a sorti un tube de crème solaire. La peau claire de Tom a rougi dès le premier matin. Jamais il ne s'en plaint, mais les coups de soleil rendent plus difficile encore de distinguer la moindre marque plus foncée sur son épiderme.

Comme si sa mère avait voulu la dissimuler en laissant le soleil le brûler !

— Maman, tu viens ?

Tom est dans l'eau, les vagues montent jusqu'à sa taille, mais quelques mètres au large, certains rouleaux sont beaucoup plus impressionnants. N'importe quelle vague plus forte pourrait le renverser. Je résiste à l'envie de hurler, de lui ordonner de sortir, d'injurier sa mère. Elle lève à regret les yeux de son livre.

— Tu viens, maman ? insiste Tom. Pas te baigner. Juste me prendre en photo. Regarde !

Il saute de toutes ses forces dès qu'une vague menace de lui broyer le dos, retombe dans l'écume, crache l'eau salée, rit, et essaye de retrouver son équilibre avant qu'une autre vague ne le fasse chavirer.

Esteban lui aussi aimait jouer ainsi. Mais j'étais avec lui.

— Maman !

Contre toute attente, cette fois, sa mère se lève. Elle attrape son téléphone portable et marche droit vers l'océan.

Je suis à moins de sept mètres de sa serviette. C'est le moment !

Je surveille des yeux la trentenaire. Elle a porté son téléphone à hauteur de ses yeux tout en continuant d'avancer vers l'eau.

Je n'aurai pas d'autres occasions.

Il n'y a personne autour de nous, à l'exception d'un couple de grands-parents assoupis et de leurs petits-enfants occupés à creuser une piscine.

Je rampe, sans me précipiter. D'un geste assuré, j'attrape le sac de plage de la mère de Tom. Son portefeuille est là, en vrac au milieu des livres, des stylos, des clés, de divers flacons que je n'ai pas le temps de détailler.

Un coup d'œil vers le large, la mère de Tom me tourne toujours le dos.

Mes doigts se referment sur le portefeuille, l'ouvrent, écartent les pans aussi vite que possible. Je repousse à plus tard la rafale de mauvaises pensées : je deviens cinglée, je fouille dans les affaires intimes d'une inconnue, si je me fais pincer, si...

J'extirpe une carte d'identité. Je dois la mémoriser le plus vite possible, je n'aurai qu'une seconde, ensuite je dois tout ranger, m'éloigner, redevenir transparente.

Mes doigts tremblent, la carte plastifiée m'échappe, glisse, tombe dans le sable.

Merde !

Mes yeux supplient l'océan. Tom est toujours dans l'eau. Sa mère se tient debout, portable à la main, attendant qu'il ait fini de jouer au dauphin.

Je récupère la carte, j'écarte le sable d'un revers d'auriculaire, et je lis.

Amandine Fontaine
La Souille
Hameau de Froidefond
63790 Murol

– 4 –

Le décor de la salle de consultation du docteur Wayan Balik Kuning est un mélange de sobriété, gage de sérieux auprès de sa clientèle havraise haut de gamme, et d'exotisme, assurance d'une ambiance apaisée, propice à la relaxation et aux confidences. Les matières s'y harmonisent dans un savant dégradé de jaunes, toiles safran aux murs, tapis topaze au sol, fauteuil et sofa de cuir maïs, mobilier de bois brut sur lequel trône un bric-à-brac de cuivre minimal : une pendule, deux lampes, quelques discrètes sculptures de divinités balinaises.

Wayan Balik Kuning allume un bâton d'encens au parfum de santal, alors que je m'allonge sur le divan. Il prend tout son temps pour mettre en route le dictaphone et s'asseoir dans le fauteuil de bois d'hévéa.

Face à moi.

Je préfère.

Lors de nos premières séances, il restait derrière moi. Je détestais ne pas le voir, avoir l'impression de parler à un mur, ne pas pouvoir contrôler s'il ne s'était pas endormi ou jouait à Candy Crush sur son Samsung. Surtout que Wayan Balik Kuning n'est pas particulièrement désagréable à regarder. Il est le produit raffiné d'un métissage balino-français. Teint caramel, cheveux de jais aux reflets argentés, regard de singe battu, mais carrure de troisième ligne affûté. Le docteur Kuning est un psychiatre diplômé de la faculté de médecine de Paris-Descartes, rien à voir avec un charlatan arnaquant ses patients en décorant son cabinet avec des statues de Vishnou, Shiva ou Brahma.

— Vous disiez donc, Maddi, que cet enfant, Tom Fontaine, ressemble à Esteban ?

— Non, Wayan, ce n'est pas ce que j'ai dit. Soyons précis, « ressembler » n'est pas un mot suffisant. Je vous ai dit que... C'était lui !

Wayan s'enfonce plus profondément encore dans son siège et s'accroche aux accoudoirs sculptés. Il se prépare à une séance compliquée. Il n'imagine pas encore à quel point...

— Maddi, vous savez bien que c'est impossible. Esteban aurait vingt ans aujourd'hui. Donc ce simple constat clôt immédiatement tout autre débat, toute illusion sur une quelconque usurpation d'identité. Tom n'est pas Esteban.

Je vais réagir, mais Wayan lève la main pour me faire comprendre que je ne dois pas l'interrompre.

— Il faut donc considérer le problème différemment et nous poser une première question. Pourquoi êtes-vous persuadée que ce garçon, dont vous ignorez tout, ressemble à ce point à votre fils ? Nous n'obtiendrons pas la réponse sans nous poser d'autres questions, plus dérangeantes. Et pour commencer, pourquoi avez-vous eu envie de retourner à Saint-Jean-de-Luz, dix ans après la disparition de votre fils ? Comprenez bien, Maddi, ce n'est pas ce que vous avez trouvé sur cette plage qui compte, mais ce que vous veniez y chercher.

Je me force à rester allongée sur le divan de cuir maïs. Je contrôle ma respiration, pour m'exprimer le plus calmement possible.

— Pas cette fois, Wayan ! Les autres fois, je suis d'accord, quand j'ai cru reconnaître Esteban à Cabourg, à Deauville ou à Honfleur, c'est mon cerveau qui refusait de laisser mes blessures se cicatriser. Il ne s'agissait que de ressemblances, je l'ai admis, vous m'avez convaincue. Mais c'est différent cette fois. C'est... vraiment lui !

Wayan s'exprime encore plus posément que moi. Je comprends à son ton qu'il refusera d'intégrer toute explication irrationnelle dans sa thérapie.

— Bien. Nous avons beaucoup de travail devant nous, Maddi, vous en êtes consciente ?
— Oui, sans doute. Mais... Mais nous allons devoir arrêter les séances.
Je me suis légèrement relevée, pour observer sa réaction. Le beau visage de Wayan s'est figé.
— Pardon ? Rassurez-moi, Maddi, j'ai mal compris ?
Je me force à sourire. Je fixe longuement les affiches des temples d'Angkor, de Borobudur et de Wat Saket accrochées aux murs, les posters du mont Batur et de rizières.
— Je vais vous regretter, Wayan. Vous m'avez beaucoup aidée toutes ces années, vraiment. J'adorerais poursuivre ma thérapie, mais...
Wayan Balik Kuning, l'empereur du self-control, parvient à peine à masquer sa panique.
— Je vous ai déçue ? J'ai été maladroit ? Si c'est une question d'argent, je peux...
— Non, pas du tout. C'est juste que... je vais déménager !
Un silence s'installe. Le nuage de santal se diffuse lentement dans la pièce. La trompe en point d'interrogation d'un Ganesh sculpté dans une pierre de lave semble se retenir d'éternuer.
— Pour... Pourquoi... Où... où allez-vous ?
— En Auvergne. Ils cherchent un généraliste, depuis près de trois ans, dans une petite commune de cinq cents habitants. Ils vont m'accueillir avec plus de dévotion que si j'étais la plus grande guérisseuse du Panthéon hindou.
Depuis que je connais Wayan, je n'ai jamais vu se creuser sur son visage de tels yeux de capucin. Je le trouve irrésistible ainsi, avec ses beaux yeux mouillés. Combien de ses patientes ont pu tomber amoureuses de lui ?
— C'est là-bas qu'habite Tom Fontaine, n'est-ce pas ?
Et intelligent avec ça.
— Oui. Je suis désolée, Wayan. Je dois... aller vérifier.

— Vérifier quoi ? Sa tache de naissance, c'est cela ? L'angiome d'Esteban. Et après ? Vous allez devenir amie avec la mère de ce Tom Fontaine ? Vous allez vous immiscer dans leur famille en cachant votre passé ? Vous allez la remplacer ? Simplement parce que ce garçon ressemble au fils que vous avez perdu ?
— Je ne l'ai pas perdu ! On me l'a volé !
Ma voix échappe d'un coup à toute retenue, mais je m'efforce de l'apaiser à nouveau. Je ne veux pas que ma dernière séance se termine en affrontement.
— Je... je suis désolée, Wayan. Je dois aller là-bas. Ma décision est prise de toutes les façons. J'ai donné ma démission du cabinet médical d'Etretat. Ils m'attendent déjà, à Murol.
Wayan se lève. Pendant une séance, ça ne lui arrive jamais.
— Je peux fumer ?
Je souris.
— Vous êtes chez vous.
Il ouvre un tiroir, et allume une cigarette fine et longue. L'encens brûlé masquera l'odeur et la fumée, pour les futurs patients.
— Vous vous êtes reconstruite ici, Maddi. Vous ne vivez pas seule. (Il hésite un long moment, jamais je ne l'ai vu autant chercher ses mots.) Etes-vous certaine que votre... que heu... Gabriel acceptera de tout abandonner pour vous suivre ?
Je souris encore.
— Je ne lui en ai pas encore parlé, mais je crois qu'il est prêt à me suivre n'importe où sur la planète... à partir du moment où il y a une connexion Internet.
Une douleur fugace traverse le beau visage de Wayan. Ma vie sentimentale a toujours été le point le plus compliqué à aborder avec lui. Je sais qu'il n'est pas insensible à ma blondeur, à mon énergie, ou aux larmes que j'ai versées depuis

toutes ces années à côté de lui. A moins que ce soit l'inverse, que ce soit moi qui, inconsciemment, après toutes ces années, sois tombée amoureuse de lui.

Et même si c'était vrai, qu'est-ce que cela changerait ? J'ai fait un choix, lui aussi, nous sommes des adultes raisonnables, capables de gérer nos frustrations et nos contradictions. Je réponds avec le plus de légèreté possible.

— Et si Gabriel n'est pas d'accord, tant pis pour lui, ça ne changera rien à ma décision. Vous me connaissez, Wayan, je suis une femme déterminée... et libre !

— Non, Maddi, oh non, ce n'est pas cela la liberté.

La cigarette de Wayan a une odeur atroce de clou de girofle. Je n'ai pas envie de discuter philosophie avec lui. Pas aujourd'hui. Ni de recevoir une leçon de morale. Et encore moins d'affronter un diagnostic sur ma santé mentale.

— J'ai une dernière chose à vous demander, Wayan. Est-ce que je peux récupérer les enregistrements de toutes nos séances ? J'aimerais les réécouter.

Il tire longuement sur sa cigarette. Il va devoir brûler tout son stock d'encens s'il veut faire disparaître l'odeur et la fumée.

— Etes-vous sûre que ce soit une bonne idée ?

— Non, vraiment pas. Je ne suis pas sûre de grand-chose. C'est exactement pour cela que je voudrais les emmener avec moi.

Wayan se dirige vers son bureau en traînant des pieds.

— Si vous y tenez. Je ne peux pas vous le refuser, ils vous appartiennent. C'est vous qui avez insisté pour que toutes les séances soient enregistrées. Je vous les copie sur une clé USB. Vous souhaitez seulement les vôtres, celles de ce cabinet, ou également celles... d'avant ?

— Toutes les séances, Wayan. S'il vous plaît.

Je l'entends appuyer nerveusement sur les touches du clavier.

— Quand partez-vous ?

— Dans six mois. Je passerai un dernier Noël au pied des falaises, et j'arriverai au pays des volcans en février, au moment où ils seront couverts de neige.

Il reste fixé sur l'écran, à regarder défiler la liste de nos séances passées. Ses yeux mouillés se teintent de mélancolie.

— Maddi, à mon tour, je peux vous demander une faveur ?

— Hou là... Vous me faites peur.

Son regard ne quitte pas le film de nos entretiens, résumé en un dossier et quatre-vingt-trois fichiers.

— Quand vous aurez franchi cette porte, vous ne serez plus ma patiente. Nous serons redevenus, pour ainsi dire, confrères. Cela vous dirait, avant que vous partiez, de prendre un verre ? De manger ensemble un soir, de...

Il tire une dernière fois sur sa cigarette. Je le regarde avec tendresse.

— Vous l'avez dit, Wayan, je ne vis pas seule, j'ai Gabriel.

— Mais vous êtes une femme libre...

— Oui. Mais vous, vous ne l'êtes pas.

— Pas quoi ?

— Libre !

— Libre ? Personne n'est plus libre que moi, Maddi. Je n'ai ni femme, ni enfant, ni...

Je le coupe, avec toute la délicatesse dont je suis capable.

— Non, Wayan, vous ne l'êtes pas. Vous n'êtes pas libre au point de tout quitter, pas libre au point de tout sacrifier. Je crois que je ne peux vivre qu'avec un homme capable de cela. Je suis égoïste, n'est-ce pas ? Vous avez toutes les qualités du monde, rassurez-vous, mais vous n'êtes pas ce genre d'homme qui peut tout laisser derrière lui, tout abandonner pour suivre la femme qu'il aime.

DEUXIÈME ÂGE
L'ÂME ENFANT

Le second âge de l'âme, Maddi, est celui où l'on comprend que l'on ne vit pas seulement pour soi. Les autres comptent, pèsent. L'âme doit apprendre à dépasser ses pulsions, ou au moins les contrôler, à ruser, jouer, tricher, séduire, aimer.

II
L'INSTALLATION
Bienvenue à Murol

– 5 –

J'ouvre en grand les volets de mon cabinet médical. Pleine vue sur la chaîne des Puys, le château de Murol perché sur la colline la plus proche et la ligne de crête du Sancy qui ferme l'horizon. Aussitôt les volets repoussés, le soleil se précipite dans la pièce, comme s'il recherchait lui aussi la fraîcheur des vieilles pierres de granit.

Je ne m'attendais pas à un tel accueil !

Pendant six mois, avant de déménager en Auvergne, je m'étais préparée au gris, aux horizons bas, aux routes enneigées, aux caniveaux trempés, aux pierres froides des maisons et aux toits fumants, aux rues désertes, aux écharpes et aux bonnets, aux vies calfeutrées... C'est tout l'inverse depuis que je suis arrivée.

Jamais, de mémoire d'Auvergnat, ils n'ont connu un hiver si doux. Quinze degrés en plein mois de février. Plus de vingt-cinq sur les faces ensoleillées des volcans. C'est à peine si les pare-brise parviennent à geler le matin.

Mon cabinet médical se situe en plein centre de Murol, à deux pas du pont de lave qui enjambe la Couze Chambon. Dans les rues du village, ce n'est pas l'animation de la rue Gambetta à Saint-Jean-de-Luz, mais ce n'est pas une ville fantôme non plus, entre les touristes privés de ski qui s'égarent ici, les randonneurs en rangs d'oignons, les élèves bruyants qui sortent de l'école et réveillent les petites vieilles, aussi engourdies par le soleil que les chats endormis derrière les rideaux de dentelle.

Je suis installée à Murol depuis trois semaines et je ne regrette rien. Trois ans qu'ils attendaient un médecin ! J'ai été acceptée comme si je revenais d'Amérique avec des lingots d'or à distribuer. Tout le monde a défilé dans mon cabinet, la maire, l'institutrice, le plombier, le boucher, le gardien du petit musée. Tous m'ont rassurée : ici, il y a du monde toute l'année ; tous m'ont félicitée, quand ils ont vu que je ne comptais pas mes heures ; tous m'ont proposé leur aide, que je n'hésite pas à demander. Ici, si on accepte d'ouvrir sa porte, ou de frapper à celle des autres, on ne reste pas seule longtemps.

Merci les amis, mais je ne suis pas seule.

J'allume mon ordinateur. Je vérifie le programme de la journée sur Planyo, l'application de réservation des consultations. Tout se fait par Internet aujourd'hui, même au cœur de l'Auvergne, plus besoin de secrétaire. Je lis distraitement la liste des patients, en plissant les yeux pour lutter contre le soleil qui s'amuse à éblouir l'écran.

Avant de les ouvrir grand. Deux billes exorbitées.

Je m'efforce de contrôler l'excitation qui me saisit, de souffler, de mieux respirer.

Je savais que le temps travaillerait pour moi ! Je suis le seul médecin dans un rayon de dix kilomètres. Il fallait juste attendre, avec patience, qu'il vienne à moi. Tout ce que j'ai entrepris depuis six mois, quitter la Normandie, traverser la France, m'installer au Moulin de Chaudefour, ouvrir ce cabinet, n'avait qu'un but : que la rencontre se produise.

Ça ne m'empêche pas de trembler de surprise.

Mélanie Pelat, 9 h 00
Gérard Fraisse, 9 h 15
Yvette Mory, 9 h 30
Tom Fontaine, 9 h 45

*
* *

— C'est à vous, madame.

Il est 9 h 55. Un retard raisonnable pour ne pas donner l'impression d'avoir expédié mes patients précédents. Dix minutes supplémentaires pourtant insupportables.

— Entrez, je vous en prie.

Amandine Fontaine pose son *Vivre Bio – Hors-série spécial montagne* sur la petite table de la salle d'attente, se lève, et entre avec Tom.

Je ferme la porte derrière elle. Nous voici tous les trois dans le secret de mon cabinet. J'ai hésité, quand Tom est passé devant moi, à ébouriffer ses cheveux blonds, à poser une main sur son épaule, à caresser sa joue. Je ne l'ai pas revu depuis juin dernier. Il porte un jean trop usé, un pull en laine écrue fatigué, des habits trop grands pour lui, mal repassés, rien à voir avec les vêtements de marque d'Esteban. Pourtant, jamais Tom ne lui a autant ressemblé.

Je me suis préparée. J'ai répété cette consultation plus de cent fois dans ma tête. Je ne dois pas me laisser troubler.

Un bureau nous sépare, Tom lorgne de côté vers la bonbonnière. La récompense des petits patients qui ont été très courageux. Je me tourne directement vers lui, comme si Amandine n'existait pas. Ce n'est même pas une stratégie, avec les enfants je procède toujours ainsi. Je préfère d'abord les entendre me décrire, avec leurs mots, les symptômes de leurs maladies, avant que leurs parents ne s'en mêlent.

— Alors, qu'est-ce qui t'arrive, bonhomme ?

Tom me fixe avec ses deux grands yeux bleu océan, surpris que je m'adresse à lui.

Ce regard, mon Dieu, ce regard...

Amandine aussitôt réagit.

— Rien, affirme-t-elle, c'est fini, il est guéri. Tom a raté l'école pendant trois jours, il toussait trop pour y aller. Gorge irritée, nez qui coule, il ne sait pas se moucher, enfin vous voyez. Mais là c'est terminé.

Pourquoi venir voir un médecin si la maladie est passée ? Elle ne me laisse pas le temps de l'interroger.

— J'ai juste besoin d'un certificat médical. Pour l'école. Sinon ils vont me faire tout un sketch pour les jours qu'il a ratés. Aujourd'hui, c'est le dernier jour avant les vacances de février.

Amandine me dévisage avec une intensité anormale. J'accroche à mes lèvres un sourire professionnel. Est-il possible qu'elle m'ait reconnue ? Je me suis coupé les cheveux avant d'arriver à Murol. Je porte des lunettes quand je consulte, elle ne m'a jamais vue avec. Comment pourrait-elle faire le rapprochement entre la nouvelle médecin du village et cette femme entraperçue sur la plage de Saint-Jean-de-Luz, il y a six mois, pendant trois jours, trois jours où elle n'a pratiquement pas levé les yeux de ses magazines ?

— Je vais être claire, poursuit Amandine. Je ne suis pas trop, comment vous dire, médecine, médicaments, labos, vaccins et tous ces trucs-là. Je préfère soigner Tom moi-même. Vous voyez ce que je veux dire ? Du préventif, du bon sens, des méthodes naturelles.

Je souffle. Soulagée. Ce n'est pas de moi qu'elle se méfiait, mais du système médical en général. Je suis habituée, c'est de plus en plus fréquent, chez les jeunes mamans. L'automédication. Deux ou trois livres spécialisés, un site Internet, quelques forums, et elles ont l'impression d'avoir fait trois ans d'internat.

— Au moins vous êtes franche !

Amandine me rend mon sourire. Elle est déjà prête à se lever. Elle le fera dès qu'elle aura son papier.

— Mais je vais être franche aussi…

Le sourire d'Amandine Fontaine s'est immédiatement refermé. Tom braque toujours ses yeux sur la bonbonnière.

— Je ne peux pas vous délivrer un certificat médical sans examiner votre fils. Désolée, ce n'est pas négociable.

J'ai essayé de trouver le juste dosage entre amabilité et fermeté. Amandine grimace, hésite. Est-elle capable de prendre la main de Tom et de s'en aller ? Je décide de continuer à m'adresser directement à lui.

— Je ne vais pas te faire de mal, bonhomme, juste un petit examen de routine.

Comme si l'affaire était entendue, je m'avance pour l'ausculter. Amandine hésite encore à me laisser approcher. Est-ce son instinct maternel qui la pousse à se méfier, ou a-t-elle quelque chose à cacher ? Je devine qu'elle ne me laissera pas toucher Tom, qu'elle va se lever pour s'interposer, mais elle grimace soudain, clouée sur sa chaise par une douleur intense dans le ventre. Et si c'était elle, pas son fils, qui avait besoin d'un médecin ?

— Tom n'est jamais malade, parvient-elle à articuler en masquant maladroitement sa souffrance. Il n'a pas vu un médecin depuis deux ans.

— Eh bien on va rattraper le temps perdu. Allez, mon garçon, monte sur la table !

Mon enthousiasme et ma détermination l'emportent. Je me contente pour commencer d'examiner la gorge de Tom, ses oreilles, son nez. Je confirme, il présente tous les symptômes d'une laryngite bénigne, l'inflammation est pratiquement résorbée. Amandine a au moins raison sur ce point, Tom n'a pas besoin de médicaments.

— Parfait, mon grand, tu pourras même aller à l'école cet après-midi si tu en as envie.

Le visage de Tom s'élargit d'un grand sourire. C'est celui d'Esteban, c'est celui de mon Petit Prince. Je réalise qu'à chaque fois que je pose mes yeux sur ce garçon, que mes mains le frôlent, que j'examine sa gorge, que je presse sa poitrine, je descends un peu plus dans un enfer d'où je ne pourrai jamais remonter.

J'ai l'impression de toucher la peau d'Esteban, de respirer l'odeur d'Esteban...

Je n'ai pas le choix pourtant, je dois m'enfoncer plus loin dans les limbes. Si mon fils y est enfermé, je dois aller le chercher.

— Reste assis sur la table, bonhomme, ce n'est pas encore tout à fait fini. Tu peux retirer ton pull et ton tee-shirt ?

Tom obéit. Amandine n'a rien dit. Est-ce la douleur au ventre qui l'a terrassée ? Est-ce mon autorité ? Est-ce qu'après tout, elle n'a aucune raison de s'opposer à ce banal examen ?

Je palpe les omoplates de Tom, ses côtes, son ventre, ses genoux, ses coudes et ses poignets. J'ai la sensation que mes doigts vont s'enflammer. Un conflit insoluble explose dans ma tête, entre la raisonnable docteur Maddi Libéri et l'inconsolable maman d'Esteban. La médecin que je suis essaye de réfléchir en professionnelle expérimentée : j'ai ausculté des centaines d'enfants de dix ans, et je sais qu'en majorité, ils possèdent tous la même morphologie, le même poids, la même taille, à quelques kilos et centimètres près : même silhouette filiforme en tige de marguerite, mêmes jambes maigres et toniques, mêmes biceps plats dont on fait le tour avec deux doigts. Et pourtant, la maman d'Esteban que j'étais n'abandonne pas : la mémoire de mes mains ne ment pas, je sais reconnaître le corps de mon enfant.

— Parfait, mon grand. Maintenant allonge-toi. Je vais baisser un peu ton pantalon, ne t'inquiète pas.

Je desserre la boucle de son ceinturon. Je fais sauter un premier bouton.

Amandine réagit cette fois.

— Vous lui faites quoi ?

— Rien de spécial. Je contrôle sa puberté.

— Tom a dix ans.
— Justement !

Amandine n'ose pas me contredire frontalement. Elle doit repenser aux sites médicaux sur lesquels elle a surfé, aux cas de puberté précoce, aux garçons qui deviennent des petits hommes. Ça me laisse le temps de continuer.

Je fais sauter trois autres boutons. J'écarte le pantalon. Je baisse, un peu, à peine un centimètre ou deux, le boxer bleu.

Ma main s'est pétrifiée.

C'est impossible ! Strictement, logiquement, médicalement impossible !

Et pourtant, je savais, avant même d'examiner Tom, qu'elle serait là.

Bien au chaud. Bien cachée.

Comme une preuve intimement dissimulée, mais impossible à effacer.

L'angiome est parfaitement dessiné, en forme de goutte d'eau, telle une larme écarlate coulant sur l'aine droite de Tom. La même que celle d'Esteban.

Sa marque de naissance.

Une marque impossible à falsifier.

Tom est toujours allongé, je ne l'ai pas invité à se relever, à se rhabiller...

Toutes mes certitudes basculent.

Je pouvais admettre une ressemblance physique ; je pouvais admettre, à la limite, un même maillot de bain, la même plage, mais cette tache ? Comment admettre qu'elle soit due au hasard, à la grande loterie de la génétique ?

Suis-je en train de devenir folle ? Victime d'une hallucination ?

Mes doigts ne cessent de toucher avec délicatesse la marque brune. Amandine se tient à côté de moi, impatiente qu'on en finisse avec cet examen. Je me retiens de la bombarder de questions. Qui est le père de Tom ? Pourquoi portait-il ce short indigo ? Pourquoi est-elle venue en vacances à Saint-Jean-de-Luz ? Il y a forcément une explication...

Dès qu'Amandine s'avance, sans doute pour signifier qu'elle en a assez, que l'examen est terminé, je bafouille la seule question que je peux lancer sans me trahir. J'écarte un peu plus le boxer, en ordonnant à chacun de mes doigts de ne pas trembler.

— Cet angiome, cette tache de naissance si vous préférez, quand est-elle apparue ?

— A votre avis ? C'est une tache de naissance, non ?

Amandine m'observe encore avec méfiance. Elle a repris l'avantage. Pourquoi ai-je posé une question aussi ridicule ? Je dois gagner du temps, pour examiner en détail cette marque. Je dois trouver une autre question. Je touche une nouvelle fois la tache sombre et je fronce les sourcils, comme si quelque chose m'inquiétait. Si je l'observe avec précision, je dois reconnaître qu'elle n'est pas strictement similaire à celle d'Esteban. Elle est un peu plus claire, un peu moins développée, mais je sais aussi que les angiomes évoluent, surtout lors de l'enfance, et qu'ils finissent par se résorber dans 80 % des cas.

Je perçois la peau chaude de Tom au bout de mes doigts. Le garçon ne bouge pas. Aussi sage et réfléchi qu'Esteban l'était. Occupé à tout observer, analyser, sans rien dévoiler de ses pensées.

A la limite, cette tache sombre pourrait être une trace de brûlure, qui remonterait à de nombreuses années, mais pour quelle raison avoir mutilé cet enfant à cet endroit précis ? Ma délirante supposition me fournit au moins l'idée d'une nouvelle interrogation.

— Cette marque... Vous êtes certaine que Tom ne s'est jamais brûlé ?

Amandine hausse le ton.

— Je m'en souviendrais ! Qu'est-ce que vous insinuez ? Que mon fils aurait eu un accident et que je ne serais pas au courant ?

Elle avance de trois pas et me pousse sans ménagement.

— C'est bon, Tom, ordonne-t-elle, tu peux te rhabiller.

Elle a produit un effort trop intense. Elle se tient à nouveau le ventre, comme si on l'avait frappée avec violence. Elle se retient à la table, cherchant à reprendre sa respiration.

— Tout va bien, madame Fontaine ?

Elle ne répond pas. Mélange de colère, de gêne et de douleur. J'en profite pour m'adresser à Tom.

— Et toi, cette tache, tu en penses quoi ?

Les yeux du garçon oscillent entre les miens et ceux de sa maman.

— Je... je l'ai toujours eue.

— Tu n'as aucun souvenir d'un accident ? Une brûlure, quelque chose qui t'aurait fait très mal, même quand tu étais petit ?

— Non. Non...

Amandine a retrouvé son souffle et aboie.

— Vous cherchez quoi, docteur ? Méfiez-vous, ici, on ne fouille pas dans la vie des gens ! Tom et moi, on a appris à se débrouiller seuls. Je n'ai pas de conseils à recevoir, surtout en ce qui concerne ma santé et celle de mon fils. J'ai peut-être lu plus de magazines médicaux que vous, alors vous voyez ?

Je vois...

*
* *

Tom se rhabille, se relève. Je pousse le défi jusqu'à ébouriffer ses cheveux blonds au moment où il passe devant moi. Je n'ai pas pu résister. J'ai ressenti une nouvelle bouffée

d'émotion, une ligne de drogue dure que j'aurais respirée, la sensation de retrouver un geste naturel, cet instantané de bonheur chaque fois qu'Esteban s'approchait de moi pour quémander une marque de tendresse.
— A bientôt, bonhomme.
Amandine me fusille des yeux.
— Je vous dois combien, docteur ?
Elle est une nouvelle fois terrassée par une douleur abdominale que sa fierté ne parvient pas à masquer. Elle s'assoit tout en sortant son portefeuille.
— Docteur ?
C'est Tom qui a parlé, d'une petite voix timide.
— Docteur, répète-t-il, pendant les vacances je pourrai aller à la piscine ?
J'avais presque oublié la plage de Saint-Jean-de-Luz, Tom est un excellent nageur, autant que l'était Esteban. Esteban passait toutes ses vacances scolaires d'hiver à la piscine, et celles d'été à la mer.
— Oui, mon grand. Tu es guéri, pas de souci.
Je me tourne vers sa mère, au moment précis où elle me tend un billet.
— Par contre, vous ne l'êtes pas, madame Fontaine. Laissez-moi juste vous ausculter. Ça ne vous coûtera rien de plus et...
— Docteur, avec tout le respect que je vous dois, mêlez-vous de ce qui vous regarde !
Un lourd silence envahit mon cabinet, le temps que je lui rende sa monnaie. Tom lorgne toujours le bocal de bonbons sur mon bureau. Sa mère ne va quand même pas m'interdire de lui en offrir un.
— Tu veux un bonbon au miel ?
Tom retire immédiatement sa main, se recule et se réfugie dans les bras de sa mère, comme si je lui avais proposé

d'avaler du venin de vipère. Ses yeux effrayés ont toutes les caractéristiques d'une phobie incontrôlable.
De quoi Tom a-t-il peur ?
D'un simple bonbon au miel ?
Des souvenirs atroces me reviennent.
Ils ont le goût sucré d'un piège d'été.
Est-il possible que Tom et Esteban aient tous les deux croisé les mêmes prédateurs ?

– 6 –

Savine Laroche gare son 4 × 4 Renault Koleos devant la mairie de Murol. La voiture de l'assistante sociale de la commune est reconnaissable entre toutes. Orange. Modèle 2008. Autocollants Vulcania et Bibendum Michelin pour masquer les points de rouille. La voiture, malgré ses treize ans, tourne toujours comme une horloge et gravit avec une énergie de jeune bolide les cols auvergnats. Savine Laroche n'y connaît rien en mécanique, mais le garagiste de Murol entretient sa vieille Koleos avec amour. Un type sympa, ce Gilles Tazenat, même s'il lui a facturé 300 euros des pneus neige qui ne lui serviront probablement pas de l'hiver.

Savine, avant d'entrer dans la mairie, prend le temps d'admirer le décor autour d'elle. Le village est comme recroquevillé sur lui-même. Les maisons se serrent les unes contre les autres, hautes et fragiles, protégées sous des toits d'ardoises et soutenues par les poutres de granit des portes et des fenêtres. La Couze Chambon le traverse de toutes parts, et sans doute pour préserver Murol de ses crues, les rues et les ponts ressemblent à des remparts. La mairie est bâtie à l'abri, en hauteur, en solides et noires pierres de lave.

Savine connaît par cœur ce village, ce paysage aux reliefs adoucis, et pourtant chaque matin, avec la même émotion, l'apprécie. Elle détesterait habiter une plaine, mais tout autant les hautes montagnes qui vous enferment. Elle n'aime que ces paysages ouverts, où l'horizon rebondit de colline en colline, telle une feuille pliée à l'infini, comme si Dieu avait joué aux origamis. Elle connaît son métier, elle connaît la misère rurale, dans les secrets des fermes, dans le silence des hameaux, derrière les volets fermés et les façades jamais ravalées ; elle a beaucoup, beaucoup de boulot. Mais on ne l'empêchera pas de penser que malgré la pauvreté qu'elle croise dans chaque village accroché au flanc des volcans, la misère est moins pénible au grand air.

*
* *

— Bonjour à tous, lance-t-elle en ouvrant à la volée la porte de la mairie. Vous avez vu ce soleil ? On se croirait au printemps !

Le *tous* se résume à un seul employé, de garde à la mairie sur l'heure de midi.

— Ils t'ont tous abandonné, Nectaire ? Pour aller se baigner dans le Chambon ?

Nectaire Paturin est secrétaire de mairie. Préposé aux tampons, aux formulaires et aux photocopies. On raconte qu'il a été flic, à Clermont, avant de finir ici. Savine l'aime bien, même s'il est tout son contraire : mou, lent, pessimiste. Il doit être un peu plus vieux qu'elle, la quarantaine finissante, mais pour le reste, même bilan du poids des ans : le célibat revendiqué comme un combat, les cheveux qu'on laisse blanchir et la retraite en lointain point de mire.

— J'aurais préféré qu'ils aillent y patiner, commente Nectaire. C'est pas normal, de telles températures en hiver.

— Je sais, y a plus de saisons, mais ça a du bon. Attention... Abracadabra.

Savine fait apparaître, à la façon d'une magicienne, un bouquet de jonquilles caché dans son dos.

— Les premières de l'année. Fais un vœu. Je les ai cueillies près des cascades de Chiloza.

Le secrétaire de mairie observe avec consternation les jonquilles de février. Il n'aurait pas l'air plus catastrophé s'il apprenait que les volcans d'Auvergne se réveillaient.

— Attends, y a encore mieux, il y a déjà des fruits sur les arbres.

Le secrétaire de mairie manque d'en tomber de sa chaise à roulettes.

— Abracadabracadabra !

Nouveau tour de magie. Cette fois, Savine sort de son sac à dos un kilo de mandarines, toutes enveloppées dans du papier.

— Cueillies elles aussi près des cascades de Chiloza ? commente Nectaire.

— Evidemment ! En tous les cas, c'est ce que la vieille Chaumeil, sur le marché de Besse, m'a juré !

Savine pose les mandarines sur son bureau, face à celui de Nectaire, entre un Casimir en plastique, une Barbotine en peluche et un mug des New York Knicks. L'orange est définitivement sa couleur favorite !

Nectaire est resté bloqué sur les fruits, son regard les fixe à la façon dont une voyante lit dans une boule de cristal.

— Vois-tu, annonce le secrétaire de mairie, le monde se divise en deux.

Aaaah... c'est la phrase favorite de Nectaire Paturin. Chaque geste du quotidien, selon lui, est porteur d'une vérité profonde, révélant les fractures béantes de notre monde. Nectaire est mou, lent, pessimiste... mais philosophe.

— Il y a ceux qui achètent des mandarines avec du papier autour, et ceux qui les achètent sans.

Savine écarquille les yeux, fixant à son tour le banal sac de fruits.

— Ah ouais, quand même !

Nectaire passe sa main dans ses cheveux de mouton mal peigné. Il prend le temps de trouver l'inspiration en laissant son regard se perdre par la fenêtre. Le ciel d'Auvergne est uniformément bleu, comme si les sommets étaient trop arrondis pour accrocher le moindre nuage. Nectaire est tout l'inverse d'un étalon éperonné par la cinquantaine galopante, plutôt cheval de labour aux pas lourds, mais il possède d'irrésistibles yeux d'enfant qui cherche à comprendre chaque mystère de la vie autour de lui.

— Les premiers, affirme-t-il, ceux qui achètent des mandarines avec du papier autour, sont d'une nature confiante. Ils n'ont pas besoin de vérifier si le fruit en dessous est abîmé. Ils considèrent que le risque est minime, en tous les cas pas suffisamment important pour se méfier. Ils ne se posent même pas la question, pourquoi certains fruits sont emballés et d'autres pas. A la limite, ils trouvent ceux empapillotés plus jolis. Ils aiment que le monde fasse preuve d'imprévisibilité et de fantaisie, ils y voient le respect de leur propre désir de liberté. En résumé, pour simplifier, ce sont des gens optimistes. Comme toi, Savine.

Savine le gratifie d'un sourire charmeur.

— Et les autres ?

— Ils sont pragmatiques. Ils ne font confiance qu'à leur jugement. Le monde n'existe qu'à travers le filtre de leurs propres raisonnements. De leur propre système de valeurs, si tu préfères. Ils sont pessimistes et soupçonneux. Comme moi, Savine ! Ils sont, comment dire, précautionneux.

Savine émet, lèvres serrées, un petit sifflet d'admiration, puis ôte avec impatience le papier autour de l'un des fruits.
— Tu ne sais pas ce que tu perds ! Dans les surprises de la vie, ce qu'il y a de plus beau, c'est le papier cadeau.
Elle se lève pour donner le fruit au secrétaire de mairie.
— Tu pourras vérifier qu'elle n'est pas pourrie ! Tu ne veux pas que je te l'épluche aussi ?
— Ça ira, merci.
Savine et Nectaire restent un instant à échanger un regard complice, sans rien ajouter. Tels deux aimants attirés par la polarité opposée. L'assistante sociale rompt le silence avant qu'il ne devienne trop intense.
— En échange, tu me fais un thé ? Tu mets ce que tu veux dedans... je ne vais pas vérifier si tu cherches à m'empoisonner !

*
* *

Nectaire a sorti du tiroir de son bureau plus d'une dizaine de sachets. Chacun est identifié par une étiquette annotée à la main, précisant le jour et le lieu de la récolte. *Mélisse, églantier, genévrier, aubépine, bourgeons de pin, achillée.* La dégustation des infusions de Nectaire est une institution communale. Il concocte ses mélanges lui-même, en fonction de critères obscurs, tels que la météo extérieure, ses humeurs intérieures, son degré de fatigue, son niveau d'excitation (rarement très élevé), la progression de sa digestion.

Il se prépare, concentré, équipé d'une cuillère doseuse creuse indiquant les quantités au millimètre près, à réaliser la décoction parfaite, quand la porte de la mairie s'ouvre brusquement. Un violent courant d'air soulève les poudres de plantes séchées, provoquant un délicieux nuage parfumé.

Nectaire tousse et s'étrangle, alors qu'un sexagénaire petit et sec, aux muscles plus noueux qu'un bois d'olivier, entre dans la pièce.

— Salut à tous. Je ne fais que passer.

Il ôte le casque de vélo qu'il porte sur la tête et se tourne directement vers Savine.

— J'ai... j'ai besoin de te parler.

— Je t'écoute, Martin.

— En... En privé.

Savine est intriguée. Martin Sainfoin est l'unique policier municipal de la commune. Il y a quelques années, on l'aurait qualifié de garde champêtre. Lui aurait préféré un nom plus ronflant, genre *adjudant des volcans*, *chasseur arverne*, ou *gardien des puys*... Tant pis. Il se contente d'arpenter les routes, les chemins et les cols à vélo depuis quatre décennies, les routes sur son Pinarello, les sentiers de randonnée sur son VTT Orbea. Martin Sainfoin est une petite célébrité locale, multimédaillé dans les critériums vétérans, de Limoges à Clermont-Ferrand. En prévision du championnat de France, il roule cent kilomètres chaque jour depuis sept semaines.

— En privé ? s'étonne Savine.

Nectaire, derrière son bureau, s'est fait oublier. Il a repris avec abnégation la mesure de chaque ingrédient de son infusion.

— C'est, précise Martin en baissant d'un ton, c'est à propos d'Amandine Fontaine. Et de Tom. Un truc étrange.

— Qu'est-ce qui se passe ? s'inquiète Savine.

Amandine et Tom sont les protégés de l'assistante sociale, au même titre que les quelques autres familles les plus fragiles du village.

— Je ne sais pas encore. Je dois vérifier deux ou trois trucs. On peut se voir ce soir ? A la Poterne ?

La Poterne est un bar de Besse, le bourg voisin, où la plupart des habitants du coin se retrouvent en fin de journée, pour y lire les pages locales de *La Montagne* et les commenter.
— Si tu veux.
— T'as quand même le temps de boire un coup avec nous, intervient Nectaire derrière eux.
— Une autre fois. J'ai prévu d'enchaîner quatre cols cet après-midi. Deux mille mètres de dénivelé et...
La bouilloire se met à siffler.
— Allez, insiste Nectaire, juste un pot-pourri spécial Paturin. A moins que t'aies peur des contrôles antidopage ?
Martin Sainfoin hésite. Trop longtemps. La porte de la mairie s'ouvre à nouveau et entrent trois autres employés. Alain Suchet – dit la Souche –, le jardinier, Géraldine Jume, la comptable, et Oudard Benslimane, l'animateur culturel.
— Tu tombes bien, Martin, lance Oudard, les jeunes de Besse, à force de s'emmerder sans neige, se sont mis dans la tête d'organiser des rave-partys sur le Sancy. On va devoir jouer à cache-cache pendant toutes les vacances de février.
Savine a déjà rapporté cinq tasses, Géraldine sorti une flougnarde[1] pomme-rhum du frigo. Martin Sainfoin, coincé, regarde sa montre. S'il veut pousser jusqu'au col de la Croix-Saint-Robert, prendre le temps de vérifier cette histoire avec Amandine, et être à 19 heures à la Poterne, il va devoir appuyer sur les pédales comme jamais.

---

1. Tarte auvergnate.

– 7 –

Midi quarante-cinq.
Je suis garée sur le petit parking de mon cabinet. Quatre places, vides. La plupart des commerces du village sont fermés pendant la pause méridienne. Je profite du paysage, vue panoramique sur le donjon du château de Murol qui flotte tel un bouchon sur les vagues de sapins. La clé est enfoncée dans le contact de mon Alfa Romeo MiTo. Je n'ai plus qu'à la tourner, remonter la vallée de la Couze Chambon, six kilomètres de lacets, et je serai chez moi, au Moulin.
Je ferme les yeux.
Immédiatement, la marque de naissance apparaît. Tache brune sur peau claire. Imprimée sur ma rétine, comme si j'avais trop longtemps fixé le soleil. Est-ce celle de Tom ? Celle d'Esteban ? Impossible de le savoir. Les deux se confondent dans ma mémoire.
J'ouvre les yeux. La marque s'imprime dans le ciel. A moins que ce ne soit mon cerveau qui soit touché, taché.
Qu'espérais-je en venant m'installer ici ? A attendre la visite de Tom et de sa mère, à imaginer, pendant des journées entières, cet instant où je demanderais à ce garçon de se déshabiller ?
Une preuve, évidemment ! Je peux bien me l'avouer. J'attendais une confirmation. Je ne faisais que suivre le fil de mon intuition.
Non, cette ressemblance n'est pas qu'une ressemblance.
Non ces coïncidences ne peuvent pas être que des coïncidences.
Il y a autre chose... Même si Esteban aurait vingt ans aujourd'hui, même si Tom n'était pas né quand Esteban a disparu, même si...

Je me penche et sors mon Samsung de mon sac. Trois barres, 4G. Qui prétendra qu'il existe encore en France des endroits isolés ?

Je tape fébrilement.

Marque de naissance.

Je n'ai que de vagues connaissances sur les angiomes, quelques souvenirs d'un manuel de dermatologie, ils ne sont pas le sujet le plus étudié en fac de médecine.

Je survole les sites. Les marques de naissance portent des noms divers, au gré des époques, des régions, de leur couleur et de leur forme : tache mongoloïde, tache café au lait, tache de vin... Les spécialistes paraissent d'accord sur plusieurs points. Ces marques sont fréquentes, elles touchent plus d'un enfant sur dix. Leur origine est presque toujours inconnue. On a longtemps avancé l'explication héréditaire, mais on sait désormais qu'elle est loin d'être majoritaire. Le plus souvent, aucun lien génétique n'explique ces taches. Leur évolution est tout aussi mal comprise. Dans la plupart des cas, elles disparaissent, dès que l'enfant grandit, sans laisser la moindre trace.

Comme un souvenir qui s'efface.

J'hésite encore. Je suis attendue au Moulin, j'ai promis à Gabriel de rentrer pour déjeuner. Je sais pourtant que je ne peux pas en rester là. Je dois franchir le pas. Comme ce pont de pierres devant moi, je dois passer sur l'autre rive, celle où d'autres rationalités sont révélées.

Les doigts tremblants, je tape sur le minuscule clavier.

Tache de naissance... réincarnation.

Un instant, le temps que ma requête s'envole au-dessus des volcans, j'espère qu'il n'y aura aucune réponse, aucune correspondance, à l'exception d'un ou deux sites d'illuminés ou d'un forum de discussion bidon.

Quelle illusion...

Sur mon Samsung s'affichent des dizaines de sites, plus de cent entrées, s'ouvrant le plus souvent sur de longs développements.

Je sais que je viens de pénétrer dans un nouveau monde, dont je ne soupçonnais pas l'existence, un monde dont aucun professeur, lors de mes études de médecine, ne m'a jamais parlé.

Je me plonge dans le résumé d'un livre, *Réincarnation et biologie : la croisée des chemins*. L'auteur, un certain Ian Stevenson, note que la médecine officielle, pour expliquer ces taches qui apparaissent à la naissance et disparaissent à la fin de l'enfance, n'a pas d'autre choix que de convoquer un seul argument : le hasard !

Sauf que les hommes n'aiment pas le hasard, ils s'arrangent toujours pour que les éléments aient une signification. Stevenson démontre que pour de nombreuses cultures, hindoue, bouddhiste, animiste, ces marques possèdent un sens précis et reconnu : elles sont le témoignage des vies antérieures.

Une boule bloque ma gorge. Je lève un instant les yeux. Le parking de mon cabinet est toujours aussi vide. J'ai l'impression d'être seule, au milieu d'un village fantôme.

Je baisse à nouveau les yeux vers l'écran de mon portable. Je sais que je ne devrais pas continuer. Pourquoi consulter tous ces articles auxquels je ne crois pas ? Pourquoi m'infliger ce supplice ?

Je lis pourtant, malgré moi. Les articles détaillent des dizaines d'exemples d'enfants marqués. Il ne s'agit pas de simples témoignages auxquels il serait facile de ne pas porter foi, mais de véritables analyses biologiques, photographies à l'appui. Toutes révèlent des taches, des plaies, des malformations... et presque toujours, les médecins qui ont travaillé sur ces cas en arrivent à une conclusion.

DEUXIÈME ÂGE

Je me mords les lèvres, incapable d'empêcher mes yeux de lire la suite, d'affronter la vérité.
Les marques correspondent à l'emplacement d'une ancienne blessure.
Elles sont le signe que celui qui s'est réincarné...
est décédé...
d'une mort violente.

*
* *

J'arrive au Moulin de Chaudefour. Je n'ai croisé personne dans la montée depuis Murol. J'ai suivi les courbes de la route, les mains crispées sur le volant de ma MiTo, fermement accrochée pour négocier les virages de la vie, chamboulée, bousculée, mais déterminée.
Je ne vais pas me mettre à croire à ces histoires !
Même si je ne peux pas nier cette évidence : j'ai vu cette marque, sur l'aine de Tom, semblable à celle d'Esteban.
Je me gare sur le gigantesque parking du Moulin, en grande partie reconquis par la végétation.
Je ne veux pas me mettre à croire à ces histoires !
Y croire, ce serait admettre l'horreur, celle que je me suis efforcée de repousser, depuis toutes ces années.

Je marche vers le Moulin. Je tangue, malgré moi, comme si mes pas refusaient de marcher droit, cherchaient encore à suivre n'importe quel tournant, n'importe quelles courbes d'un toboggan où je me laisserais glisser. Je lève les yeux. Je dois réagir, me reconcentrer.
Le Moulin de Chaudefour s'étend devant moi. Tout en longueur. Une bâtisse de deux cent cinquante mètres, dotée d'une vaste salle de restauration, vue imprenable par la baie vitrée sur les pentes du Mont-Dore et la vallée de Chaudefour.

Le Moulin est l'un des cinq hôtels à avoir ouvert sur le site, dans les années 70, quand la station de Chambon-des-Neiges était encore l'une des plus florissantes d'Auvergne, avec sa dizaine de remontées mécaniques et ses vingt kilomètres de descentes. Le réchauffement climatique a finalement eu raison de la station, malgré l'installation des canons à neige ou la création de pistes d'altitude. Elle a fermé il y a vingt ans. Il ne reste plus d'elle qu'une ville fantôme, un décor de western, un de ces villages désertés après la ruée vers l'or, quand le filon a été abandonné : parking démesuré, appartements vides, pylônes plantés au milieu de la forêt, larges coulées déboisées.

J'ai pu acheter le Moulin de Chaudefour, qui accueillait une cinquantaine de skieurs à la grande époque, pour le tiers de son prix. Trop loin des pistes, trop loin des commerces, trop loin de tout. J'ai pourtant immédiatement eu le coup de foudre pour cette ancienne auberge, son épaisse façade de pierres capable de résister à une explosion nucléaire, son élégant hall de verre, sa salle à manger réchauffée d'une immense cheminée, ses couloirs en bois de pin à l'étage et ses chambres alignées.

Un véritable palais.
Un chalet de conte de fées.
Trop grand pour moi.

*
* *

— Gabriel ? Gabriel, tu es là ?

La porte du Moulin n'est pas fermée à clé. Gabriel ne serait pas sorti en laissant tout ouvert.

— Gabriel ?

Il est forcément là, dans une des chambres, un casque sur les oreilles, sans doute la suite du Bois-Joli, la nôtre, celle avec la plus belle vue sur la vallée de Chaudefour, la cascade de la Biche et la Dent de la Rancune.

— Gaby, je suis rentrée !

J'avance vers la cuisine. Un verre traîne dans l'évier. Un couteau est planté dans l'égouttoir. Sur la table, une moitié de baguette, des miettes, et un journal, *La Montagne*, ouvert sur le programme télé.

Je soupire tout en refermant le journal, en rangeant le pain dans la huche, en ramassant les miettes au creux de ma main. Le sentiment de solitude me submerge au moment où je m'y attends le moins. Malgré moi, je repense aux dernières paroles de Wayan, dans son cabinet havrais, il y a six mois.

— *Etes-vous certaine que Gabriel acceptera de tout abandonner pour vous suivre ?*

— *S'il n'est pas d'accord, tant pis pour lui, ça ne changera rien à ma décision. Je suis une femme déterminée... et libre !*

L'éternel dilemme. Serais-je plus heureuse si j'étais seule ? Sans doute vaut-il mieux ne pas se poser la question.

Je monte l'escalier de pin clair. Des photographies de la station enneigée sont encore accrochées, des anoraks aux couleurs délavées, des pulls Jacquard sous des combinaisons-salopettes, des cagoules de laine, des chaussures de cosmonaute, ambiance colonie de vacances, tire-fesses sur la piste verte, luges en bois et batailles de boules de neige.

— Gabriel ? T'es dans la chambre ?

Gabriel a tout de suite été d'accord pour partir en Auvergne. Docilement. Et même en plaisantant. *Il ne pourra pas faire un temps plus pourri qu'ici, en Normandie.* J'ai été surprise qu'il ne discute pas davantage, qu'il accepte aussi facilement ce déménagement. Est-ce qu'il s'en fiche ? Saint-Jean-de-Luz, Etretat ou Murol, du moment qu'il est libre de faire ce qu'il veut, c'est-à-dire passer presque tout son temps sur des écrans en prétendant, selon le jargon à la mode, approfondir ses domaines de compétence, consolider ses acquis, évaluer ses besoins, trouver sa voie, et surtout chercher des bons plans sur Internet... sans jamais les trouver bien entendu. L'argent n'est pas un problème, de toutes les façons, je gagne bien ma vie, assez pour deux, et il l'a compris. J'ai juste besoin... d'une compagnie ?

Je pousse la porte de la chambre. Gabriel est dans le lit, endormi.

On ne dispute pas un chat qui somnole toute la journée, on ne lui demande pas de travailler, on est juste heureux qu'il soit là quand on rentre, de bonne humeur, joyeux et farceur, parce qu'il s'est ennuyé.

Mes pas grincent sur le parquet, assez pour le réveiller. Gabriel ouvre ses grands yeux sombres, s'étire, repousse les draps du bout du pied. Il dormait presque nu. Il m'offre son torse imberbe, son ventre plat, le reste est dissimulé dans un bas de survêtement tire-bouchonné.

— Tu viens te coucher avec moi ? murmure-t-il dans un demi-sommeil.

— Tu ne t'es pas levé de la matinée ?

— Je... je ne me sens pas très bien. Tu peux m'examiner ?

Diagnostic rapide. Main sur le front. Gabriel a un peu de fièvre. Nez pris. Toux grasse. La montagne ne lui réussit pas ! Il enchaîne rhumes et bronchites depuis que nous sommes arrivés. Je lui ai laissé un stock de médicaments sur la table de chevet. Je lui ai fait des ordonnances précises. Je vérifie ce qu'il prend en rentrant. Une vraie maman !

Il profite que je sois penchée vers lui pour essayer de m'entraîner.

— Allez, cinq minutes. Juste un câlin.

— Je n'ai pas le temps, figure-toi. J'ai juste trois quarts d'heure pour manger. Je dois y retourner.

Gabriel fait mine de bouder, déçu.

— Je mangerai après. J'ai déjeuné tard.

Sur la table de chevet, entre le Doliprane, l'Exomuc et l'Humex, je repère que la tablette est branchée. Gabriel a encore dû passer la matinée à jouer à un jeu débile, ou sur des sites d'achat-vente en ligne où l'on fait croire qu'on devient trader en trois clics.
   Je soupire, je pose un baiser dans son cou et je m'apprête déjà à sortir. Je n'ai pas envie de me fâcher avec lui. Pas aujourd'hui. J'ai d'autres soucis. *Ne faire aucune promesse, jamais. N'en exiger aucune, jamais.* Gabriel se comporte comme un vrai ado. Après tout, peut-être n'ai-je tout simplement pas envie qu'il grandisse, qu'il devienne sérieux, ennuyeux, prévisible, sûr de lui, indépendant, triste, rangé à plat, comme tous ces hommes écrabouillés par le poids de leurs responsabilités. Je préfère garder chez moi mon petit oiseau fragile et gracile, même si les habitants de Murol vont finir par croire que je vis seule, à voir si peu souvent Gabriel, que je ne suis qu'une vieille fille rêche et célibataire, venue s'enterrer dans la vallée. Je vais attirer tous les gigolos du quartier !
   — Tu pars déjà ? grogne Gabriel.
   — Désolée, j'ai des consultations jusqu'à ce soir... Tu m'appelles s'il y a un souci ?
   — OK, travaille bien.
   Gabriel s'est déjà endormi, sans tirer sur lui les draps du lit.
   Je redescends l'escalier, j'ai menti.
   Ma prochaine consultation n'est qu'à 13 h 45. Et moi non plus, je n'ai pas d'appétit.

*
* *

   J'ai garé ma MiTo le long d'un des anciens parkings de la station de Chambon-des-Neiges, au pied du télésiège du puy Jumel. Il n'en reste aujourd'hui qu'un champ d'herbes folles où les perce-neige fleurissent à profusion. Des centaines de fleurs blanches, comme si la nature s'amusait à fabriquer une illusion de flocons. Le hameau de Froidefond se situe trois kilomètres plus bas, à vol d'oiseau, sans suivre les lacets de la D36.

Je m'engage sur le chemin qui longe la Couze Chambon. Je progresse dans un sous-bois ombragé, évitant les orties et les ronces en m'accrochant aux branches les plus proches de la berge. Le niveau de l'eau n'est pas très élevé ; en sautant de pierre en pierre on pourrait traverser le torrent sans se mouiller. Il doit être orphelin des sommets enneigés qui, d'ordinaire, l'alimentent jusqu'à la fin de l'hiver. On dirait un bébé rivière, que trois cailloux disposés en barrage suffiraient à bloquer.

Un large pont de pierre le franchit pourtant, à l'entrée de Froidefond. Une seule arche, majestueuse, disproportionnée au regard de la taille du hameau, qui se résume à dix maisons aux façades de granit noir et aux volets clos, un lavoir, une fontaine et deux fermes, de chaque côté de la route, un peu en contrebas.

La Souille est la deuxième ferme. Du moins l'était. Des bâtiments agricoles, il ne reste plus qu'une maison de deux étages aux murs de torchis décrépis, une grange au toit crevé dans laquelle plus aucun fourrage n'est entreposé, une bâche plastique censée la protéger mais qui, mal amarrée, flotte au vent, à moitié déchirée, quelques socs de charrue rouillés, un puits comblé, un banc de pierre sur lequel un vélo est appuyé, un grillage entortillé entre quatre pieux pour protéger un mini-potager. Des poules cavalent de tous les côtés. Des chats maigres les guettent, perchés aux fenêtres.

C'est la première fois, depuis que je me suis installée à Murol, que je ne me contente pas de traverser le hameau en MiTo, sans m'arrêter, juste un coup d'œil vers la ferme avant d'accélérer à nouveau. Je ne voulais pas venir avant, je voulais qu'Amandine Fontaine fasse le premier pas. Elle allait le faire, forcément, puisque je suis le seul médecin de la vallée. Je voulais avoir cette excuse avant de revenir vers elle. Devenir son médecin de famille ! Celui qui vient sans s'annoncer. Qui entre sans frapper. Qui questionne, espionne, parce qu'il est inquiet.

Même si Amandine se méfie, c'est elle qui est venue me consulter. Elle est piégée.

*
* *

13 h 15.

Je me suis avancée jusqu'à la fontaine, à la sortie de Froidefond. Personne ne m'a remarquée, du moins je l'espère : n'importe qui, derrière les planches des portes mal clouées ou les lucarnes des greniers, pourrait me repérer. Difficile de déterminer si Froidefond est un hameau abandonné, ou au contraire rénové pierre par pierre par des résidents secondaires qui ne reviennent que l'été.

Si je me tiens un peu penchée, la fontaine est assez haute pour me dissimuler. L'eau qui sort du tuyau de cuivre pour remplir le bassin se colore d'une étrange teinte rouge. C'est fréquent, sur la terre des volcans. La source doit être ferrugineuse, légèrement piquante, excellente paraît-il pour la digestion. Je regarde avec une pointe de dégoût les parois oxydées de la cuve de granit, l'eau croupie dans le fond. Désolée pour vos traditions, mais ça ne va pas m'empêcher de prescrire à mes patients du Spasfon !

De mon poste, je dispose d'une vue complète sur la cour de la Souille, les poules, les chats et la porte d'entrée. J'attends à peine quelques minutes avant de voir la porte s'ouvrir, et Amandine sortir. Je l'observe avancer de quelques pas, soulever l'une des bâches en plastique protégeant le potager, cueillir une poignée d'herbes, puis peiner à se relever. Elle se tient à nouveau le ventre, comme lors de la consultation, mais cette fois, sa douleur est accompagnée d'une toux sèche. Amandine rentre précipitamment, sans refermer la porte derrière elle.

La cour est rendue aux poules.

J'attends encore. Je me sens stupide à observer ainsi les volatiles. Stupide et gênée. N'importe qui, dans le hameau, pourrait me repérer. Je pourrai toujours prétendre que je rends visite à Amandine et Tom, que je m'inquiétais pour ma patiente, mais...

J'entends alors les quatre accords. Toujours les mêmes.
Mi sol ré la mi sol ré la
Mal joués, déformés, atroces pour l'oreille.

La ritournelle gagne en intensité, semble s'approcher, sans gagner en qualité, bien au contraire. Je vois enfin apparaître Tom. C'est lui qui joue ! Il se dirige vers le banc, au milieu de la cour de la ferme. C'est d'abord sa solitude qui me frappe, cette étrange inquiétude dans son regard, comme s'il avait été parachuté dans la cour, était tombé d'une lune ou d'une fusée, et que chaque détail l'effrayait. Esteban avait le même regard, une absence, une distance, cette fenêtre ouverte sur une planète où seuls les véritables artistes peuvent s'égarer. Mais Esteban était un enfant aimé, entouré, écouté. J'étais attentive à la moindre de ses qualités. Tom, lui, paraît... abandonné.

Je le regarde pousser le vélo et s'asseoir sur le banc de pierre, au milieu des poules jacassantes. Je me force à ne pas porter de jugement hâtif. Rien ne me permet de supposer que Tom est maltraité, ou qu'Amandine ne l'aime pas. Qu'il habite une ferme délabrée, ou que sa mère pratique l'automédication pour le soigner, ne signifie en rien qu'il soit en danger.

Mi sol ré la mi sol ré la

Je reconnais enfin les accords de l'introduction de *Wonderwall*.

Tom a encore du boulot ! Au moins, Esteban et lui ne partagent pas le même don... Je suis rassurée, une seconde, avant de me reprendre aussitôt : Tom n'a sans doute jamais suivi le moindre cours de solfège, aucun professeur de musique n'est sûrement jamais monté jusqu'à la ferme de la Souille, Tom a-t-il déjà tenu entre ses mains une guitare, ou le moindre instrument à cordes ?

Je plisse les yeux. Les émanations gazeuses de l'eau rouge de la fontaine m'irritent le visage, du moins j'en ai la sensation, comme lorsqu'on reste trop longtemps au-dessus des braises d'un feu qu'on croit éteint.

J'ai enfin pu repérer l'instrument avec lequel Tom tente de jouer.

Il s'est contenté de ramasser une branche de bois souple, de tendre une corde entre les deux extrémités, tel un arc qu'on aurait tordu jusqu'à ce qu'il prenne la forme d'un U. Puis d'attacher six fils, entre la corde et le bois.

Une guitare bricolée. Une harpe, plutôt. Ou plus exactement...

Une lyre.

Je tousse, au risque de me faire repérer. Les vapeurs de fer incendient ma gorge.

Une lyre ?

Est-ce mon imagination qui voit, dans ce bout de bois tordu et ces six ficelles, l'ébauche de l'instrument antique des dieux ?

Ou est-ce simplement parce que... Esteban aimait cet instrument !

Mes pensées affolées se souviennent de ce cadeau d'anniversaire, une guitare-lyre, jamais offerte.

Est-ce que je deviens définitivement cinglée ? Est-ce que tout ce que Tom fera, dira, me renverra à ce qu'Esteban faisait, disait ?

Tous les garçons, ou presque, grattent un jour ou l'autre les cordes d'une guitare.
D'une guitare, oui...
Mais d'une lyre ?
— C'est l'heure, crie soudain une voix, par la porte restée ouverte.
Amandine sort sur le seuil, un livre à la main.
Tom pose sur le banc son instrument, enfourche son vélo.
Sa mère ne lui adresse aucun au revoir, aucun *passe une bonne journée*, aucun *travaille bien*. Pas même un regard. Elle sourit simplement en regardant Tom s'éloigner, comme si elle en était débarrassée.
Je sais que je ne dois pas penser ainsi. Qu'il est impossible d'interpréter un sourire, un regard, un geste, et encore moins leur absence.

13 h 25.
J'aperçois Tom, déjà trois lacets plus bas. Il mettra moins de cinq minutes à rejoindre l'école de Murol. Moins que moi, le temps de remonter jusqu'à ma MiTo, de démarrer, de me garer. Cet après-midi, j'ai un agenda de consultations serré. Mais j'en maîtrise assez le rythme pour être libre à la sortie des classes, l'école est à moins de cent mètres de mon cabinet.
La porte de la Souille vient de se refermer. Amandine ne m'a pas remarquée. Mes yeux se perdent une dernière fois, vers la vallée, en direction du vélo de Tom qui disparaît dans les derniers virages avant le village.

– 8 –

Martin Sainfoin décide de mettre une dent en plus. 52/11. Le plus grand braquet. Ça fait des années qu'il n'avait emmené aussi gros. Son compteur oscille entre quarante-huit et cinquante et un kilomètres/heure. Sur le faux plat du camping du Domaine, c'est un sacré exploit, il connaît un paquet de petits jeunes de l'Arverne Vélo Club qui auraient du mal à prendre sa roue. Et il en remet un peu plus.
Cinquante-trois kilomètres/heure.
Il reste concentré, tête baissée, sur les bandes blanches du ruban bitumé, corps profilé, façon TGV, le vent de face glisse sur lui, paraît presque le porter.
Martin se dresse sur les pédales et relance encore la machine. Il doit prendre le maximum d'élan avant d'affronter l'ultime épreuve, le col de la Croix-Saint-Robert. La quatrième et dernière ascension de la journée.
Il vient d'enchaîner la Banne d'Ordanche, le Rocher de l'Aigle et la Croix-Morand, au total une petite vingtaine de kilomètres de grimpette et pas loin de mille cinq cents mètres de dénivelé. Mais il a gardé le meilleur pour la fin, le col le plus haut d'Auvergne, 1 451 mètres, et son final plein vent, sans aucun arbre pour s'abriter. OK, ce n'est ni le Ventoux, ni le Tourmalet, mais l'ascension répétée des puys n'a rien à leur envier. Il aime ces montées sèches, rapides, les longs lacets qui permettent de redescendre dans une autre vallée et d'attaquer aussitôt un nouveau col.
Surtout aujourd'hui. Il a des jambes de feu ! Est-ce la flougnarde au rhum, ou l'infusion de Nectaire qui produit son effet ? S'il tient à ce rythme jusqu'au sommet, pour le championnat de France vétérans il lui demandera d'en préparer un tonneau entier.

Allez, c'est parti pour dix kilomètres et quarante-trois virages de montée !

Combien de fois l'a-t-il grimpé ? Il sait qu'il ne faut pas partir trop vite, les premiers kilomètres sont les plus raides. Il se souvient de Bernard Hinault, en 78, il lui avait dédicacé une casquette à Besse, au départ de l'étape. Le Blaireau lui-même s'était cassé les dents sur les pentes des volcans, et avait laissé l'étape à ce loser de Joop Zoetemelk. Qui aurait pu croire, à le voir planté ainsi sur ces montagnes à vaches, que quelques jours plus tard, dans les Alpes, il gagnerait son premier Tour de France ?

Eh oui, Bernard, les cols auvergnats, il faut savoir les dompter !

Six dents en moins. Martin passe en 52/17. Surtout ne pas se mettre en danseuse, pas tout de suite, la pente est raide mais régulière pendant encore un kilomètre. Il faut garder de l'énergie pour les lacets.

Son cœur s'accélère. Vingt-neuf kilomètres/heure. Jamais il n'est allé aussi vite dans cette portion, et il a l'impression de pouvoir encore relancer. Qu'à la pédale, il pourrait décrocher n'importe quel champion ! Il prend juste le temps de lever la tête, d'admirer la ligne de crête, une ligne verte, sans glaciers ni rochers.

Il laisse ses pensées s'envoler, il a huit ans, il n'a que cela dans la tête, le vélo. Tout l'été, il écoute les étapes à la radio, mais aujourd'hui le Tour de France passe chez lui. Il est là, ce 12 juillet 64, dans l'un des virages du géant de l'Auvergne ; il le voit et il ne l'oubliera jamais ! Poulidor l'a fait, à la pédale, il décroche le grand Anquetil, mètre après mètre, le Normand ne sauvera son maillot jaune que pour quatorze secondes, au bord de l'épuisement. Ce jour-là, Martin a su qui il voulait être : Poupou ou rien !

Premier lacet, première relance, pas plus de vingt mètres, juste pour assurer la cadence.

La vie en a décidé autrement. Le destin. Il ne sera ni Poupou ni rien. Comme chacun. Juste un coureur du dimanche, en attendant la retraite pour être un coureur du lundi au samedi aussi.

Le massif des monts Dore s'étend devant lui, derrière les mamelons des volcans pelés qu'il doit contourner. C'est la première fois qu'il grimpe le col de la Croix-Saint-Robert en hiver. Jamais, de toute sa vie, il ne l'a vu avec aussi peu de neige. Les autres années, à moins d'enfiler des pneus à clous sur les chambres à air...

Martin ouvre un peu son maillot. On se croirait en été !

Poupou ou rien...

Il aurait pu être champion de France vétérans, il y a deux ans, s'il n'avait pas connement laissé filer ces deux échappés bordelais. A l'époque, il n'avait pas assez d'entraînement. Mais aujourd'hui... C'est le moment de tout donner, à partir du seizième lacet ! La pente plafonne à 5,7 %, avec une bonne trajectoire il peut parvenir à ne jamais descendre sous les vingt-cinq kilomètres/heure. Peut-être même vingt-huit. Ses cannes n'ont jamais aussi bien tourné.

Qu'est-ce que Nectaire peut bien foutre dans son thé ?

Martin en rigolerait presque de se voir ainsi avaler les kilomètres. Il a conscience qu'il ne sera jamais un grand coureur, seulement un amateur, mais ça ne l'empêche pas de rêver à sa petite heure de gloire, une victoire, lever au moins une fois les bras au sommet, un bouquet à son nom à jamais planté...

Martin jette un dernier regard vers le puy de Dôme, avant d'attaquer les dix derniers lacets. Il ne sera jamais ni Bernard Hinault, ni Thibaut Pinot, mais il peut au moins être Pierre Matignon, ce coureur oublié, la lanterne rouge du tour de France 69, une tortue que le lièvre ce jour-là, le grand Merckx lui-même, ne parviendra pas à rattraper avant le sommet du plus haut des volcans.

La plus belle histoire du Tour !

Plus que huit lacets. Les plus difficiles.

Vent de face. Vent de glace. Aucune maison pour s'abriter depuis le dernier buron[1], pas même une vache.

Martin referme son maillot.

Il sent pourtant qu'il peut encore accélérer. D'ordinaire, si près du sommet, l'acide lactique tétanise ses jambes des cuisses aux mollets. Cette fois, elles tournent toujours comme des trotteuses de Rolex, même si son cœur bat de plus en plus fort.

Le sommet n'est plus qu'à trois cents mètres. Il aura toute la descente pour se reposer, pour laisser son pouls redescendre, pour respirer.

Un premier coup de poignard lui déchire la poitrine. Une première alerte.

Martin regarde autour de lui. Personne. Mettre pied à terre serait trop bête.

Il se contente d'un peu moins appuyer, descend une dent, grimace, regrette.

Il est tombé à moins de dix kilomètres/heure, il imagine, s'il était en course, le peloton le dépasser à toute vitesse, juste avant le sommet, et lui regarder le wagon filer.

Plus que cent mètres.

La seconde pointe s'enfonce dans son cœur. Martin manque d'en basculer de sa selle, foudroyé par la douleur. Il se rétablit pourtant par miracle, continue en zigzaguant, sans comprendre ce qui lui arrive. Il est maintenant quasiment arrêté, pousse à peine sur les pédales, juste assez pour ne pas tomber, il se force à calmer sa respiration, à souffler, une fois passé le sommet il n'aura plus qu'à se laisser glisser.

Un mètre.

La troisième lame le transperce. Elle coupe immédiatement tous les circuits de communication. Ses mains ne parviennent

---

1. Cabane de pierres auvergnate dans les pâturages.

plus à tenir le guidon. Le vélo tombe sur le côté, Martin n'a même pas la force de retirer ses cale-pieds. Son casque et le cadre de carbone heurtent le bitume, un bruit d'enclume.

Martin ne l'entend déjà plus. Incapable de parler, incapable de se relever, incapable d'attraper le téléphone dans sa sacoche. Il sait qu'ici, au sommet, personne ne viendra le secourir.

Il sait qu'il va mourir.

Déjà, son cœur cale, en longs hoquets, suivis de longues secondes en apnée où il n'est plus irrigué.

Qu'y avait-il dans ce foutu thé ?

Est-ce que ce championnat vétérans, il l'aurait gagné ?

Aura-t-il droit à son bouquet ?

C'est sa dernière pensée.

Aura-t-il droit à son bouquet au sommet ? A sa petite croix fleurie. A quelques mots gravés.

Martin Sainfoin.

Ni Poupou ni rien.

III
L'APPARITION
Poireau bio

– 9 –

Le grand soleil de l'après-midi inonde le parvis de la mairie. La chaleur s'accroche aux pierres de lave et donne à la terrasse une allure de cheminée géante. Pour un peu, on étendrait les transats et ouvrirait les parasols. Savine, sortie fumer une cigarette, savoure la pleine vue sur le clocher de l'église Saint-Ferréol, les ruines du château de Murol et la cour de l'école ; s'enivrer des odeurs de sapin, de chèvrefeuille et se laisser bercer par les rares bruits : les coups de bec d'un pic-vert caché dans un arbre proche, le ronronnement d'une tronçonneuse dans une forêt lointaine, une radio allumée derrière une fenêtre...

Avant que tout ne soit balayé. La torpeur, la douceur, le lent goutte-à-goutte des heures. Une cloche retentit d'abord, mi-sirène de pompier, mi-carillon de clocher, puis suit la cavalerie, cinquante poneys à deux jambes au galop, qui jaillissent du préau, sacs sur le dos, manteaux à peine enfilés, écharpes qui volent et rires qui s'envolent.

La sortie des classes !

Pour le village, c'est l'heure de la piqûre quotidienne de vitamines, quelques minutes d'adrénaline : les gamins qui dévalent les rues, les voitures garées n'importe où, les vélos qui zigzaguent entre les portières ouvertes.

— Viens voir, Nectaire.

Savine n'a pas fermé la porte de la mairie. L'école est à moins de cinquante mètres. Tous les enfants, en descendant la rue de Jassaguet, passent devant eux en petits groupes bruyants.

— Quoi ?

— Lâche tes timbres et dépêche-toi !

Le secrétaire de mairie hésite. Il craint plus que tout les courants d'air. Il est concentré sur la tâche la plus délicate de sa journée : décoller avec une éponge humide les timbres des enveloppes qu'il vient de recevoir, les attraper avec une pince à épiler et les ranger dans un classeur plastifié. D'autant plus qu'il vient d'en réceptionner des rares en provenance du Pico do Fogo, du Kverkfjöll et de l'Almolonga. Sa collection unique, sa fierté, ce trésor qu'il léguera à la mairie de Murol quand il sera retraité : dix albums entièrement remplis de timbres représentant des volcans du monde entier ! Nectaire Paturin cible les communes qui, partout dans le monde, vivent sur des flancs de cratères plus ou moins encore fumants. Il leur écrit et n'a plus qu'à attendre la réponse... timbrée.

— Je ne peux pas. Tout va s'envoler.

— Magne-toi, je te dis !

Le vulcatélophile, espèce rare parmi les multiples branches de la grande famille des philatélistes, prend le temps de recouvrir son trésor d'un épais buvard, sur lequel il pose le bloc de basalte qui lui sert de presse-papier. Pourquoi, bougonne Savine intérieurement, ce type est-il toujours aussi lent ?

Nectaire Paturin s'avance enfin sur la terrasse.

— Chut, murmure l'assistante sociale. Ne bouge pas et observe.

Le secrétaire détaille les groupes d'enfants qui se séparent. Il les connaît presque tous. Nathan, le fils du boucher ; Jade, Ambre et Enzo, des cousins éloignés ; Eliot et Adam, des petits voyous qu'il vaut mieux surveiller. Yanis, qui a failli se noyer dans le lac Chambon l'été dernier...

— Je suis censé voir quoi ?

— Sur le parking du cabinet médical, en face, regarde.

Nectaire plisse les yeux. Il ne remarque qu'une voiture garée. Rouge vin. Une voiture plutôt classe, il dirait, même s'il n'y connaît rien, de la taille d'une Clio ou d'une 208. Il déchiffre la marque.

MiTo. Alfa Romeo.

— C'est la voiture du docteur Libéri ?

— T'es un vrai petit génie ! Penche-toi et mate à l'intérieur.

Nectaire tord autant qu'il le peut son corps noueux. Aucun doute, le docteur est derrière son volant.

— OK, elle est dans sa voiture. Et alors ?

— Elle ne devrait pas être plutôt en consultation ?

— Ben, non, pas forcément. Elle a peut-être besoin de s'isoler pour envoyer un texto à un amoureux ? Le seul truc bizarre, si tu veux mon avis, c'est qu'elle soit venue s'enterrer ici. C'est encore une belle femme pour son âge !

Savine réagit.

— Très délicat, Nectaire, merci.

Le secrétaire de mairie rougit aussitôt. Se confond en excuses. Ce n'est pas ce qu'il voulait dire. Bien sûr que les Murolaises sont jolies elles aussi, ce n'est pas la question, d'ailleurs c'est quoi la question ? Cette doctoresse qui traîne toute seule dans sa bagnole à l'heure de la sortie de l'école ?

— Elle fait ce qu'elle veut, non ? conclut le secrétaire, pressé d'aller retrouver ses timbres philippins.

— Je l'observe depuis tout à l'heure, explique l'assistante sociale. Elle ne quitte pas son rétro des yeux. Je me demandais ce qu'elle pouvait bien surveiller comme ça... Maintenant je sais !

— Et elle surveille qui ? Le père de Yanis ? Ou celui d'Eliot et Nolan ? Elle flashe sur les maîtres-nageurs et les moniteurs de ski ? Elle s'étonne qu'il y ait des beaux hommes qui puissent habiter ici ?

— Non, idiot. Elle espionne ce gosse depuis qu'il est sorti de l'école. Le seul qui soit tout seul. Tom, le gamin d'Amandine Fontaine.

— D'ailleurs fais gaffe, je crois qu'elle sort de sa Lamborghini.

Nectaire a raison. Savine et lui ont juste le temps de se reculer à l'angle du mur de la mairie, ne laissant derrière eux qu'un léger nuage de fumée. Maddi Libéri a ouvert sa portière et paraît se dissimuler derrière sa voiture. Tom est le seul élève à ne pas être sorti de la cour de l'école. Il est debout près de son vélo, les yeux en perpétuel mouvement, lèvres entrouvertes et gestes saccadés, comme s'il tenait une conversation avec des enfants invisibles.

— Qu'est-ce que tu en penses ? demande Savine sans rien rater de la scène.

— Que le petit Tom n'a jamais été très net. J'ai l'impression qu'ils habitent à plusieurs dans sa tête. Mais je l'aime bien et...

— Mais non, vieux timbré ! Pas Tom ! La toubib !

Nectaire penche son visage à l'angle du bâtiment. Cheveux de mouton blancs sur pierres noires. Discrétion assurée.

— Eh bien... Elle regarde Tom... Elle aussi, sûrement... heu... elle l'aime bien !

Savine le tire en arrière, agacée.

— Elle l'aime bien ? Tu rigoles ou quoi ? Tu as remarqué ses yeux ? Elle regarde ce gosse... comme si c'était le sien !

Le secrétaire se déplace à la vitesse d'un escargot qui explore chaque fissure du mur, et jette un nouveau regard en coin.

— OK... Elle a l'air hypnotisée. Mais après ? Elle ne va pas le kidnapper ! Elle est médecin. Elle a peut-être remarqué un truc qui cloche chez Tom. Je sais que sa mère, Amandine, est ta petite protégée, mais elle n'est pas toujours, comment dire, très...

— Très quoi ?

— Très... maternelle.

— Parce que tu sais ce que ça veut dire, toi, être maternelle ?

Au moment précis où la conversation entre Nectaire et Savine menace de s'envenimer, une fourgonnette remonte la rue de l'Hôtel-de-Ville, sans se soucier du sens interdit, roulant bien au-delà des trente kilomètres/heure autorisés. Un Kangoo bleu de la gendarmerie. Il s'arrête au milieu de la rue, devant la mairie, rompant le lien visuel entre le docteur Libéri et Tom. Trois gendarmes en sortent, pressés ; le lieutenant Lespinasse, de la brigade de Besse, est le seul à parler.

— Savine, Nectaire, rentrez et rassemblez les autres employés.

En quelques pas, les trois gendarmes sont dans la mairie. Alertés, outre Nectaire Paturin et Savine Laroche, Alain Suchet, Géraldine Jume, Oudard Benslimane, ainsi que Jacques Mercœur et Sandrine Gouly, deux conseillers municipaux, se sont rapprochés.

Les gendarmes n'ont pas pris le temps de refermer la porte.

— C'est... C'est Martin. Martin Sainfoin. On l'a retrouvé, au sommet de la Croix-Saint-Robert. A côté de son vélo. Une crise cardiaque. Terrassé.

Le lieutenant Lespinasse, remarquant que la porte de la mairie est restée ouverte, et souhaitant préserver l'intimité de l'annonce, la claque d'un violent coup de pied.

Une éruption de timbres volcaniques, voltigeant comme autant de cendres de papier, papillonnent longtemps dans la pièce avant de retomber.

– 10 –

Gabriel, ne m'interromps pas, je te demande juste de m'écouter.
Je viens d'arriver au Moulin de Chaudefour. J'ai garé ma MiTo devant la porte, à cheval sur le trottoir, malgré le parking désert de cent places qui longe ma maison. J'ai balancé mon sac et mon manteau sur la première chaise. Je me suis servi un verre de Bénédictine, souvenir de Normandie, et je me suis écroulée sur le canapé.
Il est 20 heures, le repas attendra.
Gabriel me tourne le dos, scotché à son ordinateur. Il a travaillé tout l'après-midi, à ce qu'il paraît. Il s'est autoévalué en anglais. Toute une série de tests de positionnement pour définir ses compétences atteintes, partiellement atteintes ou dépassées. L'anglais est aujourd'hui indispensable d'après lui. Moins tu veux sortir de dessous ta couette et plus tu dois parler une langue qu'on comprend partout sur la planète. Le télétravail c'est l'avenir ! Il permet de combiner respect de la planète et respect de la vie privée. Regarde la télémédecine, tu verras, même toi, tu t'y mettras !
Si tu veux, Gabriel…
Les cours d'anglais l'ont visiblement épuisé, mais pas pour autant sevré d'écran. Il s'est collé devant MTW-1 – My Tidy World One –, un site écologique coopératif où chaque joueur évolue dans un monde virtuel sans pollution, et peut se téléporter sans que cela coûte la moindre énergie, construire des cabanes avec des arbres qui repoussent dans la nuit, s'éclairer aux lucioles et faire pousser des carottes bleues s'il veut.
Ecoute-moi, Gaby, écoute-moi au moins ce soir.
Tout a commencé à Saint-Jean-de-Luz, tu étais là, Gabriel, tout a commencé par ce maillot de bain indigo, un modèle original, avec son dessin de baleine, à défaut d'être rare. A la

limite, je peux croire que c'est un piège qu'on me tendait, bien que j'ignore qui me l'aurait tendu, et plus encore pourquoi, mais c'est une hypothèse possible, cohérente. Beaucoup de gens étaient au courant pour ce maillot, la presse en avait parlé il y a dix ans, des affiches, avec la photo d'Esteban, ont été collées un peu partout, des avis de recherche ont été diffusés...

Mais comment expliquer la suite ? Et d'abord cette ressemblance physique stupéfiante entre Esteban et Tom ? Un sosie ? Il aurait donc fallu, parmi des centaines de milliers d'enfants, choisir celui qui ressemblait le plus à Esteban, et lui faire enfiler un maillot de bain identique. Ça n'a aucun sens ! Et le reste ? Cette marque de naissance ? Quelqu'un aurait passé une petite annonce : *Je cherche quelque part sur terre un enfant de dix ans possédant une tache brune sur l'aine, mais qui aurait en prime ce visage précis. Voir la photo ci-jointe.* Ridicule ! Impossible ! Et c'est pourtant la stricte réalité. Sans oublier de préciser sur la petite annonce que le garçon devra aimer la musique, si possible jouer de la lyre et... et détester le miel.

Suis-je en train de rêver, Gabriel ? Est-ce moi qui invente tout ?

Gabriel ?

Gabriel !

Je remarque alors les écouteurs couleur chair, vissés dans ses oreilles, modèle sans fil, élégants et discrets. Gaby ne m'a pas écoutée. Gaby ne m'a même pas entendue rentrer. Est-ce que je vis avec un fantôme, chez moi aussi ? Ou est-ce que c'est moi qui inverse tout, c'est moi qui suis devenue un spectre, je ne parle plus qu'avec des gens disparus, les autres ne m'écoutent plus.

Je sors sur la pointe des pieds. Je pousse la porte du Moulin. Il fait doux. Le quart de lune éclaire les sommets érodés, dévoilant, tel un miroir de pierre, un croissant de cratère. Quelque part dans la nuit, un grillon chante, déboussolé, oubliant qu'on est encore en hiver.

Je sais ce que j'ai à faire : téléphoner à la seule personne vivante capable de m'écouter. Même s'il ne va pas du tout aimer ce que j'ai à lui demander.

Je sors mon téléphone, j'hésite encore, un ultime remords, que je balaye en repensant à l'égoïsme de Gabriel. Désolée, Gaby, mais le beau docteur Wayan Balik Kuning est tout ce que tu n'es pas. Bosseur, attentif, compréhensif. Ça ne change rien à toute la tendresse que j'ai pour toi ; tout l'amour, allons-y... mais j'ai besoin de lui !

*
* *

— Allô, docteur.
— Maddi ? Quelle surprise ! Vous ne m'appelez plus Wayan ?
— Si, si...
— Alors, dites-moi, l'Auvergne, votre nouvelle vie ?
— Plus tard, Wayan. Je vous écrirai, je vous le promets. J'ai... j'ai besoin de vous demander un renseignement précis.

Wayan ne se prive pas d'une pointe d'ironie.

— Allez-y. Je me doute bien que ce n'est pas l'homme que vous appelez au secours, mais le psy.

Wayan est-il toujours amoureux ou me joue-t-il la comédie ? Il ne m'aurait pas remplacée par d'autres belles patientes depuis que je suis partie ?

— Vous allez me prendre pour une dingue, Wayan, mais... mais j'ai besoin que vous me parliez de... réincarnation.
— ...
— Non pas que j'y croie. Pas du tout, je vous rassure. Mais je voudrais juste maîtriser les bases. Et je me suis dit que vous deviez les connaître. Puisque vous êtes...

— D'origine balinaise, c'est ça ?

Je devine au ton de Wayan qu'il est vexé.

— Donc selon vous, insiste-t-il, si je suis balinais, je suis forcément hindouiste. Et si je suis hindouiste, je crois au karma, au dharma et au nirvana. C'est une déduction un peu simpliste, Maddi, vous ne trouvez pas ?

S'il te plaît, Wayan, épargne-moi ton couplet de Franco-Balinais converti à la rationalité.

— Je veux juste connaître les grands principes, c'est important pour moi.

— Bien, si vous y tenez. Mais sachez que c'est l'homme qui vous parlera, pas le psy. Si j'ai quitté Bali pour devenir docteur en psychiatrie, c'est pour échapper à ces croyances, ou, en d'autres termes, pour suivre un chemin différent de celui pour lequel j'étais prétendument programmé.

— Je comprends. Je vous écoute, Wayan.

— *Wayan*, répète le psy. Tenez, commençons par cela. Savez-vous ce que ce prénom signifie ?

J'hésite entre diverses propositions. Sage ? Sérieux ? Gentil ? Intelligent ? Beau ? Amoureux ?

— Tous les Balinais, poursuit le psy sans me laisser le temps de choisir, c'est-à-dire près de six millions de gens sur cette terre, portent uniquement cinq prénoms. *Wayan*, ou *Putu*, est donné au premier enfant d'une famille. Le deuxième s'appellera *Kadek*. Le troisième *Nyoman* et le quatrième *Ketut*.

Je ne prends pas de risques...

— Donc vous étiez l'aîné ?

— Non, même pas ! Dans les familles de plus de quatre enfants on recommence au début, et le cinquième enfant s'appelle à nouveau *Wayan*, *Wayan Balik* plus précisément, ce qui pourrait se traduire par *Retour à Wayan*, et ainsi de suite... Puisque j'en suis aux confidences, je peux aussi vous confier que mon grand frère, Wayan donc, est mort trois ans avant que je naisse, et qu'en conséquence, au regard de mes parents, je suis à la fois moi... et lui. Je me doute qu'une telle dilution de la personnalité ne doit pas être facile à comprendre, vu de l'Occident.

— Si... Je crois que si...

Wayan prend le temps d'une courte pause et poursuit.

— Donc pour en venir à votre question, Maddi, oui, la réincarnation est présente dans la vie quotidienne des Balinais, comme dans celle de tous les hindouistes, et plus généralement de l'immense majorité des hommes et des femmes qui vivent en Asie. Chaque enfant qui naît porte le poids de ses vies antérieures. Pour vous donner un exemple, quand je suis venu au monde, mes parents ont consulté un médium, pour savoir auquel de mes ancêtres je ressemblais. Nous n'avons pas non plus de nom de famille à Bali, les parents le choisissent en fonction de nos vies antérieures, dont dépendront nos goûts, nos talents, notre futur métier. Outre le fait de partager mon prénom avec un grand frère décédé, un oncle lointain était mort, de la jaunisse, deux jours avant que je naisse. *Kuning*, en balinais, signifie jaune !

J'éclate de rire, sans pouvoir me retenir. Je visualise la décoration monochrome du cabinet de Wayan : toiles safran, tapis topaze, divan maïs...

— Je suis désolée.

— Ne le soyez pas, je préfère vous entendre rire plutôt que croire à ces superstitions. Notez que je ne critique pas ces croyances, elles aident des milliards de gens sur terre à accepter la mort. Et rien, strictement rien, ne prouve qu'elles soient fausses. Tout comme rien ne prouve qu'elles soient vraies.

Je repense aux articles sur les marques de naissance. Il y a encore deux jours, j'aurais considéré la réincarnation comme un délire à peu près équivalent à l'existence des licornes ou de la fontaine de jouvence.

— Qu'en pensez-vous, Maddi ? continue le psy. Faut-il prouver que quelque chose existe, avant de le croire ? Ou au contraire penser que tout est possible, tant qu'on n'a pas prouvé que c'était impossible ?

Merci, Wayan. Ça m'aide beaucoup, ce genre de maxime balinaise !

— Je n'en pense rien. Je suis comme tous les Européens... La réincarnation, c'est un truc plutôt... lointain.

— C'est ce que vous croyez ! Savez-vous que d'après les sondages, plus d'un Européen sur quatre croit à la réincarnation ? Et qu'elle est née dans le berceau de l'Europe ?

Non, Wayan, je ne le savais pas. Jusqu'à hier, j'appartenais plutôt à la majorité de sceptiques.

— La théorie de la réincarnation s'est développée dans la Grèce antique, en même temps que la démocratie, ou la république... Platon, Pythagore et bien d'autres y croyaient. Les Grecs se faisaient enterrer avec des lamelles d'or, des sortes de notices pour que les âmes ne se perdent pas entre deux vies. On a appelé cette religion l'orphisme, en référence au mythe d'Orphée.

— Orphée ? C'est bien celui qui jouait... ?

— De la lyre ! La guitare des dieux, si vous préférez. Celle qui charme les gardiens de l'enfer pour ramener les êtres aimés vers une vie nouvelle.

Une lyre !

Tom jouait sur une sorte de lyre, dans la cour de la ferme. Esteban m'avait demandé une guitare-lyre pour son anniversaire. Comment aurait-il pu savoir ce qu'elle signifiait ? Par qui aurait-il pu l'apprendre ? Pourquoi aurait-il...

— Maddi ? Vous êtes toujours là, Maddi ? Rassurez-moi ! Je suis au Havre, à six cents kilomètres de vous, mais vous le savez bien, ici personne ne me retient. Un seul mot de vous et je viens !

TROIS JOURS PLUS TARD

– 11 –

Le cimetière de Murol se cache, protégé de la chaleur, entre la fraîcheur du torrent et l'ombre des sapins. Les champs alentour sont couverts de primevères. Les vaches sont déjà sorties dans les prairies mais, polies, se tiennent à bonne distance de la cérémonie. Le village paraît davantage réuni pour fêter le printemps, la renaissance des fleurs, le retour des insectes et des hirondelles, que pour un enterrement.

Tout le monde est là pourtant. Tout le monde connaissait Martin Sainfoin à Murol. La maire, une agricultrice présidente de la plus importante coopérative laitière de la région, m'a fait comprendre qu'en tant que médecin de la commune, il était important que je sois présente à l'inhumation. Donnant donnant. Elle avait mis à ma disposition plusieurs employés communaux pour aider à la rénovation de mon cabinet, et tous sont venus se présenter : Alain la Souche pour élaguer les arbres devant ma fenêtre, Oudard Benslimane pour me lister le calendrier culturel de la saison, Savine Laroche pour un topo sur les cas sociaux les plus préoccupants, Nectaire Paturin si j'avais besoin de tamponner des papiers, ou d'une sélection de plantes à infuser, et bien entendu Martin Sainfoin, qui m'avait fait un point sur les problèmes du coin, pas si anecdotiques : drogue, alcool, violences domestiques...

De l'avis de tous, Martin était quelqu'un de bien. Est-ce pour cela que la nature lui rend hommage et ne s'est pas couverte de blanc ou de gris ?

Côté cimetière aussi, la cérémonie est colorée et fleurie.

Tous les coureurs de l'Arverne Vélo Club sont présents, en maillot officiel bleu et or. Ils ont posé devant la tombe deux couronnes rondes, un guidon de granit est planté dans une plaque de marbre, tout juste s'ils n'ont pas recouvert le cercueil d'un drap blanc à pois rouges. Martin Sainfoin aurait apprécié, mais le curé a refusé. Martin avait de l'humour, et un cœur énorme... même s'il a fini par lâcher.

Le curé récite ses prières, escorté de deux enfants de chœur. L'un tient le seau d'eau bénite, l'autre la corbeille pour la quête ; Yanis et Enzo, je les connais, le premier est asthmatique et le second diabétique, comme quoi côté cadeaux venus du ciel, ils ne sont pas rancuniers.

Dans le cimetière, les rangs se resserrent. Je reste à l'écart, je devine à leurs regards que je suis l'étrangère. Gabriel a pris ma main. Depuis mon coup de fil à Wayan Balik Kuning, nous sommes réconciliés. Il m'a écoutée, longuement, il m'a rassurée, sur la lyre, la tache de naissance, la ressemblance et le reste. *Il y a forcément une explication,* m'a-t-il affirmé, *il suffit de réfléchir, de chercher.* Il a promis de m'aider. Il a accepté, pour ne pas me laisser seule au cimetière, de sortir de sa tanière et d'enfiler une veste noire, un jean sombre et même une cravate. Merci, Gabriel, je sais quel effort c'est pour toi de porter ce déguisement-là.

Quatre cyclistes, le plus jeune a vingt ans et le plus vieux pas loin de cent, se sont levés ensemble pour soulever le cercueil. Je reconnais Maximilien le beau maître-nageur, Lucas le moniteur de ski désœuvré, Jules l'agriculteur retraité, Baptiste l'apprenti boulanger.

Derrière eux, tous les fidèles s'alignent pour entamer la procession, une main plongée dans le porte-monnaie. Les enfants de chœur ont posé le seau et la corbeille devant le trou et le cercueil inhumé, un peu d'eau bénite pour l'au-delà, et quelques euros pour l'ici-bas. J'identifie presque tous les villageois : en trois semaines, je les ai tous vus défiler dans mon cabinet, et je connais déjà peut-être davantage de secrets sur les uns et les autres que les Murolais qui sont nés et ont grandi ici.

Est-ce pour cela qu'ils me fixent avec un regard aussi lourd ? Depuis quelques jours, j'ai la sensation que les habitants m'épient. En particulier les deux employés de mairie grisonnants, l'assistante sociale et le secrétaire, la pile électrique et le neurasthénique.

J'aurais pu jurer que le secrétaire de mairie était célibataire, avec ses airs de vieux garçon, mais non. Il croche le bras d'une fille, aussi excentrique qu'il est classique. Elle doit avoir son âge, une cinquantaine d'années, mais s'habille comme si elle en avait vingt de moins. Une tunique ethnique enfilée sur un collant coloré, un chapeau de paille tressée élégamment porté d'où dépassent des boucles d'oreilles en forme de roues bouddhiques, assorties à un étrange pendentif de cuivre en spirales entortillées.

A l'opposé, et tout en contraste de sombre sobriété, je repère Amandine. Elle est restée à l'écart du groupe : est-ce par timidité, ou parce qu'elle peine à se tenir debout trop longtemps et a besoin de s'adosser contre le mur du cimetière ? A observer la grimace de fatigue qui déforme son visage, je pencherais pour la seconde explication. Elle est venue sans Tom. Sans doute a-t-elle pensé qu'un enfant de dix ans n'avait pas sa place à un enterrement. J'aurais pensé comme elle, avant. Je me souviens que je n'avais pas voulu emmener Esteban à l'enterrement de mon père, à Hendaye. Il n'avait que huit ans à l'époque. J'avais essayé de lui expliquer que les gens seraient tristes, pleureraient, que cela pourrait lui faire peur aussi, mais qu'il pouvait faire un dessin pour papi, ou lui écrire un mot.

Le goupillon passe de main en main, certains se signent, d'autres murmurent des mots inaudibles, les grands costauds en maillots bleu et or laissent leurs larmes couler comme de gros bébés. Perdre un pote, c'est perdre son illusion d'immortalité.

Il pourra le lire, ce mot, papi ?

C'est étrange, la façon dont les souvenirs refont parfois surface. Jamais, depuis douze ans, je n'avais repensé à cette conversation avec Esteban. Il fallait cette cérémonie, ce cimetière... ce mystère.

J'espère...

J'étais assise au bout de son lit, attendant qu'Esteban s'endorme.

Alors c'est qu'il n'est pas mort, papi ? C'est juste son corps qui était trop vieux. Mais sa tête elle vit encore. Il faut juste qu'il trouve un nouveau corps. Pourquoi tu ne ferais pas un bébé, maman ? Comme ça, ça ferait un corps tout neuf pour papi.

Je crois qu'alors, j'avais souri. Ou que je lui avais expliqué qu'un bébé n'était pas du tout dans mes projets, ou que cela ne fonctionnait pas ainsi, le corps et l'esprit, qu'un bébé avait sa propre personnalité, ou peut-être n'avais-je rien répondu, avais-je juste embrassé Esteban et éteint la lumière. A vrai dire je n'en ai aucune idée. Je n'avais pas prêté attention à sa réflexion, j'avais pris cela pour une charmante invention de petit garçon, influencé par un dessin animé vu à la télévision, ou une conversation de récréation. Pourquoi ce souvenir n'est-il pas remonté avant ? Parce qu'il n'avait alors aucune signification, aucune résonance. Mais aujourd'hui...

Amandine s'est enfin rapprochée, au dernier moment, pour ne pas avoir à patienter dans la file d'attente devant le cercueil. Elle avance prudemment, avec une démarche de poupée aux piles usées que le moindre obstacle ferait basculer. Une démarche d'alcoolique, mais Amandine ne présente aucun symptôme de dépendance éthylique. Une démarche de fatigue plutôt : j'ai eu le temps de l'étudier, depuis la fontaine au-dessus de sa ferme, du pont de Froidefond, ou de deux ou trois autres postes d'observation que j'ai trouvés dans le hameau déserté.

On pourrait prendre cela pour de l'espionnage, j'en ai conscience. Je préfère appeler cela de la surveillance, ou même une forme de vigilance. Presque un devoir professionnel !

En tous les cas obsessionnel.

Observer Tom. Suivre Tom. Protéger Tom.

Je sais que je ne pourrai pas continuer ainsi longtemps. Je vais devoir trouver un autre plan. Amandine va finir par me repérer. Elle ou l'assistante sociale du village, Savine Laroche. Depuis que cette femme est entrée dans le cimetière, elle ne cesse de me regarder de travers.

Qu'elle se rassure, je ne veux rien de mal à Tom, bien au contraire !

Qu'ils se rassurent tous, je ne suis pas folle, je suis venue pour les soigner, faire mon métier, du mieux que je peux. Même si je perçois sur moi le poids de leurs regards, oppressants, inquiétants. Je me sens soudain fragile, perdue. J'ai besoin d'aide ! Je ne m'en sortirai pas seule ! La première image qui me vient est celle du docteur Wayan Balik Kuning, sans comprendre réellement pourquoi ; je tente de l'effacer et je serre encore plus fort la main de Gabriel.

– 12 –

Le cimetière de Murol se vide peu à peu, tel un sablier crevé posé sur le côté. Certains villageois regagnent leur voiture garée sur le bord de la route, mais la plupart redescendent jusqu'au village à pied. En petits groupes. La descente est moins dure que la montée, comme si déjà, la cérémonie terminée, on se sentait plus léger.

Savine accélère, d'un pas décidé, levant les yeux vers le clocher de l'église et, dans la même perspective, les drapeaux tricolores pendus aux fenêtres de la mairie. Elle a échangé quelques mots avec la maire et Alain, le jardinier. Nectaire, accroché à la femme au chapeau et au collant de laine coloré, en a profité pour prendre cent mètres d'avance, mais à la vitesse où ils marchent, elle les aura rattrapés en trois enjambées.

— Aster, je peux t'emprunter Nectaire ?

Les deux s'agrippent l'un à l'autre dans la descente, tel un couple de petits vieux qui sort pour sa promenade quotidienne, toujours la même, et qui a pourtant peur de se perdre.

— Si tu veux.

Elle lâche le bras de Nectaire et invite Savine à la remplacer.

— Je te confie Usain Bolt. De toutes les façons, faut que j'aille ouvrir la boutique !

Savine, obéissante, enroule son bras autour de celui du secrétaire de mairie, qui accepte sans broncher le changement de partenaire.

— A ce soir, frérot, lance Aster tout en faisant claquer ses bottes de Mary Poppins sur le bitume.

Aster Paturin tient un magasin de produits bio locaux, à Besse. La Galipote. Elle y vend divers produits qui doivent paraître exotiques aux touristes : des rayons entiers de pierres de lave qui guérissent, des crèmes et des savons qui rajeunissent, des fioles d'eau de source qui soignent les rhumatismes, des onguents contre les morsures de vipère, de l'alcool de salamandre-des-cratères, et suspendus au-dessus de la tête des clients, des dizaines d'attrape-rêves tissés avec de la laine de mouton à cinq pattes, de sorcières perchées sur leur balai et de pantins sculptés dans des écorces de bois ramassées dans les forêts enchantées. Les clients adorent, d'autant plus qu'Aster semble y croire très fort. Nectaire vit avec elle, dans l'appartement qu'ils ont aménagé au-dessus de la boutique. Frère et sœur, ils ont le même âge, à plus ou moins neuf mois près.

Aster disparaît déjà à l'entrée du village, tout comme la plupart des autres Murolais. Nectaire et Savine sont désormais bons derniers au milieu des prés. La marche, pour Nectaire, est une sorte de pratique yogique, presque mystique, où chaque geste, chaque effort, doit être savouré à sa juste valeur.

— Si on accélérait un peu, Nicky ? Histoire d'arriver à la mairie avant la nuit. Parce que si tu ralentis à chaque pas pour bien vérifier que tu n'écrases pas une fourmi...

Nectaire ne se vexe pas. Il ne se vexe jamais. Il laisse, avec philosophie, le monde tourner plus vite que lui. Il observe un instant Savine, sa veste de laine couleur taupe enfilée par-dessus sa robe paysanne, ses jambes aussi fines que ses chaussures de randonnée sont épaisses. Il a toujours adoré son look de montagnarde infatigable.

— Vas-y, si tu veux. Ne m'attends pas.

— Non, j'ai besoin de toi. J'ai... J'ai un coup de main à te demander. (Savine hésite, elle force presque Nectaire à s'arrêter.) Ça... ça te dirait de reprendre du service ?

— De quoi ?

— Du service... T'es bien un ancien flic ?

Nectaire s'est arrêté. Il fixe intensément, dans le champ d'à côté, une vache brune au regard doux et vide. Elle étire son cou au-dessus du fil barbelé, comme pour mieux les écouter.

— Et tu lui veux quoi, à l'ancien flic ?

— Qu'il fasse son boulot, qu'il enquête.

— Y a des gendarmes pour ça... Mais il faudrait déjà qu'il y ait eu un vol, ou un meurtre, pour qu'ils débarquent par ici.

Savine ne le lâche pas.

— Et c'est bien pour ça qu'ils ne débarqueront pas ! insiste-t-elle. Et que je dois faire appel au Sherlock Holmes auvergnat.

— Demande plutôt à Hercule Poireau, c'est plus bio !

L'assistante sociale applaudit la blague pour la forme. Homme qui rit a déjà à moitié dit oui.

— Je te demande seulement de te renseigner. Tu dois avoir gardé d'anciens copains au SRPJ de Clermont ?

— Possible... Me renseigner sur qui ?

— Devine...

— Le docteur Libéri ? Tu es toujours convaincue qu'elle prépare l'enlèvement du petit Tom Fontaine ? Si elle espère qu'Amandine lui verse une rançon... Autant attendre au sommet du Sancy la prochaine éruption.

Nectaire a repris sa marche avec la nonchalance d'une vache rentrant à l'étable. Savine s'accroche au bras du secrétaire.

— Ces derniers jours, explique-t-elle, je l'ai surprise plusieurs fois, à Froidefond, près de la fontaine, du pont, ou au bord de la Couze Chambon. Elle rôde autour de la Souille. Comme si elle espionnait Amandine et Tom.

— Elle habite le Moulin de Chaudefour, rumine Nectaire. Froidefond, c'est sur sa route.

— Ouais ! Et c'est logique qu'elle s'arrête à chaque fois qu'elle y passe ! Dans le hameau y a un McDrive, un centre commercial et un nouvel IKEA ! (Elle serre plus fort encore le bras du secrétaire de mairie, résistant à l'envie de le pincer.) Je sais ce que je dis ! Il y a quelque chose qui ne colle pas. Un truc bizarre... dans son regard. Elle paraît raisonnable, un toubib impeccable, et à d'autres moments elle semble dissimuler une forme de folie. Je ne te demande pas grand-chose, Nectaire, juste de te renseigner sur son passé. On ne sait rien d'elle, au fond. Et crois-moi, j'ai l'instinct pour ces choses-là.

— Ah, l'instinct...

Nectaire s'est à nouveau arrêté pour examiner des herbes sur le bas-côté. Ils ont progressé de cinquante mètres. Le panneau *Murol* est encore à deux cents mètres.

— Méfie-toi toujours de ton instinct, conseille le secrétaire de mairie, tout en arrachant une tige de chiendent odorant et en la portant à ses lèvres. Tu veux une confidence ? C'est justement à cause de lui que j'ai démissionné... et que je ne veux plus enquêter.

— Vas-y, explique.

— Quand j'étais flic, je ne jurais que par lui. *Mon instinct*. Tu vois, le genre Columbo, le policier qui suit son intuition, qui possède sa façon bien à lui d'emboîter les pièces à conviction. Le flic prodige persuadé qu'il marche vers la vérité rien qu'en reniflant la bonne piste, qui est tellement plus rapide que tous ceux qui se contentent d'attendre qu'on leur serve les preuves sous le nez.

Les vaches dans le champ d'à côté se sont éloignées, comme lassées d'espérer les regarder passer.

— Tellement plus rapide, commente Savine. Oui, je vois.

— Et je me suis planté à chaque fois ! De simples témoins se sont retrouvés en préventive à cause de moi. A chaque enquête, je misais sur le mauvais cheval. Pire, je m'acharnais, je me croyais dans ces romans où le coupable n'est jamais celui qu'on soupçonne, je me méfiais des évidences, j'imaginais des pièges et des machinations sophistiqués... sauf que la vérité est souvent d'une affligeante simplicité. Le coupable est celui que les preuves désignent, et le flic est juste là pour lui passer les menottes et taper son rapport sur un ordinateur. A Clermont, ils avaient fini par me surnommer Bocolon. Le Columbo à l'envers. Dès que je soupçonnais un type, ils commençaient par le rayer de la liste des suspects !

— Tu vois, plaisante Savine, t'étais super utile ! Ils ne pourront rien te refuser. Et pour ce qui est de l'instinct, laisse ça aux filles. Je te demande juste de te renseigner sur Maddi Libéri. Est-ce qu'elle a un casier ? Ce genre de choses auxquelles tu dois pouvoir avoir accès. Et... et te renseigner sur la mort de Martin Sainfoin aussi.

Ils ont presque atteint le panneau *Murol*. Mairie en vue ! A l'entrée du village, des enfants jouent à la passe à dix avec le bonnet de Yanis, le seul élève venu habillé trop chaudement.

— Martin ? s'étonne Nectaire. Qu'est-ce qu'il vient faire là-dedans ?

— Souviens-toi, le midi où tu lui as offert un thé, il voulait me voir, le soir, en privé. Pour me parler d'Amandine Fontaine.

— Tu sous-entends quoi ? Martin est mort d'une crise cardiaque.

Savine hésite à continuer. Elle regarde Yanis courir après le bonnet qui saute de main en main.

— Je sais mais... tu ne trouves pas ça bizarre ? Le témoin clé qui meurt avant d'avoir parlé ?

— Parlé de quoi ? Martin aurait été assassiné ? J'y crois pas une seconde !

— Alors je suis peut-être sur la bonne voie, hein, Bocolon ?
— Ah, ah, ah !

Ils dépassent le groupe d'enfants qui chahutent en riant. Le bonnet de Yanis a fini perché sur la gouttière de l'agence immobilière. Où se situe la limite entre jeu et cruauté ?

— Selon la Souche, poursuit Savine, le lieutenant Lespinasse aurait demandé une autopsie, avant l'enterrement. D'après ce qu'il sait, eux aussi ont trouvé étrange cet infarctus. Martin, vu son âge et sa pratique intensive, suivait un protocole médical précis. Apparemment, il n'avait aucun problème de cœur, ce que confirmerait un certificat délivré il y a moins de quinze jours.

— Et qui l'a signé, ce foutu certif ?

— Si tu t'intéressais moins aux herbes à thé, aux timbres, et plus aux gens, tu le saurais ! Tout le monde est au courant sauf toi. T'as pas remarqué comment tout le monde la regardait ? Tu connais plusieurs médecins dans le village ? Celle qui a certifié que le cœur de Martin tournait comme une horloge, c'est évidemment le docteur Maddi Libéri !

Nectaire Paturin encaisse l'information. Est-ce que son cerveau d'ex-flic entre déjà en ébullition ? Est-ce qu'au contraire, il refuse toute forme de spéculation ?

La mairie est juste en face, Savine et lui n'ont plus qu'à traverser la route, mais Nectaire l'entraîne un peu plus loin, en direction de l'unique passage piéton. L'assistante sociale lâche enfin son bras et pose un pied sur la chaussée.

— Me dis pas qu'en plus, t'as peur de traverser en dehors des passages cloutés ?

Le secrétaire s'avance jusqu'aux lignes blanches.

— Y a trois voitures qui passent par jour ! insiste Savine.

Nectaire s'arrête, se retourne et sourit.

— Vois-tu, le monde se divise en deux. Ceux qui traversent dans les clous, et ceux qui traversent n'importe où. Tu saisis ? Ceux qui attendent que le petit bonhomme passe au vert, et ceux qui se faufilent dès que les voitures freinent.

Savine est déjà de l'autre côté de la rue.

— C'est bon, j'ai compris ! Je suis définitivement dans le camp des deuxièmes ! C'est grave, docteur ?

— Terrible... Mortel même. Ça signifie que tu planifies ta vie comme une course contre la montre, que chaque minute compte, que chaque seconde perdue est comme une miette de vie que tu ne retrouveras jamais plus. Ça signifie, pour résumer, que tu as peur de mourir !

Savine regarde Nectaire traverser la rue de Jassaguet avec plus de prudence que s'il s'agissait du boulevard Haussmann.

— Parce que toi non ?

— Si, bien sûr. Disons alors que le monde se sépare entre ceux qui pensent qu'ils n'ont qu'une vie, et ceux qui savent, même inconsciemment, qu'ils vont en vivre encore plein ensuite, ou qu'ils en ont déjà vécu plein d'autres avant.

— C'est ton cas ? T'as vécu des tas de vies avant ? C'est pour ça que tu prends ton temps ?

— Je n'en sais rien, c'est juste une hypothèse. Sinon comment t'expliques que certains ont la bougeotte, ont envie de faire trois fois le tour du monde, et que d'autres comme moi ne se sentent bien que chez eux ? C'est peut-être parce que l'Australie, la Laponie et l'île de Pâques, je me les suis déjà tapées des dizaines de fois en famille dans mes vies d'avant. Alors du coup, maintenant, je suis moins motivé pour enfiler le sac à dos.

Savine entre dans la cour de la mairie, pensive, au moment où cinq jeunes ados dévalent la rue en skate, rollers et trottinette, frôlant Nectaire à la façon dont on évite un plot. Elle a juste le temps de reconnaître Eliot, Nolan et Adam.

Nectaire en tremble pendant de longues secondes, statufié sur le passage clouté, bien après que les jeunes aient disparu en direction du pont sur la Couze Chambon.

— Ils ne sont pas à l'école, ces petits cons ? peste le secrétaire de mairie.

— C'est les vacances d'hiver ! (Elle observe au loin les pentes vertes et désertes du massif du Sancy.) Et vu la météo, ils n'ont pas le choix, les rues de Murol sont les seules pistes ouvertes !

— Ils ne pouvaient pas s'être fracturé le tibia dans une autre vie ? continue de râler Nectaire.

Il se réengage dans la traversée de la rue avec plus de précautions qu'un hérisson par temps de pluie, fixant tour à tour la mairie, la grille fermée de l'école et le parking désert du cabinet médical.

— Une chose est sûre, médite le secrétaire, ta doctoresse ne pourra plus surveiller le petit Tom à la sortie des classes.

Savine grimpe les trois marches de la terrasse de la mairie. Elle est immédiatement redevenue sérieuse.

— Je ne plaisante pas, Nectaire ! Pas cette fois. J'ai vraiment le sentiment que cet enfant est en danger. Et qu'Amandine n'aura pas la force de le protéger. Tu as vu, au cimetière, à quel point elle était épuisée ! C'est mon job ! Le tien, c'est, heu... de découper des timbres et de préparer le thé. Le mien est de faire en sorte que tous les gosses du coin aillent bien !

Nectaire a enfin atteint l'autre rive.

— Alors ma grande, sors tes brassards et ta bouée. Tu sais comme moi que le petit Tom, ce n'est pas glisser qu'il aime, mais flotter ! Qu'il passe tous ses étés au lac, et ses hivers à la piscine de Super-Besse.

– 13 –

Tom vient d'enchaîner deux cents mètres dans le grand bassin du centre aquatique des Hermines, au cœur de la station de Super-Besse. Un quatre nages : papillon, dos, brasse, et crawl pour finir. Il regarde la grande pendule au-dessus du pédiluve, salue Maximilien le maître-nageur, perché dans sa chaise d'arbitre de tennis, et file sous la douche.

Tom est rassuré ! Il pensait qu'il y aurait plus de monde dans l'eau, à cause des remontées mécaniques fermées, des touristes qui s'ennuient dans les appartements de Super-Besse, et pourtant non... Faut croire que les Parisiens n'ont pas regardé la météo avant de descendre en Auvergne et n'ont pas emporté de maillot. Ils doivent se balader un peu partout sur les sentiers de rando.

Tom laisse ruisseler l'eau bouillante sur sa peau. Longtemps. Bien sûr il pourrait prendre sa douche à la Souille, chez lui, juste après avoir garé son vélo. Il y a sept kilomètres entre la piscine et Froidefond, rien que de la montée, Tom les avale en moins d'une demi-heure, et arrive couvert de sueur. Mais il préfère la douche de la piscine ! Chez lui l'eau sort à peine tiède d'un robinet rouillé, avec autant de débit que la Couze Chambon quand il n'a pas plu de tout l'été. C'est aussi pour ça qu'il aime tant la piscine des Hermines. Parce que tout est propre ici, les vitres, la faïence bleue aux murs, le carrelage clair sous ses pieds. Même dehors quand il pleut, quand tout est boueux, quand la Couze Chambon sort de son lit et charrie des tourbillons marron, quand les chemins se transforment en égouts à ciel ouvert. La piscine est son refuge ! Une fois passé le tourniquet, une fois laissées ses baskets dans le casier à l'entrée, plus rien ne peut lui arriver.

C'est ce que pense Tom, en observant le garçon qui vient d'entrer dans les douches. Il a son âge. Une dizaine d'années. Même taille que lui, même maigreur, mêmes longs bras de nageur, mais c'est le maillot qu'il remarque en premier. Un maillot bleu indigo. Le même que le sien !

Le garçon file directement sous la douche, comme Tom l'a fait quinze secondes plus tôt. Il se place sous le jet le plus proche du sien, simplement séparés par une paroi de verre, si transparente qu'on croirait un miroir.

— Bonjour.

— Bonjour, répète le miroir.

DEUXIÈME ÂGE

Bizarre, ça ne parle pas, un miroir ! Tom a envie de le traverser. Le garçon, de l'autre côté de la vitre, ne lui ressemble pas vraiment ; ils n'ont pas tout à fait les yeux de la même couleur, ceux du miroir sont moins clairs, son visage est plus allongé aussi, et ses cheveux plus foncés, mais il a l'impression qu'il fait les mêmes gestes que lui. Il frotte toutes les parties de son corps avec du gel, exactement comme lui, il sort son shampooing quand il sort le sien.

— Ça fait longtemps que tu nages ? demande Tom. Je t'ai jamais vu à la piscine.

— Normal, répond le miroir-bizarre, c'est la première fois que je viens.

Tom avance sa main et la colle bien à plat sur la paroi de verre.

— Tu... tu existes vraiment ?

Le miroir en fait de même. Leurs deux mains se touchent sans se toucher.

— Evidemment ! répond le reflet. Tu poses des questions de dingo !

— Pourquoi de dingo ?

— Ben tu me vois, non ? Et je te parle ! Ça te prouve bien que j'existe !

— Pas forcément, répond Tom sans retirer sa main (une mince pellicule de buée se forme autour de ses doigts, comme un gant de brume trop grand). C'est moi qui pourrais t'inventer. Tu serais dans ma tête, tu vois, une sorte de fantôme...

Le miroir-bizarre plaque ses cheveux en arrière.

— Super sympa de me traiter de fantôme !

— Te vexe pas ! se défend Tom. Je réfléchis à voix haute, c'est tout. Je suis pas trop habitué à parler. J'ai pas trop d'amis par ici. Moi aussi, si tu veux savoir, les autres me traitent de fantôme. Ils disent même Fan-TOM. Parce que c'est mon prénom, Tom.

Le miroir lui sourit.

111

— Moi non plus, j'ai pas beaucoup d'amis.
— Tu m'étonnes !
Le sourire du miroir se fige. Il fait semblant d'être vexé et s'asperge la tête de shampooing moussant blanc.
— Parce que tu crois toujours que je suis un fantôme ?
— Non... Enfin je ne sais pas. C'est plus compliqué que ça. En vrai, tu sais ce que je crois ? C'est que tu es un souvenir de mon passé ! T'es mon fantôme, mais tu viens d'une de mes vies d'avant.
La mousse blanche coule sur la tête du reflet, seuls deux grands yeux ressortent.
— Waouh ! Carrément ! Je viens d'une de tes vies d'avant ! Je dois être super vieux alors. (Le reflet s'avance vers la paroi de verre, face à Tom, la figure elle aussi couverte de mousse.) J'ai pas l'air, pourtant.
Les deux garçons observent intensivement leurs visages blancs.
— Si je t'explique, continue Tom, tu ne le répéteras pas ? C'est un secret !
— Comment tu veux que je le répète si je suis un fantôme ?
C'est au tour de Tom de sourire.
— C'est vrai ! Bon, je vais essayer de ne pas te vexer, mais il faut bien que tu connaisses la vérité. D'après ce que je sais, tu es mort quand tu avais dix ans.
Le miroir écarte la mousse qui lui pique les yeux.
— Je vais bientôt avoir dix ans. Ça veut dire que je vais mourir ?
— Mais non, tu ne comprends pas ? Tu es déjà mort ! Il y a dix ans. En fait, tu es mort à peu près au moment où je suis né, et hop, ton âme, enfin ton esprit, tes pensées, tout ce que tu veux, sont venus habiter dans mon corps de bébé. C'est pour cela que je te vois, que je peux te parler, t'es comme un souvenir de mon passé. C'est comme si je me

voyais dans un miroir, mais avec dix ans de retard ! Et avec un corps et un visage différents.
— On se ressemble quand même, insiste le miroir.
— Un peu, c'est vrai... et puis on porte le même maillot. C'est grâce à lui que j'ai su que tu étais mon fantôme.
Le reflet souffle sur les bulles de mousse qui glissent de ses cheveux jusqu'au bout de son nez. Elles voltigent avant de se coller sur la vitre embuée. Il dévisage longuement Tom.
— T'es cinglé ! Mais j'aime bien t'écouter délirer !
Tom cette fois paraît sincèrement vexé.
— Tu me crois pas ? Tiens alors, juste un test, dis-moi, qu'est-ce que t'aimes ?
— A part t'écouter délirer ?
Tom soupire. Il semble se rendre compte qu'apprivoiser son fantôme n'est pas une chose si facile.
— Oui, idiot, à part ça !
— Heu, nager, tu t'en doutes... Je kiffe la musique aussi.
— Exactement comme moi ! Tu vois !
Le reflet a fini de se rincer.
— Non, sorry, je vois pas. Tous les gamins de notre âge kiffent ça, non ? (Il se penche pour ramasser sa bouteille de shampooing.) Je vais devoir y aller. Désolé, Tom. A une autre fois. J'ai adoré causer avec toi, apprendre que j'étais mort et tout ça !
— OK, vas-y, t'en fais pas. De toute façon on se reverra. J'ai qu'à fermer les yeux et tu réapparaîtras où je veux et quand je veux... Vu que t'es dans mon cerveau.
Le reflet en reste figé.
— T'es vraiment barjot ! Sans blague, tu ne vois pas que je suis vivant pour de vrai ? Regarde.
Il plaque sa main contre la vitre, et se met soudain à la frapper. Plusieurs fois, le plus fort possible. La paroi de verre en tremble, le bruit résonne dans tout le vestiaire. Il s'écoule à peine dix secondes avant que Maximilien, le maître-nageur,

surgisse. Il n'a pas l'air très motivé pour se tremper les claquettes dans le pédiluve, et pose son autorité de loin.

— Qu'est-ce qui se passe ?

— Rien rien, Max, s'empresse de bafouiller Tom.

Le maître-nageur est déjà reparti grimper sur sa chaise d'arbitre de tennis.

— Alors tu vois ? triomphe le reflet.

— Je vois quoi ? réplique Tom. Tu ne te rends pas compte que c'est moi qui invente tout ? Que t'es comme une poupée persuadée qu'elle est une vraie petite fille, ou un pantin de bois, genre Pinocchio, qui croit qu'il peut vraiment respirer, sans pouvoir accepter que quand il bouge les bras, c'est un marionnettiste qui tire les fils.

Le reflet, cette fois, éclate de rire.

— Toi t'es vraiment barré ! Rien ne pourra te convaincre que je suis juste un gars normal ? Alors tiens, j'essaye juste un dernier truc.

Il pose son shampooing par terre, et le pousse du pied, pour qu'il passe sous la paroi vitrée.

— Attrape cette bouteille. Tu verras qu'elle est bien réelle !

Tom baisse les yeux et lit sur le flacon encore couvert de mousse :

— Shampoing doux. Miel-avoine.

Le garçon titube soudain. Il se retient à la glace pour ne pas perdre son équilibre.

— Tu... tu te laves avec ça ?

— Ouais... Pourquoi ? L'avoine, c'est pas bon pour les fantômes ? C'est pareil que l'ail pour les vampires ?

Tom ne cherche pas à relever la plaisanterie. Il paraît avoir du mal à respirer et regarde toujours la bouteille comme si elle était empoisonnée.

— Tu ne te souviens pas de tout alors ? finit-il par murmurer. Il y a des trous dans ton crâne ? T'as... zappé certains accidents.

— Hou là, Tommy, j'adore tes conneries, mais tu vas vraiment finir par me foutre la frousse.

Il reprend sa bouteille comme si de rien n'était.

— Cette fois je dois y aller. Tiens, au cas où on ne se reverrait pas, et puisque je dois être aussi maso que t'es mytho, que je suis un fantôme et qu'y a des trous dans ma tête, ça je te le confirme, dis-moi, je suis mort comment ?

Le regard de Tom s'illumine ; son fantôme aurait-il enfin commencé à se laisser apprivoiser ? Il tourne son regard vers le grand bassin de la piscine.

— T'es mort noyé !

— Ah...

Le reflet fait ce qu'il peut pour ne pas montrer qu'il est affecté.

— Et, continue-il, au cas où ça aiderait à faire ressurgir quelques souvenirs, je m'appelais comment ?

Tom laisse planer un bref suspense.

— Pourquoi t'emploies le passé ? T'as pas changé de prénom depuis que tu es mort ! Tu t'appelais, et tu t'appelleras pour l'éternité... Esteban !

Esteban ? semble répéter le reflet entre ses lèvres muettes.

Il les mord à sang, de toutes ses dents, comme s'il se retenait de hurler, comme si d'un coup, tous ses souvenirs étaient remontés, comme s'il venait de se rendre compte qu'il était mort pour de vrai.

Il ne prononce plus aucun autre mot, évite surtout de croiser le regard de Tom, et court dans le vestiaire, sans se soucier du sol glissant sous ses pieds nus.

Récupérer ses affaires, s'habiller, s'en aller. Le plus vite possible.

Dans son poing serré, Esteban tient une pièce de 1 euro, celle qui sert à fermer son casier.

TROISIÈME ÂGE
L'ÂME JEUNE

Les âmes jeunes sont impatientes, Maddi, ambitieuses, courageuses. Egoïstes aussi. Elles veulent laisser une trace, à tout prix, ignorant qu'elles ont le temps. Tant de temps et tant d'autres vies. Si le monde n'était constitué que d'âmes jeunes, il se retrouverait rapidement mis à feu et à sang. Mais sans âmes jeunes, le monde serait sans chair ni flamme.

IV
L'INTUITION
Apiphobie

– 14 –

— Tu as vu ma clé USB, Gaby ?
— Ta quoi ?
Gabriel sort la tête de la douche. Rien que la tête. Je l'aperçois par la porte entrouverte de la salle de bains. Je suis dans la chambre, accroupie devant le lit, occupée à ouvrir les tiroirs de la table de chevet, à vider pour la troisième fois mon coffre à bijoux, à secouer les draps, à retourner les poches des habits dans la penderie.
— Ma clé USB ! Celle sur laquelle le docteur Kuning m'a enregistré tous nos entretiens.
Gabriel sort uniquement le cou, un bras et un genou.
— Elle était où ?
Il disparaît à nouveau sous le jet, derrière la paroi de verre opaque, sans attendre ma réponse. L'indifférence de Gaby m'insupporte ! Avant il se serait présenté nu devant moi, il se serait précipité pour m'aider, même mouillé. Avant, Gabriel n'était pas pudique.
Avant…
Avant quoi ?
Avant qu'on déménage en Auvergne ?
Avant notre séjour à Saint-Jean-de-Luz ?
Avant que je devienne folle ?

Je crie, histoire de bien lui faire comprendre à quel point cette clé est importante.

— Merde... Est-ce qu'au moins tu te rends compte, Gaby ? Sur cette clé il y avait... Il y avait... toute ma vie !

Une voix lointaine, noyée sous une cascade, répète avec patience :

— Elle était où ?

— Dans mon sac ! Où veux-tu qu'elle soit ? Je la gardais toujours sur moi !

Je me rends compte que je suis ridicule à m'énerver ainsi, que Gaby n'y est pour rien, que j'ai juste besoin de passer mes nerfs sur quelqu'un.

La voix mouillée continue de dégouliner. Pas sûr qu'elle m'aide à me calmer.

— Aïe... Tu l'emmènes partout, ton sac ! T'as regardé dans la MiTo ? Et à ton cabinet ?

Merci, Gaby ! Ce qui m'aiderait vraiment, c'est que tu m'aides à chercher.

— Evidemment ! J'ai déjà tout vérifié.

— Alors il te reste juste à fouiller les quinze chambres et les trois étages du Moulin. Une clé de trois centimètres, ça ne devrait pas être dur à trouver.

Et il fait de l'humour, en plus ! Pour la cinquième fois, je vide mon sac sur le lit, je le retourne, vérifie qu'il n'y a aucune ouverture entre les coutures.

J'aperçois une main attraper à tâtons une serviette.

— Si tu faisais un peu attention à tes affaires.

Cette fois je me retiens d'exploser. C'est l'hôpital qui se fout de la charité ! J'observe les chaussettes, le caleçon, le pantalon de Gaby en boule au bout du lit.

Ou bien c'est la clinique qui se fout de l'hôpital psychiatrique ? Je sens que je suis bonne à interner.

Où peut bien être cette fichue clé ?

J'essaye d'expirer et d'inspirer plus lentement, de m'apaiser. Je pose mon regard sur le lit, sur les draps froissés à la place de Gabriel, toujours à droite, la routine, Gabriel pouvait s'allonger de n'importe quel côté, *avant*, je respire son odeur, je ne pouvais pas me passer d'elle, *avant*, elle était la seule sensation, la nuit, qui me raccrochait à la vie.

Si j'allais au bout de mes pensées, si je laissais mon inconscient prendre les commandes, je crois que je serais obligée de l'avouer : cette odeur me dégoûte presque, maintenant. Cette odeur mêlée à la mienne. On peut repousser les baisers de celui qui dort à vos côtés, on peut se défendre contre des mains qui cherchent à vous caresser, mais on ne peut pas lutter contre un parfum !

Je laisse tomber la chambre et j'avance sur le palier. Comment espérer retrouver ma clé USB dans un tel bordel ? Il est encombré de cartons que Gabriel a emportés d'Etretat et n'a toujours pas pris la peine de déballer. Des vieux livres. Des vieux DVD. Des vieux jeux vidéo. Tout un tas d'appareils électroniques périmés. Coincée entre deux caisses, même sa Gibson est abandonnée là, comme un balai, désaccordée.

Des journées qu'il ne l'a pas touchée.

Malgré moi, je repense à Esteban. Pas une journée sans qu'Esteban ne joue de la guitare, au moins une heure, parfois plusieurs.

Esteban était passionné, doué, bosseur, volontaire.

Gabriel est superficiel, médiocre, glandeur, velléitaire.

Sans doute fallait-il qu'ils se ressemblent le moins possible... Ça ne m'a pas empêchée, toutes ces années, d'aimer Gaby. Que serais-je devenue sans lui ? Je ne dois pas l'oublier, il a dit oui, il m'a suivie, sans discuter, sans grogner, à chaque fois. Pourquoi ? Parce que je lui fournis un toit ? Un repas. Une... Une gamelle ? Un chat, en général, ne s'en éloigne pas.

Je suis cruelle, je le sais. Gabriel n'est-il plus pour moi qu'un chaton trop vieux pour être abandonné ? Est-ce que le seul sentiment qui me relie encore à lui est... la pitié ?

Ignorant tout de la tempête qui submerge ma tête, la voix moqueuse de Gabriel sort de la salle de bains et résonne dans les chambres vides, se cogne aux pièces trop grandes, s'égare dans les longs couloirs. Pourquoi ai-je choisi d'habiter une maison aux proportions aussi démesurées ?

— C'est pas si grave si tu ne retrouves pas ta clé. T'auras qu'à demander à TON docteur Kuning de te la renvoyer !

Gabriel, depuis quelques jours, ajoute la jalousie aux autres de ses qualités. Je dois reconnaître pour sa défense que je passe plus d'une heure au téléphone avec Wayan chaque soir. Je piétine sur le parking, au pied des anciennes pistes, moi à parler, lui à m'écouter, puis à essayer de le dissuader de prendre sa voiture pour venir me voir. Il me l'a proposé, encore hier soir.

Six heures de route seulement ! Ce n'est rien, Maddi, vraiment ! Je pars demain matin et je suis à Murol à midi.

Comme s'il n'avait pas digéré ce que je lui ai dit avant de partir de Normandie, *vous n'êtes pas ce genre d'homme qui accepterait de tout quitter pour suivre une femme*. Wayan est le genre d'homme à pouvoir ordonner à sa secrétaire d'annuler tous les rendez-vous de la journée, à poser une RTT, à faire vivre à une femme le plus merveilleux des contes de fées... le temps d'une soirée, d'une nuit, à la limite d'un week-end prolongé. Mais pas à tout laisser tomber ! Esteban était ainsi aussi... d'une gentillesse infinie, mais personne n'aurait pu lui faire emprunter un chemin différent de celui qu'il avait choisi.

Gabriel, lui, ne me demande rien, même pas *où on va ?*.

Il se contente d'être là.

Merci, Gaby, merci au moins pour ça.

Et tu n'as aucune raison d'être jaloux de Wayan Balik Kuning, si je passe tant de temps avec lui, c'est que j'ai juste besoin de lui. Je crois d'ailleurs que c'est parce qu'il est si loin, que j'ose tant lui parler. J'ai osé, hier soir, lui dévoiler la suite de mon plan. Ou plus exactement, dans ma totale improvisation, la plus récente de mes décisions.

— Wayan, je dois vous avouer, j'ai décidé de retourner voir Amandine Fontaine. Et Tom aussi. C'est la seule solution, elle ne reviendra pas au cabinet.

— Pourquoi, Maddi ? Qu'allez-vous lui dire ?

— J'ai un très bon prétexte. Elle est malade, ça crevait les yeux au cimetière, tout le village a pu s'en apercevoir. En allant la voir, je ne fais que mon devoir !

— Vous n'avez pas répondu, Maddi. Qu'allez-vous lui dire ?

— Je vais... la... la prévenir.

— La prévenir de quoi ?

— De... du danger !

— Du danger, quel danger ?

— Tom est né le 28 février. Je l'ai lu sur son dossier. Il aura dix ans dans deux jours.

— Et alors ?

— Et alors, vous savez très bien ce que je veux dire, Wayan. Esteban a disparu le jour de ses dix ans, je ne veux pas qu'il arrive la même chose à ce gamin !

— Pourquoi, Maddi ? Pourquoi lui arriverait-il la même chose ? Tom n'est pas Esteban ! Et même si vous vous raccrochiez à la croyance que ce petit Tom est votre Esteban réincarné, pourquoi serait-il en danger ? Maddi, qu'est-ce que vous me cachez ?

J'ai raccroché !

Voilà, Gaby, voilà pourquoi tu n'as pas à être jaloux de Wayan Balik Kuning. Parce que je veux juste qu'on me foute la paix !

— T'es énervée ?

Gabriel est enfin sorti de la salle de bains. Il s'avance vers moi, torse nu, serviette enroulée autour des hanches, beau, rien à dire là-dessus. Il a un sourire de chat qui veut se faire pardonner.

— Ouais.
— A cause de cette clé USB ?
— Ouais.
— Tu crois que quelqu'un aurait pu te la voler ?

Une façon polie de me signifier, lui aussi, que je suis irresponsable, que si je tenais tant à cette clé, j'aurais dû la ranger, la cacher, pas la trimballer dans le bordel de mon sac. Pourquoi, d'ailleurs, ne pas l'avoir fait ? Parce que je voulais toujours l'avoir sur moi ? Parce que personne ne pouvait savoir que je la cachais là ?

— Non. Pourquoi quelqu'un aurait-il fait ça ?

Gabriel entoure ma taille avec ses bras. Il est tout mouillé. Son parfum sent le bois et la fougère fraîchement coupée. J'aime bien, au final, cette odeur-là. Il plante ses yeux dans les miens et me fait comprendre qu'il peut y lire à livre ouvert.

— Il y a autre chose. Autre chose qui t'inquiète. Dis-moi.

Il m'agace, ce chat égoïste, à sentir dès que quelque chose ne va pas.

— Oui... je... je suis... convoquée par les flics.
— Waouh !

Il me regarde comme si j'avais braqué la poste de Murol.

— Ils veulent me parler de Martin Sainfoin. Je l'avais examiné, il y a quinze jours. Un examen cardiaque classique, tout allait bien. Il n'y avait aucun signe avant-coureur. J'ai même délivré un certificat d'aptitude à la pratique du cyclisme.

— S'il n'avait rien, pas le moindre souffle au cœur, t'as rien à te reprocher.

— J'espère. Les policiers, au téléphone, avaient l'air bizarres.
Gabriel m'embrasse.
— Tu t'en fous, t'y es pour rien.
Ce rusé a toujours su comment ronronner autour de moi, surtout quand il commence à tourner autour de sa gamelle.
Il m'embrasse encore, dans le cou cette fois.
— Y a quoi à manger ?

Je n'ai pas répondu. Perdue dans mes pensées.
Tu t'en fous. T'as rien à te reprocher...
J'ai tant essayé de m'en persuader.
Pour Esteban, hier...
Pour Martin, maintenant...
Pour Tom, demain ?

Je frissonne sous ses caresses, mais je repousse Gabriel avec tendresse.
— Tu attendras, vilain matou gourmand. Je dois d'abord retrouver cette fichue clé !

– 15 –

Il regarde un instant la clé.
Subjugué.
Est-il imaginable qu'un objet aussi minuscule, moins de trois centimètres, aussi plat qu'une allumette, contienne les secrets d'une vie entière ? On croit qu'une vie tient dans un cercueil, ou même dans une urne funéraire, mais en réalité, elle peut se résumer à un dé à coudre, y compris en y

stockant toutes les photos de cette vie, tous les films, toutes les conversations, tous les mots.

Avec une infinie précaution, il insère la clé dans l'ordinateur portable. Personne ne l'a vu voler la clé dans le sac à main. Personne ne pourrait le soupçonner. Chaque habitant du village, à un moment donné, aurait pu se servir. Presque tout le monde est passé au moins une fois dans le cabinet médical.

Dès qu'il clique sur l'icône principale, il retient une exclamation de surprise : deux sous-dossiers sont apparus.

Séances Maddi Libéri : 2010-2020
Séances Esteban Libéri : 2003-2010

La clé USB ne contient pas seulement l'enregistrement des séances de psychothérapie de Maddi, mais également celles d'Esteban. Pourquoi sont-elles enregistrées sur la même clé ? Qui était le psy d'Esteban, quand il était petit ? Cela ne peut pas être le docteur Kuning, il exerce en Normandie, et Esteban habitait le Pays basque.

Il réfléchit un long moment, puis décide de cliquer sur le second dossier.

Séances Esteban Libéri : 2003-2010

Des dizaines de fichiers audio, alignés sur trois colonnes, occupent tout l'écran. Esteban était suivi par un psy, chaque semaine, pendant sept ans. Il calcule rapidement dans sa tête : cela doit représenter plus de trois cents fichiers. Par lequel commencer ?

Il fait glisser la flèche, hésite, et finit par s'arrêter sur le 15/03/2004. Esteban avait donc... quatre ans. Deux nouveaux clics, le fichier s'ouvre aussitôt, trop vite, il a juste le temps d'appuyer sur pause avant que le son explose. Ouf ! Le volume de l'ordinateur était réglé au maximum, la voix d'Esteban aurait résonné dans toute la maison.

Il pousse un silencieux soupir de soulagement, jette un regard autour de lui, guette le moindre bruit pour être certain que personne ne peut le surprendre, puis branche le casque.

Il vérifie une nouvelle fois que la porte de la pièce est fermée. Quand il aura le casque sur les oreilles, il se sera plongé dans le récit et plus rien d'autre ne comptera autour de lui. Il sera aussi vulnérable qu'un lézard quand il change de peau. Ou qu'un serpent.

Un clic. Les deux barres redeviennent triangle.

La voix grave et posée du psychiatre retentit, comme s'il venait d'entrer dans la pièce, ou plus directement dans son cerveau.

— Bonjour, Esteban

— Kaixo, doktore !

Il comprend immédiatement qu'Esteban s'amuse à parler en basque. Cela doit vouloir signifier quelque chose comme *bonjour, docteur.*

— Esteban, tu te rappelles ? La semaine dernière, tu devais me parler d'un souvenir, d'un souvenir auquel tu repenses souvent, qui parfois t'empêche de dormir. Je sais que c'est un souvenir qui te fait peur, que tu voudrais oublier, mais justement, pour qu'il sorte de ta tête, il faut que tu me le racontes, tu comprends ? Il faut que tu le regardes en face, pour que ce soit toi qui lui fasses peur ! Tu vas y arriver ?

— Oui, doktore !

Il y a presque du défi dans la voix d'Esteban.

— Alors vas-y, je t'écoute. Je vais essayer de t'interrompre le moins possible.

— C'est... c'était l'été. J'étais encore petit, plus petit qu'aujourd'hui. On était montés en haut de la Rhune, par le petit train. Comme y avait la queue pour redescendre, maman a dit *on n'a qu'à y aller à pied, par le chemin.* C'est ce qu'on a fait, mais un moment j'en ai eu marre de marcher, alors pour que j'arrête de chouiner, comme dit maman, elle m'a proposé un jeu...

La voix d'Esteban est de moins en moins assurée. Ses tâtonnements, ses peurs, tout transpire dans les écouteurs.

Il ferme les yeux. Il est quelque part entre le sommet de la Rhune et la côte basque, sur ce paisible sentier de randonnée où gambadent les touristes et les chevaux sauvages.

Avec Esteban.

*
* *

— Un, deux, trois...
— Compte pas si vite, maman !

Esteban s'éloigne le plus silencieusement possible, sur la pointe des pieds.

— Triche pas, regarde pas !

Esteban la surveille quand même. Maman a posé ses deux mains sur ses yeux, mais elle peut écarter les doigts. Il marche encore tout doucement pendant quelques pas, puis dès qu'il a atteint les grosses pierres, il se met à courir.

— Onze, douze, treize.

Maman a dit qu'elle compterait jusqu'à cinquante et qu'après elle crierait « J'arrive ». Qu'il ne devait pas s'éloigner aussi. Il regarde autour de lui pour chercher une cachette. Dans l'herbe ? Impossible, elle est aussi rase que le tapis vert de sa chambre, les troupeaux de chevaux poilus ont dû tout brouter.

Derrière les rochers ?

Non, trop facile.

Il lève les yeux vers le grand arbre devant lui. Avec un peu de courage, il pourrait s'accrocher au tronc et atteindre les premières branches, puis d'autres plus haut. Il hésite un peu...

Non, trop dangereux !

— Trente, trente et un, trente-deux.

La voix de maman est de plus en plus lointaine, mais il doit se dépêcher. Il regarde autour de lui pour trouver une idée. Il pourrait passer de l'autre côté de la petite rivière. Dans les dessins animés, c'est comme ça qu'on échappe aux chiens, ou aux loups, sinon ils vous repèrent à l'odeur. Maman aussi pourrait le repérer à l'odeur, elle dit toujours qu'il sent bon, qu'il sent le bébé, après le bain, même qu'il n'aime pas ça. Pas le bain, mais qu'on lui dise qu'il sent le bébé.

Il arrive dans un champ. Il n'en croit pas ses yeux : il n'y a aucun endroit pour se cacher ! L'herbe n'est toujours pas assez haute, celle-là a été mangée par les vaches, y en a au moins dix devant lui. Une vache ce n'est pas dangereux, il le sait... mais quand même, leurs cornes, leurs sabots... il doit trouver une cachette un peu plus haut, en longeant le fil barbelé, sans le toucher, on ne sait jamais, des fois il y a de l'électricité...

— CINQUANTE ! J'ARRIVE !

Il a entendu maman, très loin. Il doit se décider, elle a fini de compter et il n'a encore aucune cachette !

Vite. Il se met à courir au bord du fil de fer, en faisant attention de ne pas se griffer. Il se retourne de temps en temps. C'est trop nul, si maman arrive, passe la rivière, elle va le repérer tout de suite, aussi facilement que s'il se promenait au milieu d'un terrain de foot. Il tourne la tête dans tous les sens, ça lui donnerait presque envie de pleurer. Il se retient d'appeler maman, de crier STOP, c'est pas du jeu, on recommence, tu comptes jusqu'à cent, cette fois... quand il les voit.

Cinq petites cabanes, alignées, en contrebas du champ. On dirait des niches, mais trop petites pour que des chiens puissent y dormir, ou alors des grosses boîtes aux lettres... En tous les cas, c'est la cachette idéale. Plus il s'approche et plus il en est certain. Il y a juste la place, sous le plancher, pour se faufiler. En rampant bien au fond, maman ne pourra pas le repérer.

Esteban se retourne une dernière fois. Personne à l'horizon, sauf les vaches, mais elles ne vont pas cafter. Il fonce !

Au moment où il se rapproche des niches, il aperçoit deux ou trois abeilles. Il s'en fiche ! Maman lui a appris que les abeilles, et tout ce qui vole et bourdonne, ne piquent pas si on ne les embête pas. Et puis il n'a pas le temps de regarder si c'est une abeille, un frelon ou une guêpe, maman va arriver. Il plonge à la façon d'un rugbyman. Direct sous les niches. Un roulé-boulé, comme sur le canapé, et le voilà dos contre terre, la tête sous des planches, allongé, à l'abri, les yeux tournés vers l'entrée du champ.

— Estebaaaan.

C'est maman qui l'appelle. Il l'entend mais ne la voit pas encore. Son cœur bat très fort, autant que quand il joue à la guerre avec les copains. Il essaye de s'arrêter de respirer, pour bien écouter. Il croit d'abord que c'est sa respiration qu'il continue d'entendre, même s'il a bloqué sa bouche et son nez. Comme si ses poumons sifflaient. Il manque d'air et relâche tout. Pfou...

Toujours aucune trace de maman, elle n'a sans doute pas osé franchir la rivière. L'odeur remplit alors ses narines, une odeur qu'il aime bien, une odeur sucrée, une odeur de gaufre et de petit déjeuner. L'odeur du miel, il la reconnaît. D'où peut-elle venir, pas de ces deux abeilles ? Pour la première fois, il lève les yeux vers les planches au-dessus de sa tête. A quelques centimètres.

Cette fois, le cœur d'Esteban se bloque pour de vrai !

Il les voit, comme si elles le touchaient, à travers le grillage cloué entre les planches.

Des centaines, peut-être des milliers d'abeilles ! Enfermées dans les cinq minuscules prisons de bois qui sentent le miel.

— Estebaaaaaan !

Maman arrive tout au bout du champ, il la voit.

Esteban sait qu'il ne doit pas rester là, qu'il doit sortir le plus doucement possible, s'éloigner sans effrayer les insectes qui grouillent au-dessus de sa tête, puis courir seulement quand il sera loin. Il le sait, mais il ne peut pas bouger. Pétrifié. S'il remue juste un pied, ou un doigt, elles vont le repérer. Personne ne peut survivre à un nuage d'abeilles en colère, pas même un ours, pas même un loup. Il n'entend plus que leur bourdonnement, il ne sent plus que cette atroce odeur de miel.

Il va mourir ici, il en est sûr. Maman ne le reconnaîtra pas, sa tête sera gonflée de milliers de piqûres...

— Estebaaaan ?

Maman n'est plus si loin, mais elle ne le trouvera jamais s'il ne lui répond pas. Et s'il lui répond...

Tant pis.

Esteban ne saura jamais qui a pris la décision. Ses jambes ? Sa bouche ? Son cœur ? Son cerveau ? Ou tous à la fois ?

Il crie, il crie à s'en tordre le ventre.

— Mamaaan !

Et sort de sous les ruches, trop vite, trop pressé, en se cognant la tête, les bras. Il rampe tout de même, mais les insectes affolés sont déjà sortis. Le ciel basque est soudain devenu gris. Esteban s'est relevé, et c'est comme une pluie qui s'abat sur lui, une pluie d'ailes et de dards, une averse de poignards, qu'il traverse, en hurlant, en courant droit sur le fil de fer.

Il s'y empale, sa chemise s'y déchire, puis sa main, puis sa jambe, puis toute sa chair. Il est toujours poursuivi par quelques abeilles, parmi les plus rancunières. Les dernières piqûres sont les plus meurtrières.

— Mamaaan !

— Estebaaan...

Il court encore, les bras de maman sont là, à quelques mètres, plus rien ne peut lui arriver. Même s'il a l'impression que sa tête va exploser, même si toute sa peau le démange et qu'il voudrait pourtant qu'on lui coupe les bras pour s'empêcher de se gratter, même si sa dernière pensée, avant de perdre connaissance, est un dernier minuscule point noir dans le ciel et une terrifiante odeur de miel.

*
* *

— Tu as été très courageux, dit le psychiatre, une fois qu'Esteban a terminé son récit. Ta maman m'a raconté la suite, parce qu'évidemment tu ne t'en souviens plus. Les secours sont arrivés très vite. Tu as été emmené à l'hôpital de Bayonne. Ta maman a eu très peur, au moins autant que toi, mais sois rassuré, toutes tes piqûres disparaîtront. Tu ne garderas qu'un vilain souvenir du miel et des abeilles.

— On dit *erleak* ! fanfaronne Esteban en imitant avec ses lèvres le bourdonnement d'une abeille.

La vibration se propage dans les écouteurs, telle une radio dont on perd le signal. La séance est pratiquement terminée, plus que trente secondes, d'après le curseur qui défile sur l'écran. Il baisse le son sur son ordinateur, tout en regrettant de n'avoir qu'un fichier audio, il aurait voulu avoir au moins une image, pour voir à quoi ressemblait ce psy, sans doute installé à Saint-Jean-de-Luz. Il a beau chercher, il ne trouve aucune indication sur les dossiers.

Comment identifier une voix ?

— Je sais parler basque aussi bien que toi, répond avec calme le psy. Mais à partir de maintenant tu vas devoir être courageux. Depuis cinq mois, il faisait trop froid, aucune abeille ne sortait. Mais les belles journées reviennent, et avec elles les fleurs à polliniser. Dès que tu sortiras dehors, elles seront là, partout, même dans la ville, même au bord de la mer.

— Pas grave, crâne Esteban. J'irai me cacher dans la mer. Les abeilles ne savent pas nager !

— Tu aimes l'eau, n'est-ce pas ? Tu n'as pas peur d'elle ? Du vent ? Des vagues ?

— Non ! Jamais ! Parce que les vagues, même les plus grosses, elles te ramènent toujours sur la plage !

– 16 –

Nectaire Paturin a entendu Savine Laroche arriver bien avant qu'elle ne pousse la porte de la mairie à la volée. Il n'y a qu'elle pour remonter aussi vite la rue de l'Hôtel-de-Ville, pour se garer sur le parking en une seule manœuvre, pour monter en deux pas les trois marches de la terrasse, pour entrer en volcan et transformer l'ambiance apaisante en nuée ardente.

— Salut, Nicky. Alors, ton enquête ? Ça avance ?

Elle serre entre ses doigts un panini au bleu acheté à la boulangerie du village. Elle n'a pas encore pris le temps de déjeuner. Nectaire, au contraire, a fait du vide sur son bureau, posé une petite nappe à carreaux rouges et blancs et installé des couverts, un verre, une bouteille de vin rouge et un plat réchauffé au micro-ondes de la mairie. Tripou auvergnat : fraise de veau, carottes et truffade de pommes de terre, qu'il a laissé mijoter toute la nuit pour Aster et lui.

— Je viens au rapport, continue l'assistante sociale en saisissant une chaise et en s'installant devant lui. Alors, raconte ? La mort de Martin Sainfoin, le passé de Maddi Libéri. Qu'est-ce que t'as appris ?

Le secrétaire de mairie tire lentement sur sa nappe et lisse un à un les derniers plis.

— Tu veux un verre de côtes-d'auvergne ? C'est un petit Saint-Verny de derrière les cratères que la Souche m'a déniché.

— Après ! On trinquera si tu as bien travaillé. Alors Sherlock, non, Poireau, non, comment tu t'appelais déjà, ah oui, Bocolon... alors Bocolon, t'as enquêté à fond ?

Nectaire, en suivant un cérémonial plus précis encore qu'une intronisation au club des meilleurs sommeliers de France, débouche la bouteille, s'en verse un demi-verre ; la rebouche, observe la couleur de la robe, en renifle le bouquet, avant de s'autoriser à en boire une micro-gorgée.

— Hummm... tu disais ?

— Ton enquête, t'as avancé ?

— Pas vraiment, non.

Savine mord à pleines dents dans son panini tout en débouchant rageusement une bouteille de Volvic.

— T'attends quoi ?

— Toi !

— Moi ?

Nectaire pose une serviette sur ses genoux, attrape une fourchette.

— Oui, toi. J'ai appelé Hervé Lespinasse, le lieutenant de la gendarmerie de Besse, mais il ne veut rien me dire. Il m'a juste confirmé qu'ils avaient bien pratiqué une autopsie sur Martin, avant de l'inhumer. Mais pour le reste, rien n'a filtré. Tout est entre les mains du SRPJ de Clermont.

L'assistante sociale soupire. Elle boit une grande rasade de Volvic pour faire couler la moitié carbonisée de son panini.

— T'as eu raison de prendre ta retraite. Bocolon, t'es fini ! Allez... (Elle regarde avec dépit le restant mâchouillé de son panini, dégoulinant de bleu fondu.) Sans rancune et bon appétit !

Nectaire prend le temps de couper en fines tranches sa panse de veau, de goûter une pomme de terre persillée, avant de lever la tête.

— Attends juste un peu avant de l'enterrer. La pêche à la vérité est un sport de patience, tu vas voir comme Bocolon appâte l'hameçon !

Il déguste une dernière bouchée de truffade, l'arrose au Saint-Verny, s'essuie en se tapotant les lèvres avant de saisir son téléphone. Tout en composant un numéro, il place son index devant sa bouche pour faire signe à Savine de se taire. Il toussote pour s'éclaircir la voix et enclenche le mode haut-parleur.

Quelqu'un décroche, Nectaire Paturin dégaine le premier.

— SRPJ de Clermont ? Lieutenant Lespinasse, brigade de Besse, je viens aux nouvelles pour Martin Sainfoin.

On s'active à l'autre bout, on vérifie, mais personne ne se méfie. Nectaire possède l'inimitable ton précis et pressé du policier qui parle à un autre policier. L'appel de Nectaire navigue de service en service, il laisse le combiné décroché, avant que des pas finissent par approcher et qu'une voix grave ne résonne.

— Lespinasse ? C'est Moreno, de la PJ. Vous tombez bien, on a du nouveau !

— Ah, se contente de commenter prudemment Nectaire, même s'il y a peu de chances que Moreno connaisse la voix de son collègue de Besse.

— On allait vous appeler de toutes les façons, poursuit le flic de Clermont. Tout sera dans les journaux demain et le juge Charmont va faire une déclaration. Mais je sais pas si dans votre campagne vous suivez les informations.

— Et donc ? le presse sobrement Nectaire.

— On a reçu ce matin les résultats détaillés de l'autopsie. Pour te la faire courte, Lespinasse, on a retrouvé du C01AA03 dans le sang de Sainfoin. Ça te dit sûrement rien, mais pour résumer, le C01 machin-truc, c'est ce qu'on appelle un cardiotonique, un principe actif qui t'accélère le cœur. Par chez nous, il porte un nom plus courant : la digitaline.

— Merde !

Sous l'effet de la surprise, Nectaire n'a pas pris la peine de masquer sa voix, mais Moreno ne semble rien avoir remarqué. Pour lui, tous les gendarmes des brigades sont sans doute interchangeables.

— Ouais, merde, comme tu dis. Le légiste est formel, Martin Sainfoin a ingéré, bu ou mangé, l'équivalent d'une demi-douzaine de feuilles de digitale pourpre. Pour te la faire courte, ça représente l'équivalent de quarante grammes, et c'est sans aucun doute ce qui, conjugué à ses efforts pour atteindre le col de la Croix-Saint-Robert, lui a fait exploser le cœur.

— Merde ! répète Nectaire.

— Je crois que la merde, conclut Moreno, elle sera plutôt pour nous. Désolé, Lespinasse, mais je crois que l'affaire va rester entre les mains de la judiciaire, et que vous allez pouvoir continuer à verbaliser peinards vos conducteurs de bestiaux ! Soyez pas trop déçus d'être hors jeu, y a toujours un moment où faut laisser faire les pros... A moins que tu veuilles ajouter un mot ?

— Plutôt quatre, Moreno. Pour te la faire courte... Va te faire foutre !

*
* *

Nectaire range consciencieusement son tripou dans la boîte en bambou – il le partagera ce soir avec Aster –, rebouche le

Saint-Verny, emballe la baguette de pain dans une serviette en tissu, replie la nappe. Il aura peut-être plus d'appétit ce soir.

Il replace ensuite, sur le bureau, à leurs emplacements précis, l'aimant à trombones, l'encreur à tampons et le pot à stylos.

— Nom de Dieu, gémit Nectaire. Martin, assassiné.

— A la digitale, ajoute Savine.

La digitale est une fleur qui pousse partout en Auvergne, sur chaque chemin, sur chaque versant de volcan ; chaque enfant apprend dès ses premières promenades, de la bouche de ses parents, que ces jolies fleurs en forme de clochettes roses et pourpres cachent un poison violent, et qu'il ne faut jamais, jamais, les toucher. Martin Sainfoin, plus que n'importe qui d'autre, le savait ! La digitaline dans son sang ne peut pas être un accident, il s'agit forcément… d'un empoisonnement !

Nectaire Paturin a enfin achevé son rangement. Il tend le bras vers la bouilloire qui siffle derrière lui.

— Tu voudras un thé ?

— Pas vraiment, non.

Le secrétaire de mairie observe la grimace inquiète de Savine et met quelques secondes à réagir.

— Tu penses que j'…

— Que t'as empoisonné Martin ? Bien sûr que non ! Ni toi, ni Alain, ni Géraldine, ni Oudard, ni aucun de ceux qui ont partagé avec lui son infusion, ou de la flougnarde au rhum d'ailleurs, l'autre midi, avant qu'il remonte sur son vélo. On se connaît tous depuis des années, Martin était presque de la famille. Il a dû boire la digitaline avant. Ou après. Par contre, si Martin a été assassiné, c'est peut-être parce qu'il…

Savine, la gorge sèche, ne parvient pas à terminer sa phrase. Nectaire s'abstient de lui reproposer un thé. Il hésite même à sortir ses sachets de feuilles séchées.

— Parce qu'il ?

— Parce qu'il avait découvert quelque chose, déroule d'un coup Savine, sans respirer. A propos d'Amandine et de Tom Fontaine. Tu te souviens ? Il voulait m'en parler. Il l'avait annoncé devant tout le monde, mais avant, il avait besoin de vérifier autre chose... De vérifier quoi, Bocolon ?

Nectaire a fini par ouvrir un tiroir. Il jette quelques feuilles noires dans son eau bouillante.

— J'ai peut-être une idée, avance le secrétaire de mairie. Une piste au moins. Tiens, regarde.

D'un autre tiroir, il sort un dossier, l'ouvre, et étale sur le bureau une dizaine de photos. Savine se penche, intriguée. Elle reconnaît Tom Fontaine sur tous les clichés. Sa tignasse blonde, ses yeux bleu clair. Tom sur son vélo, Tom jouant de la guitare, Tom sur une plage en maillot...

— Alors ? demande Nectaire.

Savine jurerait que le secrétaire de mairie laisse infuser les clichés dans ses pensées, exactement comme il le fait avec l'herbe séchée dans son eau chaude.

— Alors quoi ? Ce sont des photos de Tom.

Nectaire trempe ses lèvres dans le breuvage sombre.

— Eh non... Perdu !

— Quoi perdu ? Je suis capable de reconnaître Tom. Je m'occupe de lui et d'Amandine depuis qu'il est né !

Nectaire Paturin est redevenu Bocolon. Le débit du secrétaire de mairie se fait un soupçon plus rapide, plus précis.

— Ça va te sembler dingue, Savine, mais le gosse sur ces photos s'appelle Esteban ! Et c'est... le fils du docteur Libéri !

Savine se laisse tomber sur la chaise la plus proche.

— Nom de Dieu... T'es sûr de toi ? Tu les as trouvées où, ces photos ?

Bocolon a le triomphe modeste. Il lape son thé à petites gorgées.

— Le plus simplement du monde, en consultant la page Facebook de Maddi Libéri. Elle y raconte toute sa vie !

Savine plisse le front. C'est le signe qu'elle essaye de réfléchir aussi rapidement qu'elle le peut.

— Donc, si je comprends bien, ce gamin et Tom sont jumeaux, ou au moins des sosies... Ça explique pas mal de choses ! A commencer par la façon dont elle regarde Tommy.

— Tu as raison sur un point, précise Nectaire, Tom et cet Esteban se ressemblent, une ressemblance plus que troublante, d'après les photos... Mais ils ne sont pas jumeaux ! Tout simplement parce que ces photos postées sur Facebook, regarde bien, Savine, ont été prises il y a dix ans ! Fais le calcul, Esteban Libéri a aujourd'hui vingt ans.

Le front de Savine n'est plus qu'une chaîne de puys gondolée. Elle essaye de trouver une explication rationnelle.

— Des photos qui datent de dix ans ? Qu'est-ce que ça peut vouloir dire ? Que notre brave médecin souffre du syndrome du nid vide ? Son petit Esteban est devenu grand, a quitté la maison, ça la rend nostalgique, et elle flashe sur un gamin qui lui rappelle le sien... un peu comme un type qui tombe amoureux de la même femme, mais si possible avec dix ans de moins.

Le syndrome du nid vide ?

Nectaire n'a pas l'air convaincu.

— Vois-tu, Savine, Bocolon n'a qu'une devise quand il pêche la vérité : il n'y a pas de hasard, il n'y a que des engrenages ! Toutes les pièces finissent toujours par s'emboîter. Tiens, par exemple, pourquoi la doctoresse Libéri serait-elle venue s'installer précisément dans le village où habite le sosie de son fils ?

Savine siffle d'admiration.

— Parce... Parce qu'elle savait qu'il habitait ici ? Elle serait venue s'installer ici uniquement à cause de cette ressemblance ? Ce serait carrément dingue, non ?

— Oui, carrément dingue, mais quand même moins que de croire au hasard ! Il existe toujours des explications rationnelles. Pourquoi la ressemblance entre les deux gosses ne s'expliquerait-elle pas tout simplement parce qu'ils ont des mères différentes, mais le même père ? C'est ce que me soufflerait mon instinct.

— Et l'instinct de Bocolon...

— Indique toujours la mauvaise direction ! Donc c'est simple, Savine, si tu veux avoir la bonne explication, tu m'écoutes et tu tires des conclusions inverses aux miennes !

Il vide son thé, faussement désappointé.

— On n'en est pas encore là, Bocolon, tranche l'assistante sociale sans un mot de compassion. Pour l'instant on s'en tient juste aux faits. Tu as déniché d'autres hasards étranges, mon pêcheur de vérité ?

— Oui ! Par exemple, j'ai découvert sur Internet que Maddi Libéri était membre d'une association belge, Le Berceau de la Cigogne : la liste de tous les membres est publiée en ligne. Visiblement, cette association est interdite en France, à cause de polémiques avec les ligues antiavortement, ou autour de la PMA et des interruptions médicales de grossesse. J'ai lu un peu. J'ai l'impression que d'après eux, le monde se divise en deux... Comment t'expliquer ? Tiens, prenons le cas d'une échographie qui diagnostique qu'un enfant sera atteint de nanisme : il y a ceux qui pensent qu'il faut pratiquer une interruption médicale de grossesse, et donc qu'on vivra bientôt dans un monde sans nains, et ceux qui pensent que si on commence à ne plus vouloir d'un gosse parce qu'il est trop court sur pattes, on pourrait tous un jour finir par mesurer la même taille. Les premiers sont...

Savine lève la main pour couper Nectaire avant qu'il ne développe l'intégralité de sa théorie.

— C'est bon, j'ai compris. Avec mon mètre cinquante, je l'ai échappé belle ! Et ton Berceau de la Cigogne, il se range dans quel camp ?
— Clairement celui des mamans !
Ils marquent tous les deux un silence. Après tout, il n'est pas si étonnant qu'une femme médecin s'implique contre les ligues antiavortement. Nectaire finit par se lever, se dirige vers l'évier avec son mug de thé vide.
— Je vais continuer de fouiner, Savine. On se retrouve pour faire un point en fin d'après-midi ? A Besse, ça te dit, à la terrasse de la Poterne ?
Rien de plus logique, pense Savine, Nectaire habite le centre-ville de Besse, au-dessus de la Galipote, la boutique de sa sœur, à cinquante mètres de la place de la Poterne et de la terrasse du bar. Sauf que c'est l'endroit précis où Martin Sainfoin lui avait donné rendez-vous...
— Tu... bafouille Savine. Tu me promets d'être prudent ?
— Promis ! Pas de vélo. No sport ! Je garde mon souffle et ma salive juste pour coller deux ou trois timbres... et aller pêcher la vérité... (Il offre à Savine un ultime sourire.) Tu vas être épatée ! Tu vas voir comment Bocolon sait appâter l'hameçon... et jusqu'où il peut pousser le bouchon !

– 17 –

Pour sortir de la cour de la gendarmerie de Besse, je galère. Pas question de leur laisser l'une de mes portières ! Une jeune fliquette adorable, elle ne doit pas avoir plus de vingt ans, me guide, plus efficace qu'un radar de recul. Plus souriante surtout.

— Tout droit et ça passe crème, madame !
Les gendarmes ont été adorables !
J'adresse un petit signe de la main à la gamine en uniforme et je rejoins la route de Murol. Je me sens plus légère, tellement plus légère.
Les gendarmes me l'ont répété au moins trois fois : je n'ai pas à m'en faire !
Vous n'y êtes pour rien, docteur, Martin Sainfoin n'avait aucun problème de cœur, vous n'avez commis aucune erreur. On ne peut pas vous en dire davantage pour l'instant, mais on tenait juste à vous rassurer.
Merci !
Même si je n'ai rien compris...
Si Martin Sainfoin n'avait aucun problème de cœur, alors, que s'est-il passé ?
Les gendarmes étaient rassurants, souriants, mais bizarres... Ils tournaient comme des mouches par temps d'orage, comme si... Comme si Martin Sainfoin... avait été assassiné !

Je m'efforce de ne plus y penser. Cette histoire ne me regarde plus maintenant que j'ai été disculpée. Je fixe au loin le puy de Dôme, son étrange sommet en forme de dos d'éléphant et son antenne plantée dans le crâne du volcan. J'essaye de capter une station de radio, n'importe quelle chanson qui me permette de me vider la tête et de me concentrer. Je n'ai toujours pas retrouvé cette foutue clé USB. Je n'arrive pas à croire que quelqu'un ait pu me la voler. Est-ce moi qui l'ai rangée quelque part, puis oubliée ?
Je parviens déjà à l'entrée de Murol quand RFM Auvergne cesse de grésiller. Jean-Jacques Goldman grave l'écorce, jusqu'à saigner. Ma première consultation n'est que dans une heure, je les avais toutes décalées, ignorant combien de temps les gendarmes allaient me garder. J'ai une heure à tuer ! J'hésite entre m'arrêter au cabinet ou remonter jusqu'au

Moulin, le temps de boire un café, de faire un câlin à Gaby, il doit être encore au lit... J'hésite trop longtemps, j'ai dépassé Murol et ma MiTo s'engage déjà avec enthousiasme dans les virages qui longent la Couze Chambon. Cinq petits kilomètres de montée, peut-être que Gaby a fait couler du café...

La guitare de Goldman continue toujours de saigner quand j'aperçois le panneau *Froidefond*. Le pont au-dessus du torrent devant moi, la fontaine aux eaux rouges sur ma droite, la Souille, en contrebas.

Rien ne t'efface, je pense à toi.

La porte de la ferme est ouverte.

Sans réfléchir, sans chercher à comprendre ce qui me passe par la tête...

Je m'arrête !

*
* *

Amandine Fontaine m'attend sur le pas de la porte. Impossible de rater ma MiTo garée dans sa cour. Volontairement, je ne l'ai pas jouée discrète, plutôt médecin appelé en urgence et qui se gare en faisant crisser les graviers.

— Y a un problème, docteur ? me demande Amandine.

Joue-t-elle la comédie ou est-elle sincèrement inquiète ?

— Non, aucun, rassurez-vous. Je me permets juste une petite visite... de routine. Entre voisines. Je passe devant chez vous tous les jours. Je me suis arrêtée pour prendre des nouvelles.

Amandine se méfie. Je devine que si je lui demande la permission, elle ne me laissera pas entrer. Tant pis ! Ma sacoche de médecin me confère une certaine autorité. Je ne lui donne pas le choix et j'avance d'un pas déterminé. Contre toute attente, elle s'efface devant moi.

Je demande d'un air détaché :

— Tom n'est pas là ?
— Non, il est parti à la piscine, en vélo.

J'improvise, tout en laissant mon regard traîner sur la pièce principale.

— Ça tombe bien.

Mes yeux se posent sur les piles de linge non repassées, les assiettes et les couverts non débarrassés. Les rayons du soleil, par la fenêtre ouverte, cuisent les pots de confiture non rebouchés. Les poils de chat s'accumulent sur les torchons non étendus. Des livres, des journaux, des jouets s'entassent dans l'âtre froid de la cheminée qui n'a pas dû être allumée depuis une éternité. Je finis par ajouter :

— C'est vous que je voulais voir, Amandine.
— Moi ? Pourquoi ?
— Parce que je suis médecin. Je vous ai observée, au cimetière, vous ne parveniez pas à vous tenir debout.

Amandine cesse brusquement de s'appuyer contre le mur et se redresse, prise en faute tel un garde du palais de Buckingham qui se serait assoupi.

— La chaleur, l'émotion. Maintenant ça va.
— Si vous le dites.

Je laisse encore traîner le regard sur le sac d'école de Tom balancé dans un coin de la pièce, sur le papier peint déchiré aux murs, comme si Amandine avait décidé un jour de le changer, avant d'y renoncer ; sur les caisses alignées sur le sol, emplies de terre et de plantations difficiles à identifier.

— Je me soigne moi-même, docteur. Je croyais que mon message avait été clair.

Et pour qu'il soit encore plus clair, elle fixe avec insistance les herbes dans les caisses. Elle mélange vraisemblablement médecine par les plantes et homéopathie. J'en profite pour poursuivre mon inspection. Sur une chaise, des guides des fleurs et champignons de montagne sont empilés en vrac. Des posters sont accrochés aux murs : une plage où *save the planet* a été gravé dans le sable, un arbre en forme de cœur, une terre en forme de bombe – tic tac tic tac ; des citations et des poèmes ont été recopiés sur des feuilles blanches et punaisés un peu partout, *Elévation* de Baudelaire, *Tant de forêts* de Prévert, *L'Heure du berger* de Verlaine, *Txoria txori* de...

Txoria txori ?

Je sursaute sous le coup de la surprise.

Txoria txori est le plus célèbre poème basque ! Esteban le connaissait par cœur, comme chaque élève de son école. Il savait même jouer l'air à la guitare, et s'amusait à improviser de nouveaux arrangements. Qu'est-ce que ce texte fait ici, accroché au mur de cette ferme en Auvergne ? Amandine et Tom l'auraient rapporté de Saint-Jean-de-Luz ? Pourquoi justement celui-ci ? Et en basque ? Ni Tom ni Amandine ne doivent en comprendre le moindre mot.

La voix d'Amandine me fracasse le dos.

— Vous cherchez quoi, docteur ? Je vais être franche, y a un truc qui me gêne chez vous. Je ne sais pas quoi. La façon dont vous regardez mon gamin, peut-être. Ou dont vous rôdez un peu trop autour de chez moi. C'est quoi votre problème ? Vous faites une enquête sociale, c'est ça ? Vous trouvez que c'est pas assez propre chez moi ! Que j'élève mal mon môme ? Vous allez me signaler aux services départementaux ?

Je bafouille encore, et bats prudemment en retraite.

— Mais non voyons, pas du tout... Vous... Vous avez des toilettes ?

Amandine me dévisage. Elle ne croit pas une seconde à mon envie pressante, elle sait que c'est une façon de gagner du temps, de continuer d'espionner... et pourtant, comment pourrait-elle refuser ?

— Au fond du jardin, y a un trou.

— ...

— Je plaisante. Le couloir face à vous. Première porte à gauche.

Les toilettes sentent le santal. Des bâtons qu'Amandine fait brûler. Partout sur les murs, des dessins de Tom sont scotchés. Tous ceux depuis qu'il est né. J'ai beau chercher, je n'y découvre rien de particulier, rien que de banals soleils, ciels, champs de fleurs, volcans verts, tout juste si je repère sur quelques dessins deux grandes silhouettes et une petite : Tom a donc un papa ! Bien entendu, depuis le début, j'ai formulé cette hypothèse dans ma tête : Tom et Esteban pourraient avoir le même père. Mais je dois me rendre à l'évidence, aucun lien de parenté ne pourrait suffire à produire une telle ressemblance.

Je m'approche davantage, je ne vais rien apprendre sur l'identité du père de Tom en détaillant ce bonhomme qui se limite à un bâton et une grosse tête. Le dessin est daté. *19/05/2013*. Tom avait trois ans. Le reste du mur est consacré à des tableaux peints pour la fête des mères... toutes les années, presque depuis que Tom est né.

2013, 2014, 2015.

Je m'arrête sur celui de 2016 : il représente deux chats, assis autour d'un bouquet de fleurs, et de trois mots griffonnés.

Trois mots qui se plantent dans mon cœur.

maite zaitut ama

Trois mots basques qu'Esteban a si souvent prononcés.

Je t'aime maman

Hypnotisée, je me penche sur les années suivantes, *2017, 2018, 2019.*

Les mêmes mots basques y sont tracés.

maite zaitut ama

Tom ne les a pas appris à Saint-Jean-de-Luz il y a six mois : ces mots d'amour ont été peints dès que Tom a eu six ans, dès qu'il a su écrire. Tom a pourtant toujours habité en Auvergne, ici, à la Souille, il est né à la clinique des Sorbiers à Issoire, c'était inscrit sur son dossier médical.

Comment Tom pourrait-il parler basque ? L'euskara, la langue basque, est l'une des langues les plus complexes au monde, l'une des plus confinées, elle n'est enseignée que dans l'Euskadi, pratiquement personne ne la parle en dehors de ce pays.

*
* *

Je sors des toilettes, cette fois c'est moi qui ai du mal à me tenir debout.

— Ça va, docteur ?

La voix d'Amandine est glacée. Elle a pris appui sur le conduit de la cheminée.

Non ça ne va pas... Je sais que je n'aurai pas d'autre occasion pour revenir à la Souille. Si je dois connaître la vérité, c'est ici, et maintenant.

— Ça va... C'est... c'est le fait que votre fils écrive en basque qui m'a surprise.

Amandine ne bronche pas.

— Et alors ?

— J'y ai vécu dix ans. Tom parle basque ?

— Je crois, docteur, que ça ne vous regarde pas !

J'insiste. Je n'ai plus rien à perdre.

— Vous êtes basque ?

Amandine me sourit, tout en posant sa main sur la cheminée.

— On est partis en vacances une semaine à Saint-Jean-de-Luz, l'été dernier.

— Et votre fils a appris à parler basque en une semaine ?

Amandine me défie du regard. Cette fois, la guerre est déclarée.

— Il est peut-être surdoué ? Qu'est-ce que vous cherchez ?

Tant pis, je suis lancée.

— A le protéger, uniquement à le protéger. Ce sera son anniversaire, dans deux jours, le 28 février.

— Merci, je suis au courant ! Je vous assure, il aura des cadeaux, un gâteau, vous pourrez le noter dans votre rapport pour les services sociaux.

Tant pis, je plonge.

— J'avais un fils, il s'appelait Esteban, il ressemblait beaucoup à Tom. Il aurait vingt ans aujourd'hui.

Amandine pointe vers moi un doigt couvert de suie.

— Pourquoi dites-vous *il s'appelait* ?

Tant pis si je me noie.

— Il a disparu. Le jour de ses dix ans. Je... je ne voudrais pas qu'il arrive la même chose à Tom.

Une colère froide, brutale, déforme le visage d'Amandine.

— *Qu'il arrive la même chose à Tom ?* Je pourrais le prendre comme une menace, docteur. Sortez ! Sortez de chez moi, sortez de ma vie et de celle de mon fils.

Elle me désigne la porte du regard.

— Adieu, docteur, pas au revoir.

La main qu'elle me tend est entièrement noire.

– 18 –

17 h 30.

Nectaire est en retard, ça ne lui ressemble pas.

Savine consulte sa montre, inquiète. Elle s'est installée le plus à l'écart possible sur la terrasse de la Poterne, près des arbousiers en pot qui masquent le reste de la clientèle attablée. Besse, en fin de journée, est encore aussi animée qu'un grand week-end de mai. Des artisans ont installé des stands sous les réverbères, autour de la fontaine de la place de la Poterne, et vendent de la charcuterie, du miel, des bonnets et des écharpes en solde, alors que les tarifs des bâtons de randonnée et des chapeaux de paille tressée ont explosé. Il règne dans le petit centre-ville médiéval une ambiance joyeuse de fin d'hiver, presque de fin de guerre, comme si les hommes, au prix d'une inébranlable volonté, degré après degré, étaient fiers d'avoir fait triompher, partout et en toute saison, l'été !

Savine est loin de partager ce festif armistice. Elle lève les yeux au clocher de l'église Saint-André pour vérifier que la trotteuse de sa montre ne s'est pas mise à galoper.

17 h 37.

Qu'est-ce que Nectaire peut bien fabriquer ? Lui, toujours à l'heure. Toujours prudent. Toujours en avance, l'élégance des plus lents. Qu'a-t-il pu découvrir ? N'a-t-il pas poussé trop loin le bouchon ? N'a-t-il pas tenté d'hameçonner un trop gros poisson ? N'a-t-il pas...

— T'as rien commandé ?

Nectaire !

Savine souffle de soulagement. Le secrétaire de mairie vient de surgir derrière le bac d'arbousiers. Il porte de grosses lunettes de soleil, un bob Vulcania, un pantalon trop court et une chemise écossaise assortie à ses chaussettes. Un mélange de Frison-Roche et d'inspecteur Gadget.

Bizarrement, elle adore son accoutrement ridicule.

— Je t'attendais.

— Alors, deux bières. Parce que j'ai des tas de choses à te raconter !

*
* *

L'excitation est vite passée. Nectaire met un temps infini à souffler sur la mousse de sa Doriane blonde. Savine a déjà vidé la moitié de la sienne.

— Résumons, Bocolon. T'as trouvé des infos sur cette asso belge, Le Berceau de la Cigogne ?

Un souffle délicat, quelques nuages de mousse.

— Non. Aucune. Je n'ai pas eu le temps. Je n'ai pas arrêté pourtant.

— Pas eu le temps ? (Savine manque d'en recracher sa bière.) Alors accélère ! Au rapport, Bocolon, et pas quand la nuit sera tombée !

Nectaire trempe le bout de ses lèvres dans la mousse, avec précaution, comme on trempe ses orteils dans une eau trop froide, et se décide enfin à parler.

— Tu vas voir, quand Bocolon s'y met ! D'après sa page Facebook, Maddi Libéri a d'abord habité à Saint-Jean-de-Luz, pendant dix ans, puis Etretat, pendant dix nouvelles années. J'ai décidé de commencer par prospecter du côté de Saint-Jean-de-Luz. J'ai directement appelé le commissariat. Je te fais un petit résumé. Le téléphone sonne, ça décroche, et là je dis, avec cette intonation-là : « Allô ? C'est le lieutenant Lespinasse, de la brigade de Besse. On a un homicide sur les bras ici, et j'ai besoin d'un renseignement précis. »

Nectaire s'arrête et quémande un encouragement dans les yeux de Savine.

— OK, t'es un génie, Bocolon. Continue !

— Pour t'avouer, je ne savais pas trop ce que je cherchais, mais dès que j'ai prononcé le nom de Maddi Libéri, les langues se sont déliées. On m'a passé un certain lieutenant Iban Lazarbal qui la connaissait bien, très bien même. Accroche-toi ! Esteban, le fils de Maddi Libéri, a disparu, un matin de juin, il y a dix ans, sur la plage de Saint-Jean-de-Luz.

— Esteban ? Le sosie de Tom Fontaine ? Disparu ? Et on ne l'a jamais retrouvé ?

— Si, Savine... Si ! Un mois après.

– 19 –

Xénoglossie
Faculté de parler une langue étrangère sans l'avoir apprise.

Je me suis garée après le pont de Froidefond, j'ai roulé juste assez pour m'éloigner de la Souille, et suffisamment peu pour ne pas trop m'approcher du Moulin. J'ai besoin de faire le point avant de rentrer chez moi.

Les cas de xénoglossie sont nombreux dans le monde, avérés, souvent médiatisés, et pourtant, dans la majorité des cas, la science ne sait pas les expliquer. Le plus souvent, ils touchent des enfants.

Je fais défiler la page Wikipédia.

Faute d'autres hypothèses rationnelles, il est fréquent d'y voir un miracle. Le cas le plus célèbre n'est-il pas la xénoglossie des douze apôtres, le jour de la Pentecôte, lorsque l'Esprit saint tombe sur eux ? Ils se mettent à parler toutes les langues du monde pour porter partout sur terre l'annonce de la résurrection du Christ. Mais si l'on ne croit pas aux miracles, il faut alors admettre que la connaissance d'une langue non apprise est stockée dans l'une des zones du cerveau, et que si elle n'a pas été acquise, elle est donc innée. En d'autres termes, elle appartient à notre mémoire cérébrale, et est donc la réminiscence d'une vie antérieure.

Je laisse tomber ma tête en arrière. Les volcans basculent, le ciel entier se renverse, des milliers de sapins le transpercent.

Esteban parlait basque, pas couramment, mais assez pour se débrouiller. Moins de cinquante mille personnes maîtrisent cette langue en France…

Ma raison file, vers le Pays basque, effectue un bond de dix ans en un instant.

Je n'ai jamais voulu croire les flics de Saint-Jean-de-Luz, ce matin de juillet 2010, quand ils m'ont présenté le corps de ce gosse noyé.

J'ai refusé de croire à la thèse de l'accident, j'ai refusé de croire à toutes les évidences.

Alors aujourd'hui, comment croire à une coïncidence ?

Comment ne pas croire qu'Esteban n'est pas mort ?

Qu'il vit encore, quelque part, dans la tête de Tom.

– 20 –

Nectaire descend une solide rasade de bière, pour se donner du courage.

— Oui, répète-t-il. Oui, Savine, on a retrouvé Esteban. Un mois après. Au large de la corniche d'Urrugne, une falaise située à quelques kilomètres de la plage de Saint-Jean-de-Luz. Noyé. Lazarbal en avait encore la voix qui tremblait, dix ans plus tard. Pendant un mois, ils ont cherché partout : avis de recherche dans tout le sud-ouest de la France, jusqu'en Espagne, appel à témoins, battues dans les forêts du coin. Ils ont envisagé toutes les hypothèses, accident, fugue, enlèvement. Et tout s'est terminé, un mois après, par cette évidence que tout le monde avait envisagée, sans l'espérer : une banale noyade. L'océan était dangereux ce matin-là, les courants forts, c'est ainsi que les experts ont expliqué que le corps d'Esteban ait été retrouvé à trois kilomètres de la Grande Plage de Saint-Jean-de-Luz, quatre semaines plus tard.

Savine semble particulièrement touchée. Nectaire sait que depuis toujours, sa seule mission, c'est de sauver des gamins. La bière tremble dans sa main. Elle parvient tout de même à articuler une question.

— Un corps... dans l'eau... pendant un mois. Comment l'ont-ils identifié ?

— C'était le corps d'un gamin de dix ans. Il portait un maillot indigo. Rien que ça suffisait à l'identifier. Mais tu te doutes qu'ils ont procédé à tous les tests ADN possibles. Lazarbal me l'a confirmé, le corps était bien celui du petit Esteban Libéri. Même si...

Bocolon tète le reste de sa bière avec la paresse d'un bébé gavé.

— Même si ? s'impatiente Savine.

Encore trois gorgées.

— Même si sa mère, Maddi Libéri, ne l'a jamais accepté ! Elle continuait de parler de lui comme s'il avait simplement disparu. Elle a ordonné plusieurs analyses et contre-analyses d'ADN, mais toutes ont confirmé que c'était bien le corps de son fils. Quant à la noyade, elle n'a jamais cru à un accident. Elle est toujours restée convaincue que son fils avait été enlevé !

— Et donc... qu'il a été assassiné ?

— CQFD !

Ils demeurent tous les deux pensifs, un long moment. Ainsi, le docteur Libéri porte en elle ce lourd secret.

La mort de son enfant.

Tout s'éclaire, évidemment. Nectaire échafaude dans sa tête une hypothèse, et il devine que Savine tisse la même : Maddi Libéri a croisé Tom Fontaine, quelque part, peut-être a-t-elle simplement vu sur Internet une photo de lui. Il ressemblait de façon frappante à son fils ! Au point de déménager, de changer de travail, pour s'approcher de lui. Au point de vouloir lui parler, le toucher...

— Tu penses, murmure Savine d'une voix blanche, que Maddi Libéri pourrait avoir tellement envie que son fils soit encore vie... qu'elle pourrait avoir cherché un autre garçon pour le remplacer ? Même... dix ans après.

Nectaire ne répond pas. Il observe une abeille voltiger entre leurs verres vides et les fruits rouges de l'arbousier. Il attend avec patience qu'elle se pose sur la table, trempe sa trompe dans une goutte sucrée, et d'un geste étonnamment rapide, saisit son verre, le retourne, et enferme l'insecte.

Savine n'en croit pas ses yeux. Est-ce bien Nectaire face à elle, ou Lucky Luke réincarné ? Elle réfléchit à une remarque ironique qu'elle pourrait formuler, quand son téléphone sonne dans sa poche. Dès qu'elle décroche, une voix paniquée hurle à lui déchirer l'oreille :

— Savine ? C'est Amandine !

– 21 –

Le soir descend doucement sur les volcans. Derrière le ciel d'orange sanguine, les cratères prennent des teintes aigue-marine, tels des colliers d'îles-perles reliées entre elles. Un décor d'archipel irréel. Les pierres noires du hameau de Froidefond, chauffées toute la journée au soleil entêté, semblent enfin respirer. Tom reprend lui aussi son souffle, il a grimpé d'une traite la montée de Murol à Froidefond. Après ses cinq cents mètres à la piscine, il ne lui manque plus que de se mettre à courir et il sera prêt pour le triathlon du lac Chambon !

Il pose son vélo contre le bac de granit humide de la fontaine et se retient de boire à l'eau rouge qui coule du robinet de cuivre. Maman lui a interdit. Pourtant, de la cour de la ferme, il aperçoit souvent des promeneurs venir remplir une gourde, surtout les plus âgés. Il connaît la légende, évidemment, comme ici tous les gens...

Le petit point noir dévale la route, plusieurs virages au-dessus de Froidefond, pas plus grand qu'une mouche d'abord, avant de grossir au fur et à mesure qu'il s'approche, jusqu'à avoir exactement la même taille que lui.

Et le même vélo ! En un peu plus neuf peut-être, le dérailleur n'est pas rouillé et ses roues brillent de tous leurs rayons d'acier.

Tom est content de le voir s'arrêter pour lui parler. Tom est le seul enfant du hameau, alors l'apparition d'un ami, même s'il est sorti de sa tête, c'est tout de même une bonne nouvelle. Tom adresse un signe de la main au garçon, qui lui envoie le même en retour. Il a toujours cette impression de se voir dans un miroir, un miroir qui parle et qui pédale !

— Salut Tom, fait le miroir.

— Salut Esteban, répond Tom, sans la moindre hésitation.

Le miroir pose à son tour son vélo contre la fontaine. Il fronce les yeux, vexé.

— Je ne m'appelle pas Esteban ! Je te l'ai dit l'autre fois, à la piscine. Et j'ai l'air d'un garçon qui est mort noyé ?

— Tu t'appelles comment alors ?

Le miroir hésite, comme si son identité était le plus terrible des secrets, puis finit par céder :

— Bon d'accord, si ça te fait plaisir, appelle-moi Esteban !

Tom jubile.

— Ah tu vois. (Il fixe avec envie son vélo flambant neuf.) Tu fais quoi ?

Esteban ouvre grande sa main. Une pièce de 1 euro brille au creux de sa paume.

— Je descends à Murol, chercher du pain.
Il referme doucement son poing.
— Je peux venir avec toi ? propose Tom.
— Je croyais que j'étais un fantôme ?
— Fantôme ou pas, t'as quand même besoin d'un vélo pour descendre, et tu devras pédaler pour monter !
— T'es vraiment complètement dingo... Si je me suis noyé dans l'océan, il y a dix ans, pourquoi je serais là, à te parler ?
Tom soupire.
— Je t'ai déjà expliqué ! T'es mort au moment où je suis né, alors ton âme est venue habiter dans ma tête... et comme mon anniversaire approche, tu te manifestes, tu fais du grabuge dans mon cerveau, tu vois, pareil qu'un rêve, ou un cauchemar plutôt.
Esteban pose sur le rebord de la fontaine le sac qu'il portait sur son dos.
— Sympa ! J'ai une tête de cauchemar ?
Il ouvre le sac, en sort un paquet de gâteaux au chocolat et une bouteille de Coca.
— T'en veux ? Je partage... Il est plutôt cool ton pire cauchemar, non ?
Tom accepte, croque dans les cookies, ils ont l'air vrais ! Esteban en mange aussi, ça le perturbe un peu qu'un fantôme puisse avoir autant d'appétit. Du coup, ils ne savent plus trop quoi dire pendant une minute. Alors qu'ils rincent leurs bouches à grandes gorgées de Coca, Tom jette un regard sur les alentours : les maisons de Froidefond fermées à double volet, au-dessus ; la Souille, chez lui, juste en dessous ; et tout autour, les pâturages fleuris de pissenlits et de pâquerettes pas complètement endormies. Il esquisse malgré lui un mouvement de recul. Quelques abeilles butinent, au loin. Sa main tremble d'un coup et une bonne partie de la bouteille se renverse dans son cou.
— Merde !

Esteban n'a rien raté de la scène.

— T'as peur des abeilles ?

— Ouais, confesse Tom, les docteurs appellent ça l'apiphobie. Et ma vie va devenir un enfer. D'habitude, elles ne sortent pas avant mai, mais avec le réchauffement, elles sont déjà là, dès février ! T'imagines pas à quel point c'est galère.

Il tente d'essuyer, avec la manche de son pull, le Coca qui coule dans son cou. Il sent le liquide poisseux dégouliner sous ses habits.

— Enfin si, continue Tom, agacé. Je me doute que t'imagines, vu que c'est toi qui me l'as refilé, ce trauma !

— Merci ! Toujours aussi sympa !

Tom repense au shampooing miel-avoine avec lequel Esteban se lavait les cheveux, à la piscine.

— De rien ! T'as juste la chance d'être un fantôme et de te foutre des piqûres, maintenant. C'est peut-être pour ça que tu ne t'en souviens pas.

— De quoi ?

— De ta peur des abeilles.

Esteban range les cookies et la bouteille de Coca dans son sac, puis poursuit.

— J'y ai réfléchi depuis, figure-toi. Depuis la piscine, je veux dire. Je crois qu'en creusant très profond, j'ai fait remonter des souvenirs… Je vois… Je vois une partie de cache-cache… Il y a la montagne tout autour, la mer au loin, une rivière, des vaches… Je vois cinq ruches aussi, mais je ne sais pas que ce sont des ruches, je crois que ce sont des niches. Alors je décide de me cacher et…

Tom frappe dans ses mains, autant pour l'applaudir que pour couper son récit.

— C'est bon, t'as 20 sur 20, pas la peine de raconter la suite, c'est pas un super souvenir, ni pour toi, ni pour moi !

Tout en remettant le sac sur son dos, Esteban dévisage Tom.

— Et toi, comment tu peux te rappeler de tous ces détails-là ? Si j'étais encore vivant, c'est que t'étais pas encore né !

Tom place son doigt devant sa bouche.

— Quelqu'un d'autre me l'a raconté. Mais chut, c'est un secret !

Esteban pose les mains sur son guidon. Il jette un coup d'œil à sa montre.

— Comme tu veux. Je dois vraiment y aller, ou je vais me casser le nez devant la boulangerie. (Il cligne un œil à Tom.) Je suis rien qu'un fantôme débutant, même pas capable de traverser une porte fermée ! Et avant de rentrer chez toi, tu ferais bien de te laver.

Les taches de Coca forment de larges auréoles sur le pull beige de Tom, et le liquide noir continue de grignoter la laine.

— Pourquoi tu ne te rinces pas à la fontaine ?

— Surtout pas ! Faut pas la boire... même pas la toucher !

Esteban est remonté sur sa selle.

— Je confirme, t'es vraiment givré !

— N'importe quoi, réplique Tom, vexé. Pour l'eau de la fontaine, tout le monde sait que...

— Fais gaffe ! Derrière toi !

Esteban a crié. Tom a sursauté. Il se retourne brusquement. Trois abeilles voltigent autour de son pull, attirées par le sucre. Il agite les bras, mouline des grands gestes désordonnés de pantin aux fils emmêlés : ça ne fait qu'exciter davantage les insectes. Esteban s'apprête à crier des conseils, *reste tranquille, ne bouge pas*, mais Tom s'est déjà mis à courir, espérant les semer.

Il le voit traverser la route, grimper le talus, entrer dans le champ qui descend en pente douce jusqu'au torrent, laisser derrière lui un sillon d'herbe écrasée...

Et autour de lui, seules une ou deux abeilles qui ont le courage de poursuivre cette fleur beige sucrée qui tente de leur échapper.

*
* *

Jamais Tom n'a couru à une telle allure. Il ne réfléchit pas, il se laisse entraîner par la pente. Chacun de ses pas va plus vite, plus loin, que le précédent, comme une horloge qui s'affole, comme une boule qui roule et qui gagne sans cesse de la vitesse. Impossible de s'arrêter, ses jambes lancées au galop ne le pourraient pas, les ordres lancés à son cerveau ne suffiraient pas, les abeilles sont toujours là, Tom le sent.

Il a commis une grave erreur en s'enfuyant de la fontaine ! Il a choisi la mauvaise direction, il a coupé droit par le champ le plus proche, par la descente la plus raide. Il pensait ainsi échapper aux insectes, mais partout où il regarde, le pré, plein soleil, est couvert de boutons-d'or, de coquelicots et de pissenlits. Les tiges lui montent aux genoux et à chaque nouvelle foulée, il a l'impression de déranger des centaines d'abeilles occupées à butiner, et que furieuses, elles vont se ruer sur l'imprudent qui a essayé de les écraser.

Combien sont-elles à le poursuivre ? Il n'a pas le temps de vérifier, juste une certitude absolue, il ne doit pas se retourner, il doit continuer.

La rivière est en bas du champ, tout près. Une fois sorti de ce piège fleuri, il sera sauvé. Tom court encore, est-ce son propre souffle qui bourdonne à ses oreilles ou toujours les insectes ?

La rivière est là, juste après le barbelé, qu'il franchit presque sans s'arrêter en écartant les fils d'acier. Ses mains saignent comme si elles avaient voulu cueillir un rosier. Tant pis, continuer. Il imagine le temps d'une pensée terrifiante que ses poursuivantes ne sont pas des abeilles mais des guêpes, attirées par le sang, qu'il n'a plus aucune chance de les semer...

Ne pas se laisser déconcentrer surtout ! C'est le Coca sur son pull qui les attire, pas trois égratignures, mais il n'a pas le temps de l'enlever. Elles sont là, voltigeantes, il les devine.

Plouf ! Ses deux baskets s'enfoncent dans l'eau. C'est sa seule chance ! Maman sera furieuse, c'est sa seule paire, pour tout l'hiver, mais il s'en fiche. L'eau lui arrive jusqu'aux chevilles, moins haut que l'herbe, et il ne dérange plus aucun insecte à la piétiner, à peine des pierres qui roulent sous ses pieds. Plusieurs fois, il manque de glisser.

Il espère les avoir distancées, les abeilles doivent être restées sur l'autre rive, mais le ruisseau n'est large que d'un mètre, un seul pas de côté vers les trèfles d'eau ou les iris qui poussent sur la berge et tout sera à recommencer. A moins de continuer jusqu'au sous-bois, droit devant ? Dans l'ombre des sapins et des châtaigniers, aucune plante de printemps n'a encore fleuri. Là-bas, il sera à l'abri !

Encore quelques mètres. Les vieilles Converse de Tom clapotent comme s'il courait dans une pataugeoire, une pataugeoire interminable, une pataugeoire d'eau de plus en plus froide, au fur et à mesure qu'il s'enfonce sous les arbres. Cette fois, il est définitivement sauvé. Tout est sombre dans la forêt traversée par la rivière, il n'y a plus aucun confetti de couleur pour attirer ces monstres... Pourtant, il entend encore bourdonner, là tout près, comme si un nid était accroché, que quelques rabatteuses lui avaient tendu un piège et qu'un essaim l'attendait.

Il doit s'enfoncer encore plus loin, descendre encore le torrent, elles finiront bien par le lâcher.

Ce bourdonnement pourtant, là, droit devant...

L'eau lui arrive jusqu'aux genoux maintenant...

Il se souvient soudain du nom du torrent. Il l'a lu sur une carte. Le ruisseau de l'Enfer. Et alors, qu'est-ce que ça change ? Il ne doit pas renoncer, il ne doit pas s'arrêter, il doit sauter de pierre en pierre, faire attention tout de même, choisir les bonnes, les plus grosses, les plus stables, pour ne pas tomber...

Tom n'a pas le temps de rétablir son équilibre, quand il voit le vide devant lui. Il a juste le temps de comprendre que le bruit qu'il entendait était le bourdonnement d'une cascade. Il a juste le temps d'évaluer sa hauteur, près d'une quinzaine de mètres. Il a juste le temps de se rappeler son nom, le Saut du Loup, et de fixer avec effroi les rochers acérés, tels des crocs sur lesquels il va s'empaler...

Avant de basculer.

V
L'ADOPTION
Le Saut du Loup

– 22 –

— Tooooom !
— Tooooom !

La nuit est presque tombée, Savine progresse à la lueur de la torche de son portable. Elle n'a pas eu le réflexe d'attraper une vraie lampe. Amandine l'a appelée il y a un quart d'heure, paniquée.

Tom n'est pas rentré !

Savine n'a pas hésité, elle a planté Nectaire à la terrasse de la Poterne. Amandine n'est pas du genre à s'inquiéter pour rien, plutôt genre mère permissive, tout va toujours bien, alors si elle appelle à l'aide...

La lampe d'Amandine, à quelques pas d'elle, balaye également la semi-obscurité. Elles descendent en essayant de ratisser chaque mètre du pré.

Tom n'est pas rentré de la piscine, a précisé Amandine entre deux sanglots. *J'ai retrouvé son vélo appuyé contre la fontaine de Froidefond, et le père Chauvet l'a vu traverser son champ, en courant, en direction du ruisseau de l'Enfer.*

Elles y arrivent, d'ailleurs, à la rivière.

— Tooooom !
— Tooooom !

Toujours aucune trace de l'enfant.

A-t-il traversé le torrent ? S'est-il ensuite perdu dans la forêt ? Dans moins de trente minutes, la nuit sera complètement tombée. Comment le retrouver ?

— Tooooom !!!

Le dernier cri d'Amandine est plus aigu que les autres. La gamine est en train de craquer, pense Savine. Elle pourtant d'ordinaire si détachée, si confiante, tout va toujours s'arranger. Savine se rapproche d'elle, la serre dans ses bras, *ça va aller ma grande, on va le retrouver.* L'assistante sociale tente de faire bonne figure, tel un capitaine dans la tempête, mais elle aussi se laisse envahir par l'angoisse. *Mon Dieu, s'il était arrivé quelque chose à Tom...*

Elle essaye de réfléchir de façon méthodique, de rassurer Amandine.

— Tom a dû traverser le torrent. Il se trouve forcément quelque part dans la forêt entre Froidefond et Murol. On va appeler des renforts. Tout le village. On va tout ratisser. On va...

Le téléphone de Savine sonne à ce moment précis. Elle décroche sans éteindre la torche. Le halo de lumière semble traverser son oreille.

— C'est Nectaire. Vous l'avez retrouvé ?

— Non... pas encore...

— Vous êtes où ?

— Devant le ruisseau de l'Enfer, en bas du champ du père Chauvet.

Savine entend que Nectaire réfléchit. *Dépêche-toi, Bocolon, pour une fois...*

— Vous avez poussé jusqu'au Saut du Loup ? demande soudain le secrétaire de mairie.

— Au Saut du Loup ? Tom n'aurait tout de même pas...

Au moment où elle prononce ces mots, Savine sait que Nectaire a raison. Les montagnes alentour sont truffées de cascades, mais celle du Saut du Loup est la plus dangereuse, surtout si on y accède par l'amont, une chute de quinze mètres, qui se divise en double rideau d'eau alimentant une vaste piscine naturelle.

— Je te rappelle, Nectaire.

Dans le halo de la torche, Amandine clignote des yeux de chouette hulotte.

— Alors ?

— Viens, suis-moi.

Savine s'engage la première, à une allure de militaire, écrasant de ses lourds pas les bords de la rivière.

*
* *

Le petit corps de Tom flotte sur le lac, en bas de la cascade.

— Toooommy, hurle Amandine. Non, non, non, Toooommy !

Ses jambes du moins. La tête et la moitié du tronc du garçon reposent sur la berge, telle une épave de bois échouée.

Amandine a doublé Savine, l'a bousculée plutôt. Elle dévale les pierres coupantes et sombres sans aucune précaution. Savine, terrassée par le choc, n'a même pas la force de lui dire de faire attention. La jeune maman dérape plus qu'elle ne descend, glisse de rocher en rocher, fesses contre pierres, mains écorchées, un toboggan pour l'enfer. Elle se retrouve sur ses pieds, par miracle, entière, en bas de la cascade.

— Tommy !

Elle se jette dans la rivière, l'eau glacée la dévore jusqu'à la taille, elle la traverse en s'accrochant aux rochers trempés, remonte en face, se précipite sur le petit corps allongé.

Il réagit, il frémit, il tousse et crache.

— Ma... maman.

Il est vivant !

Savine les rejoint déjà. Elle aide Amandine à tirer Tom hors de l'eau, à ôter son pull trempé, son pantalon, ses baskets, à vérifier qu'il n'a aucune plaie grave, Tom est frigorifié, à le recouvrir avec des habits secs. Savine étale sur lui sa veste, avant de sortir son téléphone.

— Qu'est-ce que tu fais ?

Amandine est penchée sur son fils et lui murmure des mots de réconfort.

— J'appelle le médecin !

— N... Non, bredouille Amandine en collant son corps trempé à celui de Tommy, presque inanimé. C'est pas la peine. On se...

Savine ne prend pas le temps de parlementer.

— On n'a pas le choix ! Ton gosse est en hypothermie. Faut le soigner, et le plus vite possible !

— Pas... pas Libéri, balbutie Amandine en se collant plus encore à Tom.

— Ne sois pas stupide, tranche Savine avec autorité. Tu connais un autre médecin dans le coin ?

– 23 –

Tom est installé sur son lit. Un drap remonté jusqu'au menton, triple épaisseur de couvertures, et Monstro, son doudou-baleine, en guise de polochon. Je suis penchée au-dessus de lui.

— Ce n'est rien, mon bonhomme. Rien du tout. Tu as eu beaucoup de chance, tu sais, de ne pas être tombé sur un rocher. Et que ta maman te retrouve aussi vite aussi. Maintenant tu vas bien te reposer, je t'ai donné un médicament qui va te faire dormir. Quand tu te réveilleras, tu auras mal à la cheville, un gros bleu sous ta chaussette, mais ça ne t'empêchera pas de marcher. Par contre, demain, pas de vélo !

J'ai demandé à Amandine de me laisser seule avec lui, mais elle n'a pas accepté. Je prends le temps de border le drap, de poser un baiser sur la joue de Tom, tout en enregistrant chaque détail de sa chambre : un Pinocchio de bois verni suspendu au plafond, la lyre bricolée posée contre le mur d'en face, les posters de surfeurs punaisés aux murs, des photos prises à Hendaye, Bidart, Hossegor, et découpées dans des magazines basques. L'Euskadi toujours... Esteban vénérait lui aussi ces champions de la glisse, mais il habitait face aux plus grandes vagues d'Europe. Ce n'est pas sur le lac Chambon ou le Pavin que Tom a pu voir ses idoles surfer.

Je tente de gagner quelques secondes supplémentaires en tirant sur les plis du lit. Je voudrais pouvoir observer tout le reste, les rares livres empilés dans une caisse qui sert de bibliothèque, les vêtements tassés dans une armoire sans porte, quelques CD éparpillés, très peu de jouets.

— Laissez-le tranquille maintenant, docteur.

Amandine a parlé en sourdine, mais c'est tout de même un ordre.

Que faire d'autre ? Je sors.

Savine Laroche se tient toujours dans la pièce principale. Elle essaye de faire un peu de place dans l'impressionnant bordel pour étendre les habits trempés de Tom. Amandine ne s'en est pas occupée, elle a par contre eu le réflexe de se déshabiller et d'enfiler un long sari brodé.

Je m'autorise le temps de souffler. Je suis descendue à la Souille en catastrophe, dès que Savine m'a appelée, laissant Gabriel en plan devant les lasagnes que, pour une fois, il m'avait préparées.

Quand je suis arrivée, Tom était allongé sur son lit et murmurait, dans un semi-délire, qu'il était désolé, que ce n'était pas de sa faute, qu'il avait eu très peur parce qu'il était tout seul, qu'il avait fui parce que les abeilles voulaient le piquer.

Les abeilles ? Avais-je bien entendu ? Tom pouvait-il lui aussi, comme Esteban, souffrir d'apiphobie ?

Savine Laroche avait tiqué elle aussi, mais pas pour la même raison.

— Tu étais tout seul ?

Le père Chauvet, avant d'apercevoir Tom dévaler son champ, avait cru le voir discuter avec un garçon de son âge, près de la fontaine. Pourquoi Tom n'aurait-il pas dit la vérité ?

— Peu importe, avait tranché Amandine. On ne saura jamais ce qui est vrai ou pas. Tom a beaucoup trop d'imagination pour ça.

L'incident semblait déjà presque oublié. J'hallucinais.

Son fils frôle la mort, tombe du haut d'une cascade, et ça ne semble pas plus grave pour Amandine que s'il avait glissé dans la douche. Une fois le moment de panique hystérique passé, cet accident était comme effacé de sa mémoire. Je me suis retenue de réagir, de la secouer, de la mettre en face de ses quatre vérités. J'ai croisé tant de ces mères irresponsables dans ma carrière, qui ne réagissent qu'à l'émotion, qui...

— Je vous dois combien, docteur ?

Amandine a refermé la porte de la chambre de Tom. Elle ne me parle pas en sourdine cette fois, mais c'est toujours un ordre.

Sous le coup de la surprise, je ne réponds rien. Je viens de m'occuper de son fils en urgence, j'ai laissé Gabriel seul avec son dîner aux chandelles, j'étais là à peine cinq minutes après qu'on m'ait appelée, et elle veut déjà me mettre dehors ?

Amandine répète, comme si elle voulait en finir au plus vite, comme s'il ne s'était rien passé, comme si demain, Tom pourrait repédaler, renager, croiser de nouvelles abeilles.

— Je vous dois combien, docteur ?
Je réponds avec la même froideur.
— Rien.
Puis j'ajoute, impossible de m'en empêcher :
— Tom a eu beaucoup de chance. Il aurait pu... périr noyé... Il faut... il faut mieux le surveiller.
Amandine a déjà ouvert la porte. Elle est toujours aussi pâle sous sa robe brodée d'or, et me tend une main blanche.
— Adieu, docteur.
Au moment où je sors, Savine Laroche attrape elle aussi sa veste de laine et me sourit. Je vais prendre cela pour un merci ! Elle embrasse longuement Amandine, elle a le regard doux des nounous qui savent mieux y faire que les mamans avec leurs bébés.
— Je vous raccompagne, docteur Libéri.

– 24 –

Dès que nous sortons, la nuit sans étoiles nous avale. Ma voiture est garée à quelques mètres, à l'entrée de la cour de la Souille, le 4 × 4 de Savine Laroche stationné un peu plus loin à l'entrée du hameau. Je m'apprête à attraper mes clés, à faire clignoter les grands yeux endormis de ma MiTo, quand Savine pose sa main sur mon épaule.
Je frissonne, comme si une branche invisible m'avait accrochée dans l'obscurité.
— Il faut que l'on parle, Maddi. Vous permettez que je vous appelle Maddi ?
Je ne proteste pas. Sans doute ai-je moi aussi besoin de me confier.

— Si vous voulez.

Nous dépassons nos voitures, aucun réverbère n'est allumé dans Froidefond, nous ne nous guidons qu'aux bruits de la nuit, la Couze Chambon qui coule sous le pont, un crapaud qui chante, les arbres qui dansent. Je relance.

— De quoi voulez-vous me parler ?

— J'ai l'habitude d'être franche, Maddi, donc je ne vais rien vous cacher. J'ai effectué des recherches. Sur vous.

Savine me débite alors d'une traite tout ce qu'elle a appris : Saint-Jean-de-Luz, Etretat, mes photos postées sur Facebook, Esteban, l'enquête de Lazarbal, la ressemblance physique avec Tom...

Je suis sonnée !

Comment s'y est-elle prise pour en savoir autant ? On ne trouve sur ma page que des photos et quelques éléments factuels de ma vie ; une façade, un vernis, pour mieux me protéger.

— Vous êtes venue vous installer ici pour être près de Tom, n'est-ce pas, Maddi ? Parce que ce garçon ressemble à votre fils. Votre fils qui est mort noyé.

Comment a-t-elle eu accès à toutes ces informations ? Par Lazarbal ? Et le secret professionnel, ils connaissent, ces policiers ? J'essaye de réfléchir le plus vite possible. Je m'attendais, évidemment, à ce que tôt ou tard, mon secret finisse par être éventé. La disparition d'Esteban a été médiatisée, il y a dix ans. Mon nom est apparu dans les journaux. Plus personne aujourd'hui ne peut échapper à son passé. Quel choix me reste-t-il, à part être la plus franche possible ?

Nous marchons entre deux murs de pierres. Un volet claque, la maison devant nous est sans doute abandonnée. Trois minuscules traits de lumière filtrent dans celle d'à côté, est-ce que deux fantômes y regardent la télé ?

— Ecoutez-moi bien, Savine. Je suppose que je peux vous appeler Savine. Tom n'est pas seulement le sosie d'Esteban. C'est beaucoup, beaucoup plus compliqué que cela.

J'ignore combien de fois nous avons fait le tour des trois ruelles du hameau, des dix maisons, de la fontaine, du pont… Trois fois ? Six fois ? Dix fois ? Suffisamment pour que je lui raconte tout, méthodiquement, cliniquement, en ne m'en tenant qu'aux faits et à leur chronologie, du maillot indigo à la xénoglossie, en déclinant sans peur du ridicule la somme des ressemblances surréalistes entre les deux garçons. La nuit me protège, je ne peux pas lire sur le visage de Savine les expressions de compassion de celui qui écoute avec patience le délire d'un confident qui a trop d'imagination.

Je ne peux pas les lire, mais dès que j'ai achevé mon long exposé, j'entends dans son intonation tous les accents de la pitié.

— Maddi… ne serait-il pas plus logique… que vous ayez tout inventé ?

— Vous ne me croyez pas, c'est ça ? Vous avez eu la politesse de ne pas m'interrompre, mais vous ne me croyez pas ?

— Qui pourrait vous croire ?

— Vous ! Vous avez vu jusqu'où la peur du miel et des abeilles peut entraîner Tom. Vous avez vu les mots basques punaisés sur les murs de sa chambre, cette guitare bricolée contre son lit, cette tache brune sur son aine, quand nous l'avons déshabillé… Vous connaissez Tom !

— Mais je ne connais pas Esteban.

— Je vous fournirai les preuves, toutes les preuves, des photos, des vidéos, des rapports de police.

Le silence nous enveloppe. L'ai-je convaincue ? Un instant, je m'accroche à cet espoir, avant que la voix de Savine se perde dans la nuit noire.

— Et après, docteur ? Et même si tout ce que vous me racontez était vrai. Ça changerait quoi ?

Elle s'arrête de marcher, de sa bouche jaillit un éclair blanc.
— Esteban est mort il y a dix ans.
Je m'accroche aux ombres, foudroyée. Mes mots s'éparpillent, je tente de les rassembler, avant qu'ils s'effondrent aussitôt empilés.
— Je... je n'y ai jamais cru.
Un second éclair, sans sommation ni tonnerre.
— Et même, Maddi... Et même si tous les flics de la terre, tous les experts se trompaient, et même si ce n'était pas votre fils qu'on avait retrouvé noyé à la corniche d'Urrugne. Esteban aurait vingt ans aujourd'hui ! Tom ne peut pas être lui !
Mes mots s'évadent, ils échappent à ma raison.
— Sauf... si...
— Sauf si quoi, Maddi ?
— Sauf si Tom est mon fils... réincarné.

Nous continuons de marcher, sans parler, en direction de nos deux voitures. Où peuvent être passées les étoiles ? Est-ce qu'un volcan sous couvert de la nuit, telle une vulgaire cheminée d'usine, en profite pour cracher sa fumée ? Je ne distingue, au loin, que les courbes arrondies du Sancy. Je suppose que lors des hivers de neige, les phares des dameuses se confondent avec les étoiles filantes.
Savine Laroche est la première à déchirer le silence.
— Pas vous, Maddi. Vous êtes médecin. Vous êtes une femme rationnelle. Vous croyez à la science, pas à ce genre de... de superstitions.
J'offre un sourire invisible à la nuit.
— Il y a encore quelques mois, Savine, j'aurais raisonné comme vous. J'aurais ri au nez de celui qui venait me parler de réincarnation. Mais allez-y, fournissez-moi une autre explication ! Les faits sont têtus, c'est ce que disent les scien-

tifiques, non ? Et surtout, je dois tenir compte d'une autre évidence...
Je retiens mon souffle, avant de me lancer.
— Tom est en danger !
— En danger ?
Je rumine cette certitude depuis plusieurs jours. Le boulot de Savine Laroche n'est-il pas de protéger les gosses ? Elle va m'écouter !
— Ouvrez les yeux ! Ce gosse a failli se tuer en tombant d'une cascade, ça ne vous suffit pas ? Il se rend chaque jour à la piscine de Super-Besse, seul, à vélo, quinze kilomètres de départementale. Et ces conditions de vie à la Souille ? Vous voulez que je vous détaille la liste des manquements aux règles d'hygiène les plus élémentaires ? Sa mère qui refuse de le soigner, et de se soigner elle aussi, soit dit en passant. Tom est un petit garçon rêveur, attachant, courageux, doué. Chez lui, à la Souille, il est... Il est comme un Petit Prince assassiné...

Savine n'a rien répondu. Je prends cela pour un acquiescement. C'est une professionnelle, elle est forcément de mon avis ! D'ailleurs, nous sommes de retour devant la Souille. L'ombre de la ferme s'étire devant nous, sans qu'aucune lumière n'éclaire les fenêtres. Savine s'arrête devant sa Renault Koleos et ouvre la portière.
— Vous vous trompez, docteur, fait-elle d'une voix contrariée. Je connais Amandine depuis des années. Je veux bien admettre qu'elle ne soit pas une mère parfaite, ni une maîtresse de maison très organisée, et même qu'elle a des théories très personnelles sur la nécessité de manger ce qu'on cultive soi-même, de se soigner par ce qu'on cueille soi-même, enfin bref de se méfier de tout ce qui ressemble au progrès. Mais je peux vous certifier qu'elle aime son gosse et qu'il n'est pas en danger !

Elle allume ses phares. Une façon de chasser les monstres tapis dans le noir ? Sa voix monte encore dans les graves.

— Vous savez, Maddi, Amandine survit avec le RSA. C'est compliqué de trouver du boulot par ici, sans diplôme, sans permis. Alors la rénovation de la Souille, les papiers peints à changer, les vieux engins agricoles qui rouillent dans la cour, ce n'est pas vraiment sa priorité. C'est facile de donner des leçons d'éducation, quand on n'a pas à se soucier de ce que l'on va manger.

Je m'apprête à protester ! Je ne supporte pas ce procès d'intention ! J'ai soigné des centaines de patients depuis mes études de médecine, et j'ai croisé autant de parents défaillants dans les classes supérieures que dans les classes populaires.

Savine Laroche anticipe, comme si elle avait lu dans mes pensées.

— Vous le savez très bien d'ailleurs, docteur, vous n'avez rien de concret à reprocher à Amandine Fontaine. Votre opinion sur elle, et sur la façon dont elle élève Tom, est... comment dire... biaisée.

Evidemment. Comment pourrais-je le nier ? Cette Savine est plus maligne, plus fine que je ne l'aurais pensé. J'essaye d'attraper son regard mais les phares m'aveuglent comme lors du pire des interrogatoires. Ma voix est tout aussi déterminée que la sienne.

— Je crois que je me suis mal fait comprendre. Je n'ai jamais dit qu'Amandine Fontaine mettait Tom en danger, ni qu'elle était responsable de quoi que ce soit. Je suis simplement persuadée... qu'elle est incapable de le protéger !

— Et vous, si ? C'est bien ça, le fond de votre pensée ? (Il n'y a plus ni compassion ni pitié dans les intonations de Savine.) Maddi, il n'y a pas besoin d'être psy pour lire en vous comme dans un livre ouvert, alors laissez-moi vous dire vos quatre vérités : vous avez connu un deuil terrible, traumatisant, il y a dix ans. Comme n'importe quelle maman, vous refusez d'accepter la mort de votre enfant, et peut-être même, si je vais un peu plus loin, refusez-vous de porter la responsabilité de ne pas l'avoir assez surveillé. Alors votre cerveau cherche tous les stratagèmes pour fuir le poids de la culpabilité. Il est capable de tout inventer, y compris un autre gosse à sauver. Qu'espérez-vous, Maddi ? Vous racheter ?

J'ai envie de la gifler. Je me contente de faire claquer les mots.

— Je ne porte le poids d'aucune responsabilité. Esteban a été enlevé !

— Ben voyons ! Soyez honnête avec vous-même ! Comment pouvez-vous croire à votre théorie d'un mystérieux kidnappeur ? Pourquoi Esteban ne vous aurait-il pas tout simplement désobéi ? Vous m'avez bien dit qu'il avait la phobie des abeilles ? Pourquoi ne se serait-il pas enfui, paniqué par la présence d'un insecte, et aurait couru jusqu'à l'océan ?

Savine Laroche éteint ses phares. Tout bascule à nouveau dans le noir. Notre conversation s'éternise, je suppose que l'assistante sociale veut économiser sa batterie. Une abeille, une guêpe... Bon Dieu, devrais-je lui avouer que bien entendu, j'y ai pensé, tant de fois. Cela expliquerait pourquoi on n'a jamais retrouvé la pièce de 1 euro, Esteban ne serait pas allé se baigner, il serait juste allé se réfugier, avec ses espadrilles... et une vague l'aurait emporté. Le coupable serait un insecte ? Ce serait si simple de l'admettre ! Mais non Savine, désolée, jamais, jamais je n'étoufferai cette voix dans ma tête qui me hurle que non, ce n'est pas un accident ! Esteban a été enlevé. M'a été enlevé !

J'avance d'un pas. J'entends la respiration de l'assistante sociale, je sens son odeur de tabac froid.

— Ecoutez-moi ! Ecoutez-moi bien, Savine. Je ne suis pas folle, même si quelqu'un cherche à me le faire croire. Et à le faire croire aux autres. Si vous voulez aider Tom, au lieu d'enquêter sur moi, cherchez plutôt une réponse à toutes ces questions : pourquoi Amandine est-elle venue passer ses vacances à Saint-Jean-de-Luz ? Il n'y a pas d'autres plages en France ? Pourquoi Tom portait-il le même maillot qu'Esteban, vous voulez que je vous montre les photos ? Pourquoi Amandine, bien qu'elle soit malade à ne pas pouvoir se tenir debout, ne veut-elle pas se faire soigner ? Qu'est-ce qu'elle cache, à refuser ainsi d'être examinée ? Je peux continuer... A la radio, ce soir, ils ont évoqué la mort de Martin Sainfoin. Le juge a annoncé qu'il privilégiait désormais la thèse de l'empoisonnement ! Je ne suis pas cinglée, tout est lié, tout est lié !

Savine Laroche semble sonnée par ma tirade. J'entends sa respiration s'accélérer. Je pousse l'avantage. D'une simple pression des doigts, je fais clignoter ma MiTo, garée trente mètres plus loin.

C'est moi, cette fois, qui chasse les monstres noirs.

— Je dois vous laisser, dis-je. Je... je suis attendue.

Attendue ? Ce serait bien la première fois que Gabriel m'attendrait. Il a dû abandonner mes lasagnes froides au bout de la table.

— Moi aussi. Bon appétit, Maddi. Mais s'il vous plaît, ne vous approchez plus de Tom !

— Qui m'en empêchera ? Vous ? Esteban a été enlevé le jour de ses dix ans. Tom les fêtera dans deux jours. Je ne laisserai pas celui qui m'a volé mon fils me... me le voler une seconde fois !

– 25 –

Savine observe son reflet dans la vitrine de la Galipote. Elle s'est garée place de la Poterne sous le réverbère. Le visage fatigué de l'assistante sociale, ses cheveux grisonnants, la laine taupe de sa veste se confondent dans la vitre du magasin avec les masques de sorcières, les araignées en plastique et les baguettes magiques, tout ce bric-à-brac folklorique vendu par Aster Paturin dans sa boutique.

Elle n'arrive pas à se calmer !

Qui m'en empêchera ?

Les derniers mots de Maddi résonnent en écho dans sa tête.

Moi, pense Savine. *Moi.*

Elle appuie nerveusement sur la sonnette.

— C'est Savine, désolée pour le retard.

— Pas grave, monte, on t'ouvre.

*
* *

Aster et Nectaire sont installés à table, dans la grande pièce mansardée aménagée au-dessus de la boutique.

— Assieds-toi.

Son assiette, son verre, son couvert sont dressés. Savine est habituée à leur fascinante hospitalité. Aster et Nectaire sont un véritable couple ! Ils invitent, cuisinent, reçoivent, conversent avec passion, se disputent avec tendresse, font de leurs caractères opposés une solide complémentarité et un sujet intarissable de plaisanterie. Il ne leur manque qu'une famille. Des enfants et des petits-enfants pour peupler leur vieillesse. L'amour ils l'ont, sans le piment du désir, mais de l'amour tout de même.

— On t'a gardé du tripou !

Du tripou ? Savine s'est habituée à tout depuis qu'elle est arrivée en Auvergne, mais pas aux boyaux de veau qui baignent dans le jus de carottes.

— Comment va Tom ? s'inquiète Aster.

Savine la remercie intérieurement, ça lui donne une excuse pour ne pas se jeter sur le plat. Elle raconte en détail la fuite du garçon dans le champ du père Chauvet, sa chute de la cascade du Saut du Loup, puis les rassure, Tom est hors de danger !

— Ouf, souffle Aster.

Savine sait qu'elle est très attachée à Tom. Avant d'ouvrir son magasin, Aster a exercé un peu tous les métiers, assistante de vie scolaire, animatrice au centre de loisirs, nounou et même baby-sitter : tous les boulots qui la mettaient au contact des enfants et lui permettaient de garder du temps pour sa véritable passion. Conteuse ! *Aster la Sorcière !* Connue de tous les gosses, d'Orcival à La Bourboule. Aster et son théâtre de marionnettes. Aster et ses aventures extraordinaires de la Galipote au pays des volcans. Elle a rangé tout cela, maintenant... Vaincue, comme toutes les sorcières, les lutins et les korrigans, par les écrans.

— Mange, conseille Nectaire, ça va refroidir.

Savine masque une grimace, mais Aster sait lire dans les rides des visages comme dans les lignes de la main.

— Laisse-la tranquille, tu ne vois pas qu'elle n'a pas faim ? Sers-lui plutôt un verre de vin ! Qu'est-ce qui ne va pas, ma grande ?

Savine hésite, puis se décide à se confier. Si elle ne parle pas à Aster et Nectaire, à qui pourrait-elle parler ? Elle prend le temps de répéter presque chaque mot de sa conversation nocturne avec Maddi Libéri, avant de conclure.

— Maddi Libéri est un bon médecin, aucun doute là-dessus. C'est une femme forte, indépendante, qui a la tête sur les épaules. Du coup, il y a un truc qui m'échappe. Qu'elle ne se remette pas de la mort de son fils il y a dix ans, je peux comprendre. Mais qu'elle tourne autour d'un autre gosse ? Qu'elle puisse vraiment croire qu'il est le sien, peut-être même au point de faire une connerie.

Aster joue avec les bracelets en perles de bois qu'elle porte au poignet.

— Tu sais, Savine, on peut être parfaitement raisonnable, rationnel, diplômé, cultivé, éduqué... et ne pas accepter la mort de l'âme. Ne pas accepter que tout meure, tout pourrisse, tout se termine bouffé par les vers une fois en terre. On peut, tout ce qu'il y a de plus sérieusement et même scientifiquement, penser que quelque chose, que ce soit l'âme, la conscience, l'esprit... survit.

Elle se frotte la nuque, comme si son collier de cuivre était trop lourd à porter, et s'adresse d'une voix énergique à son frère :

— Nicky, vire-nous cette foutue assiette de tripes ! Tu ne vois pas qu'elle lui donne envie de vomir ? Et va lui chercher de la fourme, du bleu et de la charcuterie.

Savine semble fascinée par l'étrange pendentif d'Aster : un simple fil de cuivre entortillé en spirales, avant de s'achever par une tige dorée plus épaisse.

— Vas-y, Aster, demande-t-elle, j'ai besoin de comprendre. Explique-moi.

— Quoi ?

— Tout. La réincarnation, le karma, la migration des âmes.

Derrière eux, Nectaire recouvre avec méticulosité l'assiette de tripou. Il étire de la cellophane et inscrit au feutre indélébile la date et l'heure sur le film plastique, avant de ranger le tout dans le frigo. Aster plante ses yeux de sorcière hypnotiseuse dans ceux de l'assistante sociale.

— Je vais faire l'impasse sur l'hindouisme, les religions, je me doute que ce n'est pas vraiment ta tasse de thé, comme dirait Nectaire. Par contre, tu pourras aller sur Wiki taper le nom du professeur Stevenson. Il a étudié, partout dans le monde, des milliers de témoignages d'enfants prétendant se souvenir de leur réincarnation.

Aster détaille alors le « modèle Stevenson », les anomalies physiques des enfants, les marques de naissance, phobies ou dons inexpliqués, les traumatismes de la vie antérieure, souvent conclue par une mort violente et précoce.

— Et il est sérieux, ce professeur Stevenson ? Je veux dire, c'est un scientifique ? Il a un laboratoire ? Enfin ce n'est pas du baratin, on peut le croire ?

— Tu entends quoi par « on peut le croire » ?

— Eh bien, ce qu'il raconte. Ces témoignages, c'est vrai ou pas ?

— Qu'est-ce qui, selon toi, permet de déterminer que quelque chose est vrai, ou pas ?

— Je... Je ne sais pas... Je suppose que si la majorité des gens pense quelque chose, c'est que ça doit être plus vrai que faux.

— Alors si on compte les hindouistes, les bouddhistes, mais aussi un quart des Européens et presque un tiers des Américains, une majorité de gens sur terre croient à la réincarnation, sont persuadés que notre corps n'est qu'un vêtement... et que notre âme lui survit.

— Et qu'elle en change dès qu'il est trop usé, c'est cela ? C'est cela la réincarnation ? L'âme est comme une puce qui saute d'un homme à un autre, ou d'un homme à un chien, d'un chien à un chat, puis d'un chat à un rat, c'est aussi simple que cela ?

— Non, ce n'est pas aussi simple. C'est au contraire un long voyage. Un voyage dont nous ne gardons aucun souvenir, en général. Sauf quand cela se passe mal...

— Comment ça, quand ça se passe mal ?

Nectaire leur présente une copieuse assiette de charcuterie et un assortiment de fromages d'Auvergne : bleu, fourme, cantal, et bien entendu saint-nectaire.

— Ça ma belle, répond Aster en faisant tourbillonner son pendentif de cuivre, personne ne le sait. C'est le mystère ! Pourquoi certaines âmes reviennent et d'autres non ? Pourquoi certaines cognent fort dans un cerveau pour qu'on se souvienne d'elles, et d'autres se font discrètes, ou nous influencent habilement sans se faire remarquer ? Tu vois de quoi je parle, l'instinct, l'intuition, le sixième sens...

Savine grignote du bout des dents une tranche de jambon cru.

— Ton Stevenson n'a pas de théorie là-dessus ?

— Si. D'après lui, si l'on écarte les témoignages, toujours sujets à affabulation, il reste trois preuves irréfutables d'une réincarnation : les marques de naissance sur le corps, les phobies, et la xénoglossie.

Derrière elle, Nectaire siffle entre ses dents.

— Waouh... Si ce que raconte le docteur Libéri est vrai, Tom a touché le tiercé dans l'ordre !

— Plus ces preuves seront puissantes, continue Aster, sans relever l'ironie de son frère, et plus le décès, dans la vie antérieure, aura été violent.

Savine n'a presque rien mangé. Nectaire a tout remballé, déroulant à nouveau sa cellophane millimètre par millimètre. Savine s'étonne qu'il n'agrémente pas son lent rituel d'une théorie sur ceux qui enveloppent leurs aliments ou pas, ceux qui conservent les restes dans des boîtes en plastique ou les laissent dans le plat.

— Je vous prépare une infusion ?

— Si tu veux, Nicky.

Il s'éloigne en direction de la cuisine. Avant même qu'il l'ait atteinte, Aster s'est levée pour ouvrir le buffet. Elle en sort deux petits verres et une bouteille de Fourche du Diable aux racines de gentiane.

— Si on ne veut pas mourir de soif en attendant que Nicky ait fini.

Elles savourent l'amertume de la liqueur citronnée, par petites gorgées.

— Imaginons, suggère enfin Savine. Imaginons qu'Esteban se soit vraiment réincarné dans le corps de Tom. Qu'est-ce qui nous prouve qu'Esteban n'est pas lui-même la réincarnation de quelqu'un d'autre avant ? Ou que Tom ne se réincarnera pas dans un nouveau corps, s'il lui arrive un malheur ?

— Ça, répond Aster, c'est ce qu'on appelle le samsara, le cycle des réincarnations. Tu veux vraiment que je te fasse un cours de bouddhisme ?

— Si tu simplifies.

— OK. Pour te résumer en deux mots, le samsara est un cycle de vie dans lequel on est enfermé, une prison qui n'apporte que souffrances et illusions ! Seul notre karma, c'est-à-dire la somme de nos actes, permet d'en sortir et d'atteindre le nirvana. Tu vois, c'est ce que symbolise ce bijou. (Elle agite son collier sous le nez de Savine.) C'est un unalome, les spirales rappellent nos vies successives, et le chemin tortueux jusqu'à l'Eveil, qui est représenté par cette ligne droite dorée. Mais crois-moi, ma chérie, avant d'atteindre ce merveilleux palier, y a de sacrées étapes à franchir... Et pour commencer le passage de l'âme infantile à l'âme mature.

Savine vide son verre, fascinée par le pendentif.

— C'est-à-dire ?

— L'âme infantile, c'est le début d'un cycle de vies. L'âme mature, au contraire, en a déjà vu un paquet défiler. Tiens, pour t'expliquer, regarde Nectaire et moi. Je suis d'évidence une âme infantile, et Nicky un très joli spécimen d'âme mature.

— C'est le secret des couples qui durent ! ajoute Nectaire du fond de la cuisine. Tu te souviens, Savine ? C'est ce que je te disais en sortant de l'enterrement. Le monde se divise en deux, les âmes infantiles qui traversent n'importe où et les âmes matures qui respectent les passages piétons, les âmes infantiles qui mangent en cinq minutes et les âmes matures qui peuvent rester des heures à table, les âmes infantiles qui cavalent autour du monde et les âmes matures qui se contentent d'admirer le paysage devant leur fenêtre, les âmes infantiles qui ont un million de disques chez eux et les matures pour qui le chant des oiseaux suffit…

— OK, Nicky, coupe Aster, je crois qu'on a compris.

Savine savoure le permanent jeu de ping-pong entre la sœur et le frère. Elle adore la fantaisie d'Aster, mais plus encore la philosophie décalée de Nectaire. A courir toujours partout, Savine réalise qu'elle doit être elle aussi un beau spécimen d'âme infantile… et que Nectaire serait donc son complément parfait.

Sauf qu'il a déjà une femme dans sa vie ! De quoi Aster-la-sorcière serait-elle capable, si elle lui volait son frère ?

Aster qui leur ressert deux verres.

— Mais si tu t'intéresses aux mystères, poursuit-elle, à l'au-delà, au surnaturel, pas besoin d'aller inviter Bouddha, Shiva ou le Dalaï-lama. On a déjà bien assez de croyances ici ! C'est à cause des volcans, je crois. Je ne te fais pas de dessin, les éruptions, le feu, le soufre, les entrailles de la terre, l'enfer… Descends l'escalier, tu trouveras dans ma boutique des bouquins entiers sur les exploits de la Galipote, la sorcière des moulins, le village englouti sous le lac Pavin, les cascades miraculeuses, les empoisonneuses, ou même cette légende ancienne de la fontaine de Froidefond. Sais-tu, Savine, qu'on l'a longtemps appelée la fontaine des âmes ?

Nectaire pose bruyamment les mugs sur la table.

— Waouh, Aster-la-sorcière va nous ressortir tous ses vieux contes. Garde tes boniments pour tes clients. Tes talismans en peau de serpent et tes soi-disant fortifiants aux extraits de digitaline. Moi mon instinct me souffle que l'affaire Esteban Libéri s'explique tout ce qu'il y a de plus rationnellement.

— Vraiment, Bocolon ? s'amuse Savine. Alors on ne va pas tarder à voir surgir des petits hommes verts de tous les cratères.

— Ah ah ah !

Nectaire positionne avec une précision chirurgicale les boules à infusion dans chacune des tasses, avant de lever la tête pour répondre à Savine.

— N'empêche que moi, demain dès l'aube, je vais à la pêche ! Je dois rappeler Lazarbal, le policier basque qui a piloté les recherches sur la disparition d'Esteban Libéri, puis dénicher des informations sur Le Berceau de la Cigogne, cette fameuse association, et enfin passer chez le boulanger.

Aster dépose un tendre baiser sur la joue de son frère, moqueuse.

— Tu me ramèneras des croissants, mon chéri ?

Nectaire rougit.

— Heu non, Astie, désolé... Je dois seulement téléphoner au Fournil de Lamia, à Saint-Jean-de-Luz. Le matin où Esteban a disparu, il devait y passer pour acheter le pain. Sa mère lui avait confié une pièce de 1 euro que, d'après Lazarbal, personne n'a jamais retrouvée.

Aster verse négligemment une bonne rasade de gentiane dans son infusion, sans se soucier de la grimace de Nectaire devant ce sacrilège.

— Normal, commente la sorcière, il s'en est servi pour payer la traversée du fleuve de l'enfer !

Nectaire et Savine en restent leur boule à thé en l'air.

— Vous n'en avez jamais entendu parler ? s'étonne Aster. Pendant des siècles, on plaçait une pièce de monnaie sous la langue de chaque défunt, pour qu'il puisse payer son voyage de l'autre côté du Styx, la rivière des enfers. Seuls ceux qui pouvaient payer avaient une chance d'être choisis par le gardien des enfers pour monter dans la barque, et donc de revenir parmi les vivants.

Nectaire suçote sa tisane, mais Savine a gardé son mug en équilibre à hauteur de son nez.

— Et ceux qui montent dans la barque, demande-t-elle, ils sont sélectionnés comment ?

Aster fait une dernière fois tourbillonner son unalome autour de son cou. Les cercles de cuivre lancent de mini-éclairs.

— Le gardien des enfers est un juge : celui du jugement dernier. Alors il n'y a que deux possibilités pour être autorisé, après sa mort, à retourner dans le monde des vivants. Soit le défunt est innocent, et il sera autorisé à revenir sur terre pour se venger. Soit il est coupable, et il y reviendra… pour être condamné !

– 26 –

Je me suis garée comme d'habitude au plus près de chez moi, à cheval sur le trottoir, narguant les cent places vides devant le Moulin. Avant de pousser la porte, je regarde quelques secondes mon reflet dans la baie vitrée. Mon visage aux traits tirés se superpose aux vieilles affiches de la station de Chambon-des-Neiges, toujours accrochées sur le mur de l'entrée de l'ancien hôtel.

Est-ce que plus rien n'a de sens ? Est-ce que je suis en train de déraper ? Est-ce que c'est moi qui devrais me faire soigner ? Dois-je écouter cette voix qui hurle dans ma tête : *Suis ton instinct ! Ne commets pas les mêmes erreurs que dans le passé ! Esteban est revenu. Ne t'a-t-il pas envoyé assez de signes ? Combien t'en faudra-t-il encore pour que tu comprennes ? Tu as l'occasion de te racheter. Tom est en danger !*

J'ouvre la porte. Je grimpe l'escalier. J'ai l'impression que mon cerveau va exploser.

*
* *

Comme prévu, Gabriel ne m'a laissé que des lasagnes froides au bout de la table : une bouillie de viande hachée qui baigne dans une mare compacte de jus de tomate.

Je balance tout directement à la poubelle.

Cling !

— Alors ? me demande Gabriel d'une voix étonnamment inquiète.

Le carillon du couvercle qui se referme a dû le réveiller.

Je m'approche. Gaby est devant son ordi, torse nu, juste un short qui lui dévoile la raie des fesses. Le spot en alu au-dessus de lui projette une jolie lumière sur son dos cuivré.

— Rien de grave, dis-je. On l'a retrouvé au pied d'une cascade, mais plus de peur que de mal. Je l'ai bourré de Topalgic. Il va dormir comme un bébé et demain il pourra à nouveau cavaler.

— Ouf !

Gaby semble soulagé. Est-ce qu'il feint de s'intéresser, pour une fois, à mon métier ? Pourquoi est-ce que la santé de ce gosse qu'il n'a jamais vu le préoccuperait ?

— Désolée, dis-je, de t'avoir planté comme ça, au milieu du repas.

Son intérêt était de courte durée. Il s'est déjà retourné vers l'écran de son ordinateur.

— Pas grave, c'est ton job, je suis habitué.

Je m'approche de Gaby, j'ai besoin de le toucher, de le sentir. Je pose mes mains bien à plat sur ses épaules nues et je commence à le masser. Il a l'air d'apprécier, sans pour autant se laisser déconcentrer.

— Et toi ? Tu fais quoi ?

— J'explore un nouveau monde. Toujours MTW-1. Tu crois pas qu'on serait aussi bien, si on vivait chacun dans un monde qu'on a créé ?

— Je ne sais pas.

— Si, regarde ! Dans My Tidy World, on peut prendre tous les risques. Si on se plante, ce n'est pas grave, on peut tout effacer et recommencer. On peut même mourir, puisqu'on a autant de vies qu'on veut.

Je souris sans que Gaby me voie, ou peut-être que si, qu'il m'aperçoit dans le reflet de son ordi. Peut-être qu'au fond, c'est ça ma vie : je suis enfermée dans un jeu vidéo !

Gabriel est gentil ce soir, affectueux, empressé, câlin, pourquoi est-ce que je n'arrive plus à l'aimer ? *Game over ?* Parce que c'est avec Esteban que j'ai envie de recommencer une partie ?

— Au fait, me demande Gaby, sans quitter davantage son écran des yeux, tu l'as retrouvée ta clé USB ?

Je secoue la tête tout en continuant mécaniquement de le masser.

— Non, aucune trace.

Merci au moins de poser la question, Gaby. De faire semblant de t'intéresser. Je sais que je devrais te parler, que c'est à toi que je devrais me confier, pour ne pas devenir cinglée, m'appuyer sur ton épaule, me contenter de tes baisers.

J'appuie plus fort encore sur tes clavicules, je dois te faire souffrir, tu ne protestes pas.

Je suis désolée pour cela aussi, je n'arrive pas à te parler, je n'y arrive plus... Je suppose que je ne supporterais pas que tu jures que tu me crois, sans en penser un mot. Je ne veux pas de ta pitié ! Il faut que je règle cela moi-même, sans être jugée. Ne sois surtout pas jaloux, Gaby, m'en veux pas, il n'y a aucun autre homme que toi dans ma vie.

Même Wayan, je ne l'ai pas rappelé. Pourtant le docteur Wayan Balik Kuning me harcèle de textos.
Tout va bien, Maddi ?
Je m'inquiète.
Je suis là, si vous avez besoin de moi.
Vous pouvez tout me demander. TOUT. Vous le savez.
Je tiens à vous bien plus que vous ne le pensez...
Je devrais le rappeler lui aussi.
Je devrais le rassurer.
Je devrais...

— Tu... tu me fais un peu mal.

Je desserre immédiatement l'étau de mes doigts. La nuque, le bas du cou, les épaules de Gabriel sont rouges... comme si j'avais voulu l'étrangler.

— Excuse-moi, Gaby, excuse-moi.

Je devrais aller me coucher.
Je dois être en forme demain.
C'est la dernière journée avant son anniversaire.
Je vais écouter la voix qui hurle dans ma tête, je sais ce qu'il me reste à faire.
Tom a besoin de moi !

– 27 –

Cette fois, avant de cliquer sur le fichier, il vérifie que le son de l'ordinateur est bien au minimum. Puis, avant de brancher le casque et d'enfoncer les écouteurs dans ses oreilles, il épie chaque bruit dans la maison. Il n'entend rien, aucun son, pas même une lointaine respiration. Il doit être presque 2 heures du matin. Qui pourrait imaginer qu'il est réveillé ?

Avant de se plonger dans l'entretien, il prend le temps de détailler le titre surligné.

Séance n° 78 – Le 29/09/2009.

Esteban avait donc neuf ans.

*
* *

— Bonjour, Esteban.
— Bonjour, docteur.

Il entend des bruits de pas, le raclement d'une chaise qu'on déplace, le frottement d'un tissu, Esteban doit sûrement retirer son blouson, puis plus aucun son parasite, uniquement la conversation.

— Si tu veux bien, Esteban, nous allons reprendre où nous en étions restés la dernière fois. Tu te souviens ? Tu m'avais dit que quelque chose te préoccupait, mais que tu avais du mal à en parler. Que tu ne voulais surtout pas que ta maman soit au courant. Est-ce qu'aujourd'hui, tu es prêt à en discuter ? Je te le promets, cela restera entre toi et moi.

— …

— Tu sais, Esteban, plus tu attends et plus ce sera difficile de parler. Les secrets c'est comme les araignées, elles ne meurent pas si on les laisse enfermées, elles grossissent.

— Mon secret, c'est... c'est déjà une très très grosse araignée.

— Elles ne me font pas peur, tu sais.

— ...

La voix du psy laisse pour la première fois transparaître un léger agacement.

— Allez, Esteban... ce n'est pas un jeu. Tu dois tout me dire.

— Je dois... je dois mourir !

Le silence qui suit semble durer une éternité, avant que le psy ne reprenne la parole d'une voix trop détendue pour être totalement naturelle.

— Mourir, Esteban ? Rien que ça ! Et pourquoi veux-tu mourir ?

Esteban est lancé et débite d'une traite.

— Pour renaître ailleurs, docteur, dans un autre corps !

L'assurance du garçon tranche avec les précautions oratoires du psychiatre. Le médecin paraît peser chacun de ses mots.

— Qui... Qui est-ce qui t'a mis cette idée dans la tête ?

— Je peux pas le dire.

— D'accord, on verra ça plus tard. Explique-moi alors. Pourquoi est-ce que tu ne veux plus de ton corps ? Pourquoi est-ce que tu en préférerais un autre ?

— Vous le répéterez pas ?

— Non, je te l'ai dit, je te promets, tout ce que tu dis restera entre toi et moi.

— Voilà. Maman peut pas m'aimer dans ce corps-là. C'est... c'est comme si je portais des vêtements trop sales. Ou trop usés. Alors je dois en changer.

Un nouveau silence, plus long.

— C'est grave, Esteban, ce que tu me dis. Tu en as conscience ? A mon tour, je vais te demander de me faire

une promesse. Tu ne dois rien faire qui puisse... qui puisse te mettre en danger... sans m'en parler avant. Tu me le jures ?
— ...
— Tu me le jures, Esteban ?
— Je... Je peux pas, docteur. C'est pas moi qui décide.
— Qui décide alors ?
— Je peux pas vous le dire.
Encore un silence, de plus en plus long.
— D'accord, Esteban, d'accord. Si tu ne peux pas me dire qui, tu peux peut-être me dire où et comment cela va se passer ?
— Comment ? Je sais pas, docteur. Mais *où*, je crois que ça se passera au fond de l'eau. Sous la mer. Là-bas, c'est comme un monde à l'envers. Il paraît que la moitié de Saint-Jean-de-Luz a été engloutie, y a des années, qu'on peut voir encore les maisons, si on descend assez profond.
— Qui t'a raconté ça, mon garçon ?
— Maman.
— Mais... Mais c'est elle qui t'a demandé de... de changer de corps ?
Le rire d'Esteban éclate, joyeux et moqueur, comme si le psy n'avait décidément rien compris.
— Non, évidemment ! Ça, elle n'est pas au courant.
Un dernier silence, interminable. Le thérapeute serait-il à court d'arguments ?
C'est Esteban qui relance.
— Vous inquiétez pas, docteur, c'est pas l'endroit où on laisse son corps qu'est important. Ce qui est important, c'est de choisir le bon moment. Vous voyez ? Faut juste bien viser. Pour que la vie d'après soit mieux que celle d'avant.
Le psychiatre reprend la balle au bond.
— Elle ne te plaît pas, ta vie d'avant ? Enfin ta vie d'aujourd'hui, tu me comprends.

— Si ! Bien sûr que si ! Mais je vous ai dit, docteur, je fais tout ça pour que maman m'aime mieux !

— Ta maman t'aime, Esteban. Crois-moi. Jamais elle ne pourra aimer quelqu'un d'autre mieux que toi. Mais écoute-moi bien. Je crois qu'il va falloir que je contacte quelqu'un : un de mes collègues. Un autre psychiatre, mais plus spécialisé. Pour... Pour t'aider.

Plus un seul mot n'est prononcé jusqu'à la fin du fichier.
Il attend pourtant, jusqu'au bout, guettant le moindre souffle, le moindre chuchotement. Il repense aux derniers mots du psy, *Ta maman t'aime, Esteban. Jamais elle ne pourra aimer quelqu'un d'autre mieux que toi.*
Il a une telle envie de pleurer.
Si, au moins, Esteban avait su bien viser !

– 28 –

J'aperçois Tom en bas de la côte de Serrette, dans le premier virage au-dessus du lac Chambon. A pied. Il est descendu de son vélo. Il n'a pas pu pédaler plus de cinquante mètres dans la montée.

A vrai dire, je m'en doutais...

Je me doutais que cette tête de mule de Tom, doté de la même force de caractère qu'Esteban, enfourcherait son vélo comme si de rien n'était pour se rendre à la piscine. Je me doutais que cette inconsciente d'Amandine le laisserait faire, malgré mes recommandations. Je me doutais que sa cheville tiendrait le coup dans la descente, jusqu'à Murol, tant qu'il n'appuierait pas dessus, mais que dès la première montée...

Je ralentis, juste assez pour dépasser Tom et garer ma MiTo le long du talus, quelques mètres au-dessus de lui. J'ouvre la portière passager pour bien lui faire comprendre qu'il ne doit pas aller plus loin. Tom s'arrête à hauteur du moteur et me regarde avec l'expression embarrassée d'un écolier fugueur qui croise son instituteur.

— Qu'est-ce que tu fiches, Tom ? Je ne t'avais pas dit *Pas de vélo* ?

— Si, docteur, mais...

— Allez, monte. Je te ramène chez toi. Tu peux bien te retenir de pédaler et de nager pendant une journée.

Tom hésite. Aussi irresponsable que soit Amandine, elle a tout de même dû lui apprendre à ne pas monter avec des inconnus.

Tom me considère-t-il comme une inconnue ? Je suis son médecin, et un médecin, c'est comme un policier, un facteur ou un instituteur, c'est un adulte en qui il peut avoir confiance. D'ailleurs je ne lui laisse pas le choix, je suis déjà descendue, j'ai ouvert le coffre et rabattu les sièges arrière.

— Tu vois, on n'aura même pas besoin de démonter la roue de ton vélo. Allez hop, c'est un ordre, tu me suis. Si tu continues à appuyer sur ta cheville ainsi, c'est toutes tes vacances que tu passeras au lit.

Tom examine avec minutie le coffre de ma MiTo, comme s'il y cherchait des cordes, des sacs, des scies, tout le matériel d'une psychopathe qui ramasse des enfants sur le bord de la route. Finalement, il se décide et me sourit.

Mon Dieu, je m'accroche à la portière.

Ce sourire, c'est celui d'Esteban !

Je me force à ne rien laisser paraître, nous unissons nos forces pour hisser le vélo dans la MiTo, je fais tout ce que je peux pour ne pas croiser ses yeux bleu océan, ceux d'Esteban, sinon je me noie dedans. Chacun sait qu'ils sont le miroir de l'âme. L'âme de mon fils vit derrière ce regard. Comment pourrais-je une seule seconde en douter ? Derrière ces iris, il me sourit, rit, réfléchit, me voit... et bientôt, me reconnaîtra ?

— Je monte à l'avant, docteur ?

Je sursaute, brusquement arrachée de mes pensées. Est-ce que les dernières barricades de ma raison sont en train de tomber ?

Nous observons tous les deux le vélo, qui occupe toute la place à l'arrière.

— Je crois que tu n'as pas le choix.

Il grimpe, on s'attache, je démarre. Aucune voiture ne nous a croisés pendant la manœuvre. Si j'avais eu envie d'enlever Tom, ce serait le kidnapping parfait. Sa mère est irresponsable de le laisser chaque jour rouler sur ces routes désertes.

Clignotant, demi-tour.

— Je te ramène à Froidefond ?

Tom acquiesce d'un signe de tête. Il est rassuré de me voir reprendre la direction de Murol. Nous traversons le minuscule village de Saint-Victor-la-Rivière. Un smiley lumineux me sourit après avoir calculé ma vitesse. Trente-huit kilomètres/heure. Je ralentis encore, coupe la radio et lance le plus naturellement du monde :

— Goazen ! Etxera buruz[1].

Tom n'a pas l'air surpris. Il me répond comme s'il ne se rendait même pas compte qu'il ne me parle plus en français.

— Bai... eskerrik asko[2].

— Euskaraz hitz egiten duzu ?[3]

— Pixka bat[4].

— Non ikasi duzu ?[5]

---

1. C'est parti ! Direction la maison.
2. Oui... merci.
3. Tu parles basque ?
4. Un peu.
5. Où l'as-tu appris ?

Tom se raidit d'un coup. Le caractère irréel de notre conversation paraît soudain lui bondir à la figure.

— Inon ![1]

Nulle part ?

L'expression de Tom a changé. Je me mords les lèvres, j'ai été stupide, j'ai voulu aller trop vite. Désormais, il va se méfier. Je bifurque, sans activer le clignotant, en direction d'une route à peine bitumée. Tom regarde le clocher de l'église Saint-Ferréol s'éloigner. J'explique, comme si je lisais dans ses pensées.

— C'est plus rapide que par le centre-ville.

En réalité, je préfère surtout contourner Murol sans passer par le centre, pour que personne ne puisse apercevoir ce garçon sur mon siège passager. Tom, inquiet, s'accroche à la poignée alors que ma MiTo serpente entre les pâturages sur la route étroite et cabossée. Un kilomètre plus loin, nous apercevons enfin, droit devant, la départementale 5.

— Je te l'avais dit, c'est un raccourci pour Froidefond.

Tom lève les yeux en direction de la dizaine de maisons du hameau accrochées à la pente, mal alignées, presque superposées, comme taillées directement dans la roche volcanique de la vallée.

— Docteur, pourquoi vous m'avez parlé en basque ?

Je crispe mes mains sur le volant.

— Tu ne veux pas m'appeler Maddi ?

Un cédez-le-passage, personne, j'attends pourtant, laissant s'impatienter mon clignotant. J'ai tout mon temps. La Bourboule, vingt-cinq kilomètres. Clermont-Ferrand, trente-sept. Froidefond seulement trois. Je démarre enfin, lentement, la route jusqu'au hameau n'est plus qu'un long ruban. Je répète en essayant d'être la plus naturelle possible.

---

1. Nulle part !

— Tu ne préfères vraiment pas m'appeler Maddi ? Maintenant... qu'on est amis...

Tom garde le silence. Tout comme Esteban, il est un enfant trop intelligent pour se laisser piéger par les vieilles ruses d'adulte : quand il pose une question, il veut une réponse, pas une autre question.

Docteur, pourquoi vous m'avez parlé en basque ?

Il ne se confiera à moi que si je me confie à lui. Je prends une longue respiration et je me lance.

— Hala izan[1], Tom ! Tu sais, j'ai longtemps habité le Pays basque. A Saint-Jean-de-Luz exactement. Tout près de la plage. J'y habitais avec un garçon, un garçon de ton âge. Il te ressemblait beaucoup. Comme toi il aimait beaucoup nager...

Encore trois tournants, un panneau sur la droite, *Froidefond, 1,5 km*. La voiture tangue en douceur, le regard de Tom s'accroche à chaque lacet. Je dois continuer à l'apprivoiser, mon petit renard apeuré.

— Il aimait beaucoup la musique aussi... Tu aimes la musique ?

La lumière du matin emplit l'habitacle. Nous traversons une forêt. Le soleil joue au radar et s'amuse à faire flasher ses rayons entre les troncs. Je me persuade que j'ai vu l'œil de Tom pétiller.

— Un peu... j'ai pas d'instrument chez moi. Mais j'aime bien écouter des chansons et retrouver les notes après, enfin les sons, avec les flûtes en roseau que je fabrique, ou ma guitare avec de la ficelle et du bois.

Froidefond, 0,5 km, indique un nouveau panneau. Sur ma gauche, un cul-de-sac mène à un gîte de montagne. Je ralentis. Jamais je n'ai autant respecté les vitesses sur ces routes désertes. La dernière révélation de Tom trotte dans ma tête. *J'aime bien écouter des chansons et retrouver les notes après.*

---

1. Ainsi soit-il.

Etre capable de recomposer une mélodie de mémoire, après l'avoir entendue, c'est la définition exacte de l'oreille absolue. Esteban lui aussi possédait ce don. Un don qui concerne moins de 1 % de la population...

Je franchis le panneau *Froidefond* à moins de trente kilomètres/heure. Je n'ai pas le choix, je suis arrivée. Je me gare près de la fontaine, assez près de chez Tom pour qu'il ne soit pas étonné, assez loin pour qu'on ne puisse pas apercevoir ma MiTo de la Souille.

Il s'agite, pressé de sortir.

— Merci... Maddi.

Il pose déjà la main sur la poignée de la portière. J'essaye de n'effectuer aucun mouvement brusque, je souris, je le retiens doucement par la manche de son sweat. Ne pas l'effrayer surtout.

— Une seconde, Tom. Juste une dernière question. Hier, le père Chauvet nous a dit qu'il y avait un enfant, ici, près de la fontaine, avant que tu te sauves dans son champ à cause des abeilles. Il a même affirmé que tu parlais avec lui. Et toi tu... Tu nous as dit le contraire.

Le regard apeuré de Tom me retourne le cœur. Je détestais, les rares fois où Esteban me mentait, être obligée de hausser le ton pour le faire avouer. J'avais la sensation que toute notre complicité serait définitivement brisée. Toutes les mamans doivent penser cela, quand les portes claquent et que les mots sont disproportionnés. Pourtant, aucun enfant n'a jamais quitté sa mère parce qu'il s'est fait disputer. J'élève, malgré moi, la voix.

— Le père Chauvet n'a aucune raison de mentir. C'est important, Tom. Il y avait un autre garçon avec toi ?

Je crois que Tom a peur. Je crois que je lui fais peur. Il hoquette plus qu'il ne me répond :

— Oui.

Je lui souris encore. Je pose ma main sur sa joue, je sais que je ne devrais pas, mais mes doigts reconnaissent chaque grain de sa peau, chaque fossette, chaque perle de larme en équilibre entre le coin de ses paupières et les gouttières de son nez.

Tom s'est pétrifié. Je murmure à son oreille, un secret ne se révèle que chuchoté.

— Tu connais son nom ?
— Je... je ne peux pas le dire.
— Pourquoi ?
— Il... Il y a des choses qui nous dépassent.

Tom a prononcé ces derniers mots comme une prière apprise par cœur. Sa voix presque inaudible racle sa gorge, tel un filet d'eau piégé dans un torrent asséché. Sa bouche est emplie de cailloux auxquels chaque mot se cogne. Je ne peux pas le laisser souffrir ainsi, je dois le prendre dans mes bras, je me penche vers lui...

Aussitôt, Tom se recule et agrippe la poignée pour ouvrir la portière.

Elle résiste, il insiste. Il essaye de la secouer, de plus en plus fort, encore et encore, sans savoir que j'ai activé la sécurité enfant. Qu'il ne pourra s'envoler que si je décide de le libérer.

Je me contente de passer une main sur son épaule, pour le calmer, pour le ramener vers moi.

— N'aie pas peur, Tom. Je veux juste savoir. Ce garçon, comment il s'appelle ?

Ma main est posée à plat sur son épaule. Je sens tout son corps trembler. Je sais que je peux l'apaiser. Je sais qu'il reconnaîtra ma chaleur, ma douceur. Je dois protéger Tom. Je sais qu'il est en danger. Je dois savoir qui est cet ami, cet enfant de son âge qui n'a prévenu personne, qui aurait pu porter la responsabilité de la mort de Tom, si on ne l'avait pas retrouvé.

— Je veux juste connaître son prénom.

Une grimace déforme son si beau visage. Son front se crevasse. Les derniers mots qu'il prononce semblent arrachés de son cerveau.

— Il s'appelle... Esteban !!!!
— Esteban ?

Esteban ?

C'est bien ce prénom que Tom a prononcé ?

Tom connaît donc Esteban ?

Tom l'a vu ? Lui a parlé ? Le père Chauvet s'est trompé ! Tom parlait tout seul, il conversait avec Esteban dans sa tête. Ou Esteban conversait avec Tom. C'est la même chose au fond. C'est la preuve ultime que...

Je me suis déconcentrée. Tom se met à tambouriner contre la vitre de la portière. Espérant une aide, mais qui, à part moi, pourrait venir à son secours dans ce hameau désert ?

Encore une seconde, Tom, je t'en supplie, rien qu'un instant, Esteban, j'ai encore tellement de questions pour toi. Personne ne t'entendra, la portière ne s'ouvrira pas, mais je ne te veux aucun mal, je veux juste...

La portière explose, la lumière jaillit.

Avant que je réagisse, une poigne énorme attrape Tom par la taille et le propulse hors de la voiture. Je n'ai pas eu le temps d'esquisser le moindre mouvement, le bras tentaculaire revient déjà, me saisit par le col, m'étrangle jusqu'à l'asphyxie et me tire tel un vulgaire sac ; ma veste s'accroche puis se déchire au levier de la boîte de vitesses, mon visage broute le cuir pleine fleur du fauteuil. Je me retrouve catapultée sur les pierres noires du trottoir, coudes et genoux ensanglantés.

L'homme devant moi est grand, barbu, tatoué au cou et aux poignets. Il hésite à me bourrer de coups de pied, se retient, et finit par cracher :

— Salope ! Qu'est-ce que vous êtes en train de faire à mon gosse ?

VI
L'INTERPELLATION
Le retour du surfeur

– 29 –

Savine Laroche crache ses poumons et, elle l'espère, toute la couche de nicotine autour. Le château de Murol est encore à cent bons mètres au-dessus d'elle. C'est sa balade favorite, de préférence le matin, quand les touristes ne sont pas encore réveillés et qu'elle est seule pour profiter de la montée parmi les noisetiers puis, une fois parvenue au sommet de la tour d'aigle, bénéficier de la vue à trois cent soixante degrés sur les hameaux dispersés entre les volcans boisés et les lacs de conte de fées.

Son téléphone sonne alors qu'elle attaque la portion la plus pentue, un raidillon de graviers qui mène aux premiers remparts. Elle s'aperçoit, quand elle décroche, que Nectaire a déjà essayé de l'appeler plusieurs fois, mais faute de réseau, l'appel a échoué.

— Savine ? C'est Nectaire ! T'es où ?

— Je suis en train de me taper le Kilimandjaro par la face nord, alors je vais t'écouter en économisant mon souffle.

— OK. Ce que j'ai à te raconter va te motiver ! Je viens d'avoir Iban Lazarbal, tu sais, le flic de Saint-Jean-de-Luz. On est en train de devenir potes tous les deux, même s'il croit toujours que je m'appelle Lespinasse et que je dirige la brigade de gendarmerie de Besse. Bref, je commence par la fameuse association Le Berceau de la Cigogne. Figure-toi que le grand combat de cette association, ce sont les boîtes à bébés.

Savine s'est arrêtée net, en pleine montée.

— Les quoi ?

— Les boîtes à bébés ! Les tours d'abandon, si tu préfères, c'est ainsi qu'on les appelait au Moyen Age. Les baby hatches pour les anglais, les bébés-fenêtres en Allemagne, enfin bref, chaque pays a son propre nom. Dans la plupart des pays c'est autorisé mais en France, non.

— De quoi tu me parles, là, Bocolon ?

— C'est vieux comme le monde ! Les boîtes à bébés, ce sont des sortes de tiroirs, si tu veux, généralement percés dans les murs d'un hôpital, d'une église, ou de n'importe quel bâtiment public. Confortables, chauffés, à l'abri du vent et de la pluie. De vrais petits nids douillets pour y accueillir...

— Des bébés abandonnés ! C'est ce que t'es en train de m'expliquer ?

— Exact ! Bien vu, madame l'assistante sociale ! En France on a le droit d'accoucher sous X, mais pas d'abandonner son bébé. Ça n'a été interdit qu'en 1940, alors dans tous les vieux hospices de France, tu trouveras encore ces tours d'abandon qui ont accueilli des milliers d'enfants depuis le Moyen Age. Et récemment, le système a été réintroduit dans plusieurs pays, en Allemagne, en Suisse, et certaines associations, tel ce Berceau de la Cigogne, militent pour le réintroduire en France !

— Quelle saloperie !

— Du point de vue du bébé, ça se discute... Est-ce que ces boîtes incitent les parents à l'abandonner dès qu'ils s'aperçoivent qu'il pleure un peu trop fort, ou au contraire lui sauvent la vie en lui évitant de finir au fond d'une poubelle ? Grande question qui pourrait diviser le monde en deux. Les premiers...

— Merci pour le cours ! le coupe Savine en haletant.

Elle a profité de la longue tirade de Nectaire pour reprendre sa marche et atteint les pierres noires des premiers remparts. Elle traverse une large cour carrée, poussée par le vent qui s'engouffre dans les meurtrières.

— T'avais pas un scoop ? demande-t-elle, espérant qu'il aille à l'essentiel.

— J'y viens ! Le docteur Libéri, comme je te l'ai dit, apparaît sur la liste des adhérents de cette association. Je trouvais que ça collait assez mal avec la déontologie d'une femme médecin. Alors j'ai rappelé Lazarbal, et je lui ai demandé si...

— Si ?

Nectaire a cessé de parler. Savine a eu le temps de grimper jusqu'à la plateforme du château en ruine. Un grand soleil éclaire toujours les montagnes, mais il fait sensiblement plus froid que les jours précédents, et particulièrement sur l'esplanade où elle s'est arrêtée, en plein vent !

— Nectaire ?

Qu'est-ce qu'il fiche ? Il ménage son suspense ou il est parti se préparer un thé ?

— J'ai demandé à Lazarbal, reprend enfin le secrétaire de mairie, si Esteban était vraiment son enfant ! Et là... bingo ! L'instinct de Bocolon ! Tiens-toi bien, Esteban Libéri est un enfant adopté ! Trouvé alors qu'il avait trois mois dans une boîte à bébés clandestine installée par un militant de l'association de la Cigogne, devant l'hôpital de Bayonne.

— Merde !

— Lazarbal est formel. Tu parles, ils ont creusé à fond le dossier. Maddi Libéri a adopté le bébé. Seule ! C'est rare, on réserve généralement les gosses adoptables aux couples, mais les femmes célibataires ont aussi ce droit. Ça a été un long combat, mais Maddi Libéri l'a gagné. Lazarbal a épluché toute la procédure d'adoption pilotée par les services de l'aide à l'enfance, un dossier épais comme le bottin chinois. Des dizaines de visites des services sociaux pendant les deux premières années, des rapports de psys... Rien, tout était nickel, Maddi Libéri était une mère célibataire parfaite !

Savine, grelottante, encaisse les révélations de Nectaire. Elle continue de tout regarder de son observatoire privilégié, aussi bien les voitures qui passent sur la départementale 5 que les promeneurs sur les sentiers, et même les enfants dans la prairie au-dessus de la Couze Chambon qui jouent aux gendarmes et aux voleurs, ou aux douaniers et aux contrebandiers, ou aux vampires et aux chasseurs. Elle reconnaît Eliot et Adam, armés de bâtons, Enzo et Nathan, perchés dans un arbre, et Yanis, un peu à l'écart, tête nue et solitaire.

— Une mère parfaite, répète Savine. Au moins les deux premières années...

— Je suis passé à la boulangerie aussi, annonce Nectaire sans transition.

— Le Fournil de Lamia ? C'est ça ? Où Esteban aurait dû aller acheter sa baguette ?

— Exact ! Le boulanger était dans le pétrin mais il doit me rappeler.

Ah, ah, ah ! Si en plus Nectaire se met à faire de l'humour ! Savine commence à être frigorifiée. Ses doigts crispés sur son téléphone se raidissent en bâtons glacés.

— T'espères quoi au juste ?

— Aucune idée. Mais c'est la méthode Bocolon, ne négliger aucune piste, tout vérifier !

— Si tu veux. Mais Esteban Libéri avait juste pour mission de ramener une baguette de pain.

— Justement, y a baguette et baguette...

Savine n'en peut plus de rester immobile sur son promontoire, sans aucun endroit pour se protéger. Elle hésite cependant à redescendre, de peur de perdre le réseau et que la conversation soit coupée. Dans la prairie, les enfants ont filé, ou ont trouvé un meilleur endroit pour se cacher.

— Ah non ! Tu ne vas pas me dire que tu as une théorie sur le monde qui se divise entre ceux qui préfèrent une baguette sur pavé et ceux qui la préfèrent sur plaque ?

Elle entend Nectaire rire, bien au chaud dans son bureau de la mairie, du moins elle le suppose.

— C'est bien plus subtil que ça, ma chérie ! Quand la boulangère te demande sur pavé ou sur plaque, c'est là que le monde se divise en deux. Ceux qui savent la différence et les autres. Les premiers choisissent et les seconds prennent au pif, parce qu'ils ont toujours été trop timides pour demander la différence entre plaque et pavé, ou pas assez curieux, ou on leur a dit et ils ont oublié, bref, ils s'en foutent. Les premiers sont prudents, ils aiment tout contrôler, comprendre avant d'agir et...

Le téléphone de la mairie retentit, derrière la voix de Nectaire, en plein milieu de sa théorie. Savine en souffle de soulagement. Nectaire a le réflexe d'activer immédiatement le haut-parleur. L'assistante sociale entend comme si elle était dans la pièce. Une pièce ouverte à tous les courants d'air.

— C'est le Fournil de Lamia. Vous nous avez appelés ?

Nectaire résume la situation avec une relative rapidité. Ouf ! Savine sautille d'un pied sur l'autre pour se réchauffer. Hors de question qu'elle bouge d'un mètre ! La fille au bout du fil ne comprend pourtant rien, explique qu'elle n'est là que depuis neuf mois, qu'elle va chercher son patron.

Des bruits de pas. Ceux de la fille sur les pavés de la boulangerie, ou les plaques, Savine ne sait pas, elle couvre le bruit avec ses propres pieds qui dansent la bourrée.

Le patron finit par arriver, Nectaire est obligé de tout répéter.

Je t'en prie, Bocolon, dépêche-toi ! Savine croit deviner que le patron se gratte la tête, *waouh c'est vieux tout ça*, il cherche il cherche, Savine a le temps de geler sur place, avant que le patron ne conclue *moi de toute façon, j'étais derrière dans l'atelier, c'est ma femme qui tenait la caisse ce matin-là.*

Savine s'apprête à hurler, dans sa tête au moins, mais par miracle, Nectaire n'a pas besoin d'entonner une troisième fois son couplet, la patronne était à côté, écoutait, et a apparemment tout compris.

— Si je me souviens du petit Esteban Libéri ? Evidemment, lieutenant ! Vous pensez, un gamin si gentil. Si beau aussi ! Quel malheur, cette histoire. Il venait avec sa pièce chaque matin. Une baguette, sur plaque, pas trop cuite... et avec les trente centimes de monnaie, il achetait un cannelé.

— Un cannelé ? répète Nectaire.

Un cannelé ? répète Savine dans sa tête. Elle s'est réfugiée autant qu'elle le peut derrière un rempart dont il ne reste plus que des pierres éboulées, et manque d'en tomber de surprise par-dessus le parapet.

— Oui, précise la boulangère. Normalement on ne les vend pas à l'unité, mais pour le gosse je faisais une exception. Il les adorait... Faut dire, on vient d'Hendaye et même d'Espagne pour les goûter, nos cannelés au miel !

– 30 –

— Tu rentres, Tom ! Tu ne discutes pas et tu rentres.

Le garçon s'éloigne en boitillant vers la cour de la ferme. Je me demande par qui il est le plus effrayé : par la violence de cet homme ou par moi ?

Je suis encore étendue sur le trottoir. Le barbu tatoué approche ses bottes de motard à quelques centimètres de mon visage.

— Et vous, vous me suivez, on va s'expliquer. Au calme.

Aucun risque qu'il m'aide à me relever. Il n'a pas un regard pour mes genoux rouges, mes mains griffées couvertes de poussière noire, mais il reste à côté de moi, méfiant comme un vigile qui a coincé un client en flagrant délit, prêt à m'empoigner, par les cheveux s'il le faut, au cas où j'aurais l'envie de m'enfuir.

Je prends le temps de me redresser, le temps aussi de l'observer. Une boule de muscles. Des bras de bûcheron et des cuisses d'haltérophile. Un crâne presque rasé en un fin duvet.

Il me pousse sans ménagement jusqu'à la Souille. Tom est déjà caché à l'intérieur de la ferme, j'aperçois Amandine à la fenêtre, immobile et floue entre les rideaux couleur paille.

Encore quelques coups dans mes reins, pour me forcer à m'éloigner de la route. Un chat gris endormi dans une flaque de soleil s'enfuit. Je suis obligée de trottiner, des poules s'envolent et se réfugient sur un tonneau crevé, sans doute censé récupérer jadis l'eau de pluie. Nous dépassons un tas de compost suintant et puant.

— Là, ça ira, m'ordonne le bûcheron.

Nous nous arrêtons sous la grange au toit défoncé, devant la grande bâche beige qui recouvre un véhicule de la taille d'une tondeuse-tracteur. Le tatoué se tient debout, jambes légèrement écartées, façon catcheur impatient que je rentre dans le ring.

OK, pas besoin d'attendre le gong, premier round !

Je passe mes mains poussiéreuses et ensanglantées sur mes joues, espérant sans doute y dessiner des peintures guerrières, et je crache la première :

— Qui êtes-vous ?

Le musclé affiche un petit sourire satisfait.

— Qui êtes-vous, vous !?

Je n'ai rien à cacher.

— Maddi Libéri, médecin généraliste, installée à Murol. Je soigne Tom...

— Mon cul ! Vous fouinez ! Vous le harcelez de questions. Vous le tripotez ! Vous tournez autour de lui comme si vous vouliez l'enlever. Vous voulez savoir ce que je fais là ? C'est Amandine qui m'a appelé. Parce qu'elle a la trouille. Parce qu'elle est tombée sur une psychopathe, c'est exactement ce qu'elle m'a dit, *viens vite Jo, y a une timbrée qui rôde autour de chez nous, qui se planque pour nous espionner, une malade capable de tout.* (Il me fixe de ses iris bleu acier, de la couleur dont on fait les épées.) Et elle ne s'est pas trompée !

Je soutiens son regard, paupières en boucliers.

— Et vous... Vous êtes ?

— Jo. Le père de Tom ! Vous n'avez pas encore compris ?

Merde ! Suis-je conne à ce point ? Evidemment, il m'a éjectée de la voiture en hurlant *qu'est-ce que vous êtes en train de faire à mon gosse ?*. Evidemment, Tom a un père... Je tente d'encaisser le choc en avançant et en frappant.

— Contente d'apprendre qu'il en a un. On ne peut pas dire qu'on vous voit souvent !

— Je suis là quand il le faut. Et j'ai pas de comptes à vous rendre. Si je vous dis que je suis moniteur de snowboard, vous comprendrez que cet hiver, je suis plutôt parti taffer dans les Pyrénées.

Je le détaille à nouveau. Il doit avoir une trentaine d'années. Si son corps musclé est entretenu à la perfection, son visage par contre est déjà marqué, par l'activité au grand air, les excès, l'alcool peut-être. Il a l'air sûr de lui, volontaire, indépendant, intelligent d'une certaine façon, et con de toutes les autres.

— Bien, reprend Jo, maintenant qu'on a fait les présentations, on fait quoi ? On prévient les flics ? Je vous ai vue dans la bagnole, il essayait de se sauver et vous le reteniez.

Il sort de la poche arrière de son jean son téléphone.

— Je vous ai même filmée.

Je tente d'encaisser ce nouvel uppercut. Au moins, les choses sont claires, je suis tombée sur le genre de mec avec qui il faut jouer cartes sur table. Je lève une main en signe d'apaisement, *je vais vous expliquer*, il se méfie mais me laisse parler, il a forcément besoin de comprendre, lui aussi. Il ne m'interrompt pas une seule fois pendant que je lui résume dans les grandes lignes le récit de ma vie : la disparition d'Esteban, puis la somme des points communs entre lui et Tom. Je passe vite sur les détails physiques, leur ressemblance, la marque de naissance, trop surréalistes pour être expliqués en quelques mots, et j'insiste sur les autres coïncidences : le maillot indigo à motif de baleine, les vacances à Saint-Jean-de-Luz, la musique, la natation, la peur du miel et des abeilles, les mots basques...

Jo s'appuie contre la tondeuse bâchée, écrasé par l'accumulation des faits. Dans la ferme, derrière les rideaux, Amandine continue de nous épier. Aucune trace de Tom.

Jo attend un peu, pour être certain que j'aie terminé mon exposé.

L'ai-je convaincu ? L'ai-je au moins fait douter ?

Son regard de scalpel fixe mon front comme s'il voulait ouvrir ma cervelle.

— Vous êtes vraiment barrée !

Je réagis. M'a-t-il seulement écoutée ? J'explose.

— Tout ce que je vous ai dit est vrai ! Et vous le savez ! Si vous voulez que je cesse de me comporter de façon irrationnelle, alors fournissez-moi une explication rationnelle !

Jo soupire, agacé, donnant l'impression de perdre son temps, d'être obligé d'expliquer des évidences à une gamine de six ans.

— Une explication rationnelle ? Vous débarquez de quelle planète ? Vous voulez que je récapitule ? Des gosses de dix ans qui aiment la musique, et nager, vous allez en trouver un paquet. Ah oui, aussi, des gamins qui ont en plus la trouille des abeilles ? Putain, c'est dingue... Tom a peur des araignées en plus, et des serpents, et des monstres cachés sous son lit quand il était petit. Je parie que votre Esteban aussi. Et que comme Tom, il aimait les Big Mac et les pizzas, qu'il regardait en boucle les *Avengers,* qu'il rêvait d'avoir une maquette du *Faucon Millenium*.

Connard ! Esteban n'a jamais mis les pieds dans un McDo ! Et il a disparu il y a dix ans en ignorant que ses BD des Avengers seraient un jour adaptées sur grand écran. Si ce type espère me convaincre avec son ironie...

— Votre fils parle basque, sans l'avoir appris. La science appelle cela la xénoglossie !

— Ah ouais ? Rien que ça ! La xénomachin ? Peut-être même que mon fils va se réveiller demain en parlant mandarin ? Ou composer des cantates directement inspirées par le fantôme de Mozart ? Etes-vous vraiment débile à ce point ? Je suis moniteur de surf. Vous n'avez pas remarqué les posters de Kelly Slater et Jérémy Florès accrochés aux murs, quand vous êtes allée fouiner dans sa chambre ? (J'y suis venue soigner ton fils, ducon !) Je passe l'hiver ici, quand il neige, et l'été à Guéthary, Hossegor, Biarritz, en tout cas sur la côte Atlantique. Les *maite zaitut ama*, c'est moi qui lui ai dictés. Le basque, c'est moi qui lui ai appris.

Je fixe Jo sans rien lâcher.

— Allez-y, je vous écoute. Parlez-moi basque.

— Je vais vraiment appeler les flics !

— Vous ne m'avez pas répondu. Dites-moi quelque chose, n'importe quoi, en basque.

— Et après ? Vous allez vérifier si je porte des espadrilles ? Si j'aime le piment d'Espelette ?

Il rit trop fort de son pitoyable trait d'esprit. Je comprends que je ne tirerai rien de plus de lui. J'insiste pourtant.

— Et le maillot indigo que portait Tom ? Indigo avec un motif de baleine, c'est vous qui l'avez choisi ? Vous avez été harponneur dans l'océan Arctique aussi ?

Jo a l'air toujours aussi sûr de lui.

— Non... C'est Didine, la maman de Tom, qui l'a acheté. Mais peut-être qu'elle l'a fait en pensant à moi, parce que je ne suis pas assez souvent là. Tout le monde m'appelle Jo, mais mon prénom entier, c'est Jonas. Jonas, vous comprenez ? Le prophète avalé par une baleine ! Si vous n'êtes pas convaincue, Tom aime Pinocchio aussi. Vous avez vu le pantin de bois dans sa chambre ? Il a appelé sa peluche baleine Monstro. Je vous fais un résumé ou vous vous souvenez du dessin animé ?

Ce salopard a réponse à tout, comme s'il avait deviné toutes mes questions, comme s'il avait préparé sa défense. Peut-on à ce point tout anticiper, si l'on n'a rien à se reprocher ? Je le détaille de la tête aux pieds, cherchant la faille dans sa cuirasse tatouée. Je dois reconnaître que ses arguments m'ont déstabilisée. S'il n'y avait pas cette gémellité, cette marque brune sur l'aine...

— Vous regardez si mon nez s'allonge ? s'amuse Jonas.

Il éclate de rire.

Non, son nez ne s'allonge pas. Il se contrôle parfaitement, trop parfaitement. Il n'a laissé place à aucun doute. Pourtant, n'importe quel père aurait été déstabilisé par ce que j'ai raconté. Il bluffe, ou il cherche à gagner du temps, ou il ne veut tout simplement pas baisser la garde devant moi. Mais quand je serai partie...

Il agite son téléphone portable à hauteur de mes yeux.

— Vous savez ce qu'on va faire, docteur ? On va en rester là pour l'instant. Moi j'oublie cet incident, et vous disparaissez de notre vie. Ça vous convient comme compromis ?

Il n'attend pas ma réponse et tire sur la bâche beige devant nous. Ce n'est pas un tracteur-tondeuse qui y était garé, mais un quad, flambant neuf. L'engin a soudain l'air de bien davantage passionner Jonas que la santé de son fils. Il l'observe de longues secondes avec envie, avant de se retourner vers moi.

— Mais avant qu'on reparte chacun chez nous et qu'on oublie tout ce qu'on s'est dit, je peux vous demander un petit dédommagement, docteur ?

Etrange, c'est la seconde fois qu'il m'appelle docteur, il ne l'avait jamais fait auparavant !

— J'ai besoin que vous jetiez un regard professionnel sur cette tête de mule de Didine.

Je comprends. S'il est revenu à la Souille après une absence de plusieurs mois, il a dû être choqué par l'état de santé d'Amandine. Et elle a dû lui dire, comme elle me l'a répété, qu'elle refusait qu'un médecin l'examine.

— Bien entendu, Jonas. Rassurez-vous, je vais soigner votre femme.

Jonas le tatoué a cette fois l'air sincèrement préoccupé.

— *Soigner* n'est pas le mot exact, docteur. Je crois que c'est... un peu plus compliqué.

– 31 –

Savine se colle au radiateur.

La fonte brûlante traverse les fibres de son pantalon Gore-Tex et lui rôtit les fesses. Un vrai bonheur !

Après avoir failli mourir gelée en haut des remparts du château de Murol, elle pourrait rester des heures à se faire griller ainsi. Vive l'Auvergne, les volcans et la géothermie !

— Tu peux peut-être fermer la fenêtre ?

Nectaire grogne derrière son bureau, mains bien à plat sur sa collection de timbres guatémaltèques. Savine chauffe la pièce à fond, mais a sorti une cigarette, qu'elle tète en crachant la fumée par la fenêtre ouverte.

— Je finis ma clope et on se barricade.

Nectaire hausse les épaules, observe quelques secondes Savine souffler le chaud et le froid.

— Tu veux un thé ?

— Fais pas chier avec ton thé !

D'accord, Nectaire en a la confirmation, l'assistante sociale est mal lunée ! Tout ça à cause des cannelés du Fournil de Lamia ? Il range prudemment les planches de timbres dans un tiroir.

— T'es comme moi ? Tu ne comprends pas ?

— Il n'y a rien à comprendre, explose Savine. En redescendant du château de Murol, j'ai vu sa moto garée dans la côte de Froidefond, juste avant la fontaine. Il est revenu, ce con ! Jonas s'est repointé pour faire souffrir Amandine ! Un hiver sans neige, je croyais qu'elle serait tranquille, mais non, il a dû lui prendre l'envie de faire du quad ou de l'escalade.

Nectaire, surpris, n'a pas vraiment l'air de se préoccuper de Jonas, ni de réaliser en quoi son retour énerve autant Savine.

— D'accord, Jonas de Lassolas, le plus beau surfeur tatoué d'Auvergne, est de retour. Mais y a plus important pour l'instant, non ? Tu as entendu la boulangère du Fournil de Lamia ? Esteban Libéri s'enfilait un cannelé au miel chaque matin !

Savine tire sur sa cigarette, sans paraître l'avoir écouté, en oubliant de cracher sa fumée dehors.

— Fais gaffe quand même, s'inquiète le secrétaire. Si la Souche, Géraldine ou Oudard sentent l'odeur du tabac…

— Ce n'était pas le moment que Jonas revienne ! Vraiment pas ! Surtout vu l'état d'Amandine.

Ce n'est pas le moment… Vu l'état d'Amandine… Nectaire ne comprend rien à ce que l'assistante sociale lui raconte. Il lève les yeux vers le point rouge clignotant du détecteur de fumée. Rassuré. Les volutes forment à peine une auréole argentée autour des cheveux gris de Savine. Amandine et son surfeur attendront, il reste campé sur son idée.

— Tu te rends compte de ce que signifie cette histoire de cannelé ? Ça veut dire que contrairement à ce que Maddi Libéri prétend, son fils n'avait aucune phobie du miel ! Et donc sûrement aucune phobie des abeilles ! Et qu'en conséquence, depuis le début elle nous baratine. Si on pousse le raisonnement un peu plus loin, cela veut dire qu'…

— Amandine ferait mieux de foutre Jonas dehors une bonne fois pour toutes ! Je connais le refrain par cœur, il va lui faire le coup du surfeur repenti, du bouquet de fleurs cueilli dans la prairie, *cette fois c'est la bonne, ma chérie, je reste pour toujours ici.* Et Amandine va retomber dans le panneau. Jusqu'à ce qu'il parte cueillir des fleurs dans une autre prairie, une maison par saison, une femme dans chaque station. C'est bien le moment, Jo, de débarquer avec tes gros sabots. Avec Tom qui déconne… avec la doctoresse Libéri qui tourne autour de lui.

Nectaire saisit la balle au bond.

— Justement, parlons-en, de Maddi Libéri. Si elle a menti sur l'apiphobie, c'est donc qu'elle peut avoir menti sur tout le reste ! Plus j'y pense et plus je suis persuadé qu'il y a un truc qui cloche !

Savine souffle une dernière bouffée, puis écrase sa cigarette sur le rebord de la fenêtre.

— Ce con va lui replanter son couteau dans le cœur, et je vais une nouvelle fois ramasser Amandine à la petite cuillère.

Nectaire continue de réfléchir à voix haute, ignorant si Savine l'écoute ou pas.

— Faut que je rappelle Lazarbal. Y a quelque chose que je ne comprends pas. Il a dû lui aussi interroger les boulangers, il était forcément au courant, pour les cannelés. Mais l'était-il pour sa phobie du miel ? Nom de Dieu, dans cette histoire, dès qu'on croit que les indices s'emboîtent parfaitement, y a à chaque fois un détail qui coince, comme la dernière pièce d'un puzzle qui ne rentre pas, ou la dernière case d'un sudoku, et il faut tout reprendre depuis le début...

Savine claque la fenêtre.

— Tu disais quoi, Nicky ? Tout reprendre depuis le début ? Je veux bien, désolée, je n'ai rien écouté.

Elle fouille des yeux le bureau autour d'elle, visiblement déçue.

— Tu m'as pas préparé de thé ?

– 32 –

Je range mon stéthoscope dans ma valise, pendant qu'Amandine reboutonne sa chemise.

— Tout va bien. Ne vous inquiétez pas. Vous avez seulement besoin de beaucoup de repos.

Elle se redresse et s'assoit sur le canapé. Sans Jonas, jamais elle n'aurait accepté de s'y allonger, et encore moins de me laisser l'ausculter, écouter son cœur, palper son ventre et ses seins. Amandine me fusille du regard, comme si je venais de la violer ! Un regard de haine, comme si je venais de lui voler son secret.

L'instant d'après, elle pose les yeux sur son héros tatoué. Un regard d'amour, pour compenser. Jonas est resté debout, une main prisonnière dans celle d'Amandine, et dans l'autre une bouteille de bière décapsulée.

Amandine est une femme soumise, une de ces femmes amoureuses qui ignoreront toute leur vie si leur destin de Pénélope, elles le subissent ou le choisissent. Le destin sacrificiel des femmes de marins, de routiers, d'explorateurs... ou de surfeurs. A mépriser celles incapables de passion, celles incapables de patience, celles qui se contentent du premier homme qui passe, celles qui remplacent, celles qui ne s'enivreront jamais du parfum épicé des longues étreintes de retrouvailles. Celles qui un jour, quand Ulysse sera enfin rentré à la maison, pourront hurler à la terre entière *J'avais raison* !

Celles que je ne serai jamais... Amandine doit tellement me mépriser !

Combien de temps Jonas va-t-il rester cette fois ? J'ai l'impression qu'il n'a amarré sa moto à la Souille que pour une courte escale, qu'il est loin d'avoir achevé son odyssée. Peu m'importe après tout... Il a au moins eu suffisamment d'emprise sur sa Didine pour lui imposer de prendre soin de sa santé.

Je tente un geste de paix. J'approche doucement ma main pour la poser sur le ventre d'Amandine, mais elle recule le plus loin possible dans le canapé. Si Jonas n'emprisonnait pas sa main, elle se serait déjà sauvée.

A défaut de ma paume, ce sont mes mots que je dépose.

— Ne craignez rien, votre bébé va bien.

Amandine est enceinte de cinq mois. Impossible, sans l'examiner, de le deviner. Vêtements toujours amples, ventre encore plat. Je lui ai délivré deux ordonnances, une pour prendre rendez-vous avec une gynécologue à Aubière, elle n'est suivie pour l'instant par aucun spécialiste, l'autre pour se procurer du Spasfon et de la métopimazine, en cas de douleurs ou de vomissements. J'ai essayé de la convaincre, avec les mots les plus simples possible, qu'on n'accouche plus dans sa ferme aujourd'hui, qu'on ne se soigne plus seulement par les plantes, qu'il existe des échographies et même des amniocentèses, ou a minima des spéculums pour les frottis, que c'est dans l'intérêt... du bébé !

Je ne sais pas si Amandine m'a écoutée. Les ordonnances sont en évidence sur la table de la salle.

Je ne sais pas où est passé Tom. Il joue sans doute dans sa chambre, à l'étage. J'aurais tant aimé qu'il descende. L'apercevoir, au moins, en haut de l'escalier.

Lui demander de me pardonner...

Lui demander... J'ai encore tellement de questions à lui poser.

Une ombre me recouvre. La lourde silhouette de Jonas s'est approchée. Il me tend la main et son sourire de carnassier.

— Sans rancune, docteur ? Vous arrêtez vos conneries avec mon fils ! Je suis revenu. Pas de souci. Je veille sur lui !

Je n'ai pas d'autre choix que de sortir.

Mes yeux tentent d'accrocher quelque chose, ce poème basque peut-être, *Txoria txori* ? Le blouson humide de Tom qui traîne dans l'entrée ? Ses deux baskets encore mouillées, Amandine ne les a même pas mises à sécher, où ça, d'ailleurs ? Le bordel dans la cheminée rend impossible de l'allumer.

Je mets un pied dehors, mes yeux cherchent encore à tout enregistrer. Le vélo de Tom contre le mur de la ferme, que Jonas a sorti d'une main de la MiTo comme s'il s'agissait d'un tricycle de marmot. Le quad sous la grange. Les poules effrayées. Jonas me surveille, planté devant la porte d'entrée.

Je le défie un instant du regard, puis me détourne, troublée. Ses yeux clairs sont les mêmes que ceux de Tom, impossible d'en douter.

Je dois monter dans ma MiTo, je dois partir, démarrer, je dois reprendre la route.
Pour aller où ?
Où est Tom ?
Je n'ai aucune envie d'aller à mon cabinet.
Je n'ai aucune envie de rentrer chez moi retrouver Gaby.
Je n'ai aucune envie d'arrêter mes conneries !

– 33 –

— Salut, Esteban ! Je croyais que tu ne reviendrais plus jamais !
Tom est adossé à la fontaine de Froidefond. Esteban descend à vélo la route bitumée, à fond. Il freine d'un coup quand il arrive à la hauteur du garçon.
— T'as pas ton vélo ?
— Non. Interdiction de pédaler. Interdiction de retourner à la piscine.
Tom lève son pantalon et roule sa chaussette jusqu'à sa basket.
— Tu vois, gros bobo à la cheville !
— Aïe... Tout ça à cause des abeilles ?
— Ouais. Sales bêtes ! D'ailleurs, sur ce coup-là, tu m'as bien laissé tomber !
Esteban pose son vélo contre la fontaine. Il semble sincèrement désolé.

— Qu'est-ce que je pouvais faire ? Je croyais que tu savais où t'allais. Je pouvais pas deviner que t'allais te paumer.

— T'aurais pu prévenir les secours, en me voyant pas revenir ?

— Oublie pas que je suis un fantôme !

Tom ne peut s'empêcher de grimacer.

— T'es un fantôme quand ça t'arrange ! Bon, pas grave, on est quittes. Moi j'ai été obligé de te dénoncer.

Cette fois, Esteban éclate de rire.

— Vu qu'il paraît que j'habite dans ta tête, je vois pas qui pourrait m'attraper !

Ils restent un moment sans parler. Tom jette un coup d'œil à la Souille. Personne ne peut les voir, tous les rideaux aux fenêtres de la ferme sont tirés.

— Mon père est revenu, finit-il par lâcher. Je vais avoir encore plus besoin de toi, Esteban. De te parler... Parce que je vais me retrouver tout seul. Mon père, il ne vient pas souvent, mais quand il débarque, c'est pour s'enfermer dans la chambre avec maman. T'as compris, je te fais pas un dessin. Ces jours-là, j'existe plus. Je deviens un fantôme, comme toi !

— Tu fais quoi alors ?

— Du vélo, de la piscine, quand je peux. Et quand je peux pas, je m'enferme et j'essaye de jouer de la guitare.

— T'as une guitare ?

— Non, juste un truc bricolé. J'ai jamais pris de cours non plus.

— Moi si. Je t'en trouverai une. Je t'apprendrai !

Tom regarde bizarrement le garçon, se demandant comment un fantôme sorti de sa tête peut avoir pris des cours de musique. A moins qu'Esteban ait lui aussi un fantôme dans sa tête, celui d'un guitariste, et ainsi de suite... Il s'est penché pour ouvrir son sac à dos, Tom lui offre un sourire triste.

— Merci. C'est pas grave, tu sais. Mon père va repartir comme il est arrivé. Et après, pendant un mois entier, maman va pleurer.

Tom marque un nouveau long silence avant de continuer. Il renifle pour retenir un sanglot.

— Mais moi faut pas que je pleure... si t'es vraiment dans ma tête, tu vas être tout mouillé ! Tu sais de quoi j'ai envie, parfois, quand je pense à mon père ?

— Non, dis.

Esteban arrache le papier d'un paquet de gâteaux avec les dents.

— Qu'il meure !

— Carrément ?

Esteban est parvenu à extraire des sablés. Pépites de chocolat et miel.

— Je t'en propose pas ?

Tom rapproche ses deux index et forme une croix avec ses deux doigts.

— Surtout pas. *Vade retro,* nectar du diable !

Ils éclatent tous les deux de rire. Esteban postillonne, la bouche pleine. Tom s'écarte pour ne pas être touché par les éclats.

— T'as même peur d'une miette de sablé ? Tu me laisserais m'étouffer ? Pousse-toi, je vais boire un coup à la fontaine.

Esteban tousse. Tom ne se pousse pas.

— Fais pas ça. Je t'ai dit la dernière fois, on a pas le droit. La fontaine est réservée... aux morts !

Esteban s'est arrêté d'un coup, la toux est passée, de façon aussi inattendue qu'un hoquet. Il observe l'eau rougeâtre couler du robinet de cuivre rouillé, déborder du bac de granit et laisser derrière elle une large traînée de feu sur les pierres oxydées.

— Aux morts ? Ça m'étonnerait ! J'ai vu des gens bien vivants s'arrêter pour remplir des gourdes et...

— T'as vu la couleur de l'eau ? le coupe Tom. Elle vient du centre de la terre ! Tout droit des enfers. Ici, les plus vieux l'appellent la fontaine des âmes.

Tom observe, fasciné par leur double reflet dans l'eau écarlate. Leurs visages paraissent écorchés, comme si on avait épluché leur peau pour qu'il ne reste plus de leurs figures qu'une chair ensanglantée.

— Bah vas-y, s'impatiente Esteban. Raconte !

— Les vieux, dans la région, disent que quand quelqu'un va mourir, il faut vite aller remplir un verre à la fontaine des âmes, et lui faire boire. Puis tout aussi vite, faire boire la même eau dans le même verre à une femme qui attend un bébé. Et comme ça...

— Comme ça ?

— Comme ça son âme pourra voyager ! Et passer du corps de celui qui va mourir à celui du bébé qui va naître.

— Waouh, siffle Esteban, impressionné. Mais il faut une mort et une naissance en même temps, y a intérêt à être carrément coordonnés !

— C'est déjà arrivé, je crois. C'est des histoires qui remontent à y a super longtemps.

Tom a tourné ses yeux vers la Souille, son regard suit le mur lézardé de la ferme, avant de s'arrêter sur l'une des fenêtres de l'étage.

— Je vais devoir y aller, Esteban. Sinon mon père va me faire une crise. Déjà que normalement, j'ai pas le droit de sortir de la cour. (Il fixe les rideaux tirés. Le tissu de paille sale se confond avec le torchis de la façade.) J'en profite tant qu'ils sont dans la chambre. Mais toi te gêne pas, fais du vélo, va à la piscine, si t'es dans ma tête, c'est que c'est un peu moi aussi qui pédale ou qui nage, et sans avoir mal à la cheville !

Esteban s'apprête à ranger les gâteaux dans son sac, à reprendre le vélo.

— Décidément, t'es toujours aussi cinglé !

— Pas sûr... je trouve que tu ressembles de moins en moins à un fantôme !

Esteban s'éloigne déjà, Tom ne distingue plus que sa silhouette qui file à toute vitesse dans la descente et disparaît après le premier lacet. Tom a juste le temps de crier :

— Je commence même à croire que t'es vraiment vivant !

– 34 –

Amandine reste assise à genoux sur Jonas, même si elle sent son sexe rétrécir en elle. Elle pose ses mains à plat sur le torse de son homme, il peut bien supporter son poids plume, et continue d'onduler, pour en profiter encore un peu, pour le sentir jusqu'au bout.

Jamais elle n'a aimé un homme autant que Jonas. Elle n'y peut rien, c'est physique, chimique, ce type peut bien la tromper avec toutes ses connasses, se tirer pendant six mois, revenir la tête enfarinée, ou d'ailleurs plutôt toute bronzée, lui balancer à laver et repasser ses fringues qui sentent encore l'odeur de ses pétasses, jamais elle ne lui fermera sa porte. Que celles qui n'ont jamais joui une nuit entière lui jettent la première pierre.

Jonas est allongé sous elle, corps en étau entre ses cuisses. Qu'il essaye de bouger... qu'il essaye de s'en aller. Amandine lui laisse cinq minutes de répit avant de reprendre la danse.

Ou une minute à peine.

Ce salaud recommence déjà à durcir.

Jonas pétrit ses seins, à pleines mains, sans tendresse, avec rudesse, bon Dieu qu'elle adore ça, puis descend sur son ventre, s'arrête aux premiers poils de son pubis, pose sa paume chaude sur son nombril.

— On dirait un cratère, murmure Jonas. Le cratère tout mignon d'un tout nouveau volcan.

De ses doigts, il suit la courbe arrondie de son ventre. Amandine lui attrape le poignet et le tient en l'air. Défense de toucher !

— Je suis un monstre ! gémit-elle. J'ai horreur de ce gros ventre !

Jonas relève la tête. Ses yeux clairs examinent la femme nue accroupie sur lui. Didine a toujours été aussi fine qu'une ado.

— Ça te va bien, les formes...

Il se redresse suffisamment pour que ses lèvres frôlent ses tétons.

— Jamais tu n'as eu d'aussi jolis seins.

Il lui a suffi de les mordiller pour retrouver toute sa rigidité.

— Je les déteste ! J'ai l'impression d'être une vache !

— Idiote ! Tu es belle et tu le sais !

Ils sont désormais tous les deux assis sur le lit, poitrine pressée contre son torse, elle sur lui, lui en elle. Jamais Didine ne l'a aussi bien senti. Est-ce les hormones, la progestérone, les œstrogènes, toutes ces conneries qui détraquent le corps des femmes enceintes ?

— Je préférerais que tu me trouves moche.

— ...

— Et que tu m'aimes quand même, parce qu'il y en a tellement, des plus belles que moi...

— Idiote !

Jonas l'embrasse. Amandine s'abandonne. Elle ne peut s'abandonner que dans les bras d'un homme fort. D'un homme fort qu'elle peut dominer. Elle s'appuie sur ses épaules, mains en écharpe autour de son cou, et va et vient de plus en plus vite. S'abandonner à la virilité d'un homme dur qu'elle peut rendre fou. Elle a la sensation que son corps va exploser tant le sexe de Jonas cogne en elle. S'abandonner à la fièvre d'un homme qui désire toutes les femmes du monde mais qui le temps d'un orgasme jurera qu'il l'aime, elle et seulement elle. Ils sont au bord de l'explosion, elle doit résister, encore résister.

Jonas jouit, en un long râle, le premier.

— Je t'aime, mon Amandine. Je t'aime à en crever.

*
* *

Jonas se promène nu dans le salon. Amandine aime aussi les hommes qui ne se rhabillent pas après l'amour. Ceux qui ne s'endorment pas, ceux qui ne vont pas prendre une douche, ceux qui gardent son odeur, ceux qui ont besoin de quelque chose de fort, pour ne pas laisser le feu s'éteindre trop vite.

Jonas s'est servi un whisky.

Il s'est arrêté devant les quelques lignes du poème, *Txoria txori*, punaisé au mur, entre les morceaux de papier peint arraché.

— Tu l'as accroché ?
— Bien sûr.

Amandine s'est approchée. Nue, elle aussi. Elle passe ses bras autour de sa taille, pose un baiser dans sa nuque, dessine un cœur sur son dos du bout de son sein, puis se hisse sur la pointe des pieds pour coller son ventre arrondi au creux de ses reins, sexe contre fesses. Elle le serre fort, très fort, le temps s'est arrêté, chaque instant avec lui est une éternité.

Elle lit, par-dessus son épaule, même si elle le connaît par cœur, en français comme en basque.

Si j'avais coupé ses ailes
Il serait à moi
Et il ne serait pas parti

Oui mais alors...
Il ne serait plus un oiseau
Et moi,
C'est l'oiseau que j'aimais

Amandine répète doucement, approchant ses lèvres au plus près de l'oreille de Jonas.

— C'est l'oiseau que j'aimais.

Elle l'embrasse à nouveau, emboîtée à lui, le temps qu'il le faudra, le temps qu'il le voudra.

— Tu vois, confie-t-elle à l'oreille. J'ai compris. Quand on aime un oiseau...

Jonas tourne la tête, seulement la tête. Leurs lèvres se touchent presque.

— Il n'y a plus rien à comprendre, mon bébé. Cette fois je te le jure, je vais rester.

Amandine se contente de sourire, presque indifférente.

Je vais rester. Combien de fois l'a-t-elle entendue, cette promesse ? Elle y croit encore moins qu'aux délires du docteur Libéri. Elle s'efforce de donner à sa voix le timbre le plus détaché possible.

— Non Jonas, tu ne vas pas rester... mais ce n'est pas grave. J'y suis habituée.

Jonas, lentement, desserre l'étau des bras d'Amandine, se détache d'elle d'un demi-mètre, se retourne et laisse glisser son index jusqu'à son ventre qui frémit.

— Je vais rester pour lui... et pour Tom. Tom a besoin de moi.

— Tom a toujours eu besoin de toi.

— Non, je ne te parle pas de ça. Il a besoin de moi, aujourd'hui. A cause de toutes ces histoires.

— Ce que raconte le docteur Libéri ? Tu ne vas pas croire à ces conneries ?

— Je n'ai pas dit que j'y croyais. Mais reconnais que c'est bizarre. Je n'ai rien voulu montrer devant elle, tu peux me faire confiance. Mais même si 10 % de ce qu'elle dit est vrai...

Amandine cherche à capturer les yeux clairs de son surfeur d'argent. Elle sait peindre les siens d'un trouble qui signifie *viens*. Elle pose ses deux mains dans la cambrure des hanches de son amant.

— Cette femme est timbrée. Elle a perdu son gamin, et comme le nôtre ressemble au sien, qu'il a son âge, ça la rend folle.

Les yeux d'acier de Jonas sont des billes, qui roulent sans s'arrêter, partout dans la pièce, mais qui ne la regardent plus.

— T'as raison. Mais j'ai l'impression que c'est pas aussi simple que ça. J'ai peut-être l'air d'un connard qui n'aime que la glisse et les bécanes, mais ça ne m'empêche pas d'avoir envie de comprendre les choses... Et là je ne comprends pas ! Je vais en parler à Tom. Il est temps qu'il se rende compte qu'il a un papa.

Amandine joue la coquine, du bout des doigts, comme si elle ne l'écoutait pas.

— J'ai encore envie de toi.

Sa main le caresse, à la recherche d'une promesse de désir.

— Cette fois-ci, Didine, je vais vraiment commencer à faiblir.

Il s'éloigne vers la fenêtre la plus proche, et tire le rideau.

Amandine, déçue, le trouve beau. Chaque muscle de son corps s'illumine dans le mince rayon de lumière. Ce sera toujours ainsi avec lui ? Plus elle le désire et plus il fuit. Et il revient vers elle dès qu'elle l'oublie. Et pourtant ? S'il disait vrai ? Si cette fois, Jonas allait vraiment rester ? Elle ne veut pas l'envisager, même pas l'esquisse d'un rêve. Elle ne lui a jamais rien demandé, pas même quand ils ont fait le

second bébé, aucun chantage, aucune prise d'otage, elle n'a pas prononcé un mot, jamais elle ne le retiendrait, jamais.
C'est l'oiseau qu'elle aime.
Mais s'il avait envie de construire son nid ici ?
Elle doit chasser cette image de ses pensées, elle le sait.
D'ailleurs, Jonas est déjà parti. Il fixe un point invisible derrière le rideau, à travers le carreau.
— Tu regardes quoi ?
— Tom, où est-il passé ?
— Il traîne souvent du côté de la fontaine.
— Non, il n'y est pas.
Amandine s'approche. Elle connaît par cœur la cour, elle connaît par cœur Jonas, elle sait qu'il ne regarde pas en direction du hameau, mais à l'opposé, vers la grange. Une grange qui paraît sur le point de s'envoler, entraînée par la grand-voile accrochée aux poteaux de bois. Une simple bâche, comme celle qui servait à protéger le quad et que Jonas a abandonnée là.
— Va faire un tour. Tu en meurs d'envie.
— Non, soutient Jonas sans quitter le véhicule tout-terrain des yeux. J'ai dit que je restais.
— Pars, idiot. Et reviens vite ! Jamais je ne croirai à un lendemain avec toi. Mais cette nuit au moins, promets-la-moi.
— Je te promets tout le reste de ma vie !
Amandine l'embrasse, à s'en étouffer.
Le reste de sa vie ?
Elle frissonne, comme si toutes les fenêtres venaient d'exploser et l'hiver de rentrer, sa peau n'est plus que chair de poule. Chair de dinde plutôt. Chair de bécasse.
Le reste de sa vie ?
Est-elle à ce point conne qu'elle puisse encore le croire ?
Jonas enfile à la hâte un boxer et un jean.
— Je ne veux plus jamais vous laisser seuls, ni toi ni Tom.
Il laisse tomber un pull sur son torse nu.

— Et puis bordel, ce toubib ne peut pas tout avoir inventé ! Cette ressemblance physique ! Cette marque de naissance : bon Dieu, son gamin, Esteban, aurait vingt ans aujourd'hui. (Il rit tout en tirant sur ses chaussettes.) J'en ai vingt-neuf, je peux pas être son père !

Amandine s'est enroulée dans le drap qui recouvrait le canapé. La pudeur l'a soudain rattrapée. Elle observe son surfeur s'acharner sur ses chaussettes roulées en boule. L'aimerait-elle autant s'il construisait ici son nid ? Pour le reste de sa vie ? C'est l'oiseau qu'elle aime... mais un aigle, pas un canari !

Jonas cherche à tâtons sa botte et continue sur le même ton désinvolte.

— Remarque, si pour expliquer la ressemblance entre ces deux gosses, la seule solution logique, c'est qu'ils aient le même paternel, je ne suis peut-être pas non plus le père de Tom.

Amandine plante ses yeux dans son regard acier, soudainement sérieuse.

— Ecoute-moi bien, Jo. Je n'ai jamais eu aucun autre homme que toi ! Tom est ton fils ! (Elle pose les mains bien à plat sur son ventre.) Et celui-là aussi, je te le jure sur leur tête à tous les deux ! Allez, file !

Avec lenteur, elle se penche vers la table de la salle, et saisit les deux ordonnances du docteur Libéri, prend le temps de les superposer, puis d'un geste sec, les déchire, une fois, deux fois, cinq fois, jusqu'à ce qu'il ne reste plus que des confettis, qu'elle verse en pluie dans la poubelle.

— Non, Didine, proteste Jonas. Là tu déconnes.

Elle place son doigt devant sa bouche, pour lui indiquer de se taire, de se contenter de rassembler ses bottes et d'enfiler son blouson de cuir, le temps qu'elle attrape une feuille vierge, un stylo et se mette à écrire.

Jonas est prêt à sortir. Amandine, roulée en geisha dans son drap, l'observe une dernière fois.

Oui, mille fois oui, elle l'aimerait chaque jour plus fort s'il construisait son nid ici.

Elle lui offre un dernier baiser.

— Va le faire, monsieur Jo, ton tour de quad. T'as la montagne entière pour toi. (Elle lui tend la feuille.) T'en profiteras pour me faire des courses. Tiens, je t'ai fait la liste.

Sa bouche avait menti, le baiser précédent ne pouvait pas être le dernier, cette fois-ci c'est le vrai, elle l'embrasse fiévreusement, une interminable apnée, puis laisse à regret la porte de la Souille s'ouvrir, et se refermer. Juste le temps de lui murmurer :

— Reviens vite.

– 35 –

Wayan Balik Kuning écoute la première sonnerie, puis la seconde, puis plus d'une dizaine d'autres, avant qu'enfin elle ne décroche. Le psy pousse un long soupir de soulagement.

— Allô, Maddi ?

— ...

— Ouf ! J'ai cru que vous ne répondriez jamais ! J'ai eu un mal fou à trouver votre adresse et votre numéro de fixe. Vous ne répondez jamais à vos textos ? J'ai été obligé de passer par la mairie et...

— C'est vous... docteur Kuning ?

Wayan marque un temps d'arrêt. Ce n'est pas la voix de Maddi.

— Gabriel ?

— …
— Est-ce que je peux parler à Maddi ?
— Elle n'est pas là !
La voix de Gabriel est sèche et froide. Un bâton givré, prêt à frapper. Wayan sait que Gabriel l'a toujours considéré comme un rival. L'instinct masculin ? Comment lui donner tort ?
— Où est-elle ?
— Aucune idée !
Wayan a beau avoir suivi huit ans d'études de psychiatrie, soutenu une thèse sur les traumatismes post-accidentels chez les adolescents, passé six mois de post-doctorat dans le service de rééducation des polyhandicapés du Centre universitaire hospitalier de Cambridge, il se sent démuni devant l'agressivité des brèves réponses de Gabriel.
— Elle va bien, au moins ? ose-t-il demander.
— Super ! Elle bosse du matin au soir ! Elle adore son nouveau job et tout le monde ici l'adore !
Wayan peste intérieurement. Si Gabriel croit qu'il va s'en sortir avec un tel baratin.
— Je ne comprends pas. Je n'ai plus aucune nouvelle d'elle.
— C'est qu'elle n'a plus besoin de vous, non ? Vous devriez être content qu'elle aille mieux.
— Je voudrais m'en assurer !
— Eh bien voilà, tout va bien.
— Gabriel... je ne plaisante pas. Maddi a... a besoin de moi.
— Faut croire que non... si elle ne vous répond pas !
Wayan doit insister, il ne peut pas raccrocher ainsi, sans avoir rien appris, mais quel nouvel argument trouver ?
— J'ai... j'ai besoin de lui parler.
Jamais la voix de Gabriel n'a été plus froide. Une lame trempée dans une eau glacée.

— Vous jouez à quoi, docteur ? Vous êtes là pour la soigner ! Vous êtes juste un plâtre sur une jambe fêlée. Quand l'os est redevenu assez solide, le plâtre, on peut le balancer !

Wayan, malgré lui, apprécie. La comparaison est plutôt bien sentie, Gaby aurait-il un don pour la psychologie ? Il s'empresse cependant de le détromper.

— Non, Gabriel, un psy n'est pas juste une attelle, et on ne rompt pas un traitement de dix ans sans séquelles !

— Elle en trouvera un autre. Vous n'avez pas un confrère à lui recommander ?

Gaby possède aussi un vrai don pour la répartie ! Wayan a compris qu'il n'en tirerait rien. Il insiste pour la forme.

— Je dois vraiment lui parler. C'est important.

— Je suis désolé, docteur, c'est la vérité, je ne sais pas où elle est.

Si, il le sait, Wayan en est persuadé. Mais Gabriel ne dira rien. Préviendra-t-il seulement Maddi qu'il a appelé ? Que faire ? Rappeler plus tard sur le fixe, en espérant que Maddi décroche la première ? Continuer de la harceler de textos ? Appeler sur son 06 en changeant de numéro, mais répond-elle aux inconnus ? Maddi est bien plus qu'une patiente, il a deviné, accepté, son plus grand secret. Il connaît tout de sa vie, ses doutes, ses failles. Combien de fois l'a-t-il rattrapée au tout dernier moment, avant qu'elle ne bascule dans la folie ?

Etretat-Murol. Six heures de route d'après Mappy. Bordel qu'est-ce qu'il attend ? L'Auvergne, ce n'est pas Bali.

— Gabriel, c'est important, il faut lui dire que j'ai appelé. Lui dire qu'elle me rappelle. Je suis… je suis inquiet.

Gabriel ne promet rien. Il termine sur une note presque joyeuse, et cruelle :

— Vous n'avez aucune raison de l'être, docteur. Je veille sur elle !

Il raccroche.

Puis il coupe la ligne fixe, au cas où cette sangsue de psy aurait envie de rappeler. Le regard de Gabriel s'égare par la fenêtre vers les pelouses rases du sommet du Mont-Dore, que le soleil paraît faire davantage rouiller que dorer. Pendant cette courte conversation, Gabriel a au moins dit une fois la vérité.

Il n'a aucune idée d'où Maddi est cachée !

– 36 –

J'ai garé ma MiTo devant l'embarcadère du lac Pavin. Impossible de la manquer. Il n'y a qu'une entrée, qu'un parking, presque désert en cet hiver. Je suis seule, à l'exception de quelques promeneurs qui ont presque bouclé le tour du lac.

Le site est sublime. Le lac Pavin forme un cercle d'un petit kilomètre de diamètre. Un joyau turquoise serti dans un écrin de sapins, quand le soleil est de la fête. Un piège sombre aux reflets bleu nuit, par temps de pluie. L'humeur du Pavin est changeante, telles les prunelles d'une beauté tourmentée.

Je m'approche de l'eau faussement calme. La baignade est interdite, seule la promenade en barque est autorisée, l'été. Le lac est le plus profond d'Auvergne, près de cent mètres, le plus récent, le plus dangereux aussi, à cause de la concentration de gaz dans ses profondeurs. Il a nourri toutes les légendes locales, depuis la violente explosion volcanique qui a formé ce cratère parfait.

Au fil de mes pas, le lac passe de bleu saphir à topaze, puis de topaze à magenta, de magenta à indigo. La luminosité change à chaque mètre, comme si les habitants des profondeurs du Pavin y allumaient des feux, y ouvraient des fenêtres, se déplaçaient, s'agitaient, s'aimaient, troublant l'eau d'étranges ombres et de brèves luminosités.

Je sais qu'on prétend que le Pavin est sans fond, qu'un village entier y a été noyé ; qu'il est diabolique, épouvantable, qu'un jour il va se réveiller, qu'une catastrophe est possible, une éruption mortelle qui transformerait tous les habitants de la région en statues de sel, et le reste en nuages de cendres.

Il paraît pourtant si calme. Je marche à pas lents au bord des eaux sans aucune ride, protégées du moindre souffle de vent par une armée de sapins.

Je marche au bord de ma folie.

La surface du lac est aussi lisse qu'une plaque de fer. Un piège de métal en fusion, une lame qui vous traverse, si vous y trempez ne serait-ce que le pied.

Que se passe-t-il, si l'on se laisse couler ?

Qu'y a-t-il au fond ? Que voit-on ?

Où es-tu, Esteban ?

Fais-moi signe, je t'en supplie.

Je suis seule, les derniers promeneurs ont disparu. Faire le tour du lac prend un peu plus d'une heure. Parfois le sentier s'égare entre les sapins, parfois il serpente à fleur d'eau. Au fil du chemin, je ramasse des cailloux qu'aucun Petit Poucet n'a semés, je les jette, au plus loin, sans même leur faire espérer la brève immortalité d'un ricochet.

Je préfère un trou net, un éphémère cratère, et des milliers de ronds dans l'eau.

Et des milliers de questions dans mon cerveau.

Lorsque Jonas est apparu, je me suis accrochée à un bref espoir. J'avais presque oublié qu'Esteban lui aussi avait des parents, dont j'ignore tout. Et si c'était lui, ou Amandine, qui avait abandonné Esteban, ce matin de septembre 2000, dans un tiroir creusé dans le mur du centre hospitalier de Bayonne ? Qui l'avait posé là, emmitouflé, qui avait refermé cette boîte capitonnée et s'était sauvé à toutes jambes, sans se retourner. Non, impossible, Jonas comme Amandine sont bien trop jeunes. Ils ont à peine trente ans. Ils n'avaient que dix ans quand Esteban est né. Et je n'ai jamais cru que la génétique puisse expliquer une ressemblance aussi frappante entre Esteban et Tom, et encore moins la marque de naissance. Tous les articles scientifiques que j'ai lus étaient clairs là-dessus.

Il ne resterait qu'une explication ? La réincarnation ?

Je jette une nouvelle pierre dans l'eau, d'un bleu pétrole si intense qu'on jurerait que la roche va y rester collée, tel un oiseau mazouté. Pourtant non, elle coule. Tout finit toujours par couler ?

Pour le reste, en ce qui concerne les autres ressemblances, Jonas a répondu, mais lui non plus ne m'a pas convaincue.

Parle-t-il vraiment basque, ou connaît-il juste quelques mots pour draguer les serveuses du port ? Edateko bat nahi zenuke ?[1] Oso polita zara[2], maite zaitut !

Et ce maillot indigo ? Il m'a confirmé qu'Amandine l'avait acheté, mais pourquoi justement celui-ci ? Tous les ados aiment la musique, d'accord Jonas, mais pourquoi justement fabriquer une lyre ? Oui, tous les gosses grandissent en affrontant des peurs, mais pourquoi justement celle des abeilles ?

Je balance un nouveau caillou dans l'eau, j'ai presque franchi les trois quarts du lac. La promenade est aisée, le sentier longe les berges, se détourne pour éviter quelques racines, ralentit s'il traverse une crique, rétrécit s'il doit escalader un rocher, avant de reprendre sa boucle balisée. Je n'ai

---

1. Voulez-vous boire un verre ?
2. Vous êtes très jolie.

pas envie de rentrer au Moulin de Chaudefour, j'ai envie d'en faire cent fois le tour. Trop de questions font la ronde dans mon crâne, une folle farandole, je dois les séparer, les trier, c'est le seul moyen de ne pas perdre pied, je dois monter une stratégie, je dois être précise et organisée.

J'arrive presque à l'embarcadère. Un simple ponton de bois sur pilotis qui s'avance au-dessus de l'eau.

Ma MiTo m'attend, tel un animal docile resté sur le quai. Je n'ai plus ramassé aucun caillou, perdue dans mes pensées.

Il n'y a que trois points importants sur lesquels je dois me focaliser.

Le premier est de trouver la preuve formelle qu'Esteban vit en Tom, ou Tom en Esteban ! Même si cela défie toute vérité scientifique ! Je dois me mettre dans l'état d'esprit d'un savant qui explore au-delà des évidences, au-delà de ses propres connaissances.

Le deuxième, en conséquence, est de protéger Tom, ou Esteban, peu importe, sauver l'un, c'est sauver l'autre, et je sais qu'ils sont en danger. Esteban l'était, Tom l'est, c'est ce qu'ils essayent de me dire, c'est le sens de tous ces signes que je suis seule à lire.

Je fais clignoter les phares de ma MiTo. Je n'ai pas remarqué les deux pêcheurs qui passaient à proximité et qui, surpris, sursautent en voyant ma voiture se réveiller.

Je continue de raisonner. Les deux premiers points n'ont de sens que si je trouve la clé du troisième. Qui se cache dans l'ombre ? Qui a enlevé Esteban, il y a dix ans ? Qui s'apprête à commettre un nouvel enlèvement, demain peut-être, quand Tom aura dix ans ? Qui a assassiné Martin Sainfoin, puisque tout est forcément lié ? Qui est capable de travestir à ce point les apparences, pour que personne ne me croie ? Pour que j'en arrive à penser que la vie, la mort ne sont qu'une boucle qui peut se répéter autant de fois qu'on peut faire le tour de ce lac.

Qui tuera encore, éliminera tous ceux qui s'approcheront de la vérité ?

– 37 –

Jonas gare son quad près de la cascade de la Biche. Il prend le temps d'observer la vallée de Chaudefour : la Dent de la Rancune face à lui, les pointes acérées du Sancy au fond (les seuls sommets parmi ces montagnes à vaches dignes d'êtres escaladés), les anciens pylônes de Chambon-des-Neiges... et la trace éventuelle d'un garde forestier. Depuis que la vallée a été classée site naturel, y pénétrer avec un véhicule motorisé est strictement interdit. Jonas ne va pas pour autant se priver. Il connaît chaque pente, chaque sentier, même s'il les a descendus plus souvent en surfant qu'en randonnant.

Ces pylônes plantés au milieu des sapins lui ont toujours foutu le blues, depuis que la station a fermé. Ils ne sont plus que des verrues dans le paysage, des fantômes d'acier, bons pour la casse mais ne valant même pas le prix de la location du bulldozer qui viendra les arracher. C'est ici qu'il a appris à skier, sur la piste verte du puy Jumel. Il avait l'âge de Tom. A l'époque, l'Auvergne était recouverte de deux mètres de neige de novembre à février.

Putain de planète ! Il coupe les gaz du moteur du quad qu'il a laissé tourner.

Allez, au boulot !

Il sort de la poche de son jean la liste des courses d'Amandine.

Chèvrefeuille
Framboisier
Alisier
Ortie
Chardon béni
Gentiane bleue...

Elle a dû trouver ces recettes dans un manuel de vieille sorcière. Une tisane d'avoine fleurie pour apaiser le futur bébé, une décoction de racines de pissenlit contre les troubles digestifs, une d'agripaume pour enrichir son lait, une dose homéopathique de vératre rien que pour l'emmerder ! Dire que n'importe quelle fille normale irait à la pharmacie et basta ! Et pourtant, ces foutues mauvaises herbes, il va les lui ramener ! Justement parce que Didine n'est pas comme n'importe quelle fille normale. Il en a fait le tour, des filles excentriques, des hystériques, de celles qui se croient uniques. Il a fini par comprendre que c'était juste une tactique, un piège pour attraper les mâles sauvages, et que dès qu'elles lui ont mis la laisse autour du cou, elles deviennent comme toutes les autres, sages, chiantes et possessives.

Amandine est différente, Amandine, c'est l'oiseau qu'elle aime.

Un oiseau qui se fait chier à rapporter ses foutues brindilles dans son bec !

Jonas se penche.

Putain, quelle est la différence entre le chèvrefeuille et le vératre ? Il connaissait toutes les plantes de la vallée, quand il avait l'âge de Tom. Avec un peu d'entraînement, ça reviendrait. Il prendra le temps de les apprendre à Tom, comme son père avait pris le temps de lui apprendre. Lui aussi avait fait le tour du monde, dans la marine marchande, avant de revenir se poser ici.

Dix ans à surfer sur sa vie, à accumuler les conneries, ça suffit.

Amandine a besoin de lui. Le futur bébé a besoin de lui. Tom, surtout, a besoin de lui !

Tom ne va pas bien, et c'est sans doute un peu à cause de lui.

Avant de s'offrir son escapade en quad, Jonas a beaucoup, beaucoup discuté avec lui...

Bordel, finissons-en, à quoi ça ressemble, une gentiane bleue ?

Jonas s'aventure un peu plus loin dans le sentier. Les dykes, ces grands blocs de granit qui surgissent au-dessus de la forêt, aux formes aussi étranges que leurs noms, *Dent de la Rancune, Crête du Coq, Aiguille du Moine*, l'aident à se repérer. En général, d'après ses souvenirs qui remontent au millénaire dernier, la gentiane bleue poussait au pied des arbres, il lui fallait de l'ombre, mais du soleil quand même ; encore une de ces emmerdeuses qui...

— Bonjour, Jonas.

Le cueilleur-surfeur relève la tête, à peine étonné. Il ne distingue qu'une silhouette sombre en contre-jour, mais la reconnaît sans difficulté.

— Vous avez reçu mon message ? dit-il. Parfait. Je crois qu'on ne peut pas trouver de coin plus discret pour se parler.

— En effet.

Il continue de fouiller à travers les fougères, pour l'instant plus préoccupé de rayer une nouvelle ligne de la liste des courses d'Amandine que d'engager la conversation.

— Vous savez à quoi ça ressemble, vous, de la gentiane bleue ?

— Aucune idée.

— Dommage...

Jonas écarte des touffes d'herbe du bout des pieds.

— Si vous apercevez un truc bleu, ou jaune à la limite, avec une grande tige droite et des feuilles en brochette tout autour.

Le surfeur s'amuse visiblement à faire mijoter l'ombre venue lui rendre visite. Avec des aromates.

— Au téléphone, dans votre message, vous m'avez dit que c'était urgent. J'ai fait aussi vite que j'ai pu. Qu'est-ce que vous aviez de si important à me...

— Tom m'a tout dit, balance soudain Jonas.

Il arrache trois tiges d'herbe et les fourre dans le sac qu'il porte sur son dos, sans même se retourner. Il s'enfonce de trois pas supplémentaires dans la forêt, forçant l'ombre à le suivre au milieu des fougères et des ronces.

— Tom m'a tout dit, répète-t-il. Ça n'a pas été facile de le faire parler, il a fallu un peu le secouer, mais il m'a tout déballé. Tout ce que vous lui avez mis dans la tête ! Vous lui avez farci le crâne avec vos conneries, comme les gourous, ces prédateurs qui cherchent à embarquer les mômes dans leur secte.

Jonas se penche. Il croit avoir repéré une touffe d'agripaume, le plus précieux de tous les ingrédients de la liste. Faut croire que c'est son jour de chance ! Arracher la tumeur qui rongeait Tom. Trouver cette fleur.

— Vous vous expliquerez devant les flics. Mais avant, je voulais vous laisser une chance de vous défendre. Pourquoi ? Pourquoi vous faites tout ça ?

Il se baisse, pouce et index en pince pour ne pas froisser les pétales de l'agripaume quand il coupera la tige. Un pied, derrière lui, écrase une écorce morte. L'ombre qui s'approche vole le peu de lumière qui reste dans le sous-bois. Jonas aperçoit une marque sombre se dessiner sur les troncs, un bras levé, une branche au bout du bras...

Il se retourne, plus rapide qu'un chat.

Il l'avait prévu, et même anticipé. D'un puissant revers de main, Jonas fait sauter la lourde branche. De l'autre, il saisit l'ombre à la gorge et la colle contre le pin le plus proche.

— Je m'en doutais... mais je voulais en être certain. Vous êtes malade ! Malade au point de tuer. C'est vous qui avez éliminé Sainfoin ? Et moi pareil, vous n'auriez pas hésité à me liquider ?

Jonas resserre encore l'étau de ses doigts alors que sa main gauche fouille sa poche, à la recherche de son téléphone. L'ombre suffoque, agite désespérément les pieds, les bras, mais Jonas ne lâche rien, sûr de sa force.

— Et vous auriez fait quoi à Tom, si je n'étais pas revenu ? Si Didine m'avait pas appelé ?

Les yeux de l'ombre se révulsent, elle perd petit à petit connaissance, ses deux bras retombent le long de ses jambes, plus aucune veine ne semble parvenir à les irriguer. Jonas s'approche encore du visage désormais plus pâle que les fleurs d'alisier dans son sac.

— Toutes ces manigances, toute votre sorcellerie, c'est terminé. Je suis revenu. Et j'ai promis à Didine de rester avec elle le reste de ma vie !

— Et... tente d'articuler l'ombre dans un dernier effort.

Un filet de bave coule entre ses lèvres, inondant sa gorge, l'empêchant de déglutir.

— Et vous allez tenir votre...

Elle hoquette, à la recherche du moindre souffle d'air.

— ... votre promesse.

Jonas relâche d'un coup son étreinte.

Une douleur fulgurante vient de lui déchirer le ventre. Un mal à le plier en deux. Il reste debout pourtant, plaie ouverte, main en sang. Il comprend qu'il a été trop confiant, l'autre planquait un couteau dans sa poche, a attendu qu'il soit tout près pour le planter, mais ce n'est pas un coup de canif qui va l'empêcher de l'étrangler... Ses mains cherchent à nouveau le cou de l'assassin, pas de pitié cette fois.

La lame s'enfonce une deuxième fois dans sa chair, sans qu'il puisse esquisser le moindre geste pour l'éviter. Jonas réalise que tous ses réflexes sont diminués. Sa vue se trouble. Ses jambes peinent presque à le porter.

Il ressent une étrange chaleur sous son blouson de motard, à hauteur de son estomac, comme si un liquide brûlant s'en échappait et que seule sa seconde peau de cuir retenait encore ses entrailles grandes ouvertes.

La lame s'enfonce une troisième fois. Jonas s'écroule, terrassé. Elle a touché le cœur.

Sa bouche crache du sang autant que des mots.

— Pour... quoi ? Pour... quoi ?

Jonas sent la vie qui le quitte. Jamais il n'aurait imaginé qu'on puisse mourir aussi rapidement. Ainsi c'est cela la mort ? Une simple vague qui vous emporte ? Trop inattendue, trop soudaine pour qu'on ait le temps de la surfer. Un simple instant d'inattention et tout est terminé. Je suis désolé, Amandine, je suis tellement désolé.

— Pour... quoi ? a-t-il une dernière fois la force de répéter.

Son sac ouvert a roulé sur le côté. Autour de lui, la tige d'agripaume, les pétales d'alisiers, les feuilles des chardons bénis se sont tous éparpillés. La voix l'enveloppe d'un dernier souffle de froid.

— Parce que Tom a besoin de moi.

VII
LA PRÉMONITION
Dîner à la Potagerie

– 38 –

Savine boit son infusion à petites gorgées.
— Merci, Nicky !
D'après ce qu'elle a compris, mélange de serpolet, de marjolaine et de reine-des-prés. Nectaire a mis une éternité à la lui préparer. Honnêtement, la pincée de réglisse et le soupçon d'anis étoilé, elle a du mal à les distinguer... et à faire la différence avec un vulgaire sachet. Pas sûr que si elle l'avouait, Nectaire apprécierait, surtout qu'elle sent dans sa voix une pointe d'amertume, une pincée d'agacement, et un soupçon de vexation. La longue tirade de Savine sur les amours compliquées entre Jonas le surfeur et Amandine sa fiancée n'a pas eu l'air de beaucoup l'intéresser.

Nectaire vient de tout reprendre depuis le début, son coup de téléphone à Saint-Jean-de-Luz, la patronne du Fournil de Lamia, les cannelés au miel que chaque jour, Esteban Libéri achetait.

— Plus j'y pense, conclut Nectaire, et plus je me dis qu'il y a un truc qui cloche. Esteban ne pouvait pas être à la fois apiphobe et se gaver de gâteaux au miel.

— Manger du miel, c'est pas une façon de se venger des abeilles ?

Nectaire lève les yeux au plafond de la mairie, et sans se donner la peine de répondre, compose un numéro sur le cadran du téléphone. Il retient son doigt juste avant d'appuyer sur le dernier chiffre.

— T'as voulu lancer Bocolon sur l'affaire ? Alors écoute et apprécie.

Trois sonneries.

— Allô, Iban ?

Nectaire adresse un clin d'œil à Savine, pour lui faire comprendre qu'appeler le lieutenant Lazarbal par son prénom est une stratégie subtile afin de le mettre en confiance, entre collègues de la même grande maison.

— C'est Hervé. Tu me remets ? Lieutenant Hervé Lespinasse. De Besse.

Et Nectaire en fait des caisses. Tout juste s'il ne va pas demander des nouvelles des enfants, la température de l'eau sur la Grande Plage, la vitesse du vent et la taille des rouleaux.

Dépêche-toi, Bocolon, soupire Savine. Va droit au but ou il va raccrocher !

— Voilà, pour en venir à ce qui justifie notre partenariat basquauvergnat, on a un meurtre sur les bras. Un empoisonnement à la digitaline. Maddi Libéri est dans la liste des prescriptrices potentielles, alors il faudrait qu'on remonte, comme qui dirait, dans son passé.

Bocolon, se lamente encore Savine dans sa tête, es-tu obligé de prendre cet accent de bougnat de carnaval pour convaincre Lazarbal ?

Nectaire, en plus de ses talents d'acteur, s'improvise scénariste, et se lance dans l'interminable résumé de tout ce qu'il a appris sur le docteur Libéri : l'adoption de son fils, ses goûts et ses phobies, son emploi du temps le matin de sa disparition, la plage, la serviette, le sweat et les espadrilles, la pièce de 1 euro, son coup de fil au Fournil de Lamia...

— Juste au cas où, Iban, s'empresse de préciser Nectaire, c'est pas que je veux passer après toi pour m'assurer que le boulot a été bien fait, mais si tu veux y voir clair, mieux vaut passer deux fois le chiffon sur les carreaux que pas du tout, pas vrai ?, donc je disais, le coup de téléphone à la serveuse, puis le patron, ouf on n'a pas eu le petit mitron, et enfin la patronne du Lamia, qui m'a parlé... des cannelés !

Même si le lieutenant Iban Lazarbal a trouvé la tirade un peu surjouée, il n'en reste pas moins impressionné.

— Joli, Lespinasse. Remonter tout ça, dix ans après.

— Je te l'apprends ?

Lazarbal ricane à l'autre bout du téléphone.

— Faut pas charrier non plus. Disons simplement que tu viens de rejoindre mon camp.

— Ton camp ? Quel camp ?

— Celui de ceux qui ont toujours douté de la thèse de l'accident.

— Et... vous êtes nombreux ?

— Maintenant on est deux !

Le quart d'heure suivant se résume à un monologue de Lazarbal, que Nectaire n'interrompt que par quelques onomatopées puisées dans son folklore auvergnat personnel.

— Au tout début, Hervé, quand Maddi Libéri nous a signalé la disparition de son fils, on a retenu trois hypothèses. Seulement trois. La fugue, la noyade ou l'enlèvement.

Hin hin

— On avait évidemment tous en tête la noyade, c'était l'hypothèse la plus probable, le gosse avait simplement désobéi à sa mère. Mais tant qu'on n'avait pas retrouvé le corps, impossible de négliger les deux autres possibilités, qui se réduisirent rapidement à une seule d'ailleurs, car un gamin de dix ans qui fugue mais qu'on ne retrouve pas, c'est soit qu'il a fait une mauvaise chute, donc retour à la case accident, soit une mauvaise rencontre.

Hin hin hin

— On a mis le paquet pendant trois semaines : affiches, flashs radio en français, en basque et en espagnol, photos dans les journaux, le plan Enlèvement n'était pas encore aussi médiatisé qu'aujourd'hui, mais je crois que personne dans le pays ne pouvait ignorer qui était Esteban Libéri ni à quoi il ressemblait. Quand vingt-neuf jours après, on a découvert son corps flottant en bas de la corniche d'Urrugne, ça a été un soulagement pour une grande partie de l'équipe, et moi aussi je dois l'avouer, même si *soulagement,* c'était peut-être pas le mot à employer.

Ouais

— Plus de mystères, plus de mystérieux kidnappeur qui foutait la trouille aux familles de Bordeaux jusqu'à Bilbao. C'était une noyade, une simple noyade, et le corps avait dérivé… Evidemment, la mère ne voulait pas l'admettre : un accident, ça signifiait que sa responsabilité était engagée. Alors qu'elle collaborait parfaitement avec nous depuis quatre semaines, on était son seul espoir, elle s'est mise d'un coup, disons le mot… à nous faire chier.

Ho ho

— Ouais Hervé, c'est vraiment ce qu'on pensait tous. Une casse-couilles ! Elle était toubib, elle avait du fric, elle payait des avocats pour tout reprendre, qui eux-mêmes payaient des experts pour dire tout et son contraire, par exemple affirmer que le corps n'avait pas pu dériver de la plage de Saint-Jean-de-Luz à la corniche d'Urrugne si l'on se fiait aux courants marins de ce mois-là.

Mouais

— Mouais, comme tu dis. Sauf que le corps d'Esteban avait bien été retrouvé au large de la corniche d'Urrugne. Ils ont analysé l'eau dans son estomac, les traces d'algues et de plancton dans ses poumons. Pour rien. Ils ont recherché des traces de lutte sur sa peau, mais vu le nombre de jours où son corps avait trempé dans l'océan, ça rendait les conclusions particulièrement acrobatiques. N'empêche, des légistes privés, ouais ça existe, ont tout de même cru déceler des ecchymoses sous-cutanées, qui selon eux avaient forcément dû être causées par une très forte pression de deux mains adultes sur ses avant-bras. Maddi Libéri était formelle, ces traces, le matin de sa noyade, n'existaient pas !

Ah ?

— La plupart des collègues avaient déjà plié le dossier. De toute façon c'était au juge de décider, et pour lui, l'affaire était classée. Tu connais la devise, les avocats aboient et la caravane de la justice passe. Sauf qu'on dit aussi « têtu comme un Basque » ! Presque autant qu'un Auvergnat, Hervé ! Et dans cette affaire, plusieurs petites choses m'avaient toujours chiffonné. Ces espadrilles qu'on n'a jamais retrouvées, par exemple. On a tout ratissé, sur terre comme sur mer, on les aurait récupérées si Esteban les avait laissées sur la plage, et même s'il était allé se baigner en les gardant aux pieds. Par contre, s'il avait rejoint quelqu'un, quelqu'un qui les avait gardées… Et j'en suis arrivé, pareil que toi, aux cannelés.

Hé !

— T'imagines ? Remettre en cause les conclusions d'une affaire aussi médiatique, pour deux espadrilles et une pâtisserie à trente centimes ? Tout le monde s'est foutu de ce détail, d'autant plus que le matin du drame, Esteban n'avait pas mis les pieds à la boulangerie. Personne n'a voulu voir qu'on était face à deux informations contradictoires. D'une part, le petit Esteban avait une peur panique des abeilles et de l'odeur du miel, tous les témoignages concordent, je les ai tous recueillis : ses instituteurs, son prof de solfège, son psy. D'autre part, à moins d'imaginer que la patronne du Fournil de Lamia mente, Esteban achetait chaque matin une pâtisserie au miel.

Hé ?

— Et donc, la seule conclusion logique que l'on pouvait en tirer était simple : Esteban n'achetait pas ces pâtisseries pour lui, mais pour quelqu'un d'autre.

— Sa mère ?

Lazarbal laisse filer un bref silence, surpris que son collègue s'exprime enfin par une vraie phrase, même limitée à deux mots.

— Non, précise le flic basque. Maddi Libéri a toujours affirmé qu'elle n'était pas au courant. Pour elle, Esteban se contentait de garder la monnaie, c'était sa récompense pour son crochet par la boulangerie chaque matin, et il versait les pièces dans une tirelire.

— Donc, Iban, poursuit Nectaire redevenu volubile, ta théorie, c'est qu'entre le Fournil de Lamia et l'appartement de sa mère Esteban rejoignait quelqu'un chaque matin. Quelqu'un... qui avait faim ?

— Exact ! Te voilà rendu au même point que moi, Hervé. J'ai fait tous les SDF du coin, sans résultat. Les balayeurs du petit matin, les promeneurs de chiens. Je n'ai jamais déniché aucun témoin. J'ai fini par penser que le môme était trop timide pour refuser le cadeau de la boulangère, et qu'il balançait la spécialité dans la première poubelle, ou la donnait à bouffer aux tournepierres.

Humm...

— Comme tu dis, Hervé, mais si t'as mieux à proposer ? Cette énigme a rendu la mère Libéri de plus en plus maboule. L'idée que quelqu'un était derrière l'enlèvement de son gamin l'obsédait, et ça la rendait malade qu'on n'ait aucune piste. En plus, on avait collé des centaines d'affiches avec la photo d'Esteban, partout sur la côte, impossible de toutes les décrocher. Elle croisait le visage de son gosse dès qu'elle sortait... Peut-être même qu'il y en a encore, dix ans après. Elle a fini par déménager en Normandie, au bout de quelques mois, pour refaire sa vie. J'espère qu'elle va mieux aujourd'hui. J'ai juste su qu'elle avait commencé un travail avec un psy. Esteban aussi était suivi par un psy... C'est en causant avec lui qu'est né mon dernier doute, une quatrième hypothèse, la plus sordide de toutes.

... ???

Nectaire peine à trouver une onomatopée adaptée.

— Un suicide, Hervé !

— Merde !

C'est Savine qui a crié. Elle n'a pas pu s'en empêcher. Lazarbal se braque, étonné.

— Y a quelqu'un avec toi ?

— Non, non.

— Parce que même si c'est prescrit, c'est confidentiel ce que je te dis.

— Ouais, ouais, pas de souci. C'est juste, heu, l'aspirante Laroche... Elle m'apportait, heu, du thé... Je l'ai jeté, qu'est-ce que j'en ai à foutre, hein, de son thé ?

— T'es bizarre, Hervé.

— Pourquoi bizarre ?

— Comme si tu ne me téléphonais pas d'une gendarmerie.

A cet instant précis, pour rassurer le lieutenant Lazarbal, une sirène de voiture de gendarmerie retentit dans le silence de la rue de l'Hôtel-de-Ville, et s'arrête pile devant la mairie. Les portières de la fourgonnette bleue s'ouvrent, amplifiant encore le vacarme. Nectaire aurait bien d'autres questions à poser au lieutenant basque, et en tout premier le nom des psys d'Esteban et de Maddi Libéri, mais les gendarmes frappent déjà à la porte.

— Je te rappelle, collègue, une urgence.

Si avec toute cette fanfare, Lazarbal n'est pas convaincu qu'il est flic !

Aussitôt, tous les autres employés de la mairie, isolés dans les différents bureaux, descendent aux nouvelles. La Souche, Géraldine, Oudard...

Trois gendarmes entrent sans qu'on leur ouvre la porte. Le lieutenant Lespinasse s'avance en tête, barbe en bataille, uniforme déboutonné. Il se plante directement devant Nectaire.

Bocolon craint le pire. Viennent-ils pour lui ? A-t-il été démasqué ? Ils n'ont tout de même pas fait charger la cavalerie pour une simple usurpation d'identité ? D'ailleurs, Lespinasse n'a pas l'air en colère, il a simplement l'air... accablé.

— Les gardes forestiers, ceux qui surveillent la vallée de Chaudefour, ont repéré un quad, près de la Dent de la Rancune. Lorsqu'ils se sont approchés, ils ont entendu un cri.

Nectaire se mord les lèvres. Savine en un réflexe protecteur s'est approchée de lui.

— Un cri ?

— Oui. Un cri poussé par ta sœur !

— Aster ?

Nectaire est tellement surpris qu'il en renverse son mug. Le breuvage tiède explose sur le pavé en une flaque d'herbes séchées, comme si des centaines de fourmis se noyaient sous ses pieds.

— Elle n'a rien, rassure-toi, s'empresse d'ajouter Lespinasse. On n'est pas là pour elle mais pour ce qu'elle a découvert.

Savine, Nectaire, et tous les employés de la mairie, ils sont bien une dizaine maintenant, en restent bouche bée.

— Un cadavre. A une trentaine de mètres de son quad. Tout laisse penser qu'il s'agit de Jonas Lemoine. Et qu'il a été assassiné.

– 39 –

J'enfonce avec précaution la seringue dans le bras d'Amandine, vingt milligrammes de Valium, puis je lève les yeux vers le lieutenant Lespinasse.

— Avec ça, elle va dormir jusqu'à demain.

La brigadière Louchadière, la seule femme de la brigade, m'a aidée à installer Amandine sur le lit de sa chambre. Amandine est devenue hystérique quand les gendarmes sont venus lui annoncer la mort de Jonas. Ils s'y sont mis à quatre pour la maîtriser et m'ont appelée en urgence.

Tom, apparemment, n'a pas réagi. Il est cloîtré dans sa chambre. Personne ne sait vraiment ce qu'il a compris, même s'il a forcément entendu que son père était mort. Les gendarmes ont pris la décision de laisser Amandine lui expliquer, quand elle sera réveillée. D'ici là, Louchadière restera à la Souille avec eux. Apparemment, elle a suivi une formation en psychologie. Elle m'a assuré que Tom allait bien, qu'il jouait, qu'il ne laissait rien paraître, qu'elle le surveillait.

Je serre les dents. Louchadière n'a pas trente ans. Elle a dû s'inscrire en fac de psycho, suivre trois cours dans un amphi au milieu de trois cents étudiants, avant de décrocher de l'université et de passer le concours de la police.

— Je voudrais voir Tom, dis-je. Je saurai trouver les mots. Tom a besoin de moi.

Le lieutenant Lespinasse ne me laisse pas le choix.

— Merci, docteur. On vous rappelle s'il y a une urgence, mais pour le reste, les légistes vont prendre le relais.

Une façon polie de me faire comprendre que je dois libérer la place. Avec sa barbe de bûcheron, sa taille et sa carrure de nain sorti de la Terre du Milieu, Lespinasse ressemble plus à un éducateur de chantier d'insertion qu'à un accro de la gâchette. Je devine que pour lui la gendarmerie, c'est 10 % d'autorité et 90 % de compassion. Il me tend sa large main poilue.

— De toute façon, deux meurtres en quatre jours, on va tous être mis hors jeu en moins de deux heures par la PJ de Clermont.

Les gendarmes de Besse n'en fouillent pas moins la pièce avec conviction. Qu'est-ce qu'ils espèrent trouver dans un tel bordel ? Je me dirige à regret vers la porte d'entrée. M'incruster davantage semblerait louche, même si je me doute que je vais bientôt tous les revoir, pour être interrogée moi aussi. Mon engueulade avec Jonas, il y a quelques heures, n'a pas dû passer inaperçue. Quelqu'un nous a forcément entendus dans le hameau, le père Chauvet ou n'importe qui d'autre derrière ses volets... et même s'il n'y a eu aucun témoin, Amandine leur parlera quand elle se réveillera. J'ai hésité à anticiper, à tout raconter aux gendarmes. Mais pour leur dire quoi ?

Que Jonas m'est tombé dessus parce que j'avais embarqué Tom dans ma MiTo ? Que je l'avais embarqué parce que Tom ressemble à mon fils, mais pas seulement, lieutenant, il ne s'agit pas d'une simple ressemblance, je vous parle de réincarnation ! Et c'est sûrement pour cette raison que son père a été tué, tout comme Martin Sainfoin ! Non, je n'ai pas d'alibi à l'heure où Jonas a été poignardé, j'étais seule, au lac Pavin.

Les gendarmes peuvent-ils vraiment entendre ça ?

Pour l'instant, ils ne font pas attention à moi, occupés à ranger dans des sachets en plastique tout ce qui dans la pièce pourrait servir d'arme potentielle : couteaux de cuisine, ciseaux, tournevis, tisonnier de cheminée...

Le lieutenant Lespinasse finit par se retourner et s'étonne que je sois encore là.

— Autre chose, docteur ?

Je souris, secoue la tête pour signifier que tout va bien, et sors. De combien de temps est-ce que je dispose, avant de me retrouver au centre de cette affaire ?

Une heure ? Une nuit ? Une journée entière ?

Je traverse la cour de la Souille et démarre ma MiTo.

Je sais ce qu'il me reste à faire.

*
* *

J'entre dans la mairie. Je me doutais que j'y trouverais les deux inséparables. Le couple d'enquêteurs le plus mal assorti de toute la chaîne des Puys. L'assistante sociale méfiante et énergique, et le secrétaire de mairie maniaque et roublard, assis côte à côte. Un attelage improbable, et pourtant sacrément efficace.

Je refuse poliment la boisson chaude que Nectaire Paturin me propose, pas le temps, je refuse aussi la chaise que Savine Laroche pousse vers moi, pas besoin, je leur demande seulement de m'écouter, sans m'interrompre, dans un premier temps.

Je résume brièvement les derniers événements, depuis qu'Aster Paturin a découvert le cadavre de Jonas Lemoine dans la vallée de Chaudefour. Lespinasse et sa brigade qui m'appellent pour calmer Amandine, qui fouillent la Souille avant que la police judiciaire de Clermont ne débarque, qui laissent Tom sous la surveillance de la brigadière Louchadière.

— La p'tite Jennifer de Saint-Victor-la-Rivière ? Eh bé.

Visiblement Savine Laroche la connaît ! D'ailleurs, j'ai l'impression qu'elle connaît tout le monde dans le coin, et elle n'a pas l'air de prendre Jennifer Louchadière pour Kay Scarpetta.

Je dois jouer franc jeu, je n'ai pas le choix. J'ai besoin de Savine et Nectaire, et j'ai compris qu'ils possèdent une sacrée avance sur les flics. Je résume en quelques mots ma journée : Tom et son vélo embarqué dans la MiTo, l'intervention musclée de Jonas, l'explication à la Souille, ma longue balade autour du Pavin…

— Bref, dis-je pour terminer, j'ai un mobile, pas d'alibi, je suis la coupable idéale !

— Qu'attendez-vous de nous ? demande Savine.

L'assistante sociale est décidément une maligne. Elle a deviné que je venais mendier ! J'aperçois Nectaire Paturin griffonner des mots et discrètement glisser la feuille devant les yeux de sa collègue, comme si je ne remarquais rien, ou qu'à l'envers, je ne pouvais pas les déchiffrer.

Ne lui fais pas confiance

Je fixe Savine Laroche tout en veillant à ne pas baisser les yeux vers le morceau de papier griffonné. C'est elle le cerveau du duo. Nectaire n'est que l'exécutant.

— Après tout ce que vous avez appris sur moi, vous devez me trouver cinglée. Alors je vous rassure, je ne vous demande pas de me croire, je vous demande juste de m'aider.

C'est un piège

Savine baisse à peine les yeux vers les gribouillis du secrétaire de mairie.

— Vous aider à quoi ?

— A sauver Tom !

Nectaire, aussitôt, lève son stylo.

— Parce que vous pensez que votre fils s'est réincarné dans ce gamin ? Et que tout va recommencer, la fugue, la noyade… Désolé, mais pour la rivière des enfers, le samsara, le cycle infini des âmes maudites et tous ces autres délires, vous vous êtes trompée d'adresse. Allez plutôt sonner chez ma sœur. A la Galipote, 7 place de la Poterne à Besse. Vous ne pouvez pas vous tromper.

Il affiche un petit rictus satisfait.

— Continuez, fait Savine, comme si le secrétaire de mairie n'avait rien dit. Pourquoi Tom serait-il en danger ?

Merci !

Je tente de déballer tout le reste d'un coup, tout ce que j'ai sur le cœur, je sais que je n'aurai qu'une seule chance de la convaincre.

— Nous avons affaire à un monstre ! Un monstre qui se tient dans l'ombre. Qui a tout programmé, depuis le début. Tom sera la prochaine victime ! Et il ne nous reste qu'une journée pour le sauver. J'admets que c'est difficile à croire, mais je sais qu'Esteban a été victime de ce prédateur, il y a dix ans. Esteban le connaissait ! Alors il essaye de nous prévenir, c'est pour cela qu'il est entré dans la tête de Tom, c'est un appel au secours ! Pour... pour briser le cercle de la malédiction.

Foi de Bocolon, tout est bidon

Savine Laroche ne prête aucune attention au papier sous son nez. Elle a sorti une cigarette, hésite à l'allumer, hésite à me faire confiance aussi. Elle me fixe droit dans les yeux, avec un air de défi.

— Je suis au moins d'accord sur un point, Maddi : il y a un assassin qui traîne dans le coin ! Mais le reste, vos théories bouddhistes ou hindouistes, en tant que vieille laïcarde agnostique, je vais avoir du mal à l'avaler. Il me faudrait une preuve plus... scientifique !

Une preuve plus scientifique ? Je suis désolée, Savine, il faudra me croire sur parole, moi aussi je navigue entre réalité et...

— Un test ADN ! lance soudain l'assistante sociale.

Le stylo de Nectaire en a dérapé. Moi-même, je bafouille.

— Un... un quoi ?

— Un test ADN ! Vous prétendez que Tom et votre fils se ressemblent comme deux jumeaux, qu'ils possèdent la même marque de naissance ? Alors commençons par le plus simple et voyons déjà ce que la génétique va nous dire ! Vous êtes médecin, Maddi, je ne vais pas vous faire un dessin !

Nectaire écrit à l'envers, et pour une fois à toute vitesse.

C'est du délire !

Moi ce sont mes pensées qui tournent en accéléré. Savine Laroche m'a prise de court.

— Vous devez avoir conservé des affaires d'Esteban ? continue Savine. En tant qu'assistante sociale, je peux facilement récupérer des affaires personnelles de Tom... et toi Nectaire, en tant qu'ancien flic, je suis sûre que tu dois pouvoir obtenir assez vite les résultats. Ainsi, on saura !

On saura quoi ? S'il existe un lien de parenté entre Tom et Esteban ? Comment refuser ?

Et si le pragmatisme de Savine était la solution ? Et s'il existait une voie de la raison ?

Savine évite avec habileté le coup de pied que Nectaire tente de lui donner sous la table, chiffonne la feuille de papier sur le bureau, et s'autorise même à me lancer un sourire complice.

— Franchement Maddi, qu'est-ce qu'on risque, si vous n'avez rien à nous cacher ?

– 40 –

— Je viens voir Tom.
La brigadière Jennifer Louchadière est restée seule à la Souille. Elle a pour consigne d'y veiller jusqu'à ce soir, et de s'assurer avant de partir qu'Amandine et Tom sont en bonne santé. Les autres gendarmes de la brigade de Besse sont tous partis dans la vallée de Chaudefour ratisser la scène de crime. Ils ont pu reconstituer avec précision le parcours du quad de Jonas sur des chemins de randonnée interdits à tout véhicule motorisé, puis son bref itinéraire à pied, une fois le quad garé au pied de la Dent de la Rancune.

Aucune trace par contre de son assassin. A-t-il suivi Jonas ou avaient-ils rendez-vous ? Lespinasse pencherait plutôt pour la seconde hypothèse : le lieu est isolé, et le téléphone portable de Jonas a disparu. Dans ce cas, le meurtrier a dû lui aussi se garer à proximité. Il est peu probable qu'il puisse être venu à pied... En conséquence, les gendarmes battent la campagne, espérant dénicher un indice avant que la police judiciaire de Clermont ne pose des scellés sur toute la vallée, ne laissant que la petite brigadière jouer les nounous à l'arrière.

Jennifer Louchadière se dandine d'un pied sur l'autre sur le palier de la porte d'entrée.

— Je... je suis désolée, Savine, ça ne va pas être possible.

Savine connaît bien Jennifer. Elle l'a prise quelques mois sous son aile, quand elle était ado. Ses parents avaient appelé à l'aide les services sociaux locaux : deal de shit au lycée Apollinaire, décrochage scolaire, rave-partys dans les cratères. Qui aurait pu imaginer que dix ans plus tard, elle serait passée de l'autre côté de la barrière ?

— Juste cinq minutes, Jennifer, pour être certaine que tout va bien. Je connais ce gamin.

— Je peux pas te laisser entrer. Le lieutenant Lespinasse m'a dit que...

Savine la coupe, sûre de son autorité.

— T'as qu'à l'appeler, Hervé. T'as peur de quoi ? Ce gosse vient de perdre son père ! On est tous dans la même galère. Votre job c'est de retrouver le meurtrier. Moi de veiller à ce que ce gamin ne soit pas en train de devenir cinglé. Tu l'as laissé tout seul dans sa chambre ?

Jennifer Louchadière hoche timidement la tête de haut en bas.

— Et il fait quoi, il dort ?

Jennifer Louchadière hoche timidement la tête de droite à gauche.

— Bordel, et tu restes là sans aller lui parler ?

Savine Laroche pousse brusquement la brigadière. Elle sait qu'elle a gagné, que Jennifer sera incapable de s'interposer, mais enfonce tout de même le clou. Au cas où...

— Je vais juste m'assurer que Tom va bien et qu'il n'a besoin de rien. Mais ensuite t'évites de jouer à Call of Duty sur ton portable et tu ne le lâches pas d'une semelle !

*
* *

— Tom ? Tom ?

Savine referme doucement la porte derrière elle. Tom joue, à genoux par terre, une dizaine de Playmobil étalés devant lui. Savine a l'impression qu'elle l'a surpris, qu'il a caché quelque chose dès qu'elle est entrée, mais elle a beau regarder, elle ne voit rien d'autre qu'un voilier en plastique posé sur le tapis bleu fatigué, et les bonhommes articulés disposés tout autour.

— Ça va, Tom ?

Le garçon lui répond par un long sourire triste. Savine voudrait prendre le temps de lui parler, mais impossible de traîner, cette gourdasse de Jennifer pourrait vraiment appeler Hervé Lespinasse. De toutes les façons, elle a rendez-vous dans un quart d'heure sur le parking de la Vieille Tour, derrière la mairie, avec Nectaire et Maddi Libéri. Et l'objet promis.

Est-ce qu'elle n'est pas en train de faire la pire des conneries ?

Est-ce que Maddi Libéri a vraiment conservé des affaires personnelles d'Esteban ?

Est-ce que Nectaire peut vraiment, en moins d'une journée, obtenir un test ADN ?

Tant pis, elle jette un coup d'œil sur le lit. Il est là, collé contre l'oreiller.

— Tom... Tom, écoute-moi. J'ai un petit service à te demander. Est-ce que tu veux me prêter Monstro, ton doudou-baleine, juste pour quelques heures ?

– 41 –

L'ombre du crépuscule recouvre déjà le minuscule parking de la Vieille Tour. Une atmosphère de comploteurs. Murol disparaît dans une fine brume, nimbant de mystère les vieilles pierres. Ambiance fantômes, chauves-souris et vols de sorcières. Sous la lune, la Koleos orange de Savine paraîtrait presque brune. A côté du 4 × 4 de l'assistante sociale sont garées ma MiTo et la vieille Renault 5 de Nectaire.

— Voilà, annonce Savine en tendant au secrétaire de mairie le doudou-baleine emballé dans un sac plastique. Mission accomplie !

J'avais convenu avec elle que Monstro était sans doute l'objet le plus personnel de Tom, qu'il contenait sa bave, ses poils, ses cheveux, depuis qu'il était né. Et elle m'avait assuré qu'elle n'aurait aucune difficulté pour emballer la peluche et la dissimuler sous sa veste. Jennifer Louchadière n'allait pas la fouiller ! J'ouvre le coffre de ma MiTo et je tends à mon tour un sac à Nectaire.

— Voilà pour moi !

Je tente de sourire, d'être naturelle, mais une boule bloque ma gorge. J'ai rassemblé dans le sac une dizaine d'habits ayant appartenu à Esteban. Tous ceux qu'il portait la semaine avant sa disparition, que je n'ai jamais eu le courage ni de laver, ni de jeter. Ils ont longtemps conservé son odeur. Puis comme tout le reste, comme l'espoir, l'odeur s'est évaporée. Esteban est pourtant toujours présent dans le moindre pli de ces vêtements. Je sais que les traces d'ADN se conservent plusieurs dizaines d'années, plusieurs centaines même, la moindre goutte de salive, de sueur, d'urine...

Nectaire soupèse le sac de linge et me dévisage d'un air sévère.

— Vous aviez conservé tout ça ?

Il soupire et enfourne avec d'infinies précautions le sac et le sachet à l'arrière de sa Renault 5.

— Faut vraiment croire que le monde se divise en deux, grogne-t-il en se relevant. Ceux qui larguent tout pour avancer et ceux qui trimballent tout le poids de leur vie sur le dos.

La brume continue de s'élever, s'échappe du village et s'accumule au pied des remparts. Noyé dans la fumée, le château de Murol ressemble à une fusée sur le point de décoller.

— OK, Nicky, intervient très vite Savine, y a les limaces et les escargots, les crevettes et les bigorneaux, ceux qui campent à la belle étoile et ceux qui traînent une caravane, les plumes et les enclumes, mais...

J'observe avec intérêt leur étrange duo. On jurerait un vieux couple qui ne veut pas l'avouer. Mêmes codes, mêmes chamailleries, mêmes jeux. Ils sont pourtant célibataires tous les deux. Ils ont la vie devant eux.

— Mais, poursuit Savine, on philosophera plus tard autour de trois godets de Fourche du Diable. T'es sûr que ton ancien collègue acceptera de nous faire les tests ADN ?

— Boursoux ? Sûr ! On s'appelle toutes les semaines depuis que j'ai quitté la PJ. Il habite Royat, près de la grotte des Laveuses. On fait partie du même club de philatélie, sauf que lui collectionne les timbres des cavernes du monde entier.

Nous restons quelques secondes silencieux. Après ça, qu'y a-t-il à ajouter ?

— L'indéfectible solidarité des timbrés ! ne peut pourtant s'empêcher de commenter Savine.

Nectaire Paturin est censé aller porter dès ce soir, à Royat, les échantillons à son collègue. Il y a trente kilomètres de Murol à Royat, mais il examine sa Renault 5 comme s'il partait faire le Dakar. Pression des pneus, réglage des phares...

— C'est moi le timbré ? ronchonne Nectaire tout en vérifiant l'état du caoutchouc de ses essuie-glaces. Vous me demandez de comparer l'ADN de jumeaux, de jumeaux qui seraient nés avec dix ans d'écart, et c'est moi le cinglé !

– 42 –

La route tourne brusquement sur la gauche avant le hameau de Serre Haut, surplombant de plus de cinquante mètres celui de Serre Bas. L'un des plus beaux panoramas entre Besse et Royat, l'un des plus dangereux aussi. La vieille Renault 5 de Nectaire va tout droit.

Merde !

Le secrétaire de mairie contrebraque in extremis, d'une main. Sa R5 tangue sur quelques mètres et se redresse.

Merde, merde, merde !

Il a failli se foutre en l'air, et Lazarbal ne répond toujours pas.

Il laisse le téléphone, collé à son oreille, insister. Il écoute s'égrener les sonneries, laisse un nouveau message, *Iban ? C'est Hervé, Lespinasse, de Besse. C'est urgent, rappelle-moi.* C'est au moins son dixième appel et le cinquième message qu'il enregistre. Il a tenté de recontacter le policier de Saint-Jean-de-Luz dès que les gendarmes sont repartis de la mairie, après leur avoir annoncé la mort de Jonas Lemoine. Avant que Nectaire ne soit obligé de raccrocher, le lieutenant Lazarbal avait commencé à lui raconter qu'Esteban et Maddi étaient suivis par un psy, et qu'une quatrième hypothèse l'avait effleuré : celle du suicide du petit.

A la mairie, Nectaire a pris quelques minutes avec Savine pour surfer sur des sites. Les suicides chez les enfants de moins de dix ans sont peu fréquents, mais représentent pourtant une réalité. Plus d'une dizaine de cas par an. Les menaces suicidaires, *j'en ai marre, je vais me tuer*, qui sont par contre courantes, concerneraient un enfant sur sept, mais n'évolueraient presque jamais vers de réelles tentatives. Le concept de mort est d'ailleurs complexe chez l'enfant : avant six ans, il ne distingue pas la mort du sommeil ; jusqu'à dix ans, il ne considère pas un décès comme une disparition définitive ; c'est bien plus tard que la notion d'inconnu après la mort devient une réalité, en fonction de l'environnement familial, des deuils, de l'éducation, de la religion.

En conclusion, l'hypothèse du suicide d'Esteban reste donc parfaitement plausible. Nectaire aurait évidemment pu en parler directement au docteur Libéri, mais ce n'est pas la méthode Bocolon. Il préfère d'abord récupérer des preuves, fouiller, fouiner, étoffer le dossier. Et ensuite, quand il dispose d'assez de munitions, monter au front. Maddi Libéri ne leur a pas tout dit, il en est persuadé, et tout son instinct lui souffle de se méfier.

Doit-il s'y fier ?

La route jusqu'à Royat continue de serpenter. Les épingles à cheveux succèdent aux lacets serrés. Il a pourtant besoin de téléphoner. Impossible, d'une seule main, de tourner le volant et d'enclencher les vitesses, Nectaire se contente donc de rouler en seconde et de faire rugir le moteur dès qu'il monte au-dessus des quarante kilomètres/heure. Il déteste les gadgets modernes, les kits mains-libres et tout le reste. Il tient les GPS pour responsables d'un génocide, la disparition des cartes papier, tout comme les mails et les sms ont tué les lettres papier et, plus important encore, les enveloppes timbrées !

Pour passer un nouvel appel, il descend sous les trente kilomètres/heure. Le moteur de la R5 tousse et broute.

Merde et remerde !

Aster ne répond pas non plus !

D'après ce qu'ont raconté les gendarmes de Besse, c'est elle qui a découvert le corps de Jonas Lemoine. Est-ce que les flics l'interrogent toujours ? Pourquoi ? Le corps a été trouvé il y a plus de quatre heures.

Royat, enfin.

Jamais Nectaire n'aura mis autant de temps pour parcourir les trente kilomètres qui séparent Murol de la petite cité thermale. Il se gare près du lavoir, à deux pas de la grotte et de la rivière Tiretaine, comme convenu avec Boursoux.

TROISIÈME ÂGE

Sitôt sorti de la Renault 5, le froid le saisit. La température a chuté de plus de dix degrés depuis midi. Le vent du nord a décidé de souffler plus vite et plus fort, semblant murmurer, entre deux rafales glaciales, *c'est bon, je suis arrivé, l'hiver peut commencer* !

Boursoux, emmitouflé dans une doudoune qui lui donne une allure de raton laveur obèse, se précipite à sa rencontre. Nectaire connaît Boursoux depuis près de trente ans. Ils s'appréciaient déjà au SRPJ de Clermont-Ferrand : quand les autres flics chargeaient sabre au clair, ils formaient l'arrière-garde, le second rideau, le gruppetto. L'amitié indéfectible des derniers de cordée ! Ils sont restés amis depuis, échangeant chaque samedi leurs timbres au club de philatélie. Nectaire a promis à son ami cavernolitophile des exemplaires rarissimes des grottes de Hang Soon Dong au Vietnam, contre un banal et discret service.

— Fais vite, Nectaire, supplie Boursoux en soufflant dans ses mains. Ça caille. Et c'est le bordel à la PJ.

Nectaire accélère autant qu'il le peut. Il attrape les deux sacs à l'arrière de sa R5. Il a déjà expliqué à son ex-collègue en quoi sa mission consistait : un simple test ADN entre deux échantillons à tester.

Boursoux regarde avec étonnement le doudou-baleine à travers le sac plastique transparent, puis les vêtements d'Esteban fournis par Maddi Libéri.

— Putain, Nicky, c'est quoi ce plan ? C'est pour toi le test ? Tu veux savoir si t'es le père ?

Nectaire se retient de contredire Boursoux. Si penser qu'il a pu semer des gosses un peu partout peut le motiver... Il lui avouera tout plus tard, à la fin de cette histoire.

— Je ne peux pas te dire. Désolé. Tu peux accélérer pour les résultats ?

261

Boursoux le dévisage avec curiosité, comme s'il cherchait le séducteur invétéré caché derrière les traits du sage philatéliste qu'il connaît depuis des années.

— Demain matin, ça te va ? Je peux préparer les échantillons ce soir, et toutes les informations partiront pour Pékin par mail avant minuit. On a des accords avec eux. On enquête le jour et ils analysent les données la nuit. Les expertises scientifiques, c'est comme les vaccins ou les cochonneries en plastique, t'en as deux fois plus pour le même prix si tu sous-traites avec les Chinois !

Nectaire surjoue le collègue impressionné par l'évolution du métier depuis qu'il l'a quitté.

— Waouh ! Et... Et sinon... pour le meurtre de cet après-midi, tes collègues ont des pistes ?

— La Crim' de Clermont a débarqué. Ils sont sur place là-haut, dans la vallée de Chaudefour. (Boursoux souffle encore dans ses mains et les frotte comme s'il espérait en faire jaillir des étincelles.) Je préfère être au chaud au labo. A mon avis, ils vont finir avec les lampes de poche et une bonne crève.

— Tu peux rien me dire ?

— Rien, Nicky, désolé. Je prends déjà des risques avec les deux sacs cadeaux de tes marmots. De toute façon, pour l'instant, je crois que tout le monde patauge. Je sais juste qu'ils sont en train de vérifier l'emploi du temps de celle qui a trouvé le corps.

Une violente décharge de chaleur frappe Nectaire au cœur ! Un choc thermique atomique. Son ex-collègue n'a pas l'air de savoir qu'il s'agit d'Aster.

— D'après ce que j'ai entendu, continue Boursoux, ils ont repéré un truc qui cloche, un trou de plus de vingt minutes entre le moment où elle a trouvé le cadavre et celui où elle a donné l'alerte.

– 43 –

Je suis restée seule sur le parking avec Savine Laroche, écharpe jusqu'au menton et mains enfoncées dans les poches. J'ai regardé la voiture de Nectaire Paturin tourner à l'angle de la rue de Jassaguet et s'éloigner. Savine a elle aussi suivi des yeux la Renault 5, l'a regardée éclairer les rangées de sapins enlacés, comme des amants surpris par la lueur des phares, puis laisser place à la nuit noire.

Je dois trouver une phrase pour la remercier.

— Pour accepter ce genre de mission, Nectaire doit sacrément vous aimer.

Savine se retourne, surprise.

— Vous entendez quoi par « sacrément vous aimer » ?

Terrain glissant... D'ailleurs il fait un froid à verglacer. Je patine en arrière.

— On se les gèle, non ? C'est pas une légende ? En Auvergne vous avez vraiment un hiver ?

L'assistante sociale me sourit. Elle fait la fière, mais je devine que sous sa veste taupe et son écharpe orange elle est aussi frigorifiée que moi. J'ai soudain une inspiration, une envie, je l'expose sans y réfléchir.

— Ça vous dit de rentrer quelque part pour se réchauffer ? Un thé, une soupe, un aligot, n'importe quoi pour avoir moins froid ?

Elle hésite. Pas longtemps.

— Je vous emmène à la Potagerie ! Vous allez adorer ! C'est à moins de trois cents mètres d'ici.

Savine allume une cigarette, j'en profite pour marcher un peu en retrait et prévenir Gaby. *Je vais rentrer un peu tard. M'attends pas pour manger. Y a des burritos à réchauffer dans le frigo.* Gabriel n'a même pas discuté, même pas protesté.

Combien de femmes envieraient ma liberté ? Dans ma tête, j'ai essayé de me rappeler la dernière fois où, lui et moi, sommes allés manger dans un restaurant tous les deux. Est-ce que je dois calculer le résultat en semaines ou en mois ?

*
* *

La Potagerie cache une âme généreuse derrière une façade austère. L'Auvergne, quoi !

Un mur de basalte noir, un menu presque caché, une porte presque dérobée interdite aux plus d'un mètre soixante-dix, et à l'intérieur, une caverne voûtée chaleureuse.

Quelques rares touristes égarés ont échoué là. La patronne aux joues roses nous installe au plus près du feu. Dans la grande cheminée pend une marmite de conte de fées.

— Soupe au menu, annonce Savine. La Bretagne a ses crêperies, Cuba a ses rhumeries, nous on a notre Potagerie !

Elle me tend l'une des cartes posées sur la table.

— Vous pouvez choisir n'importe lequel des cocktails !

Je déplie le menu et découvre, amusée, la liste improbable des potages proposés. Le *Bloody Puy-Mary* (tomates-cantal-céleri), le *Morilletôt* (champignons-crème fraîche-châtaignes), le *Bleu Lagoon* (asperges-bleu d'Auvergne-orties sauvages), le *Dyke-qui-rit*, l'*Aubergine Fizz*, le *Margueritat*, le *Bougnat Colada*...

Je commande un *Bloody Puy-Mary* et elle un *Bleu Lagoon*. La chaleur nous enveloppe. Je tombe écharpe, gants et veste.

Je glisse un nouveau remerciement sincère.

— Merci, pour le test.

Savine me répond par un discret haussement d'épaules et une main qui balaye le vide, comme si elle n'avait rien fait de plus que brasser un peu d'air.

— Vous me remercierez après. Selon ce qu'on va trouver.

J'insiste, espérant ne pas la brusquer.

— Pourquoi avez-vous accepté de...

— De vous aider ?

Savine est déjà aussi rouge que la marmite de cuivre. Celui qui la croiserait, vivrait quelques heures avec elle, ou partagerait avec Savine un boulot superficiel, ne verrait sûrement en elle que la brave fille dynamique, le bon sens rural, bras grands ouverts, jambes infatigables et cœur cratère. La version féminine de l'Auvergnat de Brassens et de ses quatre bouts de bois. Bien sûr, Savine est tout ça... mais elle n'est pas que ça ! Je devine aussi en elle une subtilité, une acuité, et même, une féminité. Quelque chose d'indicible qui la rend exceptionnelle. Une héroïne de l'ombre, à qui aucune statue, aucun roman, aucun amoureux peut-être, ne rendra jamais le juste hommage qu'elle mérite.

— Souvenez-vous, commence à m'expliquer Savine avec un sourire de comploteuse. Après notre première rencontre, vous avez été la première à affirmer que Tom était en danger. Depuis, le père de Tom est mort, après avoir parlé à son fils. Martin Sainfoin a été assassiné, et lui aussi voulait me faire des révélations sur Tom et Amandine Fontaine. Il n'y a plus de doute possible, ces crimes ont un lien avec un secret caché à la Souille, et oui, sans aucun doute, une menace plane sur Tommy. La bonne question serait plutôt, Maddi, pourquoi ai-je accepté de vous faire confiance ?

Dans l'arrondi de la marmite de cuivre, le reflet de son sourire s'élargit.

— On va dire, poursuit-elle, que je me fie à mon instinct et que vous n'avez pas le profil d'une tueuse. Faut aussi reconnaître, au risque de passer pour aussi dingue que vous, que les ressemblances entre Tom et votre Esteban sont pour le moins étonnantes.

La patronne nous apporte nos cocktails fumants. Deux cuillères creuses de bois en guise de pailles, des pignons de pin en guise de petits palmiers, et deux corbeilles remplies de larges tranches de pain à l'ancienne en guise de cacahuètes.

— Mais ça ne fait pas de nous des complices ! nuance immédiatement Savine. *Slurp !* Je n'oublie pas que vous tourniez autour de ce gamin comme si c'était le vôtre, alors qu'Amandine est une mère méritante qui aime son gosse et l'élève de la façon dont elle en a envie. *Slurp !* Et que, soit dit en passant, vous vous êtes bien gardée de me dire qu'Esteban n'était pas votre fils naturel, mais avait été adopté. Qu'il avait disparu, mais pas qu'on l'avait retrouvé, quelques semaines plus tard, mort, noyé. *Slurp !*

– 44 –

Nectaire pose deux assiettes, deux verres, deux couverts sur la table de la salle à manger. Aster, pourtant, n'est pas rentrée. Il a essayé de l'appeler une dizaine de fois. Il a alterné avec quelques nouveaux coups de fil à Lazarbal, sans résultat.

Nectaire s'inquiète. Cette histoire de trou dans l'emploi du temps d'Aster le hante. Qu'est-ce que sa sœur a bien pu fabriquer ? Il sait à quel point sa personnalité divise. Certains dans le village adorent son excentricité, et d'autres, paraissant à peine sortis du Moyen Age, ne sont pas loin de la considérer comme une vraie sorcière, et n'auraient sûrement aucun scrupule à la jeter sur un bûcher.

18 h 56...

Le soleil est couché. La place de la Poterne est éclairée de réverbères qui colorent les vieilles pierres de teintes intemporelles, comme si chaque nuit, une fois les touristes rentrés, la ville se téléportait dans son passé. Dans le halo de la lumière cuivrée, Nectaire aperçoit quelques flocons voltiger.

Où Aster peut-elle être ? Dans quel merdier s'est-elle fourrée ? Un merdier encore pire que le sien ?

L'odeur de chou la fera peut-être arriver ? Nectaire allume le gaz sous la gamelle. Quand Aster gère le repas, elle enfourne les restes au micro-ondes, trois minutes chrono, mais quand c'est au tour de Nectaire, il les fait réchauffer au feu le plus doux possible, trente minutes piano.

Le monde se divise... commence à ruminer Nectaire dans sa tête, tout en observant les grilles de fer tomber une à une sur les vitrines de la place de la Poterne. Un type cravaté attend devant le salon de coiffure, il a juste le temps de remonter son col avant d'être assailli par deux gosses qui n'ont pas dix ans et une femme blonde qui le prend par le cou.

Le monde se divise en deux, entre les connards solitaires et célibataires comme lui, et ceux qui ont réussi leur vie.

Nom de Dieu, se secoue Nectaire pour chasser la mélancolie, que fiche Aster ? Et pourquoi Lazarbal ne répond-il plus ? Nectaire veut simplement lui demander le nom des psys de Maddi et Esteban Libéri. Il ne doit pas y en avoir des dizaines, à Saint-Jean-de-Luz, des psys. Après tout, il suffit peut-être de chercher ?

Nectaire est énervé. Sans cesser de surveiller la potée du bout de sa cuillère, il tape deux mots sur son portable.

Psychiatre Saint-Jean-de-Luz

Seuls trois noms apparaissent, parfaitement localisés sur la carte de la taille d'un timbre-poste, mais il suffit de zoomer.

Sofia Côme
Gaspard Montiroir
Jean-Patrick Chaumont

19 h 03.

Leurs cabinets sont-ils fermés ? Nectaire n'a rien à perdre, ni rien d'autre à faire que tenter de les contacter pendant que mijote sa potée. Au boulot, Bocolon ! Un simple clic et le numéro affiché sur l'écran se compose tout seul.

Il attend trois sonneries avant qu'une voix de robot lui propose de laisser un message. Même chez les psys, c'est une machine qui décroche !

Docteur Sofia Côme ? Je suis le lieutenant Hervé Lespinasse, de la brigade de Besse, dans le Puy-de-Dôme. Nous enquêtons actuellement sur un double meurtre, et tout nous laisse penser que ces crimes pourraient être liés à deux de vos anciens patients, Esteban et Maddi Libéri. Merci de me recontacter à ce numéro. C'est urgent.

Nectaire lâche sa cuillère et serre le poing.

Et d'un !

Il clique sur le second numéro.

Est-ce que tu travailles un peu plus tard, Gaspard ?

– 45 –

Slurp !

Je lape mon *Bloody Puy-Mary* à petites gorgées. Un délice. Son apparence rustique dissimule d'infinies et subtiles nuances. Exactement comme Savine ! Je rumine ses derniers mots dans ma tête.

Vous vous êtes bien gardée de me dire qu'Esteban n'était pas votre fils naturel, mais avait été adopté. Qu'il avait disparu, mais pas qu'on l'avait retrouvé, quelques semaines plus tard, mort, noyé.

Je ne m'étais pas trompée. Ces deux-là, Miss Marple et son Hercule Poirot, sont sacrément efficaces ! Ils sont donc au courant de tout ? La boîte à bébés, l'adoption, la disparition, le corps retrouvé à la corniche d'Urrugne. Comme si Lazarbal leur avait tout raconté...

J'observe Savine tremper une tranche entière de pain de campagne dans son *Bleu Lagoon*.

J'admets, d'une voix douce, pacifiée :

— Je ne vous ai pas tout dit, mais je ne vous ai jamais menti.

Savine récupère à la louche les icebergs de mie imbibée dans son bol.

— Parce qu'au fond de vous, vous n'avez jamais cru à la mort d'Esteban ?

Je me contente de repêcher les allumettes de céleri qui flottent dans mon *Bloody Puy-Mary*, avant de lui confirmer par mon sourire le plus triste.

— Mort ? Vivant ? C'est... disons, plus compliqué. Enfin, plus embrouillé. Pendant quatre semaines après la disparition d'Esteban, je me suis accrochée à l'espoir qu'il était forcément vivant, quelque part. Alors imaginez, Savine, quand des flics, un beau matin, viennent vous annoncer qu'on a retrouvé le corps d'un enfant de dix ans, on essaye de se convaincre que ce n'est pas le sien. Et quand toutes les identifications correspondent, il est trop tard, on a trop espéré, on ne peut plus renoncer, on se raccroche à tout ce qui est encore possible, une erreur de la police scientifique, un complot généralisé, toutes les explications rationnelles imaginables, et quand elles aussi sont épuisées, il ne reste plus que l'irrationnel, le paradis, l'esprit qui survit, qui erre dans les limbes... avant... de se réincarner.

Savine s'essuie le coin de la bouche avec une épaisse serviette de coton beige. Elle observe les reflets bleutés à la surface de son bol, puis me dévisage longuement. Est-ce qu'en

Auvergne on lit dans la soupe comme ailleurs on lit dans le marc de café ?

— Une nouvelle fois, vous ne me mentez pas. Mais vous ne me dites pas tout.

Suis-je convaincante si je roule des yeux étonnés ?

— Vous ne me dites pas tout, répète Savine, pas du tout convaincue par mes battements de cils. Quelque chose me chiffonne depuis le début. Comment une femme telle que vous, indépendante, savante, même si elle est confrontée à cette accumulation de coïncidences, peut-elle croire à une explication aussi surnaturelle ?

Je renonce à mon jeu de regard de lièvre hagard pris dans les phares, je fixe sans ciller ses yeux bleu ciel, et je décide de me confier ! Est-ce la chaleur ? Est-ce parce que Tom aura dix ans dans moins de quatre heures ? Est-ce parce que je n'ai parlé à personne depuis trois semaines, à part au dos de Gabriel ? Est-ce parce que j'ai besoin d'une alliée ?

— Vous avez gagné, Savine. Je vais vous faire quelques confidences supplémentaires. Des confidences douloureuses. Que j'aurais préféré ne jamais avoir à faire remonter.

L'assistante sociale pose sa serviette.

— Esteban était suivi par un psy, depuis qu'il était petit. A cause de son adoption, évidemment. De sa phobie des abeilles aussi. Mais six mois avant sa disparition, il s'est mis à tenir des propos étranges à son psychiatre. Il laissait entendre qu'il... qu'il voulait changer de corps... parce que je n'étais pas sa vraie mère. Que... que je ne pouvais pas l'aimer assez tel qu'il était. Il avait appris aussi que toute une partie de Saint-Jean-de-Luz, le quartier de la Côte, avait été engloutie par la montée des eaux, il y a trois cents ans. Ça le fascinait. Il parlait d'un monde sous-marin dans lequel il abandonnerait son enveloppe corporelle, enfin il n'employait pas ces mots-là.

Savine reste silencieuse. Je continue, de plus en plus nerveuse.

— Le psychiatre d'Esteban s'appelait Gaspard Montiroir. Je l'ai autorisé à lever le secret professionnel, pour que les flics aient accès aux enregistrements de toutes les séances. Il fallait bien que les policiers sachent tout, pour mieux le rechercher. Sauf que tous, même Gaspard Montiroir, ont fini par conclure...

Les larmes inondent mes yeux, je suis incapable de terminer ma phrase, Savine me tend sa grosse serviette de coton.

— A un suicide ? murmure-t-elle. La quatrième hypothèse de Lazarbal. Esteban se serait volontairement noyé ?

Je tords la serviette. Aussi épaisse qu'elle soit, j'aurais la force de la déchirer.

— NON !

J'ai crié. Les rares clients se sont retournés. La marmite de cuivre en a presque tremblé. Je répète, un peu moins fort, mais je sais que des flammes de rage brûlent encore dans mes yeux :

— Non ! Je sais que non ! Personne n'a rien compris ! Esteban n'aurait jamais inventé cette histoire de monde sous-marin et de changement d'enveloppe tout seul. Quelqu'un lui a mis ça dans la tête. Quelqu'un qu'il a rejoint, avec ses espadrilles aux pieds et sa pièce de 1 euro dans la main. Quelqu'un qui l'a enlevé. Quelqu'un qui va recommencer avec Tom, demain... le jour de ses dix ans ! Vous devez me croire, Savine. Vous êtes... mon seul espoir.

Dès que je prononce mon dernier mot, un vent glacial m'enveloppe, de la nuque au dos. Un souffle de mort. Je mets quelques instants avant de comprendre que la porte de la Potagerie vient de s'ouvrir. Je me retourne. Un couple entre courbé sous la voûte, époussetant les pellicules blanches éparpillées sur leurs manteaux d'hiver.

Dehors, de fins flocons commencent à tomber.

– 46 –

Il regarde la neige voler dans le halo des réverbères. Elle tient à peine sur le bitume. Le goudron noir résiste encore, avale chaque flocon, les fait fondre en bouillasse, mais la lutte est inégale. Ils sont trop nombreux. Cette nuit, le blanc l'emportera ! Ici au moins. Peut-être qu'à Murol, ou à Besse, le froid sera un peu moins intense, juste un degré de moins, et que ce sera suffisant pour que l'averse de neige n'y soit plus qu'une pluie froide. Verglaçante au matin.

Il allume l'ordinateur, rassuré. Ce soir, personne ne le dérangera. Pas même besoin de mettre les écouteurs, il peut directement brancher les haut-parleurs.

Il fait défiler la longue liste des fichiers, pour s'arrêter sur le dernier.

Esteban Libéri, le 12/04/2010.

Deux clics, une voix chaude et grave remplit la pièce. Une voix qu'il reconnaît évidemment.

— Alors c'est toi, Esteban ?
— Oui.

Jamais la voix d'Esteban ne lui est apparue aussi timide.

— Le docteur Montiroir m'a beaucoup parlé de toi.
— ...
— Il m'a fait écouter vos séances aussi, pour que je sois au courant. Pour que je te connaisse, presque aussi bien que lui.
— ...
— C'est normal que tu sois intimidé. Tu connaissais le docteur Montiroir depuis des années. Mais... Mais tu vois, parfois, il faut aller voir un spécialiste. C'est comme pour les docteurs. Tu dois aller voir un dentiste si tu as mal aux dents, un cardiologue si tu as peur pour ton cœur. Un seul médecin ne peut pas tout soigner.

— Je... je ne suis pas malade.

— Bien sûr, Esteban, c'est juste une comparaison, pour t'expliquer. Certains psychiatres sont plus forts pour expliquer les rêves, d'autres pour expliquer les peurs, et d'autres pour... pour tout ce qui a un rapport avec la mort.

La voix d'Esteban s'emballe soudain.

— Je ne veux pas mourir, docteur ! Je n'ai jamais dit ça au docteur Montiroir ! Je veux juste changer de...

— D'accord, d'accord, Esteban... On va reparler de tout ça tranquillement. On a beaucoup de travail tous les deux. On va devoir apprendre à se faire confiance.

*
* *

Aster pousse la porte du premier étage de la Galipote. Nectaire délaisse immédiatement la potée qu'il surveillait de l'œil droit, et son téléphone qu'il surveillait du gauche. Personne ne l'a rappelé, ni Lazarbal, ni aucun des trois psys.

— Où t'étais ?

Aster mouline des gestes étranges avec ses doigts, qui doivent signifier, en langage des signes ou de sorcière, *une seconde, Nicky, j'arrive, laisse-moi au moins retirer ma veste et mon bonnet.*

Des gouttes de neige fondue s'égouttent en crachats épais du porte-manteau où elle les a accrochés. Nectaire fait semblant de ne pas avoir remarqué, il passera la serpillière après.

— Tu as faim ?

Il coupe le gaz sous la potée.

— Ces connards de flics m'ont gardée tout l'après-midi, explose Aster. Ils m'ont emmerdée avec mon emploi du temps, comme si j'avais des comptes à leur rendre ! Lespinasse a été jusqu'à me menacer : *Madame Paturin, c'est pour vous qu'on dit ça, si vous n'avez pas d'alibi...* C'est moi qui leur trouve le cadavre, et voilà comment on me remercie ! Ils croient quoi ? Que les sorcières s'amusent à saigner ceux qui s'aventurent seuls dans leur forêt ?

Nectaire hésite à insister. Il sert la potée comme si de rien n'était, mais ne peut s'empêcher de penser aux mots de Boursoux : *Il y a un trou de plus de vingt minutes, entre le moment où elle a trouvé le cadavre et celui où elle a appelé les secours.*

— Jo... Jonas était déjà mort quand tu l'as découvert ?

Nouveaux moulinets des doigts, plus triviaux cette fois. Ceux-là, n'importe quel policier doit savoir les interpréter.

— Ah c'est vrai, t'es flic aussi, Nicky !

— Viens t'asseoir au lieu de dire des conneries.

Aster s'assoit, se réchauffe, se calme. Nectaire lui sert un verre de saint-pourçain, attend que sa sœur ait la bouche pleine pour lui demander :

— C'est quoi cette histoire d'alibi ?

— Rien. T'inquiète pas. Les sorcières ont leurs secrets. Si les gendarmes imaginent que je vais leur révéler où je cueille mes herbes ! Pour les flics, cette histoire d'alibi, c'est pas le plus important.

Nectaire manque de s'étouffer.

— Et... c'est quoi, le plus important ?

— Le couteau avec lequel Jonas a été poignardé : un *Thiers Gentleman*. Je suis la seule à le vendre sur Besse. Lespinasse n'est pas plus malin qu'un marcassin, mais il a quand même fait le lien.

Nectaire vide son verre de saint-pourçain pour éviter que les feuilles de chou lui ressortent par le nez.

— On... On t'a volé un *Thiers Gentleman* dans ta boutique ?

— Non... pas un *Thiers Gentleman*. Deux !

*
* *

— Comme je te disais, Esteban, le docteur Montiroir m'a beaucoup parlé de toi. Comment l'appelais-tu, d'ailleurs ? Docteur Montiroir... Ou Gaspard ?
— Doc... docteur.
— Oui... ça ne m'étonne pas. Mais certains docteurs, tu vois, préfèrent que les enfants les appellent par leur prénom. Comme les maîtresses d'école. On en reparlera si tu veux. J'ai eu aussi une longue conversation avec ta maman. Il n'était pas question de te trahir, tu sais bien, tout ce que tu as dit au docteur Montiroir, ou ce que tu me diras, ne doit pas sortir d'ici, ce sera notre secret à tous les trois. Mais parfois, si... Si c'est trop important... Nous devons en parler à ta maman. Tu comprends ?
— ...

Il n'entend que des bruits lointains de vêtements froissés. D'un stylo qu'on tapote sur une table peut-être. Le tic-tac d'une montre.

— Si tu es prêt, Esteban, on peut commencer ? Le docteur Montiroir m'a dit que tu lui avais parlé d'un monde sous-marin, loin, très loin au fond de l'eau, un monde où l'on voit la vie à l'envers, où l'on peut changer de corps. Tu peux me répéter tout ça avec... avec tes mots à toi ?

*
* *

— Deux *Thiers Gentleman* ? Volés ? Dans la Galipote ? Nectaire en reste les couverts en l'air.
— Remets-toi, Nicky. Ça peut être n'importe qui. Je ne suis pas du genre à mettre des caméras de surveillance dans ma boutique, et encore moins des détecteurs de métaux à la sortie. Et concentre-toi. Y a ton téléphone qui vibre sur la table !

Merde ! réagit Nicky. C'est sûrement Lazarbal, ou l'un des psys. Il les avait oubliés. Il déteste quand tout s'accélère ainsi, quand les événements se bousculent telle une foule en furie, au lieu de se ranger sagement en une file d'attente bien disciplinée.

Il décroche, hésitant entre lâcher sa fourchette ou sa serviette.

— Docteur Gaspard Montiroir, lance une voix énergique. Vous m'avez appelé ?

— Oui... ici Nick... heu non pardon, Bocolon... Enfin non, pas Bocolon, Bocolon c'est mon surnom, Columbo à l'envers, vous comprenez, ah les collègues, les cons, non, non, évidemment ici, c'est le lieutenant Hervé Lespinasse.

Aster, au bord du fou rire, manque d'en recracher sa potée. Gaspard n'a pas l'air aussi hilare.

— D'après votre appel, lieutenant, c'était urgent.

Bocolon se reprend. Passé la surprise, il retrouve son rythme de croisière, un paquebot bien lent, et résume avec la diction d'un flic professionnel et méticuleux le double meurtre de Besse, concluant sur la présence de Maddi Libéri au cœur de l'affaire, et la ressemblance troublante entre son fils Esteban et Tom Fontaine, le fils de la seconde victime.

Nectaire a réussi son examen de passage. Le psy n'a apparemment plus aucun doute sur l'identité de son interlocuteur.

— A vrai dire, lieutenant, je n'ai pas grand-chose à vous apprendre. Il faudrait contacter le lieutenant Lazarbal, il a dû archiver toutes les pièces du dossier. J'ai évidemment été auditionné à l'époque. Maddi Libéri m'avait autorisé à lever le secret professionnel. J'avais dit tout ce que je savais, mais curieusement, même si j'avais suivi Esteban pendant des années, le plus important m'échappait.

— Comment ça ?

— Eh bien... (Gaspard paraît mesurer jusqu'où il peut se confier au policier.) Oh et après tout, il y a prescription, ce pauvre gosse est mort depuis dix ans. Eh bien, six mois avant sa disparition, Esteban s'est mis à raconter des choses bizarres, des idées suicidaires, des élucubrations morbides. Je vous avoue qu'il m'a foutu la trouille, ça dépassait mes compétences, vous voyez. Je suis plutôt spécialisé dans les septuagénaires déprimées qui me parlent de leur relation compliquée avec leur mari, ou avec leur caniche une fois le mari décédé. J'ai donc proposé à Maddi Libéri qu'un confrère plus spécialisé prenne le relais.

— Vous avez son nom ?

— Bien entendu. Mais ça fait un bout de temps qu'il a quitté Saint-Jean-de-Luz.

*
* *

— ...

Il entend distinctement le tic-tac d'une montre maintenant. Peut-être le goutte-à-goutte d'une fontaine d'eau un peu plus lointaine. Une chaise qui grince. Peut-être Esteban qui se balance.

— Je t'écoute, mon grand, dit le psy. Le plus dur ce sont les premiers mots, ensuite les autres viendront tout seuls. Je sais que ce n'est pas facile, mais tu dois me faire confiance. J'ai... j'ai aidé beaucoup d'autres enfants. J'ai une longue expérience. Dis-moi, tu me fais confiance ?

— Ou... oui docteur...

— Non, pas docteur. Je ne suis pas comme le docteur Montiroir, je préfère que tu m'appelles par mon prénom. Mon nom complet est Wayan Balik Kuning. Mais si tu m'appelles Wayan, ça suffira !

– 47 –

Je regarde, hypnotisée, la neige tomber. La fenêtre de ma chambre est couverte de buée. Une fine couche de poudreuse recouvre le parking du Moulin de Chaudefour, on ne distingue plus la route du talus, ou des premières pentes de la vallée, sapins et pylônes pareillement déguisés. La montagne devant moi n'est déjà qu'une longue piste blanche qui s'achève au pied de l'ancienne auberge. L'hiver s'installe, reprend possession des lieux, telle une armée impitoyable dont on ne peut s'empêcher d'admirer la froide détermination.

Je suis rentrée au Moulin avant que la densité des flocons s'intensifie. Savine, dès qu'elle a vu la neige tomber, m'a poussée à rentrer. *Méfiez-vous, l'hiver a trois mois de neige à rattraper.* J'ai payé le dîner, et l'ai raccompagnée jusque chez elle, une mignonne petite maison de ville aux volets orange, rue de Groire, à deux pas de la mairie.

A demain matin, Maddi ! Nectaire m'appelle dès qu'il a les résultats ! Je ne vous mens pas, je n'y crois pas une seconde… Mais si les ADN de Tom et Esteban sont identiques, ou ont a minima un lien de parenté, je vous paye un dîner chaque soir à la Potagerie jusqu'à ce qu'on soit toutes les deux retraitées !

Les flocons grossissent, épaississent, comme s'ils se nourrissaient des rares lueurs de la nuit, un lointain réverbère, des phares éphémères, pour la laisser plus noire que jamais. Ma pauvre Savine, un restaurant chaque soir ? Ta maigre paye va y passer, et je vais prendre dix kilos en dix ans… Je sais que ce résultat sera positif. Je sais que Tom est Esteban, et qu'Esteban est Tom. J'ai renoncé à comprendre comment c'est possible, j'ai brûlé tous mes cours sur la génétique médicale, j'ai cessé de lutter et de faire appel à ma raison. Devant les autres, je parviens encore à maintenir l'illusion, mais au fond de moi, je sais... que mon fils m'est revenu.

Le parking, le trottoir, le goudron, les panneaux de signalisation disparaissent comme s'ils n'avaient jamais existé. La neige est une invitation à tout effacer.

Une pensée, que j'étais jusqu'à présent parvenue à repousser, revient me hanter. Et s'il arrivait quelque chose à Amandine ? Et si après avoir perdu son père, Tom, je dois m'obliger à l'appeler ainsi, même si je connais son véritable prénom, Tom donc, perdait sa mère ?

Est-ce que... Est-ce que je pourrais m'occuper de lui ?

Combien de temps lui faudrait-il avant qu'il oublie ce prénom d'emprunt, *Tom*, et qu'il ne se souvienne que du sien, *Esteban* ?

Combien de temps avant qu'il ne redevienne celui qu'il n'a jamais cessé d'être ? Quelques mois ? Moins d'un an ? De quoi aurait-il besoin ? D'une autre maison, confortable, accueillante, aimante. D'une vraie guitare aussi. D'un prof de solfège. De cours intensifs. Il n'y a pas de temps à perdre. Le talent peut si vite être gâché, chez un enfant, après dix ans. De quoi d'autre encore ? D'une grande piscine ? D'un lac ? Ou pourquoi pas la mer ? Une mer calme, bien entendu, une mer sans vagues ni rouleaux... La Méditerranée ?

Je me laisse bercer par mes folles pensées, enveloppée par la nuit de neige qui rend tout irréel, une parenthèse magique le temps d'une nuit d'exception, sans les guirlandes ni les lampions, un Noël sans les illusions.

Gabriel dort à côté. J'aperçois son corps entortillé sous les draps, comme s'il refusait de les partager avec qui que ce soit. Individualiste et égoïste jusque dans son sommeil ! Même si j'exagère cette fois... Ce soir, en rentrant au Moulin, un petit cadeau m'attendait sur la table. J'ai reconnu le papier d'emballage de la Galipote, j'ai reconnu l'écriture de Gaby sur la carte accrochée, *Pour toi. Bon courage. Je t'aime.*

23 h 50
Le radio-réveil égrène ses minutes vert fluo.
Dans dix minutes, Esteban aura dix ans. Je ne dois plus jamais l'appeler Tom ! Même si devant les autres, je dois encore faire cet effort, jouer la comédie.
Je regarde une dernière fois la neige dérouler son linceul. En prévision de la plus macabre des cérémonies ?
Tout se jouera donc demain... Je dois le sauver ! Qui pourra me juger ?
Quand la vie vous offre une seconde chance, qui la refuserait ?
Si l'on vous ouvrait les portes de l'enfer, pour aller y rechercher votre amour le plus cher, qui renoncerait ?
23 h 51
Une voix me répète, en boucle, dans ma tête :
Esteban est en danger, je dois le sauver.
Je sais déjà que je ne dormirai pas cette nuit.
Qui pourrait m'accompagner, m'aider à ne pas définitivement sombrer ?
Réveiller Gabriel ?
Appeler Wayan ?
Ou me contenter de me recroqueviller dans mes souvenirs. Les déballer un à un, comme on ouvre des cartons stockés au grenier, comme on ressort de vieux bibelots, comme on raccroche d'anciens tableaux, pour que tout soit prêt quand il rentrera.
Demain.

QUATRIÈME ÂGE
L'ÂME MATURE

Lorsque les âmes parviennent à la maturité, elles approchent de leur dernier voyage. Elles économisent le temps plutôt que de le dépenser. Elles ne sont plus en quête, elles sont apaisées. Elles peuvent apparaître sans désirs aux yeux des âmes jeunes affamées et assoiffées. Des âmes comme la vôtre, Maddi. Elles sont simplement rassasiées. N'ayant plus rien à prouver ni à trouver en ce monde, elles sont les gardiennes de sa paix.

VIII

LA DESTINATION

Une barque sur le lac

– 48 –

Tom entend d'abord des pas de souris. Il écoute le bruit de leurs petites pattes, mais il n'arrive pas à les localiser.

Où sont-elles cachées ? Derrière les murs ? Sous son lit ? Il remonte les draps, se protège derrière l'oreiller et essaye de se concentrer davantage. Il n'a que ça à faire, écouter les bruits, deviner où sont les ombres qui bougent dans l'obscurité, ressentir le moindre courant d'air. Il ne dort pas, il ne dormira pas. Sans Monstro, impossible de fermer les yeux et de faire confiance à la nuit ; sans son doudou-baleine, impossible de repousser les cauchemars, les monstres noirs et les pas de souris.

Ça y est, Tom les a localisées.

Les souris sont cachées derrière la fenêtre. Elles grattent aux volets pour entrer. Et pas seulement avec leurs pattes, à en écouter leur tac tac tac. Ou alors elles sont des milliers. Peut-être ont-elles trop froid dehors ? Peut-être veulent-elles simplement se réchauffer ? Peut-être veulent-elles simplement lui parler ?

Tom se lève, en faisant bien attention de ne pas faire grincer le parquet, même s'il sait que maman ne se réveillera pas, elle lui a dit qu'elle allait prendre des trucs pour dormir, qu'elle se réveillerait tard demain matin, qu'il devrait se débrouiller pour déjeuner et tout le reste.

Dès qu'il ouvre la fenêtre, le froid le saisit. Il ne porte qu'un pyjama. Le vent passe sous les volets, et doit pousser la neige qui s'est accumulée sur le rebord du mur. Une couche assez épaisse pour pouvoir y dessiner un cœur, y graver un mot, ou tout chiffonner en une boule.

Tac tac tac.

Les souris s'énervent. D'ailleurs ce ne sont pas des souris, Tom a compris. Impossible qu'elles puissent avoir grimpé à cette hauteur. A la limite, des chauves-souris. Il se concentre pour écouter la nuit.

— Tooom...

Il a entendu un cri, lui aussi porté par le vent, mais enveloppé dans les flocons pour qu'il ne soit qu'un chuchotement.

Son prénom !

— Tooom...

Il n'a pas le choix, il n'a pas peur, il doit savoir. Il ouvre les volets en grand. D'un coup, les rideaux volent, les flocons s'engouffrent dans la chambre comme autant de papillons imprudents qui fondent immédiatement. Le pyjama de Tom est moucheté de givre. Une dernière giclée de petits cailloux atteint le volet ouvert.

Tac tac tac.

— Tooom, murmure encore la voix dans le noir. Tu ne dors pas ?

Tom cherche dans le noir. La voix et les graviers viennent de la droite, du côté de la grange dont le toit crevé doit tout de même fournir un abri pour son visiteur de la nuit. Il scrute l'obscurité, s'habitue petit à petit à la blancheur effrayante de la cour de la ferme. Chaque objet abandonné, vieux tracteur, tas de fumier, tonneau crevé, pot de fleurs cassé, s'est transformé en un fantôme recouvert d'un drap fraîchement lavé et repassé. Il repère des traces de pas dans la neige, les suit des yeux, jusqu'à repérer une petite silhouette appuyée contre l'un des piliers.

Tout de suite, il la reconnaît.
Esteban !
Il se fiche du froid, des flocons qui collent son pyjama à sa peau gelée, il adresse un joyeux signe de la main à son ami.
Le vent porte vers lui un nouveau murmure étouffé.
— Bon anniversaire, Tom ! Descends, descends vite, j'ai une surprise pour toi.

*
* *

Tom a juste enfilé un pull, le premier jean qu'il a trouvé dans la bannette de linge à repasser que maman ne repasse jamais, il est descendu en chaussettes sur la pointe des pieds et n'a enfilé ses baskets que devant la porte d'entrée.
Cette fois, il a fait moins de bruit qu'une souris. Maman dort. La policière chargée de les surveiller est rentrée chez elle depuis longtemps. Il attrape son blouson polaire à capuche. Un Fumerol couleur citrouille un peu trop grand pour lui. Ses poches sont déformées par les gants et le bonnet qui y sont embouchonnés ; il ne prend pas le temps de vérifier que tout y est, ouvre la porte, et affronte, tête et mains nues, la nuit de coton.

Tom n'a pas fait trois mètres dans la cour de la Souille que ses baskets sont déjà trempées. D'habitude, il se fiche du trou sous sa semelle, il sait éviter les flaques sur le trottoir et les cailloux trop pointus. Mais impossible de transplaner au-dessus des cinq centimètres de neige.
Esteban l'attend, toujours appuyé contre le pilier de la grange. Il est mieux équipé que lui. Moon-boots, gants de laine et blouson de ski.
Il regarde, surpris, ses cheveux déjà couverts de neige.
— Couvre-toi, Tom, t'es fou, tu vas attraper la mort.

Tom obéit, sort son bonnet de sa poche, l'enfonce sur sa tête.
— Alors ? Ma surprise ?
— Viens, suis-moi.
Esteban se dirige vers la sortie de la ferme.
— T'es prêt à marcher un peu ?
— Pas de souci, répond fièrement Tom, alors qu'il sent, à chacun de ses pas, ses chaussettes aussi gelées que si elles baignaient dans un bac à glaçons.
Ils rejoignent déjà la route. Les bâtisses brisent le vent, la neige est un peu moins intense dans le hameau de Froidefond. Esteban propose une première pause devant la fontaine.
— Je n'ai pas pu t'apporter ton cadeau d'anniversaire, explique-t-il. Il est trop gros. Il est chez moi. Toi qui aimes la musique, tu vas adorer !
Tom grelotte, danse d'un pied sur l'autre pour que sa basket ne reste pas collée à l'eau givrée autour de la fontaine.
— C'est un instrument d'enfer ! poursuit Esteban. Mais avant, faut que je te demande quelque chose.
— D'accord, mais on bouge. Sinon je vais finir congelé.
— OK, on marchera sur la route, la neige est moins épaisse que sur les côtés.
Ils avancent au milieu de la chaussée, la neige y est effectivement moins dense, mais se transforme en patinoire dès qu'ils accélèrent le pas.
— T'as pas froid, toi ? frissonne Tom.
— Je suis un fantôme, oublie pas !
— Ouais, un fantôme super équipé quand même ! Qu'est-ce que tu voulais me demander ?
— C'est important, Tom. Tu sais, des souvenirs me sont revenus, comme pour les abeilles. Des souvenirs bizarres. Et j'espère... que tu n'as pas les mêmes.
Le long de la départementale, les arbres les plus maigres plient à s'en rompre le tronc à chaque nouveau flocon.

— Des cauchemars, c'est ça ?

— Pire, insiste Esteban. Pire que ça. Toi qui adores nager, à la piscine ou dans les lacs, l'été, as-tu déjà pensé qu'il y avait quelque chose au fond ? Tu vois, un autre monde. Invisible. Sous la surface de l'eau. Si on l'atteint, et qu'ensuite on remonte, on est devenu quelqu'un d'autre.

Tom s'est arrêté de marcher. D'un coup, il ne ressent plus aucune morsure de froid. Il hésite à frapper le garçon qui marche à côté de lui, pour vérifier que son poing passera à travers sa poitrine, qu'il s'enfoncera, comme s'il était fait de fumée, d'eau, ou de neige quand la température descend sous le zéro.

Il retient son geste, mais pas ses mots.

— Tu... tu te souviens de ça aussi ? Je n'en ai jamais parlé à personne ! C'est MON secret. Comment peux-tu être au courant, si tu n'es pas un fantôme ? Si tu n'es pas sorti de ma tête ? Dire qu'avec ta combinaison olympique et tes bottes de cosmonaute, je commençais à croire que t'étais réel.

Au-dessous d'eux, trois lacets plus bas, une brève lumière traverse la nuit. Aucun des deux garçons ne l'a aperçue.

— T'as vu le temps, plaisante Esteban. Tu t'attendais à ce que je sorte avec juste un drap et un boulet au pied ?

Tom sourit. Est-ce qu'il se parle vraiment à lui-même ? Est-ce qu'il est sorti seul dans la nuit ? Est-ce que s'il ferme les yeux, Esteban va disparaître ? Est-ce qu'il devrait rentrer dans sa chambre maintenant, plutôt que de continuer d'avancer, les pieds glacés, sans savoir jusqu'où ? Est-ce qu'il rêve ? Est-ce que s'il se pince, il va se réveiller bien au chaud dans son lit ?

Esteban a l'air si vivant. Il est son seul ami. Il ne veut pas qu'il disparaisse, surtout pas. Il s'est remis à marcher, Tom le suit en boitant, pour que son pied droit touche le moins possible le sol froid.

La voiture entre dans le hameau au moment où ils sortent de Froidefond, juste avant le pont. Elle roule au ralenti, silencieuse, juste les veilleuses allumées, tels deux yeux jaunes d'un animal sauvage piégé par la neige soudaine, et qui recherche une proie imprudente à dévorer.

Le pont est entièrement gelé. Ils progressent davantage en patinant qu'en marchant, s'accrochant chacun à un côté du parapet.

— OK, je te fais confiance, dit Tom le plus fort possible, pour se donner du courage. T'es un fantôme bizarre, mais plutôt cool. Je crois pas que beaucoup de fantômes se souviennent des anniversaires et offrent des cadeaux !

Esteban, sans cesser de s'agripper à la rambarde glacée, se tourne vers son ami.

— Sérieux, Tom. Quand est-ce qu'on arrête le jeu ?

— Qu... Quel jeu ?

— Je suis pas un fantôme. Tu le sais bien ! Et mon vrai nom n'est pas Esteban.

Tom paraît déstabilisé. Se retient pour ne pas basculer ; la Couze Chambon est-elle gelée ?

— C'est quoi alors, ton vrai nom ?

Au moment où Esteban va répondre, les deux yeux jaunes du fauve surgissent derrière eux.

Le halo de lumière parcourt le pont, compte le nombre de proies isolées, avant d'exploser la nuit, plein phare, pour les aveugler.

— Attention Esteb...

Le cri de Tom se bloque dans sa gorge. Il n'y a plus personne de l'autre côté du pont. Plus aucun garçon. Il est seul dans la nuit, alors que le fauve fonce sur lui.

– 49 –

La neige s'est arrêtée de tomber au petit matin, juste avant le lever du soleil. Comme si tout avait été prévu pour que le décor soit parfait au réveil. Les subtiles nuances de rose sur les pentes douces des volcans, l'ombre dansante des sapins sur le tapis blanc, quelques pattes de choucas comme uniques griffures. Une harmonie délicate, seulement troublée par le ballet des déneigeuses raclant le bitume de leur soc d'acier. Les routes principales sont praticables, à condition de rouler au pas, au milieu, et de ne croiser personne.

Jamais je n'ai mis autant de temps pour parcourir les trois kilomètres entre le Moulin de Chaudefour et Froidefond. Près de trente minutes. En quittant l'ancienne station, j'avais la sensation que les télésièges allaient soudain se remettre à tourner, les voitures bouchonner à l'entrée du parking, coffres sur le toit, et les confettis colorés des combinaisons zigzaguer sur les pistes ressuscitées.

Mais non, je n'ai croisé aucun skieur, rien que le silence et les corbeaux. Rien qu'un matin calme, et dans l'autoradio, un journaliste alarmiste qui annonce une seconde tempête de neige, pour le milieu de matinée, bien plus violente que les giboulées de cette nuit.

Restez chez vous !

Je repère le Koleos orange garé à l'entrée de la ferme de la Souille. Pas de Renault 5, par contre. C'est Nectaire qui doit apporter les résultats. Il est le dernier, ça ne lui ressemble pas. Je chasse rapidement ce mauvais pressentiment. Nous avions rendez-vous à 8 heures, le clocher de l'église de Murol n'a pas encore sonné, le secrétaire de mairie n'est même pas encore en retard.

Savine sort de sa voiture dès qu'elle me voit arriver, emmitouflée dans une large parka kaki. Les chasseurs alpins devaient porter la même au siècle dernier. Sa tenue commando tranche avec ma veste de ski violette qui doit se repérer à des kilomètres.

C'est moi qui ai fixé le lieu de rendez-vous. Ici, à la Souille ! Une fois que nous aurons le résultat du test ADN, quel qu'il soit, nous devrons agir vite, de façon coordonnée.

Je reste persuadée que Tom est en danger !

Savine s'avance vers moi, coiffée d'une chapka sibérienne datant d'avant la révolution d'Octobre. Son écharpe orange vole au vent. On s'est séparées comme de vieilles copines hier soir, et elle s'approche avec la tête renfrognée d'une ourse réveillée en janvier.

Que s'est-il passé depuis que nous nous sommes quittées ?

— Vous connaissez Wayan Balik Kuning ?

Ni *bonjour*, ni *ça va*, ni *Nectaire arrive, il a les résultats*.

Juste un uppercut en plein foie.

J'encaisse et je réponds, surprise :

— Oui, c'est mon psy.

— Pas seulement, apparemment. C'était celui d'Esteban aussi. Vous ne m'avez pas parlé de lui hier ?

J'ai l'impression d'avoir reçu un bloc de neige dans le cou, une coulée glacée inonde mon dos.

— Comment avez-vous découvert son nom ?

— Ça, il faut demander à Bocolon ! Enfin à Nectaire, si vous préférez. Vous vous doutez bien qu'hier soir, nous nous sommes appelés. Parfois, il peut être surprenant de perspicacité. Il a tiré sur le fil, doucement, comme il sait le faire, et tout est venu... Votre fils a changé de psy, quelques mois avant sa disparition. Pourquoi ne pas me l'avoir signalé ?

Entendre prononcer le nom de Wayan m'a surprise, sur le coup, mais je reprends mes esprits. Un ou deux psys. Quelle importance, au fond ? Je bredouille une justification.

— J'ai simplifié. Quand Esteban a commencé à raconter des histoires bizarres, à dire qu'il voulait changer de peau, rejoindre un monde englouti au fond de l'eau, renaître dans un autre corps, Gaspard Montiroir a paniqué. Il a eu peur de se retrouver avec un suicide sur les bras, alors il a refilé le bébé, un grand bébé de neuf ans, à un confrère de Saint-Jean-de-Luz qui possédait une solide expérience sur les traumatismes de l'enfance. Vous voyez, Savine, rien de bien mystérieux.

— Ce qui l'est davantage, c'est qu'après la disparition de votre fils, ce docteur Kuning a déménagé pour la Normandie et a ouvert un cabinet au Havre. Et que quelques mois après, vous déménagiez pour vous installer à Etretat... A moins de trente kilomètres de chez lui !

Le bloc de glace dans mon dos se réchauffe au contact de ma peau. Je comprends maintenant sa méfiance : Savine ne peut pas croire à une telle coïncidence. Dois-je lui avouer que l'explication est toute simple ? Oui, j'ai suivi Wayan ! J'avais besoin d'un accompagnement quand Esteban a disparu, et le choix du docteur Kuning comme thérapeute s'est imposé. Quand il s'est installé au Havre, une opportunité pour lui de travailler en lien avec l'un des plus grands laboratoires français de psychiatrie clinique, je me suis sentie perdue. Les événements se sont précipités ensuite, les policiers m'ont présenté un corps en m'affirmant que c'était celui de mon fils, toutes les recherches étaient terminées, le dossier refermé. Plus rien ne me retenait au Pays basque. J'ai cherché un endroit où aller, n'importe lequel, du moment qu'il y ait la mer et qu'il soit suffisamment éloigné. Royan, Lorient, Dunkerque, peu m'importait... J'étais restée en contact avec le docteur Kuning. Le choix de la Normandie et d'Etretat s'est naturellement imposé. J'avais besoin de lui. Peut-être même, sans me l'avouer, étais-je amoureuse de lui... Puis Gabriel a débarqué.

Je soutiens le regard de l'assistante sociale, ce petit bout de femme que rien ne semble pouvoir abattre, pas même une tempête de neige ou une éruption volcanique.

— Je suis désolée, Savine, mais cette partie de ma vie ne vous regarde pas. Elle n'a rien à voir avec...

Je me retiens, j'ai failli dire *Esteban*. Je mords mes lèvres bleues. *Tom*, je dois dire *Tom* devant eux.

— Avec Tom.

— Comme vous voulez.

Savine n'insiste pas. Moi si. Impossible de résister à la curiosité.

— Qu'est-ce que le docteur Kuning vous a raconté ?

— Rien. Nectaire a essayé de le joindre toute la soirée. Sans succès.

Et moi toute la nuit. Sans que Wayan me réponde davantage. Pourquoi ce silence, après m'avoir harcelée d'autant de messages ?

Je frotte le cadran de ma montre pour en essuyer la buée. *8 h 07.*

Où peut être passé Nectaire Paturin ?

Savine semble elle aussi inquiète, elle se tortille pour sortir son téléphone de sous sa combinaison. Nectaire n'est jamais, jamais en retard !

— Nectaire ? crie-t-elle en collant le téléphone à son oreille.

Et il répond toujours quand on l'appelle !

— Nectaire ?

Je fixe Savine, puis nos regards convergent vers la route. Les passages des chasse-neige l'ont rendue aussi luisante qu'un diamant coupé.

Et si Nectaire, avec sa vieille R5, s'était foutu en l'air ?

– 50 –

Nectaire n'ose pas freiner. Il n'ose pas non plus rétrograder, ou alors il faudrait lui greffer une troisième main, il a besoin de ses deux autres, crispées sur le volant. Il ose encore moins accélérer, même s'il sait que c'est ce qu'il faudrait, prendre un peu de vitesse et la garder constante, sans aucun à-coup, donner seulement d'imperceptibles indications à ses roues, comme les jockeys doivent diriger d'un simple coup de talon leurs étalons.

Facile à dire... Nectaire s'en sortait plutôt bien jusqu'à présent, il avait rallié Besse à Murol lentement mais sûrement, concentré, s'inventant un copilote imaginaire, dans une course de rallye où le plus précis gagnerait, pas le plus rapide, *virage en épingle à cheveux dans trois kilomètres, ralentis et redresse de trois millimètres.*

Il se sentait plutôt fier de lui, avant que son téléphone vibre dans sa poche, et qu'évidemment il ne puisse rien faire, pas le moindre geste, pour le récupérer, rien d'autre que d'écouter les sonneries se succéder, puis sa voix nasillarde prendre un accent suisse débile pour inviter la personne qui appeeeeelle à laiiisser un messaaaaage, et enfin, après un bref répit, la voix de Lazarbal exploser.

Allô ? allô ? Ayez au moins les couilles de me répondre ! J'aime pas trop passer pour un con et là vous me l'avez mis bien profond !

Incapable de réagir, Nectaire laisse lentement sa Renault 5 glisser sur le bas-côté.

Je viens d'appeler Lespinasse. Le vrai ! A la brigade de Besse. Visiblement, je lui ai appris qu'il y avait un type sympa qui faisait son boulot à sa place.

La R5 se pose en douceur contre le tas sale de poudreuse, de feuilles et de branches recrachées par la déneigeuse.

Alors je ne sais pas encore qui vous êtes, mais je vais trouver, faites-moi confiance. Et on va s'expliquer !
Bip bip bip.
Les roues de la Renault 5 patinent, incapables de s'extraire de l'ornière.
Dans la poche de sa veste, Nectaire sent le poids de l'enveloppe contenant les résultats du test ADN, que Boursoux lui a envoyés à 6 heures du matin, qu'il a imprimés, qu'il n'avait plus qu'à apporter. Bocolon n'est plus qu'un ex-flic raté, un pilote de l'Aéropostale incapable de dépasser l'île de Ré, un capitaine de pédalo transatlantique… échoué.

– 51 –

8 h 32.
— C'est pas normal que Nectaire ne soit pas là, panique Savine. C'est pas normal qu'il ne réponde pas. C'est pas normal que…
Je trouve son inquiétude touchante. Serait-elle capable de l'embrasser, si Nectaire surgissait ? De lui avouer qu'elle a eu si peur, qu'elle ne veut pas le perdre… qu'elle l'aime ?
— Je vais le chercher ! décide Savine. J'ai un 4 × 4 et des pneus neige. Ils annoncent que dans moins d'une heure, la vraie tempête va souffler !
Un bruit de tracteur couvre la fin de sa phrase, doublé d'une odeur atroce de caoutchouc brûlé. Nous observons, stupéfaites, la Renault 5 surgir devant la cour de la Souille. Moteur et pneus fumants, comme si Nectaire avait roulé toute la route en première.

La peinture blanche est maculée de boue, de neige fondue, de feuilles collées et de dizaines de traces de mains, comme si tout un régiment l'avait poussé pour qu'il puisse arriver.

Nectaire Paturin sort de la R5 les jambes légèrement arquées, façon cavalier de l'US Postal ayant échappé à une embuscade d'Indiens. Il tient une enveloppe dans sa main.

— J'y suis arrivé. Les pompiers de La Bourboule ont dû me sortir du fossé, mais j'y suis arrivé.

Je m'approche, j'ai envie de lui arracher le papier.

— Savine m'a mis au courant de son pari, sourit étrangement Nectaire. Un restaurant chaque soir jusqu'à la retraite, si les deux ADN sont le même.

Je suis à un mètre de lui, mais il lève la main plutôt que de me tendre l'enveloppe.

— J'étais persuadé que vous mentiez, docteur Libéri. Que votre esprit tordu inventait toutes ces ressemblances. Tout mon instinct me le soufflait... Une fois de plus, Bocolon s'est planté.

Il glisse enfin l'enveloppe dans ma main et se force à ironiser.

— Tu vas devoir faire des heures supplémentaires, Savine, ou prendre des cours de cuisine.

Je déchire l'enveloppe qui tombe dans la neige, je vérifie à peine les logos et les tampons officiels, l'icône tricolore en haut de la feuille et l'idéogramme chinois en bas, je me contente de lire le résultat.

TEST ADN N° 17854 – Comparaison des lots 2021-973 (Esteban Libéri) et 2021-974 (Tom Fontaine)
Les génotypes des deux lots fournis sont strictement identiques.
Taux de fiabilité de 99,94513 %.
En conséquence, les deux échantillons fournis proviennent soit du même individu, soit de jumeaux monozygotes.

Je prends à peine le temps d'analyser la signification d'une telle révélation. Seuls des jumeaux peuvent posséder un même ADN ! Tom et Esteban ne peuvent pas être jumeaux... C'est donc, aussi impossible que cela puisse paraître, qu'ils possèdent rigoureusement la même enveloppe corporelle, qu'ils ne forment qu'une seule et même personne !

J'entends à peine, derrière moi, Nectaire crier à Savine :

— Ça nous dépasse, là, j'appelle la police... et qu'ils ramènent aussi un exorciste !

J'ouvre la porte de la Souille, je sais qu'elle n'est jamais fermée.

— Attendez, lance Savine en m'emboîtant le pas.

Je ne l'écoute pas, j'entre. Je ne prononce que quatre mots, toujours les mêmes.

— Je dois protéger Tom !

— Les policiers s'en sont chargés, me rassure Savine. Il y avait une fliquette de garde, Jennifer Louchadière.

Nectaire court derrière nous et la contredit.

— Non, Savine. Louchadière est repartie chez elle hier soir. Tout était calme d'après les gendarmes, elle n'avait aucune raison de rester.

Je me demande une microseconde comment Nectaire peut être aussi lent dans tout ce qu'il entreprend, et être toujours aussi bien informé.

— De toutes les façons, crié-je en me précipitant vers l'escalier, les policiers ne croiront jamais à cette histoire de réincarnation ! Ils se contenteront d'une enquête limitée à leur vision de la réalité. Ce sera comme rechercher un meurtrier dans la nuit en espérant qu'il passe sous le seul réverbère éclairé. Amandiiiine !

Je hurle. Même si cette bourrique s'est bourrée de Valium, je vais la réveiller ! J'entends Savine se précipiter derrière moi.

— Non, Maddi... attendez... attendez les policiers.

Je parviens devant la porte de la chambre. Amandine est couchée sur le côté. Une tasse contenant un liquide poisseux est posée sur le chevet.

— Amandine, répondez-moi, c'est important. Est-ce que Tom vous a parlé de changer d'enveloppe corporelle ? De rejoindre un monde englouti ? De renaître dans l'âme d'un autre enfant ?

Amandine ne réagit pas. Complètement shootée. Je traverse le palier telle une furie.

— Tom, Tooooom.

Savine se retrouve face à moi dans sa tenue d'agent sibérien du KGB.

— Doucement, Maddi. On a avancé, avec ce test d'ADN. On sait maintenant qu'il y a un truc pas clair. On est avec vous, on va témoigner, mais il faut laisser faire les policiers.

Je la bouscule, je veux passer, je veux voir Tom. J'ouvre la porte de sa chambre à la volée.

Et je me pétrifie à l'entrée.

Tom n'est pas là.

Je regarde incrédule le lit défait, les draps repoussés, comme si Tom s'était simplement levé pour aller aux toilettes, puis sur la chaise la plus proche un pyjama abandonné, trempé, la preuve que Tom s'est habillé en urgence et est sorti en pleine nuit.

Tout recommence, tout recommence.

Je me retourne, plonge mon regard vers la chambre d'Amandine et hurle plus fort encore.

— Où est Tom ?

Son corps allongé n'a pas bougé. Tout ce qui se passe autour d'elle n'est-il qu'un cauchemar qu'elle refuse d'affronter ?

Savine m'attrape par le bras.

— Calmez-vous, Maddi, s'il vous plaît.

— Mais vous ne comprenez pas ? Esteban a disparu, le matin de ses dix ans ! Tout recommence, tout recommence.

Nectaire est resté en bas de l'escalier.

— Non ! ordonne-t-il. Ne touchez à rien dans cette chambre. Si Tom a été enlevé, c'est une scène de crime, chaque détail pourra compter.

Il n'a pas grimpé trois marches que j'ouvre déjà les tiroirs de la commode devant moi. Jusqu'à les décrocher. Des livres, des cahiers, des feuilles s'éparpillent. Je continue de fouiller la chambre de Tom, hystérique. Je dois trouver quelque chose, n'importe quoi, le moindre indice. Je n'ai pas réussi il y a dix ans, je n'ai rien vu venir, je ne me suis pas méfiée. Je ne dois pas échouer une deuxième fois. Je dois découvrir où il est allé. Qui l'y a entraîné...

J'arrache tous les cintres de la penderie. Des chemises, des pantalons, des pulls s'envolent avant de retomber autour de moi. Je frappe de toutes mes forces le fond de l'armoire, du bout du pied. Ma semelle passe à travers le contreplaqué. Aucun double fond.

— Non, Maddi, tente de me raisonner Savine.

Je dois trouver !

Par la porte ouverte, j'aperçois Nectaire, téléphone collé à l'oreille, appelant sans doute des renforts. N'a-t-il rien compris ?

J'arrache les draps du lit. Je fais valser les oreillers. Rien !

Il y a forcément quelque chose à découvrir. Tom a besoin de moi, Tom est en danger. La police ne me croira pas, comme il y a dix ans, la police perdra trop de temps.

Savine se tient debout derrière moi, dépassée, pour la première fois. Elle a cessé de lutter.

Je me penche et m'arc-boute, pour déplacer le matelas, je n'y arrive pas, j'ai l'impression de me vider de toutes mes forces, plus rapidement encore que si je perdais des litres de sang. J'implore Savine du regard.

Aidez-moi, aidez-moi.

Elle soupire. Elle aussi, je le devine, a basculé dans l'irrationnel. Il est trop tard pour reculer, on plonge en enfer, on remontera à la surface plus tard, pour expliquer ce qui peut être expliqué. A quatre mains, nous poussons le matelas jusqu'à ce qu'il glisse, puis tombe à plat sur le parquet, soulevant un épais nuage de poussière. Je tousse, mes yeux me piquent, je ne vois d'abord que quelques lattes brisées, jamais réparées.

Le nuage se disperse, comme se retire la mer.

Savine, à côté de moi, s'est arrêtée. Spontanément, elle a attrapé ma main. Quand l'irrationnel surgit à ce point, quand on ne peut plus se raccrocher à rien, il faut bien se raccrocher à quelqu'un.

Sous son lit, Tom a construit une maquette. Personne n'a jamais dû la voir, et encore moins sa mère. Tom savait que jamais aucun balai ne viendrait détruire son œuvre secrète.

Je reste subjuguée par la précision des détails, le clocher de l'église, l'horloge de la gare, la cour de l'école, l'enseigne en croissant doré devant la boulangerie, chaque réverbère, chaque toit, chaque cheminée. Un village entier. Aucun habitant, aucun animal. Un village entièrement peint en bleu ! La peinture qui recouvre le parquet et les plinthes sous le lit ne laisse aucun doute : Tom a réalisé la maquette d'un village englouti ! Sans aucun psy pour en parler, il ne l'a pas construit dans sa tête, il l'a bâti en vrai.

La main de Savine me broie les phalanges.

J'entends Nectaire crier au loin.

— Réveille-toi, Amandine, bordel de merde, réveille-toi.

J'entends des voix, plus lointaines encore, raconter ces légendes persistantes. Un village a été englouti sous le lac Pavin, un village entier. La même légende, la même histoire que celle de Saint-Jean-de-Luz et du quartier de la Côte.

J'ai COMPRIS.

Savine tente de me retenir, mais aucune menotte ne le pourrait.

J'entends une dernière fois crier dans la chambre d'en face.

— Amandine, je t'en prie.

J'entends Savine supplier derrière moi.

— Non, Maddi, restez là.

Je ne les écoute plus. Je peux encore gagner. Je peux encore le sauver.

Je me précipite hors de la chambre, en sautant une marche sur trois je dévale l'escalier sans me retourner, je fais voler la porte d'entrée. Dehors, le vent s'est levé et la neige, en entêtants tourbillons, s'est remise à tomber.

– 52 –

— Amandine, réveille-toi, Amandine.

Savine s'est agenouillée au bord du lit. Elle pince le bras de la jeune maman, qui reste sans réaction. Son regard glisse sur les médicaments éparpillés sur la table de chevet.

— Qu'est-ce que t'as bien pu prendre comme saloperie ? Réveille-toi ma belle, réveille-toi.

Elle pose la main sur son ventre.

— Si tu ne le fais pas pour toi, fais-le pour ton enfant.

Nectaire est resté debout dans la chambre. Jamais il n'a paru aussi excité. Il scrute la cour de la Souille par la fenêtre. La MiTo de Maddi a disparu, et les traces laissées par ses pneus ont déjà été recouvertes par la neige.

— Où est-elle partie ?

— Aucune idée ! Aide-moi, va me chercher une serviette mouillée, n'importe quoi.

Nectaire peine à réagir. Il a appelé la gendarmerie de Besse, mais avec le retour de la tempête, ils vont mettre un bout de temps à arriver. Trop d'informations se télescopent dans son cerveau : la superposition surréaliste des ADN, la disparition de Tom, la fuite de Maddi Libéri, il ne parvient pas à faire le tri. Son instinct lui souffle que...

— Une serviette, merde ! Elle a le front bouillant, elle respire au ralenti.

Nectaire s'excuse, bafouille, n'ose pas demander où est la salle de bains, panique, ouvre stupidement la porte de l'armoire de la chambre avant de penser qu'il y a peu de chances qu'il y trouve du linge de toilette.

— Qu'est-ce qu'elle fait, Maddi ?

— Rien... Magne-toi. Première à droite, le lavabo.

Nectaire avance d'un pas, puis l'autre.

Crac !

Son pied vient d'écraser du verre brisé. Le secrétaire de mairie se penche et ramasse avec précaution, entre son pouce et son index, *une seringue*.

— Qu'est-ce que...

Savine réagit aussitôt et détaille d'un rapide mouvement des yeux les résidus bruns poisseux collés aux morceaux de verre. Elle repousse les draps, attrape le bras flasque d'Amandine, le retourne et examine les veines de son poignet. Elle repère immédiatement un minuscule trou, cerné d'une pointe de sang coagulé. Des hématomes aussi, au bras et au poignet.

— Elle ne s'est pas fait ça toute seule ! affirme Savine d'une voix paniquée. Quelqu'un est venu la droguer. Cette nuit. Celui qui a enlevé Tom, forcément...

— Ou celle...

— Celle quoi ?

Savine cherche d'autres marques de piqûres sur la peau de la jeune maman. N'en voit pas.

— Celle qui a enlevé Tom ! (Nectaire tient la seringue brisée au creux de sa main.) Regarde, c'est du matériel médical qu'on ne trouve pas dans une banale pharmacie. La piqûre est franche et nette, du travail de pro. C'est un médecin, ou une infirmière, qui a fait le boulot.

— Tu veux dire qu'...

— Tu connais d'autres médecins dans le coin ? Qui soupçonne-t-on depuis le début de vouloir enlever Tom ? Qui s'est tirée alors qu'on l'appelait au secours ? Qui nous a baladés depuis le début ? Qui a pu nous refiler n'importe quelles fringues, en prétendant que c'était celles de son fils, pour ton putain de test ADN ? Elle est venue plusieurs fois à la Souille, elle a pu voler celles de Tom, elles traînent partout, elle n'avait qu'à se baisser pour les ramasser. Qu'on a été cons ! C'est la seule explication !

Savine entoure le poignet d'Amandine, appuie son pouce contre sa veine violacée. Son pouls est faible, mais régulier. Nectaire pose avec précaution les résidus de seringue sur la table de chevet, tout en continuant de soliloquer.

— Nom de Dieu, j'aurais dû suivre mon instinct ! J'avais raison, depuis le début. Elle veut se tirer avec le gosse. Qu'est-ce qu'elle a dit, Savine ? Où est-ce qu'elle est partie ?

Le secrétaire de mairie visualise mentalement l'incroyable maquette bleue réalisée par Tom sous son lit.

— Elle... Elle semblait obsédée par cette histoire de village englouti.

— Comme son gosse ! explose Nectaire. C'est exactement ce que m'a raconté le psy. Et on l'a retrouvé noyé. Sauf que c'était à Saint-Jean-de-Luz, une ville à moitié disparue sous l'océan.

Les regards de Savine et de Nectaire se croisent à ce moment précis.

Le Pavin ! La légende qu'Aster leur a si souvent racontée, le village noyé, au fond du lac, puni par le diable de tous ses péchés.

— Elle est là-bas ! crie Savine. Elle a forcément emmené Tom là-bas !

Une brève lueur d'admiration traverse le regard du secrétaire de mairie, d'amour peut-être.

— J'y vais, dit-elle.

Les héros ne sont jamais ceux que l'on croit.

— Non, tu restes, ordonne Nectaire avec autorité. Amandine a besoin de toi ! Tu rappelles la brigade de Besse et tu leur dis de me rejoindre directement au lac Pavin.

– 53 –

Devant moi, le lac Pavin ressemble à un immense miroir, entouré d'une ceinture de pins givrés dont les doubles grelottants se reflètent dans l'eau glacée. Les flocons tombent par milliers, les plus chanceux s'accrochent aux branches, s'entassent sur les berges, alors que tous les autres meurent dans le lac, désintégrés sitôt la surface de l'eau touchée, comme autant de kamikazes sacrifiés.

Je ralentis mais roule jusqu'au plus près du bord du lac, sur l'embarcadère de bois. Je sens les planches grincer sous les pneus. Je m'arrête enfin, mais même une fois serré le frein à main, ma MiTo continue d'avancer, sur plus d'un mètre, glissant inexorablement sur la neige tassée. Elle ne s'immobilise qu'au bout du ponton, à quelques mètres du vide.

Je souffle une brève seconde. Je suis arrivée ! Si la première partie du trajet de Froidefond au Pavin a été plutôt aisée sur les routes globalement dégagées, la seconde, après Besse, s'est révélée calamiteuse. La tempête annoncée s'est levée d'un coup. A la neige accumulée sur le bas-côté ou sur les branches des sapins, dispersée par le vent, s'est superposée l'épaisse couche qui recommençait à tomber, tendant un rideau blanc quasiment infranchissable à travers les phares. Une neige collante, à prise rapide, dont on pouvait presque voir, telle une crue, le niveau monter à l'œil nu.

Plus je roulais et plus j'avais l'impression de m'engouffrer dans un tunnel, qui s'ouvrait à peine et se refermait immédiatement derrière moi. Un tunnel silencieux. La neige tombait sans bruit sur la carrosserie, les pneus glissaient comme s'ils flottaient, seule la radio maintenait une présence de vie, même si elle grésillait. Le journaliste local répétait ses conseils en boucle, exhortait les auditeurs à ne surtout pas sortir de chez eux, la tempête ne durerait que quatre ou cinq heures, mais serait particulièrement violente, les météorologistes prévoyaient plus d'un mètre de neige dans la matinée. Le pays serait coupé ! Restez chez vous surtout, ne vous déplacez que pour une raison vitale, essentielle.

J'ouvre la portière de la MiTo et je sors sur l'embarcadère.

Retrouver mon gosse, ce n'est pas une raison essentielle ?

Je dérape une première fois, je m'accroche à la portière. Merde ! Sous la couche de neige, le sol est complètement glacé. Une véritable patinoire, qui pourrait vite se transformer en plongeoir. Le lac s'étend juste devant moi. J'attrape mon bonnet mauve que j'enfonce sur ma tête, mon écharpe de laine blanche autour du cou, je ferme jusqu'au dernier bouton ma veste de ski violette et je plisse les yeux en meurtrière, pour éviter autant que je le peux la salve de flocons.

Rien ! Je ne vois rien à travers la lourde pluie de coton. Aucune voiture garée, aucune trace de pneus, de pas ou de traîneau. Rien que le lac frigorifié et les pins blancs qui l'encerclent comme une armée de squelettes grimaçants.

Je dois le trouver pourtant.

Esteban est forcément ici, je ne peux pas me tromper.

Est-il venu de son plein gré, cette nuit, profitant de l'éclaircie ? L'a-t-on enlevé ?

S'est-il déjà...

J'observe la surface lisse du lac sur laquelle des millions de flocons viennent mourir.

S'est-il déjà noyé ?

Non, impossible.

J'avance sur l'embarcadère à pas de chat, pour ne pas glisser, je crie à en réveiller la galaxie.

— Estebaaaan.

Pas une ride du lac n'a tremblé. Sur ma gauche, le sentier qui longe le lac se repère difficilement, et les flèches des panneaux indiquent toutes le même balisage : blanc.

Blanc sur blanc.

— Estebaaaan.

Je m'engage dans le chemin. Je dois m'accrocher aux branches, le sentier en dévers suit les berges du lac, un pas de côté, un mauvais appui, et c'est le bain gelé. La surface du Pavin est recouverte d'un fin brouillard de condensation. L'eau du lac ne doit pas être beaucoup plus chaude que l'air, mais la brume offre l'illusion qu'elle est brûlante, bouillonnante, une gigantesque marmite alimentée par les flammes de l'enfer.

Comment imaginer qu'Esteban puisse y avoir plongé ? Puisse avoir réellement cru rejoindre un village, noyé, en dessous ? Quelqu'un l'a obligatoirement influencé.

— Estebaaaan.

Des flocons entrent dans ma gorge, d'avoir trop longtemps tenu la note. Je les crache, continue de marcher, et crie l'autre prénom, à regret.

— Tooooom.

Je n'obtiens pas davantage de réponse, pas même un écho pour me narguer, pour faire croire qu'il existe une vie, que quelqu'un est venu ici.

— Toooom, Estebaaaan, Tooooom.

J'avance, déterminée, sur le chemin de ronde. Mon bonnet est à tordre, mon écharpe un serpent au sang froid qui me dévore la gorge. Je manque de déraper cent fois, chaque nouveau mètre me tend un nouveau piège, un puits de neige tendre où je m'enfonce jusqu'aux cuisses, suivi d'une portion plus dégagée où la neige chassée n'a laissé derrière elle qu'une plaque glacée.

Je progresse pourtant. Ma MiTo n'est déjà plus qu'un petit igloo posé au bord de la banquise, je suis presque sur la rive opposée, j'ai donc déjà contourné la moitié du lac.

Déjà ?

Depuis combien de temps suis-je là ? Un quart d'heure ? Une demi-heure ? Une heure ? J'arrache mon gant droit à pleines dents et je glisse ma main dans ma poche, à la recherche de mon téléphone.

Sept appels, trois messages. C'est tout ce que j'ai le temps de lire avant que les flocons ne brouillent l'écran. Je les essuie d'un doigt rageur, puis courbe la main en dérisoire paravent.

Savine bien entendu, Savine a essayé de me joindre en continu. Ils se sont sûrement chargés d'appeler la police. Ils sont malins, sans aucun doute, ils vont penser au Pavin.

Mes doigts patinent, mais l'écran tactile finit par m'obéir.

Wayan a essayé lui aussi de me joindre. Aucun message audio, aucun texto.

Ma main est gelée, mon visage grêlé, je range le portable et renfile mon gant avant que mes doigts ne se cassent comme des bâtons de glace.

— Estebaaan, Tooom, Estebaaan...

Je reprends ma marche chaotique. Les branches de pins me frôlent, au moindre contact déversent sur moi des tonnes de neige, parfois, quand le sentier est trop étroit, me fouettent.

Je n'y prête plus attention, ni à la douleur, ni au froid. Mes yeux désormais s'aimantent à la surface du lac, seul élément du paysage à ne pas être dévoré par la neige, un trou noir indifférent au cataclysme ambiant, une eau calme au reflet parfait, presque transparent.

Mes yeux brouillés croient deviner des formes de toits, distinguer le son d'une cloche, entendre des rires d'enfants.

— Estebaaaan ?

Est-ce que tout va recommencer ?

Est-ce que l'eau va encore une fois se refermer sur son secret ?

Tueuse silencieuse que rien jamais ne pourra faire avouer.

Est-ce que plus jamais je ne reverrai Esteban ?

Est-ce que la douleur va à nouveau me foudroyer ?

Est-ce que dans quatre semaines, on repêchera un corps noyé ?

Est-ce que...

J'ai pratiquement achevé le tour du lac. Ma MiTo est là, devant moi, à quelques centaines de mètres. L'embarcadère. Quelques bancs. Quelques plots pour amarrer l'été les canots et les pédalos.

L'averse de neige devient plus dense encore, les flocons plus agressifs. J'ouvre grand les yeux pourtant, qu'ils me piquent, qu'ils m'irritent, je m'en fiche.

Une petite barque est amarrée à l'un des pontons. Une barque que je n'avais pas vue quand je suis arrivée. Comment ai-je pu ne pas la remarquer ?

N'est-ce qu'une illusion ?

— Esteban ?

Ma gorge serrée dans son boa n'a laissé passer qu'un minuscule filet de voix.
Je peine à croire ce que je vois.
Il est là. Dans la barque.
Devant moi.
Je reconnais son blouson, son bonnet, ses cheveux blonds givrés.
— Estebaaaan !
J'ai crié, cette fois, pleins poumons, à en provoquer une avalanche.
Esteban ne se retourne pas.
— Tooom !
Tom ne m'entend pas.
Tant pis, je cours vers lui, au risque de glisser à chaque pas. Je me fiche de la neige, je me fiche du verglas.
Non, tout ne va pas recommencer.
Cette fois je l'ai retrouvé. Cette fois je peux le sauver.

– 54 –

Nectaire aperçoit la MiTo droit devant lui ! Même recouverte de neige il reconnaît la forme caractéristique de la carrosserie. Personne d'autre que Maddi Libéri ne possède une telle voiture par ici. Il avance encore, ou se laisse glisser plutôt. Depuis combien de temps Maddi est-elle arrivée ? Combien d'avance a-t-elle sur lui ?
Il ne freine pas en s'approchant du lac, il roule déjà assez lentement, et se contente de laisser sa Renault 5 s'échouer contre le pare-chocs arrière de la voiture devant lui.
La MiTo encaisse la collision. Lui aussi.

QUATRIÈME ÂGE

Il souffle, il est enfin arrêté. Il devrait se sentir libéré, mais ses mains crispées ne parviennent pas à lâcher le volant. Ses yeux continuent de voir clignoter des milliers de taches blanches et noires, comme s'il était resté des heures devant un écran sans image.

Il a failli déraper vingt fois dans le fossé, se perdre, caler, rester planté dans les rares montées, ne plus rien contrôler dans les interminables descentes, il a failli renoncer autant de fois, mais il y est parvenu !

Il prend une longue respiration. Ses mains sur le volant sont aussi raides que des crochets de Playmobil grippés.

Qu'est-ce qui lui a pris de jouer ainsi le héros ? Est-ce pour les beaux yeux fatigués de Savine ? Parce que quelques gouttes de sang de flic coulent encore dans ses veines ? Ou seulement parce qu'il n'a pas réfléchi, qu'il a suivi son instinct, qu'il n'aime pas se faire balader, qu'il avait simplement envie de connaître... la vérité.

Une vérité très cher payée !

Deux heures de conduite à moins de dix kilomètres/heure ! Un vélo serait allé plus vite que lui. A trembler à chaque croisement, à maudire son audace, *j'y vais*, à se demander si c'est bien lui qui conduit, si c'est bien Nectaire Paturin qui tient le volant de la seule voiture assez inconsciente pour rouler sous cet ouragan, à osciller en permanence entre concentration de tous les instants et pensées qui divaguent, tellement la R5 progresse lentement, à s'imaginer bien au chaud préparant son thé, regardant la neige tomber, triant ses timbres d'hier, puisque aucun facteur aujourd'hui ne va passer, à parler tout seul dans sa cage de fer derrière les essuie-glaces affolés.

Qu'est-ce qui lui est passé par la tête ?

Il n'a pas croisé un seul 4 × 4, pas un seul engin de chantier, pas un seul de ces montagnards suréquipés et aguerris. Dehors, il n'y a que sa vieille Renault 5 et lui !

Aster pourra raconter ça à des générations de marmots : son frère est un héros ! Frappé par la foudre, il est parti seul... et sorti vainqueur de la pire tempête qu'on ait connue depuis une décennie ! Le monde se divise en deux, les fous et les gens normaux. Est-ce que tout le monde franchit la ligne rouge de la folie au moins une fois dans sa vie ?

Ses mains se sont enfin détachées du volant.

Apparemment, il n'y a personne dans la MiTo garée devant, mais la couche de neige empêche de distinguer quoi que ce soit à l'intérieur. Il essuie la buée d'un revers de main. Un instant, il espère que Lespinasse et sa brigade sont déjà sur place, mais non, il ne repère aucune trace d'autre véhicule.

Il est seul. Au bord du lac.

Et quelque part, tout près, se cache Maddi Libéri.

*
* *

Nectaire, avant de sortir affronter la tempête de neige, prend le temps de se pencher en avant, vers la boîte à gants, et d'en sortir le SIG Pro flambant neuf rangé dans son étui de cuir. En quinze ans de service à la police judiciaire, il ne s'en est jamais servi. C'est l'un des seuls souvenirs qu'il a gardés de cette période de sa vie, ce pistolet conservé sans permis, avec un kit à empreintes digitales et sa plaque officielle en métal. Une prémonition ? Avait-il deviné qu'il lui faudrait attendre d'être secrétaire de mairie pour le sortir de son étui ?

Il pousse la portière. La neige accumulée sur la Renault 5 tombe d'un coup, comme si le toit se détachait. Il laisse le nuage blanc se disperser, avant de planter ses deux solides chaussures de randonnée dans la poudreuse accumulée entre les roues. Les crampons accrochent aussitôt. Deux authentiques Rossignol, cadeau d'anniversaire d'Aster il y a quatre ans... Jusqu'à aujourd'hui, il ne les avait pas davantage sorties de leur boîte que le SIG Pro qu'il glisse dans sa poche.

Capuche sur la tête, il avance sur l'embarcadère gelé, avec l'assurance d'un rapace aux griffes acérées. Ses yeux, après son odyssée, se sont habitués à distinguer le moindre détail entre les flocons. Un décodeur sans doute bricolé par son cerveau, comme pour capter une chaîne cryptée. Il tourne la tête à cent quatre-vingts degrés, d'une rive à l'autre, mais ne voit rien, aucune vie, pas même un corbeau ou n'importe quel autre oiseau, rien que le lac vide cerné par des milliers d'arbres fantômes.

Elle est là pourtant, il le sait.

Il ressent des picotements de trappeur du Grand Nord traquant le dernier ours polaire. Qu'est-ce qui t'arrive, Nectaire ? Il touche la crosse chaude de son SIG Pro pour se rassurer, tout en fixant avec plus de concentration encore la surface du lac.

Un village englouti s'y cacherait ? C'est la légende qu'Aster aime raconter, la maquette que Tom a construite en secret... Un premier détail l'intrigue, une infime ride, une vague à peine visible à la surface du lac, mais dont la régularité ne laisse aucun doute : elle n'est pas poussée par le vent, c'est un cercle, parfait, qui s'élargit petit à petit avant de se briser sur la berge, et qu'un autre, tout aussi parfait, remplace.

Des ronds dans l'eau !

Pas un de ces ronds provoqués par un caillou jeté de la rive, ou multipliés en ricochet, non, des ronds lents et réguliers, de ceux qui naissent au large, d'un simple impact à la surface, précis et répétés. De ceux qui naissent des soubresauts d'un bateau.

Impossible ! essaye de se convaincre Nectaire. Qui pourrait naviguer sur le lac par ce temps d'apocalypse ?

Il lâche un juron qui se perd dans le paysage d'amidon, plante à nouveau ses crampons et retourne en trois pas vers la Renault 5. Il ouvre une seconde fois la boîte à gants et en tire une paire de jumelles. Des National Geographic, le modèle qu'Aster vend aux touristes. Il se félicite intérieurement d'être aussi organisé ; même si sa Renault est rouillée, cabossée par les années, tout y est à sa place, rangé, protégé.

Retour au lac avec ses serres d'épervier aux pieds. Le cercle de cuivre des jumelles écrase ses yeux bouffis. Il règle le grossissement en pestant, essuie l'optique méticuleusement, toutes les dix secondes, incapable de faire la différence entre sa vue qui se brouille et la neige fondue qui détrempe le verre. Il scrute, mètre par mètre, la surface plane et sombre. Il s'attend presque à voir surgir le cou du monstre du loch Ness, commence à désespérer, quand il repère une nouvelle vague, circulaire, régulière. Il braque plus encore les jumelles et remonte, remonte, cercle après cercle, jusqu'à la source.

Nom de Dieu !

Il distingue la forme d'une barque qui glisse à la surface du lac, dont seuls quelques coups de rames trahissent la présence silencieuse.

Il zoome encore, optimise la vision, écarquille les yeux pour qu'aucun battement de cils ne vienne balayer la scène.

Par tous les enfers !

Aucun doute. Il reconnaît le blouson citrouille Fumerol de Tom. Et à côté, la veste de ski violette, le bonnet mauve et l'écharpe blanche de Maddi Libéri.

Les crampons d'acier à ses pieds paraissent définitivement plantés dans les planches de l'embarcadère.

Bordel, qu'est-ce que cette folle fabrique avec ce gosse sur le lac ? Et Lespinasse et ses gendarmes qui n'arrivent pas ! Que faire ? Il hésite à tirer un coup de SIG Pro en l'air. Et ensuite ? Et après ?

Il continue de surveiller la barque à travers les jumelles. L'embarcation s'éloigne. Bientôt, elle ne sera plus qu'un point coloré, avant qu'il ne la perde de vue.

Il n'a pas le choix, il doit la suivre.
Longer le lac, par le sentier.

*
* *

Nectaire s'arrête, essoufflé. Jamais de toute sa vie il n'a marché aussi vite, même si chaque pas lui coûte une énergie démentielle : planter ses crampons au plus profond, prendre un solide appui, essayer de relever le pied en y mettant la force qu'il faut pour arracher un clou, recommencer.

Il progresse pourtant, plus vite qu'il ne l'aurait imaginé. Les jumelles cognent contre sa poitrine, le SIG Pro se balance dans sa poche.

Qu'est-ce que Maddi Libéri va faire avec ce gosse ? Pourquoi veut-elle ramer jusqu'à l'autre extrémité ? Pourquoi ne pas être passée par le sentier ?

Il prend appui quelques instants contre le tronc d'un pin, rajoutant son poids à celui de la neige qui courbe ses branches basses. Son cœur bat trop fort, il a présumé de ses forces, il a voulu franchir trop rapidement le tronçon de sentier qui quitte pendant une centaine de mètres la rive du lac, serpente entre les pins, avant de redescendre vers la berge. Tant pis, il n'a pas le temps d'attendre que son rythme cardiaque se calme, il braque les jumelles et cherche la barque, ou à défaut, les ronds dans l'eau.

Il ne distingue plus aucune trace ! Rien que la surface lisse et déserte. Comme si le lac était recouvert d'une pellicule de glace qui s'était refermée aussitôt après les avoir avalés.

Il peste. L'eau du Pavin n'est pas gelée ! Il s'est forcément rapproché d'eux, et ils n'ont pas pu faire demi-tour.

Où ont-ils pu passer ?

Ont-ils eu le temps d'accoster ?

Oui bien sûr, s'ils ne sont plus sur le lac.

Nectaire s'approche encore un peu plus de la rive, sans savoir où l'eau commence, où s'arrête le chemin. Ses crampons griffent une pierre dans un crissement strident. Ne pas aller plus loin ! Ne pas paniquer, observer, analyser.

Il écarquille les yeux alors que les deux cercles des jumelles longent les bords du lac, à la lisière entre le tapis immaculé du sentier et les flaques de neige qui recouvrent les berges. Il distingue chaque détail, si la barque a accosté...

Il la voit !

Echouée sur ce qui ressemble à une crique de poche, peut-être même trouve-t-on du sable ou des graviers sous l'épaisse couche de poudreuse.

La barque est vide !

Son premier réflexe est d'imaginer le pire, ils ont coulé, ils ont sauté dans l'eau, ils sont partis rejoindre ce village fantôme sous la surface du lac et la barque abandonnée a doucement dérivé.

Ses yeux noyés continuent de détailler l'embarcation : il repère à travers le verre grossissant les rames en équilibre sur le bastingage, la corde nouée à l'anneau de fer de la proue. Il la suit en un lent travelling. L'amarre est accrochée à la branche d'arbre la plus proche de la rive !

Si ses crampons n'étaient pas solidement plantés, Nectaire en danserait.

Non, ils n'ont pas coulé. Ils ont simplement accosté. Ils ont poursuivi à pied !

En route, il doit les rattraper ! Même un ours aussi pataud que lui peut marcher plus vite qu'un enfant de dix ans. Même si ses chaussures pèsent une tonne, même si ses cuisses durcissent et que ses genoux grincent.

Il frappe dans ses mains, puis sur ses jambes, pour s'encourager. Tout en reprenant sa marche, Nectaire tente d'ordonner ses pensées.

Quelle peut bien être la stratégie de Maddi Libéri ? Ce lac est un cul-de-sac, enfoncé dans un profond cratère, on ne peut qu'en faire le tour à pied, ou le traverser en barque. Pour rejoindre l'embarcadère, et la MiTo, ils devront forcément passer devant lui, ou faire le tour complet... Pourquoi ? Que signifie cette délirante randonnée ?

Nectaire accélère encore le pas, il en a l'impression du moins, il n'a jamais eu le sentiment d'être lent, il ne s'en rend compte que lorsque les autres progressent plus rapidement. Peut-être qu'en réalité, il perd du terrain sur Maddi et Tom. A-t-il la force de marcher plus vite ?

Il a presque atteint la crique et se tient devant la barque amarrée, épuisé. L'acide lactique brûle ses cuisses. Pourra-t-il aller plus loin ? Sans s'arrêter ? Sans reprendre des forces ? Il n'a rien emporté à manger, ni à boire. La neige inonde son visage, quelques flocons s'insinuent dans son cou malgré sa capuche boutonnée. Nectaire s'apprête à hurler de rage quand il aperçoit la lueur, à l'entrée du lac, derrière l'embarcadère, derrière la MiTo, derrière la Renault 5. Une voiture ! Une voiture qui projette une lueur bleue, tourbillonnante, dans le brouillard. Un gyrophare !

Non, deux gyrophares ! Une seconde voiture de gendarmerie suit. Savine a réussi. Elle a convaincu Lespinasse de sortir, même par ce temps de loup. Toute issue est coupée !

Quoi que Maddi Libéri ait manigancé, l'étau va se refermer.

Il crispe sa main sur son SIG Pro.

Bon boulot, Bocolon, beau boulot.

*
* *

Nectaire parvient enfin à la crique. Il progresse sur le sentier enneigé d'un pas de plus en plus assuré. L'arrivée de la gendarmerie a permis au secrétaire de mairie de puiser dans une réserve insoupçonnée d'énergie. Il possède assez de souffle pour pousser de longs soupirs de soulagement.

Ouf, la barque clapote toujours devant lui, posée sur un lit blanc qui descend en un long drap nuptial jusqu'au lac. Ouf, la corde qui la retient à la rive est toujours accrochée à l'arbre le plus proche. Ouf, il distingue dans la neige devant lui deux tailles de pas, ceux d'un adulte et ceux d'un enfant. Nectaire respire de mieux en mieux. Son cerveau avait effleuré, sans oser la visualiser, l'hypothèse la plus sordide possible, que Maddi Libéri ait fait chavirer Tom de la barque, avant d'accoster seule, et de tenter de fuir.

Mais non, ce sont bien deux passagers qui ont sauté de la barque, laissé leurs empreintes toutes fraîches dans la petite plage blanche, et rejoint le sentier, pour le longer, sur quelques mètres.

Seulement sur quelques mètres ?

Nectaire observe, stupéfait, les traces devant lui qui s'arrêtent net.

C'est impossible !

Il n'y a rien d'autre que le lac sur sa droite, une falaise abrupte sur sa gauche, et le chemin droit devant, immaculé, qu'aucun pied n'a foulé depuis au moins une heure, à en juger par la couche de neige accumulée.

C'est absurde ! Ils ne se sont tout de même pas envolés !

Et pourtant, comment nier la réalité ? Ils n'ont pas pu rebrousser chemin, il les aurait croisés ; ils n'ont pas pu aller plus loin, leurs pas les trahiraient. Il ne reste qu'une issue... Le lac ? Pourquoi y avoir plongé ? Parce que les gendarmes sont arrivés ? Quelle volonté stupéfiante leur faudrait-il pour s'enfoncer dans cette eau gelée ?

Nectaire ne comprend plus rien. Une nouvelle fois, tout va trop vite pour lui. Tout tangue, tourbillonne, comme ces millions de papillons flocons, même ses crampons d'acier ne suffisent plus à assurer son équilibre. Pour ne pas basculer, il pose sa main sur le rocher le plus proche, un mur d'orgues basaltiques qui tombe à pic dans le lac, ne laissant qu'à peine un mètre au promeneur entre la falaise et la berge.

Aïe !

La paume de Nectaire ne s'est pas appuyée sur la paroi lisse de la roche volcanique, mais sur une aspérité étrange, une curieuse excroissance, à la fois dure et granuleuse. Il dégage du bout des doigts la neige accumulée et étouffe un cri de surprise.

La pierre est rouge ! Rouge vif. Et moins d'un mètre plus haut, une autre, jaune soleil. Il en découvre une troisième un peu plus bas, bleu turquoise, au-dessus de son pied droit.

Il lui faut quelques secondes avant qu'il réalise : ce sont des prises !

En levant les yeux, il en repère encore une dizaine. En même temps qu'il les compte, stupidement, son cerveau travaille. Bien entendu, il se trouve au pied d'un mur d'escalade ! Le lac Pavin est connu pour ses balades en barque, la couleur unique de son eau, sa profondeur, son village englouti... et son site de varappe. Un spot pour débutants, d'après ce dont il se souvient. Prisé par les écoles locales, dans un écrin sublime.

Noir de monde l'été...

Mais l'hiver ? Sous un tel enfer blanc ? Accompagnée d'un gosse de dix ans ?

Est-ce ainsi que Maddi Libéri compte leur échapper ? En escaladant ?

*
* *

Nectaire, instinctivement, lève les yeux. La neige cingle son visage, mais il résiste aux éclats qui le mitraillent, essayant de distinguer au-dessus de lui la moindre silhouette, la moindre ombre. Impossible, il n'a pas assez de recul, et ils ont pris trop d'avance. Comment Maddi Libéri a-t-elle pu s'y prendre pour convaincre Tom de la suivre dans une telle folie ? Tom escalade forcément cette paroi de son plein gré, elle ne pourrait pas le tirer s'il résistait.

Que faire ? Les poursuivre ? Poser lui aussi ses mains et ses pieds sur les prises ? Impossible ! Il n'est pas équipé, il a le vertige dès qu'il monte sur un tabouret, même avec la meilleure volonté... Une seule solution, prévenir Lespinasse, vite, pour qu'il les cueille en haut ? En haut, mais où exactement ? Il ne voit rien à part la paroi.

L'idée lui vient alors naturellement... Pour les repérer, il lui faut prendre du recul. Et pour prendre du recul...

Ses crampons agrippent la glace. Il court cette fois, faisant voler la poudreuse de la plage. Il arrache l'amarre d'un geste sec. La branche se casse net. Il jette le tout dans la barque, bois et corde, et avance au plus près pour la pousser, un pied dans la neige, un autre dans l'eau glacée. Le froid le saisit, le mord jusqu'aux genoux. Il saute pourtant de tout son poids dans la barque, sans s'en soucier. Il saisit les rames et les plonge dans l'eau, jambes de glace, bras en feu, yeux rivés à la falaise face à lui.

Plus il s'éloigne et plus elle se dévoile. Il commence à distinguer le plateau au-dessus, une plateforme dégagée où, contrairement au reste du site, les arbres ont été coupés.

Y sont-ils déjà parvenus ? Ses yeux fous, collés de givre, cherchent à distinguer leurs corps plaqués à la paroi rocheuse. Elle paraît un peu moins impressionnante vue du lac, moins abrupte, moins verticale, de nombreuses anfractuosités permettant de l'escalader, mais il ne repère aucune trace des deux fugitifs.

Où sont passés ces fantômes ?

Il lâche les rames et laisse la barque dériver.

Vite, prévenir Lespinasse ! Les lumières bleu électrique flottent toujours au-dessus de l'embarcadère, mais il est trop loin pour apercevoir les gendarmes.

Il sort son téléphone, vérifie qu'il a de la connexion, scrute à nouveau la paroi, quand il les voit.

Ils sont arrivés en haut, en surplomb du lac. Il repère la veste de ski de Maddi, le blouson de Tom.

Que faire ? Il doit choisir, vite, entre son téléphone et les jumelles. Entre la sécurité et sa curiosité...

Il n'a pas le temps d'hésiter.

De son poste d'observation, entre les épais rideaux de neige, il croit voir la main de Maddi Libéri se baisser, pour aider Tom à franchir la dernière prise et le hisser sur le plateau, il croit entendre Maddi Libéri crier. Puis aucun bruit.

Il ne croit pas, il voit le corps de Tom basculer, tomber, tomber, comme un rocher qui se serait détaché de la paroi, puis crever la surface du lac, à cent mètres de lui.

Sa barque tangue à chaque nouveau rond dans l'eau.

Nectaire lâche tout, jumelles et téléphone, il rame, à en perdre son dernier souffle, à y laisser ses dernières forces, à s'en déboîter les épaules, il frappe l'eau à coups de battoirs, pour la prévenir, pour la punir, *ne prends pas cet enfant...* mais quand il arrive à l'épicentre des rides, quelques instants seulement après que le corps de Tom a coulé, la surface du lac s'est déjà refermée. Le bleu est à nouveau lisse, pur, une plaque de mercure sans la moindre fissure. Et sous le couvercle, Tom doit continuer de descendre, jusqu'à trente mètres, soixante mètres, cent mètres, jusqu'à rejoindre un autre monde, à l'envers de celui des gens encore vivants.

IX
L'ARRESTATION
Les grottes de Jonas

– 55 –

J'ouvre les yeux.
La première chose que je vois, ce sont des mots, des mots en basque, que je traduis.
Si j'avais coupé ses ailes
Il serait à moi
Et il ne serait pas parti
Le poème est punaisé sur le mur, face à moi.
C'est l'oiseau que j'aimais
Les mots farandolent dans ma tête, telle une comptine enfantine.
C'est l'oiseau que j'aimais
C'est l'oiseau que j'aimais
Je crois entendre des rires d'enfants, des cris aussi, le fracas des vagues, le bourdonnement d'une abeille.
— Vous êtes réveillée, docteur Libéri ?
La voix me paraît venir d'outre-rêve. Je tente de tourner la tête, mais tout bascule, un plafond sale succède à un mur bancal, les portes se couchent à l'horizontale, avant que tout se fige en un gros plan sur mes pieds. J'ai la sensation d'être dans un film tourné avec la caméra d'un téléphone portable qu'on a oublié d'arrêter.
— Docteur Libéri ?

La voix provient d'au-dessus de moi. Je lève la tête et cette fois je les vois.

Trois flics !

Je reconnais le lieutenant Lespinasse, le chef barbu au regard de moine bienveillant, la jeune Louchadière qui au contraire n'ose pas poser les yeux sur moi, et le troisième, Salomon je crois, un géant aux allures de guide de montagne, mais version Himalaya, à se demander pourquoi il est venu se perdre au milieu des volcans auvergnats.

— Où... Où je suis ?

La caméra greffée à ma pupille s'est enfin stabilisée. Ma question est stupide, je reconnais le bordel dans la cheminée, les lambeaux de rideaux, les piles de linge effondrées, les mouches rôdant autour de la table à manger... Je suis à la Souille !

— Vous avez dormi longtemps, m'explique Lespinasse. Cela fait plus de deux heures qu'on attend.

Qu'on attend quoi ? Je tente de faire le tri dans mes pensées éparpillées. Il y a de la neige dans mon cerveau, beaucoup de neige.

— Que vous nous expliquiez, docteur Libéri. Ce qui s'est passé.

Ce qui s'est passé ? Je maudis la lenteur de mon esprit. Mes pensées se limitent-elles à répéter les mots de ce policier ? Je dois me reconnecter ! Je bouge mes mains, mes pieds. Je comprends que je suis allongée sur le canapé, enveloppée dans une couverture. Les trois gendarmes sont assis sur trois chaises, en demi-cercle, face à moi. Un divan, trois flics. Lespinasse invente un mixte entre un interrogatoire et une psychanalyse.

— Je... Je ne me souviens de rien.

Lespinasse soupire.

— J'espérais que vous vous montreriez plus coopérative.

Il a l'air encore plus désolé que moi. Il se lève et se dirige vers l'une des fenêtres. J'en profite pour détailler davantage la pièce autour de moi. Je repère, accrochée au porte-manteau de l'entrée, la parka kaki de Savine et la doudoune grise de Nectaire. Eux aussi sont ici, quelque part, attendant à l'étage ou dans la cuisine la fin de l'interrogatoire ?

Lespinasse tire d'un coup sec le rideau qui pend en longs pans frangés. Le jour pénètre à peine dans la pièce. Il fait aussi sombre dehors qu'à l'intérieur et... je ne reconnais plus rien ! La ferme n'est plus qu'un chaos de dunes blanches. La neige n'a pas seulement recouvert la cour de la Souille, elle en a aussi gommé les formes. Impossible de faire la différence entre le quad et le vieux tracteur ou entre le tas de fumier et les bûches empilées. Même les maisons du hameau de Froidefond, en arrière-plan, derrière les flocons, semblent ensevelies sous la poudreuse.

— La tempête va encore durer deux heures, explique Lespinasse, deux heures à ne mettre personne dehors. Alors faire venir votre avocat, ou interrompre votre garde à vue et vous laisser sortir, ça va être compliqué.

Qu'est-ce que je fais là ?

Des images me reviennent, deviennent plus précises, décollées, sans ambiguïté, de leur gangue de semi-réalité. Je revois ma MiTo garée sur l'embarcadère du Pavin. Mon tour du lac sous la neige. Et le dernier flash, net. Esteban, dans la barque, juste devant moi. Je me revois courir vers lui... puis tout s'arrête, le trou noir... avant de me réveiller ici.

Lespinasse est revenu vers moi, je ne le laisse pas s'asseoir.

— Où est Esteban ?

Il était dans la barque ! Que s'est-il passé ensuite ?

Les paupières de la brigadière Louchadière battent plus vite que des ailes de guêpe, Lespinasse cherche à attraper le regard de Salomon, comme s'il ignorait quoi me répondre.

Je répète, en me forçant à ne pas hurler.

— Où est Esteban ? Qu'est-ce que je fais là ?

Le lieutenant Lespinasse s'assoit calmement sur sa chaise. Il cherche à nouveau du soutien dans les yeux de ses deux collègues, n'en trouve pas, prend une longue inspiration et se lance.

— On vous a retrouvée au-dessus du lac Pavin, au milieu des sapins, sur la plateforme d'arrivée du site d'escalade. Inanimée. On suppose qu'après l'accident, vous vous êtes évanouie, et qu'en perdant l'équilibre, vous êtes tombée sur une pierre. Le choc vous a sonnée pendant deux heures, et vous a bien amochée. Vous avez une sacrée plaie au-dessus de votre œil gauche.

Je touche mon front, ma tempe, et je sens le tissu élastique d'un sparadrap collé à une large compresse. Un bandage de fortune, grossier. Je m'en fiche. Un accident ? Quel accident ?

— Pour le pansement, continue Lespinasse, vous remercierez Salomon. C'est lui le secouriste ! Compte tenu des prévisions météo, on savait qu'on devrait se débrouiller seuls, sans la PJ de Clermont ni personne. Donc j'ai estimé que le plus simple était de regrouper tout le monde ici, ensemble. Tous les témoins, tous les indices. On n'a pas le choix, on va improviser et essayer de tout enchaîner : interrogatoires, auditions et confrontations.

L'ai-je seulement écouté ?

Un accident ? Au-dessus du Pavin ? C'est tout ce que j'ai retenu. Dans mon dernier souvenir, je courais sur la berge du lac, en direction de l'embarcadère. En direction d'une barque. Une barque où m'attendait...

Je répète, tout en essayant de repousser un effroyable pressentiment :

— Où est Esteban ?

Ma plaie à la tête, que je n'avais pourtant pas remarquée, me fait maintenant atrocement mal. Lespinasse me fixe avec cette empathie qu'ont les infirmiers pour les patients devenus cinglés.

— Votre fils est mort il y a dix ans, madame Libéri. A Saint-Jean-de-Luz. Noyé.

Connard ! Je savais que les flics ne comprendraient rien ! Je savais que je me cognerais à un mur. Qu'ils refuseraient de m'écouter, qu'ils refuseraient d'envisager tout ce qui ne correspond pas à leur vision de la réalité. Je prends moi aussi une longue respiration, j'essaye, comme Lespinasse, de ne pas hausser le ton.

— D'accord, si vous voulez. Alors je vais reformuler ma question. Où est Tom ?

Lespinasse me regarde droit dans les yeux, sans se défiler, sans ciller.

— Tom s'est noyé, madame Libéri. Il y a deux heures. Son corps repose par cent mètres de fond. En paix. Du moins je l'espère. (Est-ce mon regard épouvanté, mes mains tétanisées, mon corps convulsé, qui le forcent à encore préciser ?) Tom est mort, docteur Libéri. Vous l'avez enlevé. Vous avez fui avec lui. Et par votre inconscience, vous l'avez tué !

– 56 –

— Omelette pour tous ?

Personne ne répond à Nectaire. Personne n'a d'appétit. Personne n'a d'ailleurs pensé à manger, même s'il est 1 heure de l'après-midi et qu'ils resteront encore coincés à la Souille pendant de longues heures.

— Je commence à casser des œufs, enchaîne Nectaire, en prendra qui veut.

Il se déplace entre la gazinière et le four allumé, espérant sans doute que la chaleur sèche ses vêtements trempés. Il a abandonné à l'entrée de la Souille les crampons d'acier qui crissaient sur le pavé.

— Bien, fait Lespinasse, on va se poser cinq minutes et faire un point. Jennifer, tu ne quittes pas Maddi Libéri des yeux, même s'il y a peu de chances qu'elle ait envie de s'échapper !

Le lieutenant invite Savine Laroche et Fabrice Salomon à s'asseoir autour de la table de la cuisine. Les voir piétiner comme des pigeons devant une boulangerie finit par lui donner le tournis.

— Fab, tu es allé voir Amandine Fontaine ?

— Ouais, répond le géant. Ça va, état stationnaire, elle se repose. D'après moi, on lui a injecté de l'oxycodone. Difficile de savoir combien... Si c'était une seringue entière, elle serait déjà morte. Si c'est seulement quelques milligrammes, elle s'en remettra. Par ce temps, pas la peine de prendre le risque d'appeler les urgences, elle sera mieux ici au chaud. Et puis maintenant (Salomon hésite un instant, puis esquisse un sourire) on a récupéré un médecin !

— Excellent, Fab, commente Lespinasse. T'aurais même pu ajouter qu'elle connaît sûrement le dosage exact d'opioïde dans le sang d'Amandine Fontaine, vu qu'il y a toutes les chances que ce soit elle qui lui ait injecté.

Un bref silence s'installe, seulement fissuré par un bruit d'œuf cassé. Lespinasse tourne vers Nectaire un regard fatigué.

— Je propose qu'on arrête de la jouer chacun solo et qu'on mette en commun tout ce qu'on sait. Une vraie coopération, le temps d'y voir plus clair. T'es d'accord, Nectaire ?

Le secrétaire de mairie, yeux baissés et poêle en l'air, secoue la tête pour signifier que oui.

— Parfait, se réjouit Lespinasse. On réglera plus tard cette histoire d'enquête parallèle. Je vais faire patienter Lazarbal, ce flic basque qui veut t'étrangler, et tu m'expliqueras aussi comment tu t'es retrouvé sur une barque au milieu du Pavin. Mais pour l'instant, j'ai juste besoin qu'on fasse une pause et qu'on essaye ensemble d'avoir une idée à peu près cohérente sur ce qui s'est passé.

Savine Laroche apprécie. Lespinasse est un flic efficace, avec le sens des priorités. Il a pris le temps de brièvement les interroger et l'urgence est clairement de trier toutes les connaissances accumulées pour constituer un récit le plus complet possible.

— Je commence et vous m'arrêterez, poursuit Lespinasse. Tout débute il y a dix ans, quand Maddi Libéri perd son fils. Une noyade dans l'Atlantique. Il s'agit peut-être d'un suicide, plus vraisemblablement d'une désobéissance, peut-être provoquée par la peur d'une abeille. Maddi Libéri culpabilise, ne s'en remet jamais, et se met à croire que son gosse, Esteban, s'est réincarné dans un gamin qui lui ressemble : Tom Fontaine. Elle va jusqu'à s'installer à Murol pour être plus près de lui. Le reste est plus hypothétique, mais on peut penser que son obsession vire à la folie, et qu'elle parvient à manipuler tout le monde, y compris le petit Tom, dont elle farcit la tête avec son délire de réincarnation.

Savine lève la main.

— Objection !

Lespinasse interrompt son récit, à la façon d'un juge qui laisse la parole à l'avocat de la défense.

— Manipuler tout le monde, concède Savine. Pourquoi pas. Mais comment aurait-elle pu entrer en contact avec Tom Fontaine ? Elle ne l'a vu que deux ou trois fois, presque toujours devant des témoins. D'accord, elle l'espionnait, il l'obsédait, je pense même avoir été la première à le repérer, mais de quels moyens disposait-elle pour, comme vous dites, lui farcir la tête ?

La poêle à frire grésille derrière eux. Rien qu'à l'odeur, chacun devine que Nectaire a vidé les restes de champignons et de ciboulette d'Amandine.

— Les moyens, ça ne manque pas, Savine. Si vous saviez le nombre de dingues qui circulent sur Internet et les saloperies qu'ils sont capables de faire entrer dans la tête des gamins. Et Maddi Libéri en est accro, elle poste sa vie sur les réseaux sociaux, ou plus précisément la partie de sa vie qu'elle veut bien exposer. Bref, je poursuis. On doit faire l'hypothèse qu'avec Tom Fontaine, Maddi Libéri prépare son coup depuis plusieurs mois, peut-être des années, sinon comment expliquer la maquette du village englouti construite par Tom sous son lit ? Elle fabrique elle-même les coïncidences pour que Tom ressemble à son fils ! Mêmes goûts, mêmes phobies. Elle va jusqu'à tuer ceux qui obtiennent des confidences de Tom. Martin Sainfoin, Jonas Lemoine. Tous ceux qui peuvent déjouer son plan. Notons qu'elle n'a aucun alibi pour aucun des deux meurtres. Et qui peut, mieux qu'un médecin, prescrire de la digitaline ou en introduire dans un médicament anodin ? Une heure avant le meurtre de Jonas Lemoine, des témoins ont repéré la MiTo de Maddi Libéri garée devant l'embarcadère du lac Pavin. Etait-elle déjà en repérage ?

Nectaire, poêle à la main, siffle d'admiration devant cette information.

— On a vérifié son emploi du temps, précise Lespinasse. Elle avait eu une vive altercation avec Jonas Lemoine, un peu avant le meurtre.

Lespinasse a le tact de ne rien ajouter, pour ne pas renvoyer Nectaire à son statut d'enquêteur amateur.

— Tout se joue le jour des dix ans de Tom, poursuit le lieutenant. Aujourd'hui donc, le point névralgique de son obsession. Elle neutralise Amandine en lui injectant un opioïde, les médecins nous diront si elle a voulu ou non la tuer, elle et l'enfant qu'elle attend, puis enlève Tom, que dans sa tête détraquée elle n'appelle déjà plus qu'Esteban.

Cette fois, c'est Fabrice Salomon qui lève la main.

— Précision !

— Ouais, Fab ?

— Où comptait-elle aller avec ce gosse ? C'était quoi son plan, une fois le gosse enlevé ? Et pourquoi toute cette mise en scène après, et avant ?

Lespinasse se laisse tomber en arrière sur sa chaise. Il renifle à pleines narines l'odeur d'herbe et de champignons. Ce crétin de vieux fonctionnaire est sans doute bien meilleur cuisinier que policier. Il a trois meurtres sur les bras, dont celui d'un gamin, et Nectaire va parvenir à lui donner faim.

— Est-ce que je sais ? répond le lieutenant en montrant pour la première fois une pointe d'agacement. Un psy expliquerait sûrement qu'elle cherche à exorciser le passé, à remonter le temps, si tu préfères, avant que son gosse se noie, à le sauver avant ses dix ans. Pour ça, elle a besoin que les choses se reproduisent presque à l'identique...

— Objection, relance Savine sans lever la main cette fois. Selon votre théorie, le plan de Maddi Libéri était prémédité depuis longtemps. Elle aurait patiemment organisé cet enlèvement. Sauf qu'au contraire, elle n'a pas cessé de nous prévenir, moi et Nectaire. C'était même sa pire crainte, que Tom soit kidnappé, aujourd'hui.

Lespinasse sniffe une nouvelle pleine bouffée d'omelette, ça vaut toutes les vaporettes.

— Eh bien, soit elle est vraiment démoniaque et s'est gentiment servie de votre naïveté (Savine tique, *merci pour la naïveté* !), soit elle est vraiment dingue, et ne se souvient pas de ses actes. Je ne vous fais pas un dessin, le genre de syndrome dont sont remplis les romans policiers et les séries télé : trouble de la personnalité, schizophrénie, une partie de son cerveau ignore ce que la seconde moitié fait, vous voyez, c'est pas moi c'est l'autre.

Nectaire lève un instant les yeux de la poêle.

— Et tout ce délire ce matin ? s'interroge le secrétaire de mairie. L'escapade en barque sur le lac. L'escalade...

Lespinasse reprend un semblant d'assurance. Visiblement, il a bossé sur ce point.

— On peut imaginer beaucoup de choses, mais à mon avis, Maddi Libéri voulait faire croire que Tom s'était noyé dans le Pavin. Elle a ramé jusqu'au centre du lac pour y abandonner un indice, un bonnet, une écharpe, ou un gant de Tom. Elle savait que compte tenu de la géologie du Pavin, il serait très difficile d'y retrouver un corps englouti, et que le doute serait toujours permis. Tom serait donc considéré comme mort noyé, et elle le récupérerait, pour l'élever sous une autre identité.

— Ça se tient, siffle Nectaire avec admiration, tout en rajoutant une pincée de sel. Elle considère qu'on lui a enlevé son enfant, il y a dix ans. Alors elle récupère ce qu'on lui a volé.

— Mais, enchaîne Lespinasse, plus sensible au talent culinaire de Nectaire qu'à ses compliments, tout ne se passe pas comme prévu. Tu arrives au lac et tu la vois. Puis nous débarquons, lui coupant toute retraite. Nous sommes trop loin pour l'apercevoir mais elle n'a pas pu rater nos gyrophares. Elle n'a plus le temps d'exécuter sa mise en scène. Elle n'a plus qu'une seule solution, fuir avec Tom, *Esteban* dans son esprit, par la seule issue possible, la paroi d'escalade. Une folie par cette météo ! La suite, tu la connais. Tom glisse et finit noyé à son tour. Comme son gosse, il y a dix ans. Elle voulait le sauver, elle l'a tué !

Lespinasse marque un temps d'arrêt. Il semble presque attendre qu'une salve d'applaudissements salue sa brillante démonstration. Finalement, pense-t-il, il a eu raison avec son omelette, ce con de Bocolon. La garde à vue promet d'être longue, il devra jouer serrer pour récupérer des aveux, seul contre les deux Maddi Libéri, la médecin insoupçonnable et la psychopathe irresponsable. Sans oublier qu'il est revenu trempé, épuisé, de la virée au lac Pavin.

Une lassitude supplémentaire l'envahit soudain, Savine Laroche vient de lever la main.

— C'est un peu fort, non ? intervient l'assistante sociale sans attendre qu'il lui donne la parole. Convaincre Tom de la suivre en pleine nuit, puis de monter avec elle dans la barque, pendant la pire tempête de neige de ces trois dernières années, et pour couronner le tout, d'escalader à mains nues une paroi de vingt mètres de haut.

Nectaire baisse le gaz sous la poêle et contemple une brève seconde son œuvre d'art.

— Enfin, Savine, réplique-t-il, tu as vu le village englouti que Tom a construit sous son lit ? Le même délire que celui que son gamin racontait à son psy. Rien que cette maquette prouve qu'elle lui a complètement retourné la tête !

Savine foudroie Nectaire du regard, supportant difficilement que le secrétaire de mairie lui donne des leçons. *Toi et ton putain d'instinct, Bocolon...*

— On va tout vérifier, précise Lespinasse pour calmer le jeu. Les ordinateurs, les téléphones portables, le courrier. On va interroger l'instituteur de Tom, les nounous, les animateurs du centre de loisirs, le maître-nageur de la piscine des Hermines. Je vous le jure, Savine, on va trouver.

— Désolée, insiste l'assistante sociale, mais je n'y crois toujours pas. J'ai parlé avec elle, j'ai dîné avec elle. Et je connais bien Tom, c'était un gosse rêveur, un peu tête en l'air, mais intelligent, joueur. Pas du tout le genre à se laisser manipuler. Comment peut-on une seule seconde imaginer...

Lespinasse la coupe, cette fois clairement agacé.

— Et vous croyez que les parents de gamins radicalisés auraient pu un jour l'imaginer ? Dans quel monde vous vivez ? Des types, en Syrie ou en Afghanistan, arrivent à convaincre des gosses de dix ans de se faire sauter avec une ceinture d'explosifs, ou de tuer leurs frères et leurs parents. C'est pas à vous que je vais l'apprendre, Savine, le cerveau d'un enfant, c'est de la pâte à modeler.

— Et celui de Maddi Libéri, intervient Nectaire, une sacrée bouillie. Si Bocolon peut vous donner un conseil, autre qu'un saint-pourçain serait parfait pour accompagner mon omelette, ce serait d'appeler directement son psy.

— Vous avez son numéro ? explose Lespinasse.

Nectaire Paturin ne se donne pas la peine de répondre. Il se contente de sortir son téléphone de sa poche et d'appuyer sur le numéro qu'il a déjà essayé d'appeler une bonne dizaine de fois.

— Travail d'équipe, commente-t-il alors que les sonneries se succèdent. Docteur Wayan Balik Kuning, centre de psychopathologie clinique du CHU du Havre.

Une dernière sonnerie, puis plus rien. Pas même de boîte vocale ou de répondeur ! Pourquoi ce psychiatre ne répond-il jamais, malgré tous les messages que Nectaire lui a laissés ?

La brigadière Louchadière s'est approchée de la cuisine, par l'odeur alléchée.

— C'est ton tour de garde, Fab...

Salomon s'apprête à déplier ses deux mètres, à regret, Lespinasse à sortir quelques assiettes, quand le téléphone de Nectaire, qu'il n'a pas encore eu le temps de ranger, se met à sonner. Est-ce le docteur Wayan Balik Kuning qui rappelle ? Tous retiennent leur souffle, Nectaire enclenche immédiatement le haut-parleur.

— Allô Nicky ? Nicky ? C'est Aster, ta sœur chérie.

— ...

331

— T'es toujours avec la Sainte Inquisition ? Les brûleurs de sorcières ?

— Heu... Oui... Ils... ils écoutent.

— Tant mieux ! Vous êtes tous là alors, les trois mousquetaires, Salomon, Lespinasse et Louchadière ? Vous m'entendez ? J'ai repensé à votre histoire de couteau volé à la Galipote, celui retrouvé planté dans le ventre de ce malheureux Jonas le surfeur. J'ai repassé dans ma tête tout le fil de la journée. Des clients, je n'en ai tout de même pas des centaines... et je n'en vois qu'un qui ait pu me le barboter. A y repenser, il avait une attitude plutôt bizarre, il m'a demandé d'aller chercher des tas de pierres rares dans la réserve, des gypses et des améthystes, puis s'est contenté au final de m'acheter une babiole.

— Tu... Tu connais son nom ?

— Son nom, non. Mais son prénom, oui. Je ne l'ai vu qu'une fois, au cimetière, au bras de Maddi Libéri... et tu m'as un peu parlé de lui. C'est Gabriel !

Lespinasse a posé les assiettes. La pile carillonne une première fois sur la table. Puis une seconde fois quand il tape du poing.

— C'est qui, ce Gabriel ?

Savine et Nectaire sont stupéfaits. Est-il possible que Lespinasse et ses hommes aient été persuadés que Maddi vivait seule ? Mais après tout, qui aurait pu leur en parler ? Ils n'avaient aucune raison de s'intéresser à la vie privée du docteur Libéri, avant ce matin.

Lespinasse, faute de réponse, se rapproche de Nectaire.

— Et il se trouve où, ce fameux Gabriel ?

— Chez lui, sûrement, intervient Savine. Enfin chez Maddi et lui, au Moulin de Chaudefour.

— Par ce temps, croit utile d'ajouter Nectaire, il y a peu de chances qu'il soit sorti cueillir des champignons !

Comme pour ponctuer sa phrase, une odeur de mousserons, d'herbe et d'œufs envahit aussitôt la cuisine. Une odeur d'omelette brûlée, accompagnée d'une soudaine et épaisse fumée. Nectaire se précipite sur la poêle qu'il a, une seule petite minute, mais une minute de trop, oublié de surveiller. Louchadière tousse, Salomon grimace, mais Lespinasse s'en moque, Il écarte le brouillard noir d'un revers de main et fixe l'intense brume blanche derrière la fenêtre. La tempête de neige est à son apogée !

— Salomon, dit-il en se tournant vers son adjoint. T'as bien fait l'Annapurna, la Dent Blanche et l'Aconcagua ?

Le colosse en uniforme ne peut que confirmer.

— Y a moins de trois kilomètres entre Froidefond et le Moulin de Chaudefour. Encore moins en coupant direct à pied par la forêt. Tu montes au Moulin de Chaudefour et tu vas me rendre une petite visite à ce Gabriel !

– 57 –

Gabriel a entendu du bruit. Il tient fermement le couteau, le poing serré sur le manche, et s'avance jusqu'à l'entrée de la grotte.

De son point d'observation, il peut surveiller toute la vallée de la Couze Chambon, même si le rideau permanent de neige perturbe sa vision. Gabriel se dit que ces circonstances peuvent aussi être une chance. Presque rien ne bouge dans ce décor polaire. Aucun promeneur, aucune voiture, aucune vie. Il en repérerait aussitôt la moindre trace, la moindre tentative de survie. Elle se limite, pour l'instant, à deux corbeaux qui planent au-dessus de lui.

Deux espions envoyés par qui ?

Tout en fixant l'horizon blanc, Gabriel traque également les bruits. C'est un craquement qui lui a fait quitter son abri. Trop puissant pour qu'il ne soit pas provoqué par un être vivant. Il ne bouge plus et écoute le silence. Etait-ce un simple rongeur sorti de son hibernation et piégé par le dérèglement des saisons ? Un renard ? Un écureuil ? Un campagnol ? Ou un homme trop curieux ?

Gabriel reste encore aux aguets, mais ne perçoit plus aucun son, aucun mouvement. Tant pis. Il retourne en se contorsionnant vers le fond de la grotte, au sec, vers la chaleur, à l'abri du vent.

Bien sûr, comme tout le monde autour de Murol, Gabriel avait entendu parler des grottes de Jonas. *Jonas...* encore une coïncidence. A moins que le prénom du père de Tom ait justement été choisi à cause de ces étranges cavernes volcaniques taillées dans la falaise de tuf rouge qui domine la vallée. Gabriel s'est renseigné sur ces galeries troglodytes, elles ont été creusées il y a plus de deux mille ans, et forment un véritable immeuble préhistorique : cinq cents mètres de long sur cent mètres de haut, cinq étages, soixante-dix appartements. Un dédale où près d'un millier de personnes pouvaient habiter.

Il a eu le temps de s'y perdre, de commencer à s'y repérer, les quelques panneaux explicatifs l'ont aidé. Le site est fermé en hiver et il y a peu de chances de voir débarquer un touriste égaré.

Il avance, courbé, dans l'étroit boyau creusé, jusqu'à ce qu'il rejoigne l'une des cavités les plus isolées. *Le four.* Celle où il a déposé ses affaires.

La douce chaleur de l'étroite pièce l'accueille. Une délicate odeur aussi. Il a laissé quelques châtaignes griller dans la cheminée. L'âtre creusé dans le tuf fonctionne aussi bien qu'il y a deux mille ans. Il n'a eu qu'à allumer quelques branches des fagots abandonnés là, fermer la lourde porte de bois, pour sécher ses habits, se réchauffer et... attendre.

Aucun risque, se dit-il, que la fumée le trahisse. Le ciel est trop couvert. Il crispe pourtant ses doigts sur le manche du couteau. Il doit rester sur ses gardes. Jusqu'à présent, il s'est bien débrouillé, personne ne l'a vu, personne ne peut se douter qu'il est ici. Il doit continuer ainsi, calmement, en réfléchissant. Décortiquer quelques châtaignes brûlantes à l'aide de son couteau, boire un peu d'eau, et fouiller une à une les pièces.

Il a déjà repéré les principales, la chapelle, le logis du maître, le grenier, le fournil, il a inspecté une dizaine de chambres, il s'y est déplacé sans bruit, à la recherche de la seule pièce qui lui manque...

Un nouveau craquement !

Cette fois, Gabriel l'a entendu distinctement. Doit-il s'avancer à nouveau vers l'ouverture de la grotte ? Ce n'est sûrement qu'un oiseau qui s'est posé sur une branche gelée, peut-être un rongeur qui a flairé son odeur, ou plus vraisemblablement, a été attiré par la chaleur. Le plus raisonnable serait d'éteindre ce feu, de s'engouffrer ensuite dans de nouveaux couloirs et d'explorer de nouvelles pièces.

De combien de temps dispose-t-il ? Les gendarmes se sont-ils déjà aperçus de sa disparition ? Qui ont-ils interrogé ? Que leur a dit Maddi ? Que leur a dit le docteur Kuning ? Que leur a dit Aster la sorcière ? L'a-t-elle dénoncé ?

Il sait qu'il doit, plus que jamais, se méfier.

Si quelqu'un approche, qu'il s'agisse d'un lièvre, d'un chien, d'un humain, il doit être prêt à frapper.

Il renonce aux châtaignes, laisse mourir le feu, c'est trop risqué.

En agitant son couteau à tâtons devant lui, toujours accroupi, il avance vers l'un des couloirs.

Il doit être prêt à frapper pour tuer.

Tuer quand il aura trouvé la dernière pièce qu'il n'a pas visitée.

Une pièce aux quatre murs blancs couverts de chaux.

Le mouroir.

– 58 –

— Souvenez-vous, madame Libéri, souvenez-vous.

Lespinasse me pose pour la quinzième fois les mêmes questions ! Je suis toujours allongée sur le canapé, il est revenu s'asseoir face à moi. Il espère quoi ? Me faire craquer ? Que je remplisse les trous dans mes souvenirs avec l'histoire qu'il veut entendre ?

— Je ne cherche qu'à vous aider, madame Libéri. Il y a parfois plusieurs vérités possibles.

S'il croit m'avoir avec ses ruses grossières.

Il y a plusieurs vérités possibles...

Parce que je possède plusieurs personnalités, c'est bien ce que tu sous-entends, lieutenant ? Je souffre de schizophrénie, mais je refuse de me l'avouer ? Docteur Libéri et Miss Hystérie.

Non ! Non ! Non ! Je ne vais pas me mettre à croire à leur théorie. Je ne suis pas folle, on cherche à me rendre folle, je ne dois pas bouger de cette ligne.

Je ne suis pas folle, on cherche à me rendre folle.

— Bien, nous allons tout reprendre depuis le début, annonce Lespinasse avec une patience de professeur jouant au Memory avec un poisson rouge.

Une cavalcade au premier étage de la Souille empêche le lieutenant de commencer. L'instant suivant, quelqu'un dévale l'escalier.

— Hervé, Hervé.

Je reconnais la voix de la brigadière Louchadière.

— Hervé, c'est Amandine, elle va pas bien.

Je n'attends pas l'autorisation du lieutenant, je saute du canapé et je me précipite. Lespinasse ne me retient pas. Nous grimpons tous l'escalier, Lespinasse en premier, moi ensuite, Louchadière derrière pour m'encadrer. Nectaire et Savine, alertés par les cris, ont accouru eux aussi.

Amandine était dans un état stationnaire depuis ce matin. D'après ce que j'ai compris, on m'accuse de lui avoir injecté un antidouleur puissant, de l'oxycodone, un opioïde qui cause plus de morts par overdose que les drogues illégales. Visiblement l'état d'Amandine s'est brusquement dégradé. Elle est recroquevillée sur son lit et ne réagit plus, ni au bruit, ni à la douleur quand on la pince. Sa respiration, saccadée, paraît inexorablement ralentir. Tous les symptômes d'une overdose ! La peau d'Amandine est déjà d'une pâleur extrême, presque bleue, si l'on n'agit pas vite...

Lespinasse a sorti son téléphone. Il a à peine atteint le haut de l'escalier que je l'entends pester contre les urgences.

— Nom de Dieu, je me fous de la météo. Je vous parle d'une femme enceinte, à Froidefond, au-dessus de Murol.

Les battements de cœur d'Amandine deviennent plus irréguliers. Ses brèves convulsions sont suivies de secondes interminables où elle ne respire plus du tout. Louchadière me tient à distance, Nectaire et Savine se sont précipités à son chevet.

— Je me doute que vous ne pouvez pas sortir un hélico ! hurle Lespinasse. Je vous demande juste de venir le plus vite possible !

Dans le coin de la pièce, j'aperçois ma mallette de médecin, celle que l'adjudant Salomon m'a empruntée pour me soigner.

— Ils arrivent, souffle le lieutenant en raccrochant. Dans... dans trente minutes. C'est l'estimation optimiste, ils n'ont aucune idée de ce qu'ils vont trouver sur la route.

Nectaire s'est figé. Savine a pris la main d'Amandine, tente de l'empêcher de bouger, tout ce qu'il ne faut pas faire. Amandine a besoin de compressions thoraciques, dans l'immédiat, mais ça ne suffira pas.

— Bordel de merde, jure Lespinasse. Quel con ! J'ai envoyé notre seul secouriste jouer au trappeur dehors.

Louchadière est toujours positionnée en rempart entre le lit et moi. Est-ce qu'ils n'osent pas me demander ? Est-ce qu'ils oseront m'arrêter ? Je repousse d'un geste violent la brigadière et j'attrape ma mallette.

— Dans moins d'une minute, dis-je, Amandine va commencer à manquer d'oxygène. Au bout de deux, les conséquences pour le bébé seront irréparables. Au bout de trois, la maman et l'enfant seront morts.

Louchadière panique, Lespinasse hésite, Nectaire ferme les yeux et Savine prie.

Amandine suffoque. Après chaque convulsion, ses apnées sont de plus en plus longues. La dernière palpitation a tellement tardé à venir qu'ils ont tous cru que son cœur n'allait jamais repartir.

— Allez-y, crie le lieutenant.

Je me précipite.

— Nectaire, Savine, tenez-la.

Ils maintiennent de tout leur poids ses bras, Louchadière et Lespinasse viennent en renfort et pèsent sur ses jambes. Trop tard pour le massage cardiaque.

— Une injection de Naloxone devrait la calmer, dis-je avec autorité. Elle va reprendre une respiration normale. D'ici une heure, il faudra lui refaire une seconde piqûre si les secours ne sont pas arrivés.

Tout va très vite, chaque geste compte, ils doivent être précis et assurés.

Amandine, qui ne doit pas peser plus de cinquante kilos, parvient à tressauter sur le lit malgré le quart de tonne qui pèse sur elle.

— Tenez-la ! Maintenant !

Huit mains se referment en étau sur Amandine, deux sur chaque bras, deux sur chaque jambe, elle s'immobilise totalement quelques secondes, suffisantes pour que je plante mon aiguille dans son épaule.

Je souffle.

— Vous pouvez la lâcher, ça ira.

Tous me regardent, encore méfiants.

N'ont-ils pas compris que même si j'ai commis des actes dont je n'ai aucun souvenir, dans l'immédiat, ici, ils ont affaire au docteur Libéri, pas à Miss Hystérie ? Je ne supporte pas leurs regards soupçonneux. Je pose la seringue sur le chevet, elle resservira. Je jette la boîte vide de Naloxone à la figure de Lespinasse.

— Vous voulez lire la notice ?

Pas besoin. Amandine s'est déjà calmée.

Je place ma main sur son ventre. Sa respiration est à nouveau normale.

Elle va s'en sortir. Le bébé aussi.

— Merci.

Savine est la première, la seule à le dire, et elle le répète.

— Merci.

Louchadière s'est assise sur le lit, tout juste si elle ne va pas s'allonger et me demander de lui injecter à elle aussi un neuroleptique ou un antidépresseur. Nectaire a simplement pris la main de Savine. Lespinasse a détourné le regard sur son portable.

— Et Salomon, bordel, qu'est-ce qu'il fout, ce con ?

Personne, à part Savine, n'ose me regarder dans les yeux. Qui suis-je pour eux ?

Un assassin ou une héroïne ?

Les deux ?

Est-ce que la vie me joue le pire des tours ?

Je viens de sauver la vie d'une mère et de son enfant, un enfant dont je ne connais rien.

Et je n'ai pas pu sauver le mien !

Esteban, *Tom*, appelez-le comme vous voulez.

Je suis médecin, j'ai étudié, j'ai passé des diplômes, j'ai guéri des centaines de patients, j'ai diagnostiqué des cancers, des insuffisances cardiaques, des allergies rares, ce qui a permis la survie de dizaines d'inconnus, j'ai consacré ma vie à prolonger d'autres vies, j'y ai passé dix heures par jour, pendant trente ans, j'ai écouté les plaintes sans me plaindre, les dépressions sans craquer, les fatigues sans me reposer...

Et je n'ai pas su préserver la vie du seul être qui comptait !

Alors peut-être avez-vous raison, Lespinasse, Louchadière, Nectaire, et peut-être toi aussi Savine, peut-être que cette Miss Hystérie existe, quelque part tapie au fond de moi, puisque le docteur Libéri est maudit !

Condamnée à soigner les maux de la terre entière, mais pas ceux de l'être qui lui est le plus cher !

Des pas résonnent dans l'escalier. Quelqu'un monte !

Des pas de gazelle, de biche, de sauterelle. On les entend à peine.

Est-ce Salomon qui a déjà fait demi-tour, vaincu par la tempête sur le Sancy ?

Impossible, le géant n'a pas une démarche aussi gracile.

Qui alors ?

Qui oserait venir jusqu'à la Souille sous une bourrasque de neige aussi intense ?

Nous tournons cinq paires d'yeux curieux vers la porte de la chambre. Nous nous attendons presque à voir surgir un être fantastique, qui seul pourrait avoir bravé les éléments pour nous rendre visite.

Nous ne nous trompions pas !

Devant nous, une forme sombre apparaît, mouchetée de milliers de flocons. Quand elle les secoue, une sorcière, entièrement vêtue de noir, se tient devant nous.

– 59 –

Gabriel se faufile dans les couloirs de tuf creusés jadis par les habitants troglodytes. Ils devaient être nains ! Il est obligé de pencher la tête, parfois même de progresser accroupi. Certains couloirs se sont effondrés et il doit les déblayer à la main ; parfois la neige s'est engouffrée, bloquant le passage, et il doit rebrousser chemin.

Il a pourtant tout mémorisé en observant longuement les panneaux à l'entrée. Le dédale, au final, n'est pas si compliqué. Cinq étages, des pièces plus ou moins carrées, plus ou moins vastes, taillées en enfilade. Les plus ouvragées comportent des colonnades, des lucarnes, des niches percées dans la pierre, d'autres au contraire ne sont que de simples cellules, nues, où des jeunes du coin ont sans doute l'habitude de se retrouver, à en juger par les cadavres de bouteilles de bière, les emballages plastiques et les palettes éventrées servant de tables ou de chaises improvisées.

Gabriel n'a pas froid. Curieusement, le vent pénètre peu dans les couloirs de ces grottes à flanc de falaise. Est-ce que les troglodytes possédaient des notions d'écologie et savaient déjà comment isoler au mieux leurs maisons, en fonction de leur orientation, et de leur non-exposition aux vents dominants ou aux précipitations ?

Il doit continuer, tout en restant à l'abri.

Gabriel a atteint le dernier étage et visité toutes les pièces sauf une : celle qui, d'après les plans, se trouve isolée du village troglodyte. Quelques mètres seulement, mais qui l'obligeraient à sortir à découvert. Il tente de se concentrer sur sa progression, de ne pas érafler ses mains, de ne pas s'ouvrir la tête contre un pan de tuf. Personne n'a dû ramper dans ces galeries depuis des semaines. Chaque virage sombre cache un nouveau piège, les roches volcaniques sont plus coupantes que la lame du couteau glissé dans sa ceinture, les fragiles stalactites comme des épées suspendues au-dessus de sa tête, prêtes à tomber au moindre pas de côté.

Gabriel essaye de ne pas trop penser, de ne pas trop laisser monter sa colère, contre Kuning, ce salaud de psychiatre mielleux et dragueur, contre Aster, cette vieille sorcière fouineuse, contre Maddi évidemment aussi, si seulement elle l'avait aimé davantage, contre la neige, contre le vent, contre les volcans, contre cette région où il ne neige pas assez ou trop, contre la terre entière.

Il doit rester lucide.

Il aperçoit enfin, au bout du boyau de roche, de la lumière.

La galerie s'arrête là. Face à lui. Il avance jusqu'au vide et découvre un panorama stupéfiant, bien plus saisissant que de son poste d'observation précédent. Des volcans blancs, à l'infini, et des flocons qui donnent l'impression qu'ils ne cesseront de tomber que lorsque les cratères seront remplis. Il distingue, dans le brouillard de neige, plein nord, la silhouette massive du château de Murol et la pointe du clocher de l'église Saint-Ferréol.

Il prend le temps de s'orienter. S'il se fie à sa mémoire, et au plan qu'il a consulté, à une vingtaine de mètres sur sa droite, la paroi de tuf rouge devrait logiquement s'ouvrir... sur le mouroir, la pièce qui servait à entreposer les cadavres. Les troglodytes l'ont creusée en dehors du village. En plus de leur fibre écologique, ils possédaient quelques notions d'hygiène !

Gabriel a décidé de rester là, à la lisière du tunnel et de la neige. De son poste d'observation, il peut surveiller le mouroir : impossible de rater ce trou taillé dans la falaise abrupte. Il distingue parfaitement les murs recouverts de chaux et les barreaux qui ferment l'entrée de la cavité. Il doit résister à l'envie d'en voir davantage, d'avancer dehors... mais la curiosité est si forte. Le mouroir est tout près, il n'a qu'à grimper quelques marches grossièrement taillées au bord de la falaise, jusqu'à la plateforme de pierres devant la grille de fer. Il s'apprête à céder, il a déjà posé un pied à l'extérieur du tunnel, quand le craquement d'une branche, tout proche, le retient.

Gabriel saisit instinctivement le manche de son couteau. Il n'a pas peur, il s'est préparé, il sait que quelqu'un va revenir. Il doit simplement se tenir prêt, tout prêt, à jaillir. Quand il faudra. Il écoute, en arrêt, tel un chien de chasse reniflant sa proie. Il n'y a plus aucun bruit, mais Gabriel sent qu'il est là, quelque part dans les galeries, caché lui aussi.

Il se décale un peu, se collant davantage au mur de pierres volcaniques rouges. De sa position, impossible d'être repéré d'en bas, ou de l'extérieur, mais il peut contrôler l'ensemble de la falaise trouée, et surtout, sur sa droite juste au-dessus de lui, la grille du mouroir. Gabriel lève lentement les yeux.

Il a cru voir une forme bouger derrière la porte de fer. Il se concentre davantage encore. Grâce au surplomb rocheux qui protège en partie la falaise des chutes de neige, Gabriel bénéficie d'une vue parfaitement dégagée sur la grotte aux murs blancs.

Il aperçoit enfin le prisonnier du mouroir. Sa silhouette courbée s'avance jusqu'à la grille cadenassée.

Gabriel l'observe, scrute chaque détail de son visage, chaque expression, chaque geste. Il paraît terrifié, il serre ses poings sur les barreaux de fer comme s'il était capable de les arracher. Ses cheveux sont trempés, ses joues sont noires d'avoir été trop frottées, ses yeux rouges d'avoir trop pleuré, il semble avoir du mal à se tenir debout, glissant, s'accrochant.

Mais Tom est vivant.

X
L'INCARCÉRATION
La fontaine des âmes

— 60 —

Les fines bottes d'Aster laissent derrière elles de petites flaques de neige fondue qui stagnent dans les irrégularités du parquet. Je dois rouler des yeux au moins aussi effarés que Lespinasse, Savine et Louchadière. Seul Nectaire ne semble pas étonné.

Aster rejette sa large capuche noire en arrière, puis secoue les dernières étoiles glacées accrochées à ses longs cheveux blancs.

— Nom d'un hibou, s'amuse-t-elle, c'est pas un temps à mettre une sorcière dehors. Mon balai en a tous les poils gelés !

Je détaille la réaction de chacun. Savine, assise sur le lit, écoute Aster d'un air distrait, concentrée sur le pouls d'Amandine, de plus en plus régulier. Nectaire observe sa sœur avec fascination, émerveillé qu'elle soit encore capable de le surprendre après plus de quarante ans de vie commune. Le regard de la brigadière Louchadière, à l'inverse, traverse la fenêtre pour fixer le ciel : peut-être y cherche-t-elle les traînées blanches laissées par un Nimbus 2000 ? Lespinasse est le premier à réagir face à cette apparition inattendue.

— Vous êtes montée de Besse, à pied, jusqu'ici ?

Aster dégrafe sa longue cape.

— Amandine a besoin de moi, et sans vouloir me vanter, lieutenant, ce sont pas quelques flocons qui vont m'arrêter. Je suis née ici, et je connais chaque sentier. La neige est comme les gens, elle finit toujours par s'accumuler aux mêmes endroits. Il suffit d'éviter les coins les plus fréquentés.

Lespinasse ne paraît pas convaincu, il évalue l'impressionnante couche de neige sur les toits des maisons de Froidefond, plus de trente centimètres, et semble calculer par combien il faut la multiplier pour évaluer l'épaisseur de poudreuse recouvrant les chemins : par trois ? par cinq ?

Aster en profite pour déboutonner la veste de fourrure noire qu'elle portait sous sa cape. Lapin, belette ou moufette ?

— T'étais pas né, gamin, mais je peux te dire que l'hiver 85 a été autrement plus rude que ce petit hoquet de février. J'avais que treize ans et ça ne m'empêchait pas de monter chaque jour jusqu'au Mont-Dore pour ramener à ma mère de quoi remplir la marmite. Ça a duré trois mois, pas trois heures, et pourtant chaque matin quand le maître faisait l'appel, il manquait pas un gosse devant l'école.

Aster a l'air sincère. Je veux bien croire que si Nectaire lui a envoyé un texto, elle soit assez givrée pour monter jusqu'à Froidefond à pied, pourtant, bizarrement, je n'arrive pas à lui faire confiance. Comme si elle ne nous avait pas dit toute la vérité. Amandine va bien, assure Lespinasse. Les secours arrivent. Elle se repose.

— Et Tom, réplique la sorcière, il va bien lui aussi ?

Sous sa veste poilue, bien au sec, Aster porte son unalome de cuivre et toute une série de petites fioles de verre, rangées dans une cartouchière de cuir serrée contre sa poitrine.

— Ecoute-moi bien, lieutenant Lavinasse, poursuit-elle, je connais Amandine et Tom depuis qu'ils sont nés. J'ai bercé cette gamine sur mes genoux, comme j'ai bercé une vingtaine d'années plus tard son gamin, et comme je l'ai fait avec la plupart des gamins du coin. Amandine était une gamine un peu plus réceptive que les autres à mes histoires, un peu moins pervertie par la télé, les légumes qu'on achète en sachet plastique et les médicaments qu'on fabrique avec des produits chimiques. C'est une fille équilibrée, contrairement à ce que beaucoup pensent.

Ça c'est pour moi ! Aster plante son regard noir dans mes yeux, puis fixe le lit d'Amandine.

— Donc si vous permettez, moi aussi, je vais veiller sur elle.

Elle décroche sa cartouchière. Jennifer Louchadière la regarde sans réagir. Lespinasse se gratte la barbe et lâche un soupir, se demandant comment il va s'en sortir entre une médecin qui parle de réincarnation et une témoin qui propose de soigner la victime avec des philtres ensorcelés.

Dès qu'Aster s'avance, le lieutenant frappe dans ses mains. Il a visiblement décidé de faire preuve d'autorité.

— Bien, maintenant, on va se calmer ! J'ai appelé les urgences il y a vingt minutes, elles ne devraient plus tarder. En attendant, tout le monde sort de cette chambre, y compris vous deux, les amoureux !

Savine et Nectaire comprennent que le lieutenant parle d'eux. Le gendarme se tourne avec détermination vers Aster.

— Et vous aussi la Galipote, ouste, du balai ! Et avant de déguerpir, vous ramassez vos éprouvettes. Jennifer, tu restes et tu surveilles Amandine Fontaine. Tu prends sa température, son pouls, et tu viens me faire un rapport toutes les cinq minutes. Docteur Libéri, vous redescendez avec moi dans la salle. Peut-être que vos souvenirs sont revenus ? Vous prenez une chaise ou vous retournez sur le canapé, comme vous voulez, mais on va tout recommencer depuis le début !

La tirade paraît avoir produit son effet. Même Aster ne bronche pas dans l'immédiat. Lespinasse a à peine le temps d'esquisser un sourire satisfait que... patatras !

Le téléphone de Nectaire vient de sonner. Le secrétaire de mairie maîtrise maintenant parfaitement la technique qui consiste à décrocher et en même temps activer le haut-parleur.

— Allô ? interroge une voix que j'ai immédiatement reconnue. Vous avez cherché à me contacter ?

— ...

— Docteur Wayan Balik Kuning, CHU du Havre. Que puis-je pour vous ?

Lespinasse arrache le téléphone des mains de Nectaire, s'éloigne de quelques pas, mais pas assez pour qu'on ne l'entende pas.

— Lieutenant Lespinasse, brigade de Besse, en charge de l'enquête sur le double meurtre de Martin Sainfoin et Jonas Lemoine. Vous tombez bien, docteur, j'ai pas mal de questions à vous poser, mais avant cela, il va falloir que vous m'écoutiez.

Sans aucune pudeur, sans même fermer la porte ou s'isoler dans une autre pièce, le lieutenant expose la situation, d'une voix forte, insistant même sur ses intonations quasi militaires de gendarme qui va à l'essentiel.

— En... en quoi puis-je vous aider ? parvient à glisser Wayan.

Le gendarme ne lui répond pas et poursuit son récit, évoque une à une mes obsessions, mes théories sur la réincarnation, je suis certaine qu'il hausse volontairement la voix pour que j'entende, pour que tout le monde entende.

Derrière lui, Wayan l'écoute, ponctue la fin de chaque phrase par ses *hum hum* habituels.

Je les ai si souvent entendus...

Où se trouve Wayan ? J'ai essayé de le joindre plusieurs fois depuis hier soir, Nectaire aussi apparemment. Wayan, à son tour, ce matin, a tenté de me rappeler. Est-il dans son cabinet, au Havre ? Pourquoi en douter ? Ou quelque part devant la mer, à Sainte-Adresse, Etretat ou Antifer ? Il adorait s'y promener. Non, j'entends en fond, derrière leur conservation, une chanson, comme si Wayan écoutait la radio. Est-il en voiture ? Ou chez l'une de ses maîtresses ? Je suis bien placée pour savoir qu'il les choisissait parmi ses patientes, et les multipliait.

— En résumé, docteur, termine enfin Lespinasse, je pense que vous comprendrez le sens de mon interrogation. Vous êtes le thérapeute de Maddi Libéri depuis plus de dix ans. Alors je formulerai ainsi ma question : est-elle... saine d'esprit ?

Je remercie Wayan de ne pas répondre immédiatement. Dans la sourdine du téléphone, une page de publicité a succédé à la chanson. Wayan tousse pour s'éclaircir la voix. Son timbre grave, posé, est empreint d'une belle solennité.

— Puisque vous me demandez d'être précis, je vais être le plus clair possible, lieutenant. Maddi Libéri est parfaitement saine d'esprit !

Entre les bandes de sparadrap qui entourent mon cerveau, des milliers de bulles de soulagement explosent.

Merci, Wayan !

— Elle a subi un deuil douloureux, explique mon psy préféré. Je l'ai accompagnée pendant des années. Et je peux vous affirmer que ma patiente ne souffre d'aucune forme de schizophrénie, de paranoïa ou de bipolarité.

Merci, Wayan !

— Si son comportement a pu vous sembler étrange, c'est uniquement le fait des événements qui se sont produits, et sans vouloir vous manquer de respect, lieutenant, c'est à vous qu'il revient de les élucider, aussi incroyables ou inexplicables qu'ils puissent être. Mais boucler votre enquête en mettant toutes vos zones d'ombre et incohérences sur le compte de la folie de ma patiente serait de votre part non seulement une grave faute professionnelle, mais aurait surtout pour conséquence de laisser en liberté le véritable criminel.

Merci, Wayan !

Lespinasse encaisse le diagnostic comme on se prend pleine face un direct du droit. Wayan a été suffisamment clair pour que son avis médical ne se discute pas. Je regrette qu'il soit si loin, en Normandie, je m'en veux maintenant de ne pas l'avoir rappelé avant, de ne pas avoir répondu à ses propositions généreuses, *Ici personne ne me retient. Un seul mot de vous et je viens !*, de l'avoir, au fond, toujours traité avec mépris, comme un amoureux transi, un peu trop collant.

Wayan est un type bien, un grand professionnel, et même, le temps d'un soir, d'un seul soir d'égarement, s'est révélé un excellent amant.

Un long silence s'installe entre le psychiatre et le lieutenant, muets chacun de leur côté. Seule la radio derrière Wayan grésille encore. Un jingle tonitruant ponctue la fin de la page de publicité.

On fait la route ensemble ! annonce une voix féminine. *Soyez prudents, les conditions de circulation sont épouvantables sur toute la région. France Bleu Pays d'Auvergne, restez à l'écoute.*

– 61 –

Tom s'est reculé jusqu'au fond de la grotte, dans le coin le plus éloigné de la grille de fer. Il y fait plus sombre ; il y fait moins froid aussi. Tom ignore depuis combien de temps il est là. Plusieurs heures au moins, même s'il n'en sait rien, il a oublié sa montre dans sa chambre, sur la table de chevet, en rejoignant Esteban cette nuit.

Ici aussi, dans sa prison blanche, il dispose d'une table de chevet. Et d'un lit, recouvert de trois grosses couvertures. Quand il se glisse dessous, il n'a plus froid du tout. Quand il essaye de se lever, même s'il se sent encore tellement fatigué, la chaleur de la cheminée l'enveloppe. Elle occupe tout le coin de la pièce et il y a assez de bûches pour entretenir le feu jusqu'à l'été. Au pied du lit sont également empilés des livres, *Vingt Mille Lieues sous les mers, Robinson Crusoé, L'Ile au trésor*. Il n'en a ouvert aucun. Il est bien trop épuisé. Il a par contre dévoré les paquets de gâteaux, les fruits et la tablette de chocolat posés à côté.

Tom relève la tête. Cette fois, il en est certain, il a entendu un bruit ! La dernière fois, c'était un renard. Pour l'apercevoir, il était resté immobile derrière la grille pendant une éternité. Un beau renard argenté, comme dans les contes de fées. Est-ce encore lui ?

Tom s'avance à nouveau vers la grille, en silence, même s'il a à peine la force de soulever ses pieds. Il reste un long moment à fixer le paysage blanc devant lui. Il a l'impression que la tempête de neige devient moins intense, qu'une timide lumière éclaire le donjon de Murol. D'autres puits de clarté percent au-dessus des hameaux isolés. Tom écarquille ses pupilles, à l'affût du moindre détail, même s'il a du mal à se tenir debout, même si ses yeux le piquent, même s'il a encore envie de pleurer...

— Hé, pssst... Tom.

Tom se redresse brusquement, ses mains accrochées à la grille glacée. A-t-il rêvé ? Quelqu'un l'a-t-il appelé ? Impossible que ce soit le renard ! Un renard, même argenté, même échappé d'un conte de fées, ne parle p...

— Tom, je suis là, tends-moi la main.

Tom tourne les yeux vers la droite. Son visage s'éclaire instantanément d'un immense sourire.

— Esteban !

— Attrape ma main, je te dis, avant que je me retrouve tout en bas !

Tom glisse sa main entre les barreaux et saisit le gant tendu par Esteban. Le garçon, en équilibre sur l'étroite corniche en haut de la falaise, s'avance avec prudence, puis parvient enfin à la petite plateforme devant la prison de Tom.

Les garçons se tiennent face à face, seulement séparés par la grille.

— Tu es revenu, alors ? Tu ne m'as pas laissé tomber, cette fois ?

— Non ! Evidemment. Qu'est-ce que tu croyais ?

— Tu... tu es vraiment vivant ?

— Tu n'as pas senti ma main, quand tu l'as attrapée ?

— Si... Mais je pourrais l'avoir inventée !

Esteban fait semblant de soupirer, faussement vexé.

— J'ai marché trois kilomètres dans la neige ! Je suis trempé, crevé, gelé. Le malade qui t'a enfermé là doit encore rôder dans les parages. Et c'est comme ça que tu m'accueilles ? Comme si je venais de sortir de ta tête !

Tom hésite. Il paraît perdu. Il passe encore sa main à travers les barreaux et caresse les cheveux givrés d'Esteban, son nez mouillé, ses lèvres gercées. Esteban lui ressemble tant, il croirait se voir dans un miroir... mais on ne peut pas traverser un miroir, on ne peut pas se toucher à travers son reflet.

— Si je sors tout droit de ton cerveau, insiste Esteban, c'était pas la peine de m'imaginer avec des gants et un bonnet, t'aurais pu directement me faire apparaître en maillot.

— Idiot !

Tom imagine cependant Esteban dans la même tenue que lors de leur première rencontre, à la piscine, avec son maillot indigo. Il se concentre, fronçant les sourcils, plissant son front. S'il arrive à déshabiller le garçon devant lui par ses seules pensées, c'est qu'il l'a inventé !

— Tu vas pas faire ça ? s'amuse Esteban. Tu cherches vraiment à me foutre à poil par ce temps-là !

— Tu m'énerves ! Je ne sais plus si t'es vrai ou pas. Si t'es vraiment vrai, cette fois, prouve-le-moi !

Esteban redevient soudain sérieux.

— Comment ?

— Tu t'en doutes bien. En me sortant de là !

Tom joint le geste à la parole et, avec le peu qu'il lui reste d'énergie, se met à secouer les barreaux rouillés. Esteban, de l'autre côté, en fait de même. Mais ils ont beau unir leurs forces, s'agripper, la secouer, changer de prise, recommencer, la grille ne bouge pas d'un centimètre.

— Je suis nul, soupire Tom. J'aurais dû imaginer un fantôme plus balaise, genre Hulk ou Ironman.

Esteban ricane.

— Je suis à ton image, je te rappelle ! Si tu faisais de la boxe plutôt que de la piscine ou du vélo, je serais peut-être plus costaud.

Tom glisse à nouveau ses deux bras à travers la grille.

— Je peux peut-être commencer par te boxer ?

Esteban se recule prudemment, jusqu'à la limite de la plateforme, s'approchant dangereusement du vide, quatre étages plus bas. Il ôte le sac de son dos. Tout en commençant à l'ouvrir, il lance à Tom un large sourire.

— Allez, on fait la paix. Regarde, j'ai une surprise pour toi.

– 62 –

La voix à la radio continue de tourner dans ma tête, tel le jingle d'une publicité sans cesse répétée.

On fait la route ensemble. France Bleu Pays d'Auvergne, restez à l'écoute.

Wayan n'est donc pas en Normandie !

Wayan m'a suivie, jusqu'ici !

Est-ce pour cela qu'il ne répondait pas à mes appels ? Est-il venu me rejoindre parce que je ne répondais pas aux siens ? Où est-il maintenant ? Coincé quelque part au milieu de l'autoroute A71 avec des milliers d'autres naufragés de la route ? Pourquoi n'avoir rien dit au lieutenant Lespinasse, jusqu'à ce qu'un spot radio vienne le trahir ?

Je ne suis pas la seule à me poser ces questions. Savine et Nectaire se regardent, façon Miss Marple et Poirot, sans prononcer un mot, mais Lespinasse réagit aussitôt. Il s'éloigne avec le téléphone, je comprends que la suite de la conversation entre Wayan et lui sera privée. Il place sa main sur le micro du téléphone et ordonne à Jennifer Louchadière *Surveille-les.* Je le vois, portable à nouveau collé à l'oreille, marcher dans le couloir de l'étage puis refermer la porte de la chambre de Tom derrière lui.

*
* *

La brigadière Jennifer Louchadière, fièrement investie de la mission que lui a confiée son lieutenant, nous surveille tous d'un air méfiant. Elle reste debout et piétine dans la chambre d'Amandine, soupçonneuse, comme si Nectaire et Savine, à nouveau sagement assis au bout du lit, allaient se lever ; comme si coincée dans le coin de la pièce, j'allais me sauver ; ou qu'Aster, occupée à trier ses fioles de verre sur la petite table de la chambre, allait se retourner...

Louchadière se fige soudain, façon chien de chasse en arrêt : Aster vient de se retourner !

La sorcière a choisi l'une des fioles et s'avance vers le lit d'Amandine. La brigadière se positionne immédiatement en rempart.

— Tu l'approches pas !

Aster ouvre les bras, la fiole serrée dans sa main.

— Jennifer, je t'ai connue pas plus haute que trois prunes... S'il te plaît, écarte-toi !

Jennifer tremble, mais ne cède pas.

— Désolée, Aster, tu fais partie des suspects, et tu sais bien pourquoi. Tu nous as prévenus plus de vingt minutes après avoir trouvé le cadavre de Jonas Lemoine. On le sait, on a tracé ton téléphone. Et t'as refusé de t'expliquer ! Sans oublier que le couteau qui a servi à poignarder Jonas venait de ton magasin.

Aster avance encore, la fiole dans son poing. J'observe la scène du coin de la pièce. Savine et Nectaire, assis côte à côte sur le lit d'Amandine, comme deux jeunes mariés timides, n'ont pas bougé.

— On m'a volé ce couteau, Jennifer, je vous l'ai dit. On m'en a même volé deux, si tu veux savoir.

— Ça... bafouille la brigadière, ça change rien pour ton alibi. Pourquoi tu nous as pas appelés dès que t'as trouvé le corps de Jonas ?

— Peut-être bien que j'espérais le ressusciter ? Tu me prends toujours pour une sorcière, Jennifer, pas vrai ? Tu te souviens, tu les adorais, mes histoires, quand je venais vous les raconter à l'école. De toutes, tu étais celle dont les yeux pétillaient le plus. Peut-être même que t'es devenue gendarmette à cause de ça ?

J'observe la scène, sans parler ni bouger. Qui va gagner ? Je parie sur la sœur de Nectaire, Jennifer ne fait pas le poids face à la sorcière, même si j'ignore totalement ce que cherche Aster.

La brigadière plie, mais ne rompt pas.

— Peut-être bien, Aster, peut-être bien, mais ça ne change rien...

— Si, ça change tout.

Aster ouvre enfin son poing. La fiole qu'elle tient au creux de sa paume contient un liquide rouge clair. Quelques gouttes de sang diluées dans de l'eau ? Les yeux de Louchadière se troublent derrière ses paupières.

— Souviens-toi, Jennifer. Certains prétendent que cette eau vient directement du centre de la terre, d'autres la surnomment *larmes de l'enfer*. Je vous racontais souvent cette histoire. La source de Froidefond, la *fontaine des âmes*.

La brigadière semble dépassée. Des éclairs de panique zèbrent son regard. Elle recule d'un pas, pose sa main sur l'étui de son SIG Pro, hésite à crier pour appeler son supérieur à l'aide.

— N'a... N'avance pas.

— Je vais t'avouer, Jennifer, ce que j'ai fait pendant ces vingt minutes, puisque cela te préoccupe tant. Je suis allée remplir cette bouteille à la fontaine des âmes. Tu n'as pas oublié son pouvoir, rassure-moi ?

— N... Non.

— Quand je suis revenue auprès de Jonas, il ne lui restait qu'un infime souffle de vie. Je lui ai fait boire, à ce goulot, quelques gouttes de cette eau, cette eau que je tiens dans ma main, et qui contient son âme !

Louchadière paraît hypnotisée par l'assurance tranquille d'Aster. Ses yeux s'aimantent à l'unalome de cuivre qui pend entre ses seins. Elle recule encore, main crispée sur la crosse du pistolet, fixant la sorcière comme si elle tenait dans sa main une grenade dégoupillée.

— Comprends-tu, Jennifer ? Amandine doit boire quelques gouttes de cette même eau, au même goulot. Et l'âme de son père migrera vers l'enfant qu'elle porte. Te rends-tu compte que je n'avais pas le choix, qu'il est extrêmement rare que toutes les conditions soient ainsi réunies, que le père meure avant que l'enfant naisse ? Comprends-tu que nous devons le faire ? Pour Amandine ? Pour Jonas ? Pour leur futur enfant ? Pour que l'âme de Jonas ne s'égare pas au bout du monde et que celle de cet enfant dans le ventre d'Amandine n'appartienne pas à un inconnu. Pour qu'elles soient réunies en un seul corps. Ça valait bien un petit détour, non ? Un aller-retour de vingt minutes, pour que Jonas, quelques mois après sa mort, ici, à la Souille, revive.

Aster est certaine d'avoir gagné ! Cette histoire de fontaine des âmes ressemble à une légende pour enfants et pourtant, ne suis-je pas la plus mal placée pour remettre en cause tout ce qu'elle vient de raconter ? Ni Savine ni Nectaire n'esquissent le moindre geste pour se lever.

— Ecarte-toi, Jennifer, ordonne Aster. Laisse-moi faire.

Aster repousse la brigadière, et exécute une série de gestes précis et déterminés. Elle se penche vers Amandine, cale sa main derrière son cou pour légèrement la redresser, sans la réveiller, ouvre la fiole et approche le goulot de sa bouche entrouverte.

En un éclair, je vois Jennifer Louchadière rétablir son équilibre, dégainer son SIG Pro et le braquer dans le dos de la sorcière.

— Arrête, Aster ! Arrête tes conneries. Ou je tire !

– 63 –

Tom écarquille les yeux.
Une surprise pour moi ?

Esteban continue de fouiller dans son sac, en équilibre entre le vide et la plateforme, sans apparemment ressentir le moindre vertige. Tom, au contraire, regarde tanguer le paysage devant lui. Sa vue se brouille dès qu'il tente de se concentrer, de fixer un point au loin, la tour d'un clocher, le donjon du château, un sommet enneigé. S'il ne se tenait pas aux barreaux, il s'effondrerait. Ses pieds parviennent à peine à le porter.

Il a envie de pleurer. Il est tellement stupide ! Quand admettra-t-il que le garçon penché devant lui n'est qu'un fantôme ? Est-ce qu'un garçon vraiment vivant aurait pris autant de risques pour lui ? Aurait escaladé la falaise pour arriver jusqu'ici ? Aurait bravé le froid, la neige ? Seul un véritable ami le ferait ! Tom n'a pas d'amis. A part ceux qu'il imagine dans sa tête.

Pourtant... Il a senti le gant chaud d'Esteban dans sa main, il l'a aidé à se hisser jusqu'à lui. Si Tom inventait tout, il saurait ce qu'il cherche dans son sac, ce qu'il va en sortir. Un ami imaginaire ne peut pas vous dire : *Je vais te faire une surprise !* Un ami imaginaire ne vient pas vous réveiller pour votre anniversaire, il ne vous offre pas de cadeau, il ne vient pas vous délivrer... Un ami imaginaire aide juste à accepter les chagrins, quand vous êtes tout seul pour pleurer. Il aide juste à accepter les cauchemars, quand le réveil ne suffit plus à les chasser. Un ami imaginaire aide juste à accepter de mourir, quand il n'y a plus rien d'autre à espérer.

Tom sent la fatigue l'engourdir, mais trouve encore la force de plaisanter.

— T'as une clé, Steb ? Rassure-moi, tu vas me sortir de là ?

Esteban a toujours les mains plongées dans son sac, comme si ce qu'il y cherchait était aussi fragile que précieux.

— Non... désolé. Au fait, sais-tu comment s'appelle la pièce où tu es enfermé ?

Tom regarde les murs peints à la chaux autour de lui.

— La chambre blanche ? propose-t-il sans conviction.
— Raté ! Elle s'appelle le *mouroir*. C'est ici qu'on entassait les cadavres, au temps des hommes troglodytes.

Tom n'en croit pas ses oreilles. Comment peut-il avoir inventé un ami imaginaire aussi sadique ?

— Je croyais que t'étais venu jusqu'ici pour m'aider.
— Je vais le faire... Regarde ce que j'ai trouvé !

Tom n'en croit pas ses yeux, Esteban tient entre ses mains une petite bouteille d'eau rose.

— Tu te souviens ? explique-t-il. Tu m'en as parlé, devant la fontaine. Elle vient de la fontaine des âmes. Tu n'as qu'à en avaler une ou deux gorgées, et si jamais ça tourne mal, je te promets de faire boire tout le reste à ta mère.

Tom fixe avec effroi le liquide rouge clair dans l'ampoule de verre.

Si ça tourne mal ? C'est bien ce que son ami a dit ? C'est-à-dire s'il doit être assassiné lui aussi ? Comme papa hier, comme Martin avant lui.

— Allez, insiste Esteban, c'est pas non plus super grave. Tu te réincarneras illico dans le bébé, enfin dès que ta maman accouchera. Tu seras juste tranquille quatre ou cinq mois. D'accord tu vas devoir reporter des couches, marcher à quatre pattes, galérer à remonter sur un vélo sans roulettes, bref tout réapprendre, mais ça a aussi plein d'avantages.

Tom ne parvient pas à déterminer si son ami est sérieux ou se moque de lui.

— Réfléchis, Tommy, t'auras oublié que le père Noël n'existe pas, que t'as peur des abeilles, peut-être même que tu deviendras... une fille !

Tom secoue les barreaux avec l'ultime énergie de l'hystérie. Il a déjà l'impression d'être un nourrisson enfermé dans son parc.

— T'es pas marrant, Esteban. Sors-moi d'ici !
— D'accord, je te promets, je vais essayer.

Il s'arrête, comme si une nouvelle fois, il avait entendu un bruit, tous près... Comme si quelqu'un, caché quelque part, les espionnait.

— Mais avant cela, ordonne Esteban en approchant le goulot à travers les barreaux, bois vite, on ne sait jamais !

– 64 –

— Recule, Aster ! Me force pas à tirer.

La brigadière Jennifer Louchadière pointe toujours son pistolet sur la sorcière, mains serrées sur la crosse du SIG Pro, index crispé sur la détente. Nectaire et Savine se sont levés pour encadrer Aster, mais elle s'entête et refuse de s'éloigner d'Amandine.

— S'il te plaît, Astie, supplie Nicky.

— Range cette bouteille, conseille Savine.

— Je te laisserai pas lui faire boire ta saloperie ! menace la brigadière.

Je remarque que tout le monde m'a oubliée. Je pourrais sortir et personne ne s'en rendrait compte. Aster tient toujours la fiole d'eau rouge dans sa main, à quelques centimètres des lèvres fanées d'Amandine. Elle tourne la tête et fixe la policière, sans oser pencher davantage le goulot, mais refusant de poser le flacon.

— Jennifer, supplie la sorcière, il y a des choses qui nous dépassent.

J'ai soudain la sensation qu'une fenêtre vient de s'ouvrir.

Des choses qui nous dépassent, c'est bien ce qu'Aster vient de dire ?

Un bloc de glace tombe sur ma poitrine.

J'ai déjà entendu cette phrase ! Hier matin, dans la bouche de Tom !

Le courant d'air semble balayer des années de poussières pour mettre à nu la vérité : Tom et Esteban ont été ensorcelés, quelqu'un leur a fait entrer dans la tête ces histoires de migration des âmes, de monde englouti sous la mer, d'eau sortie des enfers, de résurrection, de réincarnation.

C'était tellement évident, quand j'y pense.

Le cerveau d'un gosse est une pâte à modeler. *Qui d'autre qu'Aster aurait pu y pétrir de tels délires ?*

Jennifer Louchadière braque toujours son arme sur la sœur de Nectaire. La brigadière a-t-elle compris, elle aussi ?

Ce n'est pas moi, Maddi, la folle, c'est Astie !

— C'est quoi ce bordel ?

La voix tonne derrière nous. Lespinasse apparaît, téléphone collé à l'oreille. Immédiatement, Jennifer baisse son pistolet de quelques centimètres et Aster recule d'un mètre.

Le lieutenant se poste directement en face de moi. Est-il toujours au téléphone avec Wayan ? Qu'a-t-il pu lui raconter ? J'ai une confiance absolue en Wayan. Du moins, j'avais une confiance absolue, jusqu'à ce que j'apprenne qu'il se cachait quelque part en Auvergne.

— Votre psy m'a raccroché au nez ! me lance le gendarme, prodigieusement agacé. Ou bien ça a coupé. J'ai rappelé mais il refuse de décrocher !

Il laisse tomber son bras, comme si le téléphone pesait une tonne.

— Par contre, poursuit Lespinasse, l'adjudant Salomon, lui, vient de me rappeler. Il est chez vous, au Moulin de Chaudefour. Désolé, il a dû briser une vitre pour entrer.

Je sursaute. Pourquoi cette brute de gendarme a-t-il cassé une fenêtre ? Il n'avait qu'à sonner à la porte, Gabriel lui aurait ouvert.

— Il a fouillé toutes les pièces, poursuit le lieutenant. Ça lui a pris du temps, croyez-moi. Salomon est formel. Aucune trace de Gabriel !

J'ai l'impression que le plafond tourbillonne au-dessus de moi. Qu'Aster la sorcière s'envole, poursuivie par Jennifer, SIG en l'air, alors que Nectaire et Savine s'accrochent aux barreaux du lit pour ne pas eux aussi basculer.

Gabriel est forcément au Moulin ! Gabriel n'a pas pu sortir par ce temps ! Gabriel peut rester des heures, des jours, devant son ordinateur. Gabriel m'aurait prévenue s'il était arrivé quelque chose de grave, s'il avait été obligé de quitter la maison. J'ai en Gabriel une confiance... absolue.

— Docteur Libéri, insiste Lespinasse. Où est Gabriel ?

Il n'y a plus aucun bruit dans la pièce. Presque plus d'air à respirer. Mes pensées se perdent dans la barbe épaisse de Lespinasse, ses sourcils broussailleux, son regard ombragé.

Dois-je parler ? Dois-je révéler mon secret ? Ai-je le choix ?

— C'est important, madame Libéri. Avez-vous la moindre idée d'où Gabriel peut être allé ?

Est-ce que cette folie s'arrêtera un jour ? Est-ce que les morts vont continuer de s'accumuler ? Combien aurai-je de crimes sur la conscience, avant qu'ils comprennent que je suis bonne à interner ?

— Madame Libéri, vous m'entendez ? Avez-vous une piste, même un début, pour le retrouver ?

Je murmure. Peut-être reste-t-il une vie à sauver ?

— Ou... oui !

– 65 –

— Bois pas tout !

Tom a vidé la moitié de la bouteille, puis la confie à nouveau à Esteban.

— J'ai compris, me prends pas pour un idiot !

Il tend au garçon le petit flacon à moitié plein. Il en restera exactement autant pour maman que pour lui ! L'eau rouge n'est pas mauvaise, elle a un goût de fer et pétille légèrement sous la langue, un peu comme un vieux Coca dont le bouchon a été mal revissé.

— Tu vois, dit Esteban, c'était pas un lac à boire ! Maintenant il peut plus rien t'arriver.

Tom s'essuie la bouche avec la manche de son blouson. L'eau rouge a éloigné un peu la fatigue. Il regarde le ciel blanc à travers la grille, la montagne et les forêts ressemblent toujours à un paysage de conte de fées, d'ogres et de loups affamés.

— Merci, Steb ! Mais je préférerais quand même ne pas avoir à repasser par la case bébé !

Esteban éclate de rire, et pour la première fois depuis qu'il est enfermé dans le mouroir, Tom rit aussi.

— Si ça arrive, on restera copains tout de même, je te jure ! Sauf qu'on aura dix ans de différence ! Tu seras qu'un gosse de cinq ans quand j'en aurai quinze. Faudra pas t'étonner si toutes les filles sont pour moi !

— Ha ha ha…

Ils se taisent soudain.

Un nouveau bruit a retenti, à gauche, près de l'entrée des galeries troglodytes. Est-ce que quelqu'un approche, lentement, sans se montrer ? Tom sent un souffle glacé le saisir. Quand il parle à Esteban, il en oublie tout le reste, le froid, la peur, mais dès que quelque chose vient les perturber, il se remet à trembler, terrifié, frigorifié.

Vite, il retourne la tête vers la grille d'entrée de sa prison blanche, convaincu que s'il se laisse déconcentrer, son ami imaginaire peut s'évaporer aussi vite qu'il est apparu.

Mais non, il s'est inquiété pour rien ! Esteban est là, occupé à ranger prudemment la bouteille d'eau rouge dans sa poche. Sans doute, pense Tom, n'était-ce que ce renard argenté. A moins qu'il ait aussi inventé cet animal fantastique.

— Steb ! Steb !

Tom secoue encore les barreaux. Sans conviction. Il a essayé de décrocher le lourd cadenas un million de fois.

— Steb, maintenant que je suis immortel, dépêche-toi. T'avais promis de me délivrer, n'oublie pas.

Esteban ramasse son sac à dos.

— J'avais promis d'essayer...

— Alors qu'est-ce que t'attends ? Essaie...

Un nouveau craquement les surprend, encore plus net que le précédent. Impossible de savoir d'où il vient, il se multiplie en écho dans les cavités de la falaise. Une seule chose est certaine, celui ou celle qui a provoqué ce bruit est tout proche.

Esteban a déjà bondi sur ses pieds.

— Je dois y aller, Tom. Je ne dois pas me faire prendre, sinon tout est foutu.

Esteban commence déjà à entamer une descente prudente entre les pierres glissantes et les marches de neige qu'il a taillées à l'aller.

— Non, ne me laisse pas.

Tom n'a pas élevé la voix. Une prière, ça ne se crie pas. Esteban lui lance un dernier regard.

— T'inquiète pas. Je vais me cacher mais je reste tout près. C'est la seule solution pour te sortir de là. Quand celui qui t'a enfermé là reviendra, je lui sauterai dessus ! T'en fais pas, je suis armé !

— Non ! supplie encore Tom.

Des larmes perlent au coin de ses paupières. Il ne veut pas qu'Esteban sorte de son champ de vision. S'il disparaît, il sait que la seconde d'après, il se persuadera que le garçon n'était qu'une hallucination.

— Esteban, regarde-moi, jure-moi que tu n'es pas un fantôme !

Le garçon lève la main, souriant, sûr de lui.

— Je te le jure !

Tom doit à tout prix le retenir.

— Attends, attends, cette nuit, avant que tu disparaisses au pont de Froidefond, souviens-toi, tu m'as dit que ton vrai prénom n'était pas Esteban.

Le garçon observe avec inquiétude l'entrée de la galerie, ainsi que les autres ouvertures dans la falaise, autour de lui.

— C'est pas le moment, Tom.

Tom écrase son visage contre la grille d'acier. Des larmes coulent le long des barreaux rouillés.

— Si ! C'est le moment ! Si tu ne reviens pas. Si je dois mourir, si je dois redevenir un bébé qui a tout oublié. Je t'en supplie... Ça ne te prendra qu'un instant. Tu t'appelles comment ?

– 66 –

Le lieutenant Lespinasse a instantanément coupé la conversation téléphonique avec Salomon, a rangé son portable dans sa poche et m'a attrapée par le col.

— Vite. Chaque seconde compte, docteur Libéri. Où est-il ? Où est Gabriel ?

Tous les regards dans la chambre, à part celui d'Amandine, toujours endormie, convergent sur moi.

Savine semble perplexe, comme si j'avais rompu la fragile confiance qu'elle avait pour moi.

Aster a accepté, poussée par les bras patients, mais insistants, de Nectaire, de s'éloigner du lit. Le SIG Pro de Jennifer Louchadière n'est plus pointé que vers la poussière du parquet.

Lespinasse me serre trop fort. Il n'a plus rien à voir avec le moine sympathique du début de l'enquête. Je réponds d'une voix étranglée.

— Je... je ne sais pas exactement où il est... mais... Mais je peux le localiser.

— Pardon ?

Il me soulève presque, m'empêche de respirer. Je devine qu'il résiste à l'envie de me frapper. *Laisse-moi parler, merde ! Qu'est-ce que tu crois, Lespinasse ? J'ai autant la trouille que toi de ce qui peut arriver.* Je tente de respirer entre deux mots hoquetés.

— Un... mouchard... traceur... GPS... Cousu dans... dans son blouson.

Le lieutenant me repose immédiatement.

— Vous avez cousu un traceur GPS dans la doublure du blouson de Gabriel ?

Je prends une longue inspiration. Je regarde une nouvelle fois Aster avec méfiance. Dois-je parler devant elle ? Mon portable est rangé bien au chaud au fond de ma poche. Qu'est-ce que je crains ?

— Oui, lieutenant. Un mouchard. Un truc qui se commande en trois clics sur Internet. Pas plus gros qu'une carte SIM. Connecté en permanence à mon smartphone. Il s'en vend des millions chaque année, pour équiper les personnes âgées qui perdent la mémoire, les randonneurs sans boussole ou même les chiens sans laisse.

Pour la première fois depuis longtemps, Savine réagit.

— Maddi, Gabriel n'est pas une personne âgée souffrant d'Alzheimer. Et encore moins un chien !

S'ils croient me culpabiliser avec leur morale à la con. Je tente de m'expliquer.

— Je... je bosse beaucoup. Toute la journée. Gabriel est presque tout le temps seul. J'ai confiance en lui mais on ne sait jamais. Il pourrait me certifier être resté au Moulin toute la journée et être allé...

— On s'en fout, coupe Lespinasse. Sortez-moi votre portable, qu'on sache où il se cache !

– 67 –

— Je t'en prie, répète Tom. Dis-moi comment tu t'appelles !

Les marques des barreaux de sa cage s'impriment sur son visage. Il pleure, il trépigne, il supplie, il ne veut pas que son fantôme l'oublie. Tout est blanc comme la mort autour de lui. Esteban continue de descendre avec précaution en direction de la galerie troglodyte.

— M'abandonne pas !

Esteban s'arrête un instant, en équilibre dans l'escalier instable creusé à flanc de falaise. Il passe la main sous son anorak et en tire fièrement un couteau.

— Je t'ai promis, Tommy, je reste là. Et je saurai me battre pour deux.

La rouille suinte au rebord des lèvres de Tom, les barres de fer lui compriment la poitrine, le cadenas d'acier entre dans son ventre, il a l'impression qu'il pourrait devenir un fantôme lui aussi, qu'il pourrait traverser cette grille, se désintégrer et se réintégrer de l'autre côté. Mais ça n'existe que dans les films, ça ne se peut que si on l'imagine.

Tom tire sur ses bras, plus fort que jamais. Son visage passe presque entier entre les barreaux, ses joues vont exploser, ses oreilles vont s'arracher, il n'est plus qu'un ballon trop aplati qui va crever. Sa bouche se tord. Ses tempes bourdonnent. Le métal froid se colle à chaque côté de son cerveau, comme un étau.

— Je t'en prie, implore Tom. Je veux juste connaître ton vrai prénom.

Esteban descend encore trois marches. Il est pratiquement parvenu à l'entrée de la galerie. Il lance un grand sourire, et quatre mots, avant de disparaître.

— Je m'appelle Gabriel.

XI
LA RÉSOLUTION
KidControl

– 68 –

— Donnez-moi votre portable, répète Lespinasse.

Je ne discute pas, pas cette fois, je tends mon téléphone au lieutenant.

— Quand même, siffle Jennifer derrière lui, coller un mouchard sur les fringues de son mec.

Je la dévisage, stupéfiée par la confusion de la fliquette. Je réalise que contrairement à Savine, Nectaire ou Aster, elle n'a jamais vu Gabriel. Il n'est guère sorti du Moulin de Chaudefour depuis notre arrivée, à part pour se rendre au cimetière et assister devant tout le village à l'enterrement de Martin Sainfoin... et aller nager à la piscine des Hermines.

Je clarifie pour tous ceux qui n'auraient pas compris.

— Gabriel n'est pas mon mec. C'est mon fils ! Et il n'a que dix ans !

Tous me fixent, compatissants. Je déteste leurs regards culpabilisants. Je retiens encore mon portable quelques instants.

— Ne me jugez pas, lieutenant. Ni vous, Savine. J'aime Gabriel. Il est la chair de ma chair. Sans lui je serais devenue dingue depuis longtemps. Mais vous ne pouvez pas savoir ce que c'est que d'élever seule un enfant de dix ans. Un enfant sorti de mon ventre à peine quatre mois après avoir perdu mon premier enfant. Un enfant si différent.

Je tourne la tête pour éviter leurs yeux braqués. Je vise l'ampoule nue au plafond, les peintures cloquées aux murs, les rideaux de paille aux fenêtres, avant d'écarquiller les pupilles, sidérée.

Derrière les vitres, la neige est bleue !

Je crispe mes doigts sur mon téléphone. Dans la chambre d'Amandine, tous se sont également arrêtés pour observer les reflets d'azur sur la cour de ferme immaculée, comme si le ciel dégoulinait.

Savine est la première à réagir.

— Les urgences. Enfin !

Elle a raison. Les halos bleus projetés sur l'écran blanc des murs des maisons de Froidefond tourbillonnent alors qu'une ambulance d'abord, une camionnette de pompiers ensuite s'engouffrent dans la cour de la Souille. Ils sont venus en force ! Ils ont respecté la règle de base en cas de tempête, de traversée de la jungle ou du désert, ne jamais rouler seul.

— Attendez-moi ! ordonne Lespinasse.

Louchadière colle son nez à la fenêtre. Savine saisit la main molle d'Amandine et murmure des mots apaisés. *Ça va aller, ça va aller.* Nectaire surveille Aster.

Plus personne ne fait attention à moi !

Je baisse un instant les yeux vers mon téléphone. La carte de l'application Traceur GPS KidControl s'affiche en un clic. Gabriel n'est qu'un petit point rouge sur l'écran. Je suis tellement habituée à consulter l'application, lors de mes courtes pauses à mon cabinet médical, et à ne jamais voir bouger cette pastille, centrée toute la journée sur le Moulin de Chaudefour, que je cherche une seconde avant de la localiser.

Le point rouge ne s'est pas déplacé loin. Il clignote à trois kilomètres du Moulin, d'après le plan. En direction d'un village voisin. *Saint-Pierre-Colamine.*

Qu'est-ce que Gabriel fiche là-bas ? Je maudis mon imprudence. En partant du Moulin ce matin, j'ai préparé le petit déjeuner de Gabriel, pressé une orange, sorti le beurre, grillé du pain, laissé un mot sur la table, *Bonne journée, mon lutin*, sans même pousser la porte de sa chambre, de peur de le réveiller.

Si j'avais su !

Tout s'est précipité ensuite, tout a été trop vite.

J'entends Lespinasse, en bas de l'escalier, accueillir les urgentistes. Je vois Louchadière faire de grands signes par la fenêtre. *C'est ici, c'est ici !*

Je surveille encore le point rouge. Mon fils est là-bas, à Saint-Pierre-Colamine, à moins de trois kilomètres de Froidefond. Puis j'évalue, par la porte ouverte de la chambre d'Amandine, la longueur du couloir de l'étage, jusqu'à la porte, elle aussi ouverte, de la chambre de Tom.

En une fraction de seconde, ma décision est prise.

Les flics étaient prévenus, ils n'ont pas su protéger Tom, pas plus qu'ils n'ont su retrouver Esteban.

Je dois agir. Agir seule cette fois.

Je range mon portable dans ma poche. J'entends Lespinasse commencer à monter l'escalier avec les ambulanciers.

Maintenant !

Je gonfle mes poumons et je m'élance pour un long sprint dans l'étroit couloir du palier. La dernière image que j'emporte avec moi est celle du regard déçu de Savine quand elle me voit fuir.

Peu importe, ne pas me retourner !

J'entre en tourbillon dans la chambre de Tom. Lespinasse n'est pas encore parvenu à mi-escalier. Je ne peux m'empêcher de lancer un coup d'œil à la maquette du village englouti sous le lit. Les flics n'ont touché à rien. C'est la chambre figée pour l'éternité d'un enfant mort qui ne reviendra plus jamais y jouer. J'ai tellement passé de jours et de nuits à pleurer dans un mausolée identique...

Pas cette fois, je ne dois pas ralentir, je ne dois penser qu'à Gabriel.

Le matelas est resté appuyé contre le mur. Une histoire à dormir debout, aurait ironisé Nectaire. D'un coup d'épaule, j'ouvre en grand les deux battants de bois pourri de la fenêtre. Pas le temps de penser à la douleur qui me vrille l'omoplate, j'empoigne le matelas à pleines mains, le pose en équilibre sur le rebord de la fenêtre, et je bascule avec...

Je ne risque rien !

J'ai une nouvelle fraction de seconde pour m'en persuader.

La grange n'est qu'à quelques mètres sous la fenêtre de Tom. Le matelas et la neige amortiront ma chute sur le toit !

Une fraction de seconde avant que le matelas rebondisse sur la grange, m'éjecte, s'accroche et se déchire à deux poutres brisées alors que je continue de glisser. Je roule sur moi-même pour atterrir dans un mètre de neige fraîche, au pied de l'ancien poulailler. Ma chute n'a fait aucun bruit. Une pluie de plumes s'échappe du matelas crevé et se confond avec l'averse de flocons. Personne ne m'a remarquée. Le gyrophare des urgentistes projette sur le décor polaire des reflets bleus fluorescents presque irréels, telle une aurore boréale artificielle.

Vite ! Je nage plus que je rampe dans la congère de poudreuse et je me cache derrière l'un des piliers. Le temps de vérifier que le bonnet de sparadrap sur ma tête n'a pas bougé et j'avance dans la cour déserte de la Souille, veillant à rester au maximum dissimulée.

Je traverse la route, du moins ce que je suppose être la route. J'ai la sensation d'entrer dans une chrysalide géante tant le ciel se confond avec le sol mou dans lequel j'enfonce mes pieds. J'aperçois la fontaine des âmes, elle aussi entièrement recouverte par les flocons. Seule l'eau rouge coule encore, creusant un puits dans la neige qui paraît descendre jusqu'au centre de la terre.

J'entends des cris derrière moi, je n'ai pas le temps d'écouter s'il s'agit de Louchadière, Lespinasse ou Nectaire, d'imaginer qu'ils puissent braquer vers moi leurs armes, de me demander jusqu'où ils vont oser s'aventurer à ma poursuite. Je m'éloigne à pas pressés dans les ruelles de Froidefond. Je repère, un peu en retrait, un appentis devant la porte d'une maison qui semble abandonnée. Je m'y réfugie, je vérifie que je ne suis pas suivie. Le temps de sortir mon téléphone portable aussi. De chercher le point rouge.

Gabriel.

L'application me localise presque immédiatement, calcule le trajet qui me sépare de mon fils. *2 800 mètres.*

A peine trente minutes de marche. Droit devant moi !

C'est parti !

Je m'enfonce déjà dans le champ qui descend en pente douce, les yeux rivés sur ma boussole 4G. Personne d'autre que moi ne peut savoir où est Gabriel. Personne ne peut savoir où je me rends. Le sais-je moi-même ?

Je progresse rapidement. Je comprends pourquoi Aster est parvenue à rejoindre la Souille à pied, ou Salomon à grimper jusqu'au Moulin : les routes sont difficilement praticables, mais la neige est suffisamment molle pour se tasser sous mes semelles. Elle forme des marches d'escaliers magiques qui se durcissent à chacun de mes pas.

2 100 mètres.

J'ai déjà avalé un quart du parcours. Les bourrasques de neige ont quasiment cessé, seuls quelques flocons égarés voltigent encore. Je n'ai pas froid, même si je ne porte qu'un pull sur moi. Mon manteau est resté accroché près de l'entrée de la Souille. Je n'y ai pas réfléchi en plongeant par la fenêtre.

Pas grave... Mon pansement sur la tête me protège bien assez des derniers éclats de tempête, même si Salomon a dû le serrer trop fort. Je sens mon sang cogner contre mes tempes, le bandage compresser mon cerveau, provoquer de furtifs vertiges que je néglige. Ils se dissipent dès que je détourne mes yeux de l'écran.

Je dois le fixer pourtant, suivre la direction droit devant. *Saint-Pierre-Colamine.* Je repousse un regret comme j'écarte la branche gelée qui me barre le chemin, j'aurais dû acheter à Gabriel un portable, je n'aurais pas dû attendre ses onze ans, ou le collège, ou n'importe quel prétexte. J'aurais dû faire confiance à mon enfant, lui confier un téléphone plutôt que de coudre un mouchard dans son blouson, c'est ainsi qu'aurait agi n'importe quelle mère normale !

J'écarte une nouvelle branche, le champ descend maintenant en pente plus raide.

1 900 mètres, droit devant.

Mais je ne suis pas une mère normale ! Mon fils a été enlevé il y a dix ans, personne ne m'a jamais crue, mais je l'ai toujours su. Un téléphone portable n'est d'aucune utilité contre un ravisseur, la seule véritable assurance de retrouver un enfant kidnappé est un traceur.

1 800 mètres.

La neige me paraît tout à coup plus compacte. J'avance avec prudence quand le point rouge sur l'écran s'efface soudain, pour être remplacé par un rectangle bleu.

Un message !

Evidemment, Lespinasse, Nectaire et tous les autres doivent me chercher. J'ai encore aggravé mon cas en fuyant. Je lis tout en marchant, doublement attentive, le terrain descend plus brutalement et quelques rochers acérés percent la neige.

Désolé, Maddi. Je voulais vraiment arriver à temps. Mais toutes les routes sont coupées au sud de Clermont. Vous voyez, je n'ai pas toutes les qualités. Je voulais tellement vous prouver que je suis ce genre d'homme qui peut tout abandonner pour suivre la femme qu'il aime. Il m'a manqué cinquante kilomètres.

Malgré moi, malgré le froid, malgré tout je souris. C'est si gentil, Wayan, mais ce n'est pas le moment. Je referme une petite case dans ma tête : au moins, le mystère de *France Bleu Pays d'Auvergne* est éclairci. Wayan a simplement voulu me rendre visite, sans anticiper les intempéries. Il a traversé la France pour rien, quelle ironie.

Je regarde le message de Wayan s'effacer, puis la carte et le point rouge le remplacer. Dommage, Wayan est l'une des rares personnes en qui j'aurais pu avoir confiance. Gabriel aussi aurait eu besoin de lui, même s'ils ne se sont jamais rencontrés. Je me concentre quelques instants sur l'application Traceur GPS KidControl, mes doigts cherchent le menu, se désintéressent un peu trop de la pente du champ, de la neige, des pierres invisibles...

Mon pied glisse, je bascule et je roule sur plusieurs mètres. J'ai le réflexe de lâcher mon téléphone, de protéger ma tête entre mes bras, juste avant que je n'aille heurter de plein fouet un rocher en contrebas. Vent de face. Neige fouettée. Pierre nue.

La poudreuse m'a heureusement ralentie, je m'en sors avec quelques hématomes au poignet, rien de grave, je dois continuer ! Retrouver mon téléphone d'abord... Me relever. Il me restait moins de deux kilomètres.

Je retombe de tout mon poids sur mes fesses, foudroyée.

Quelle conne !

Le chemin devant moi est coupé. Le champ mène à un ravin, un à-pic d'une trentaine de mètres, abrupt, impossible à franchir, encore moins par ce temps et si peu équipée. J'évalue encore, incrédule, le vide hérissé de rochers, les rares arbustes accrochés, le torrent lointain et souterrain, dissimulé sous la neige, qu'on entend cascader.

Mais quelle conne !

J'ai mesuré la distance à vol d'oiseau sur mon GPS, 2 800 mètres, sans activer de recherche d'itinéraire, sans réfléchir que j'habite en montagne, qu'entre le point bleu qui me localise et le rouge qui localise Gabriel, il peut exister des sommets, des rivières, des canyons, des cratères... Inutile d'espérer avancer davantage, je dois faire demi-tour, remonter jusqu'à Froidefond, jusqu'à la route, où les flics vont me cueillir.

D'ailleurs, n'est-ce pas la meilleure solution ? Faire confiance aux flics, cette fois. Mon pull est trempé, autant que mon tee-shirt et mes sous-vêtements. Je serai gelée dans moins d'un quart d'heure. Je suis en train de perdre un temps précieux. Je suis encore en train de tout gâcher. Si j'avais confié mon portable au lieutenant Lespinasse à la Souille, Gabriel serait peut-être déjà en sécurité. Je dois leur téléphoner, immédiatement. Je dois...

Je me mets à fouiller frénétiquement dans la neige, à quatre pattes, je ne suis plus qu'une créature hystérique qui creuse son propre trou, qui s'acharne, qui gratte et griffe, doigts gelés, laines de givre, visage de crevasse et larmes de glace.

J'ai presque écarté toute la neige autour de mes jambes, sans rien trouver. Désespérée, à bout de nerfs. Je réalise que désormais, chaque nouvelle poignée que je déplace a autant de chances d'ensevelir davantage mon portable que de le libérer.

Je ne suis plus qu'un animal fouisseur qui pleure, qui se maudit, qui prie.

A genoux.

Un dieu, quelque part, m'a-t-il entendue ?

Je baisse les yeux. Sous la poudreuse, je crois deviner une forme sombre, géométrique.

J'écarte ce qu'il reste de neige, euphorique.

Merci, merci, merci.

Tel un cœur battant sous la glace, un petit point rouge clignote devant moi.

– 69 –

Remonter jusqu'à Froidefond m'a pris moins de cinq minutes. J'ai marché dans mes propres pas, certaine de ne pas me perdre cette fois, certaine de ne pas glisser, galvanisée par le froid mordant mes habits trempés, poussée par la certitude de me transformer en statue de gel si je ralentissais.

Je me suis promis d'appeler les policiers sitôt parvenue au hameau. De me rendre à la Souille. De me rendre tout court...

2 800 mètres.

Le point rouge n'a pas bougé ! Le traceur est cousu dans la doublure du blouson de Gabriel et par ce temps, il le porte forcément sur lui. Il n'y a que sa mère pour être assez inconsciente et sortir sans enfiler aucun vêtement sur son pull.

Je m'approche des premières maisons de Froidefond quand, devant moi, la fontaine des âmes s'illumine. Comme si un détecteur de mouvement m'avait repérée !

Je ne comprends pas, je lève les yeux. Les pierres de la fontaine s'éclairent et s'éteignent plusieurs fois, tel un miracle insistant. J'avance encore, quelques derniers mètres plein champ, avant d'apercevoir le 4 × 4 garé juste devant.

Le Koleos de Savine !

Elle ouvre la portière dès que je parviens à sa hauteur.

— Montez !

J'hésite. J'observe l'habitacle du 4 × 4. J'en devine la chaleur, le confort.

— Montez, insiste Savine. Que vous ne fassiez pas confiance aux flics, je peux comprendre. Mais où que soit Gabriel, vous n'y arriverez pas toute seule. Pas à pied. Pas dans cet état.

Son regard glisse sur moi. Avec mon bandage ensanglanté sur la tête, mon pull raidi de givre, mon jean mouillé, je dois ressembler à une sorte de morte-vivante ensevelie sous la banquise et récemment décongelée. Le halo des phares éclaire les façades blanches et noires et capture quelques derniers flocons épars. Je fixe Savine.

— Et vous ? Pourquoi vous me faites confiance ?

L'assistante sociale répond spontanément.

— L'instinct, comme dirait Bocolon. Tout le monde a le droit à une seconde chance, non ? Et même une troisième. Allez, grimpez, on va le retrouver, votre Gabriel.

Cette fois j'obéis. Dès que je suis assise, dès que le Koleos démarre, mes hésitations s'évanouissent. La chaleur m'enveloppe et m'anesthésie. Combien de temps aurais-je tenu encore dehors, avant de m'écrouler à bout de forces ? L'état de crasse de la voiture a raison de mes derniers scrupules. Savine doit se foutre que je monte aussi dégoulinante dans son vieux 4 × 4, vu les mégots, les résidus de sandwichs, les paquets de chips éventrés et les boulettes de papier gras qui débordent des vide-poches.

— Où on va ? me demande-t-elle sans quitter des yeux la route.

— D'après le KidControl, Gabriel se trouve quelque part du côté de Saint-Pierre-Colamine.

Mes habits inondent la couche de poussière et de miettes accumulées sur le tapis de sol. Savine prend une seconde pour réfléchir.

— Saint-Pierre-Colamine. Vous êtes certaine ? Il n'y a rien là-bas !

— Il y a Gabriel… C'est grand, Colamine ?

Savine effectue un demi-tour énergique. Le petit sapin orange accroché au rétroviseur tourbillonne. Les roues du Koleos accrochent la neige collée. Elle conduit avec détermination, aussi concentrée sur la route juste devant elle que sur notre destination finale.

— C'est un trou ! Murol à côté, c'est une préfecture. Y a pas un commerce, pas un bar. Franchement, à Saint-Pierre-Colamine, à part les…

Les mains de Savine se sont crispées sur le volant. Elle ne peut retenir une grimace d'étonnement.

— A part les quoi ?

— A part… les grottes de Jonas.

Les grottes de… Jonas ?

Impossible que ce prénom soit une nouvelle coïncidence ! Je scrute la route blanche devant nous. Aucun sillon n'a été creusé. Aucune autre voiture, depuis de longues minutes, n'est passée. Je ne peux m'empêcher de crier.

— Il est là-bas, Savine. Forcément. Emmenez-moi, le plus vite possible !

Les roues du 4 × 4 font gicler de la neige de chaque côté de la carrosserie. Je tiens le téléphone posé en équilibre sur mes genoux. Le petit point rouge clignote presque joyeusement.

2 700 mètres.

— C'est parti ! se force à positiver Savine. Je vais encore vous faire confiance. Mais j'ai besoin que vous m'expliquiez…

— Vous expliquer quoi ?

— Pourquoi vous êtes aussi cruelle avec Gabriel !

Savine est une bonne conductrice, habituée aux routes enneigées, et son vieux 4 × 4 paraît plus expérimenté sur ce genre de patinoire que huit chiens de traîneau réunis. Mais même avec la meilleure habileté du monde, son compteur ne dépasse pas les quinze kilomètres/heure. J'évalue dans ma tête qu'il nous faudra quinze minutes pour rejoindre les grottes. Peut-être moins. Je lève les yeux et observe avec espoir les nuages se déchirer dans le ciel et s'ouvrir sur d'inespérées teintes pastel. Tout pour chasser ce dernier mot de ma cervelle... *Cruelle* ?

— Je vais être franche, poursuit Savine en contrebraquant avec autorité dans un virage serré. Vous m'avez joué la comédie de la mère raisonnable, vous avez accusé Amandine d'être une mère irresponsable, vous en avez fait des tonnes pour... pour protéger Tom. Et pourtant vous êtes aussi laxiste et absente qu'elle en ce qui concerne votre propre fils, Gabriel. Je ne comprends pas !

Tom... Esteban... Gabriel...

Des larmes coulent de mes yeux. Le point rouge sur mes genoux n'est plus qu'une goutte floue.

— Si, Savine, bien sûr que vous comprenez. Vous connaissez le début de l'histoire... j'avais trente ans, je voulais un enfant, seule, j'étais une femme libre, j'ai adopté Esteban et pendant dix ans, il a été le seul homme dans ma vie. Le seul homme de ma vie, mais pas tout à fait le seul homme de mes nuits. Le corps réclame des soins dont l'esprit n'a pas besoin. Vous comprenez ça aussi, Savine, j'en suis certaine. J'ai reçu, rarement, très rarement, des visiteurs du soir qui repartaient avant qu'Esteban se réveille... comme n'importe quelle mère célibataire.

Nouveau virage, dérapage contrôlé, j'ai la sensation d'être une copilote de rallye dépassée.

— Et vous êtes tombée enceinte ? devine Savine.

— Exact. Et j'étais seule à pouvoir prendre la décision. Garder l'enfant ou pas. Esteban avait neuf ans. Il commençait à se poser des questions, il avait appris, pour son adoption, j'ignore comment, je n'avais prévu de lui en parler qu'à ses dix ans. Il commençait à tenir des propos étranges aussi. C'est la période où il a changé de psy... Où le docteur Wayan Kuning est entré dans sa vie.

Savine profite d'une longue ligne droite pour passer en troisième. Le 4 × 4 file à presque trente kilomètres/heure.

— Et vous avez décidé de garder l'enfant ? Parce que vous commenciez à sentir qu'Esteban avait de moins en moins besoin de vous, devenait grand, indépendant. Vous aviez besoin de ce bébé pour vous sentir à nouveau... maman.

Je tourne vers Savine un regard admiratif. Elle est aussi douée en psychologie qu'en conduite de rallye.

— On peut le résumer ainsi, oui...

— Rien de plus classique, Maddi ! Rassurez-vous !

Je fixe la goutte de sang sur mes genoux.

— Dès qu'Esteban a su, pour le bébé, il s'est mis en tête que je l'aimerais davantage que lui. Parce qu'il était mon véritable enfant, et pas lui.

— Rassurez-vous une nouvelle fois, Maddi, c'est là aussi une réaction classique chez un enfant adopté.

Le bon sens de Savine finit par m'agacer. Elle parle comme dans les manuels féminins de prêt-à-penser.

— Ce qui est moins classique, Savine, c'est quand l'enfant adopté parle de changer de corps pour être mieux aimé ! De mourir, pour se réincarner. Vous connaissez la suite, la disparition, la noyade, un corps sans vie qu'on me présente à la morgue et que je refuse de reconnaître comme étant celui de mon enfant. J'ai accouché de Gabriel quatre mois plus tard, en Normandie. Je... je l'ai accueilli du mieux que je pouvais. Je vous le jure. Du mieux que je pouvais l'aimer.

1 600 mètres, indique mon écran. La neige sur la route me semble maintenant moins épaisse, mais elle n'en est sûrement que plus traîtresse.

— Bien entendu, vous l'aimez, répond Savine, concentrée. Quelle maman n'aimerait pas son enfant ? Mais vous ne pouvez pas vous empêcher de penser que sans Gabriel, Esteban serait peut-être encore vivant. Et je suppose que vous n'avez pas pu vous empêcher de faire la comparaison entre les deux garçons.

Une nouvelle fois, je dévisage Savine. Tout est tellement logique dans ce qu'elle dit. Tout est tellement logique dans ce que j'ai vécu. Oui, bien entendu, dans ma tête, au fur et à mesure que Gabriel grandissait, une petite voix me soufflait sans cesse : à son âge, Esteban savait déjà marcher, tenait déjà des conversations, pédalait sans roulettes, nageait, s'intéressait à la musique, ne restait pas des heures sur le canapé.

J'affirme pourtant, en haussant la voix :

— Ecoutez-moi bien, Savine, jamais je n'ai reproché à Gabriel quoi que ce soit ! Jamais je ne l'ai rabaissé, bien au contraire. Jamais je n'ai été cruelle. Si vous saviez tous les efforts que...

Je n'arrive pas à continuer, épuisée, enlarmée.

1 100 mètres.

Savine sourit, sans quitter la route des yeux.

— Maddi, un gosse sent forcément ces choses-là. La présence d'un autre enfant qui a bu dans les mêmes verres que lui, dormi dans les mêmes draps, été serré dans les mêmes bras... La présence d'un enfant disparu qui faisait tout mieux que lui.

900 mètres.

Gabriel n'est toujours qu'un point rouge immobile.

— Je sais tout ça... J'ai essayé, je peux vous le jurer. J'ai essayé de ne pas imposer à Gabriel la musique et la natation. J'ai vraiment essayé de me concentrer sur ses goûts. Sur sa personnalité. Peut-être trop, au fond. Gabriel a un caractère si différent. Esteban était hypersensible, intelligent, affectueux... Gabriel est tout le contraire, indolent, indifférent, sans passion.

— Et alors ? réplique Savine en haussant elle aussi le ton. C'est ce que vit chaque famille. Les enfants d'une même fratrie ne sont pas tous aussi beaux, aussi doués, et leurs parents les aiment tous autant, non ?

Evidemment ! Qu'est-ce qu'elle croit ?

Savine bifurque brusquement. Toujours suspendu au rétroviseur, l'arbre magique orange s'agite à s'en déraciner. Il a dû diffuser une odeur de pêche il y a une éternité. Le Koleos quitte la route principale pour s'engager dans un chemin étroit. Impossible de s'y croiser. Impossible de deviner si, d'ordinaire, le chemin est plus large, et bitumé. Les roues du 4 × 4 accrochent la pente, sans effort apparent. Après un premier virage, j'aperçois soudain un étrange monument, haut d'une centaine de mètres, long d'un demi-kilomètre, qui barre l'horizon. Un château, c'est la première impression, un château rongé par le temps, avant de me rendre compte que c'est l'inverse, qu'il s'agit d'une falaise naturelle, et que ce sont les hommes qui ont creusé dans la pierre volcanique des dizaines de grottes.

Les grottes de Jonas ? Celles où se cache Gabriel ?

Je me tourne vers Savine, elle a encore accéléré.

— J'ai donné autant à Gabriel qu'à Esteban, je peux vous l'assurer ! Ça n'a jamais été une question de favoritisme ! Mais, comment dire, Gabriel avait moins besoin de moi. C'est un gosse solitaire. Il peut rester seul des heures à la maison, à jouer sur des jeux vidéo, en se contentant de grignoter le premier truc trouvé dans le frigo.

— C'est juste un gosse de son époque...

Madame Je-conduis-à-fond-et-j'ai-réponse-à-tout commence à m'énerver. Tom aussi était un gosse de son époque, ai-je envie de hurler, et il ne restait pas enfermé.

700 mètres.

Les falaises rouges apparaissent et disparaissent à chaque lacet. Ma conductrice parvient tout juste à contrôler un virage plus serré. Le Koleos se braque. Moi aussi !

— Je suis rentrée chez moi à 21 heures ! C'est la première fois que je sortais depuis trois ans. Je fais ce que je peux, Savine ! Je bosse comme une dingue, vous savez ce que c'est que la vie d'un médecin ? J'élève seule Gabriel ! Je l'ai inscrit dans l'école privée la plus proche, à Saint-Saturnin, pour qu'il puisse y rester avant et après les cours. Il a été malade. Il n'a encore aucun copain à Murol. Même en vacances, il doit réviser sur ces foutues ressources pédagogiques en ligne fournies par l'Education nationale. Je l'appelle plusieurs fois par jour quand il n'est pas en classe. Je lui laisse des messages, je vérifie le traceur pour savoir s'il est bien chez nous.

J'en tremble de rage. Je ne suis pas une mauvaise mère ! Qu'elle remballe sa morale et se contente de conduire.

— Je vais vous dire autre chose, Savine, puisque vous avez mis le doigt sur une plaie ouverte. Tout allait bien, entre Gabriel et moi, jusqu'à il y a huit mois, jusqu'à ce que je retourne avec lui à Saint-Jean-de-Luz, jusqu'à ce que j'emménage à Murol, jusqu'à ce que...

La colère bloque les mots dans ma trachée.

500 mètres.

Savine en profite pour m'enfoncer sa morale dans la gorge.

— Jusqu'à ce que vous ne pensiez plus qu'à ce fantôme ? A ce grand frère, mort avant que Gabriel naisse, et qui revenait des enfers lui voler sa place ! Au point de lui demander de tout quitter et de venir vous suivre ici. Vous rendez-vous compte de ce que vous avez fait subir à votre gosse ?

Qu'elle se taise ! Je ne veux plus la laisser me jeter à la figure toutes ces vérités ! Je ne veux en discuter qu'avec Wayan, lui au moins ne me contredit pas. Je me défends pourtant, incapable de me taire.

— Qu'est-ce que vous croyez, Savine ? Moi non plus je n'ai pas eu le choix ! Toutes ces coïncidences me sont tombées dessus, je ne les ai pas fabriquées. Cette ressemblance stupéfiante, cette tache de naissance, et jusqu'à cet ADN identique. Vous avez lu comme moi les résultats ! J'ai été embarquée dans cette folie, malgré moi ! Et Gabriel avec moi !

Savine redescend d'un cran. D'une vitesse, pour ralentir en traversant un hameau de trois maisons ensevelies sous la neige, et d'un ton, pour calmer le jeu. Elle a fait son job de travailleuse sociale, elle a balancé ce qu'elle avait à me balancer, elle a crevé l'abcès. Maintenant, elle va soigner la plaie.

— Depuis que vous êtes arrivée à Murol, comment Gabriel a-t-il réagi ?

Merci, Savine.

— J'ai... j'ai essayé de lui en parler, au début. D'être la plus franche possible. C'était... c'était difficile. Je ne sais pas s'il m'a écoutée. Il s'est rapidement muré dans le silence, dans les jeux vidéo, dans une sorte d'indifférence.

300 mètres.

Savine sourit encore. Sans cynisme cette fois. Il y a juste de l'empathie pour Gabriel dans sa voix.

— Une indifférence ? C'était juste une armure qu'il enfilait, devant vous. Bien entendu, il écoutait tout. Vous imaginez toutes les questions qu'il devait se poser ? Un grand frère, dix ans avant, disparu... réapparu. Sa mère qui ne le regarde plus.

L'abcès suinte. Mon visage est zébré de larmes. Savine a raison, raison sur tout. Heureusement, la goutte rouge est là, tout près, mon point bleu l'embrasse presque sur l'écran.

— J'ai... j'ai été tellement infecte... cruelle... Il... il doit me haïr !

100 mètres.

Les points rouge et bleu ne forment presque plus qu'un. Gabriel est là, tout près, dans l'une des cavernes de cette falaise trouée, droit devant nous.

Savine rétrograde, puis lâche une main du volant pour prendre la mienne.

— Ne soyez pas stupide, Maddi ! C'est tout l'inverse ! Un enfant de dix ans ne peut pas en vouloir à sa mère. Il ne peut que l'aimer ! Et moins vous lui donnerez des preuves d'amour, et plus il les recherchera. Gabriel a forcément voulu vous aider. Il a forcément voulu comprendre ce qui se passait. Il a forcément voulu vous montrer qu'il était à la hauteur. Pour que vous l'aimiez... autant qu'Esteban !

— ...

— Rassurez-moi, Maddi, vous l'aimez autant qu'Esteban ?

Le Koleos est presque à l'arrêt. Savine cherche une place où se garer entre les congères qui bordent la route et la falaise de tuf qui nous domine, rouge sang, déchiquetée, hérissée, perforée de bouches béantes prêtes à avaler les touristes égarés.

J'essuie mes larmes d'un revers de manche. Mon pull a à peine eu le temps de sécher. La laine raidie irrite mes yeux. Je prends le temps de regarder intensément Savine, avant qu'elle se gare, avant que nous sortions, avant que nous sprintions retrouver Gabriel. Pour qu'elle sache que cette fois, je dis la vérité, toute la vérité.

— Il y a trois jours, il y a même trois heures, je vous aurais dit non. Si un diable me l'avait proposé, sans aucune hésitation, j'aurais échangé Gabriel contre Esteban, ou contre Tom. J'aurais sacrifié mon propre enfant pour que celui qui m'a été volé me soit rendu. Je ne vais pas vous mentir, je ne voyais en Gabriel qu'un préado chiant, un parasite, une erreur. Oui, c'est ce que je pensais, une erreur. Mais... Mais, donnez-moi votre main, Savine.

Je prends son poignet et je pose sa paume sur ma poitrine.

— Sentez à quelle vitesse bat mon cœur. Il bat aussi vite qu'il y a dix ans. Aussi vite qu'au lac Pavin tout à l'heure. Il ne bat pas pour un fantôme cette fois, il bat pour mon enfant, vivant.

Savine, de ses seuls cinq doigts libres, se range d'un brusque coup de volant. J'ouvre déjà la portière, mais je prends le temps d'ajouter :

— Alors, oui Savine. J'en suis certaine maintenant. Je l'aime autant !

Avant de courir en direction de l'entrée des grottes, quelques marches taillées dans la pierre bordées par une palissade couverte de neige, je regarde une dernière fois l'application KidControl. Nos deux points, rouge et bleu, sont enfin parfaitement superposés. Je ne remarque pas que loin, très loin, aux confins de la carte qui occupe tout l'écran, un troisième point, vert, vient d'apparaître, comme s'il sortait de terre.

– 70 –

Nous essayons de nous orienter parmi les étroites galeries voûtées. Nous n'avons pas pensé à consulter les panneaux d'information recouverts de neige, trop pressées, nous nous sommes directement précipitées vers l'entrée des grottes de Jonas, avons escaladé les premiers escaliers, alors que mes cris grimpaient les marches plus vite que nous.

— Gabrieel.

La plupart des tunnels qui relient deux salles ne sont pas hauts de plus d'un mètre quarante, nous y progressons pliées en deux, presque en aveugles, avant de retrouver la clarté à chaque nouvelle pièce, le plus souvent haute et spacieuse. Savine m'a rapidement briefée sur ces grottes dont je n'avais que vaguement entendu parler : soixante-dix pièces, cinq étages, un véritable gruyère dans la falaise de tuf qui depuis plusieurs millénaires a servi soit de refuge, soit de prison.

— Gabrieeel !

Nous pénétrons dans la chapelle sans un regard pour les fresques murales, nous traversons le logis du maître sans nous attarder sous la plus haute salle voûtée, nous explorons le fournil, le grenier, le pigeonnier, sans découvrir aucune trace de vie. Gabriel est pourtant là, quelque part, mais la localisation du traceur KidControl n'est pas assez précise pour indiquer l'étage, le nom de la pièce et le parcours pour l'atteindre sans se perdre dans le labyrinthe.

— Gabrieeeel ? Gabrieeeel ?

Qu'est-ce qu'il peut fabriquer dans ce dédale ? Pourquoi, comment est-il venu ici ? Une fugue ? Pourquoi pas, après tout... Après tout ce dont Savine vient de me faire prendre conscience.

Je dois chasser en moi l'image d'Esteban, ou de Tom, noyé dans le Pavin, je dois repousser ces histoires de réincarnation, je dois m'éloigner de ce lac noir qui engloutit mes souvenirs, je dois avancer concentrée et ne penser qu'à mon fils.

Une nouvelle pièce. Je ressens une étrange sensation de chaleur. Savine se précipite et repère, dans la large cheminée, des cendres encore chaudes. Quelqu'un y a fait brûler des fagots, il y a moins d'une heure ! Nous jetons un regard panoramique sur les murs roses taillés dans la lave, sur les pierres au-dessus de l'âtre, noircies de fumée.

— On est sûrement dans le four, précise Savine. Quelqu'un se cachait ici.

La pièce est éclairée par une minuscule lucarne. Pour l'atteindre, je m'avance et me hisse sur la pointe des pieds.

— Gabrieeeel !

Mon cri se perd dans le décor glaciaire dont je ne vois que le ciel et la ligne de crête. Je m'apprête à chercher un meilleur poste d'observation, poser mes talons, marcher à reculons, quand j'entends une voix !

Une voix lointaine, fluette, un minuscule filet, mais elle a eu le temps de couler dans mes oreilles et ma mémoire auditive l'a enregistrée.

Elle ne peut pas se tromper ! Vais-je à nouveau basculer dans la folie ?

Ce n'est pas la voix de Gabriel, c'est celle de Tom !

Non ! Tom est mort ! Esteban est mort ! Je ne dois plus penser à eux, je dois repousser les fantômes, je ne dois plus penser qu'à Gabriel.

Gabriel, vivant !

Savine s'est elle aussi approchée de la lucarne. A-t-elle entendu ?

Mes mains s'agrippent au rebord de la lucarne, je me suspends le plus haut possible et je crie à m'en exploser les poumons.

— Gabrieeeel !

J'ai l'impression que ma voix s'accroche à chaque fissure de la falaise, avant de cesser de lutter et de dégringoler.

— Ici.

Les rebords coupants de la lucarne cisaillent mes doigts, mais je ne les sens pas. Mon cœur bondit, mon visage s'irradie, je n'ai plus aucun doute cette fois, c'est la voix de Tom !

Vivant !

Lespinasse, Nectaire, Louchadière et tous les autres flics m'ont donc menti ! Pourquoi ? A quel jeu atroce participent-ils ? Dans quel complot monstrueux trempent-ils ?

Savine se tient derrière moi. Elle aussi a entendu la voix, aussi stupéfaite que moi.

Je crie à nouveau, sans réfléchir cette fois.

— Estebaan !

Les yeux de Savine me fusillent. *Esteban* ? N'ai-je rien retenu de ce qu'elle a essayé de me faire comprendre ? Je dois oublier ce fantôme ! Penser à Gabriel. A Tom, à la rigueur...

Je détourne le regard. Je suis désolée, Savine, mais c'est toi qui n'as rien compris. Si Tom est vivant, Esteban l'est aussi !

— Estebaaan ?

Aucune réponse. Evidemment, je suis stupide ! Tom ignore tout de son identité d'avant, de son prénom précédent.

— Toooom ?

Il me répond immédiatement cette fois.

— Là... je suis là.

L'absolue détresse dans sa voix me bouleverse. Jamais je n'ai entendu un appel au secours aussi déchirant. *Rassure-toi, Esteban, cette fois, je suis arrivée à temps.*

Le cri est venu de ma droite, j'en suis certaine. Il est sans doute coincé dans l'une des pièces, un peu plus loin. Sans réfléchir davantage, comme si Savine n'existait pas, je m'enfonce dans le premier tunnel face à moi. Il est encore plus bas que les précédents, mon pansement frôle les parois, je manque de me fendre le crâne à chaque mètre. Mon pull s'accroche aux murs de granit, j'abandonne des touffes de laine derrière moi.

— Tiens bon, j'arrive...

Cul-de-sac !

Je maudis ma malchance. J'ai choisi la mauvaise galerie ! Celle-ci débouche directement sur une ouverture qui tombe à pic sur la falaise. Tant pis, je n'ai qu'à rebrousser chemin et prendre un autre couloir, je vais crier pour m'orienter, je vais écouter, je vais forcément trouver. Je prends juste une seconde, avant de m'enfoncer à nouveau dans le tunnel, pour essayer de me repérer aux trous qui percent la falaise. J'en distingue une trentaine, des plus hauts dix mètres au-dessus de moi, aux plus bas, presque ensevelis sous la neige, à proximité du parking désert où le Koleos est garé. C'est le seul signe de vie dans ce paysage désertique, à l'exception des traces de pneus qui s'étirent derrière le 4 × 4, tels deux longs rails d'un train fantôme.

Je les suis un instant des yeux, distraitement, avant de les perdre, puis de les retrouver, comme si...

Comme si je m'étais trompée d'aiguillage !

C'est impossible, je le sais, il ne peut y avoir que deux rails. Je me concentre, je fixe l'immense parking immaculé et je vois distinctement ce que dans un premier temps je n'avais pas remarqué : les traces de pneus du Koleos de Savine en croisent d'autres.

L'évidence me serre la gorge.

Une voiture est venue, ici, il y a quelques heures, puisque ses marques n'ont pas encore été totalement effacées. *Une voiture dont les traces de pneus sont si faciles à identifier.*

Tout bascule dans ma tête. Je sais désormais qui est le monstre. Qui a enlevé Esteban, qui a enlevé Tom, qui a décidé de me rendre folle depuis toutes ces années. Je dois fuir. Je dois courir. Je dois crier avant, je dois le prévenir, je dois les prévenir, je ne sais plus qui appeler, que crier, quel prénom, *Tom ? Esteban ? Gabriel ?* Je dois choisir, vite, décider, qui, en premier, avant que...

Je l'entends ! La voix s'engouffre dans le couloir, une traînée de poudre, un feu ardent, un seul mot, mais si brûlant.

— Maman !

Je me retourne pour lui tendre les bras.

La pierre, frappée avec une fureur décuplée, m'écrase la tempe et la moitié de l'œil droit.

– 71 –

La Souille s'est transformée en ruche. Quatre urgentistes, cinq pompiers, trois policiers, tous entrent et sortent, montent et descendent dans l'escalier, charrient neige et boue, claquent portes et bottes, ajoutant du bordel au bordel, du bruit au bruit, des cris aux cris.

— Où est votre copine ? s'énerve le lieutenant Lespinasse en piétinant devant la cheminée.

Nectaire se tient immobile, face au poème punaisé, *Txoria txori*, comme s'il était capable de déchiffrer ces quelques mots basques. *Si j'avais coupé ses ailes. Elle ne serait pas partie.*

— J'ai besoin d'une réponse, Paturin, s'énerve Lespinasse, où est passée Savine ?

Le secrétaire de mairie se retourne enfin, tout aussi déstabilisé que le gendarme.

— Je n'en sais rien !

Le lieutenant frappe soudain le linteau de la cheminée, de toute la force de son poing. Une pluie de neige et de suie s'abat sur les livres et les magazines empilés dans l'âtre.

— Merde ! J'ai deux femmes et un gosse dans la nature. Et pas la moindre idée d'où ils peuvent être allés. Je ne sais même pas s'ils sont ensemble.

— Lieutenant ?

Quatre urgentistes se tiennent devant lui. Trois hommes et une femme, et c'est la femme qui parle.

— Amandine Fontaine s'est réveillée. On lui a administré une seconde injection de Naloxone. La crise est passée, elle va bien.

Ils se tiennent alignés tous les quatre, tels des superhéros posant pour une affiche dans le métro. Matos de pro, uniforme commando, ceintures, cols et poignets fluo.

— Je pourrai l'interroger ? demande Lespinasse.

— Si c'est vraiment utile et pas trop long, oui, répond la chef du commando.

Comme pour gagner du temps, le lieutenant file déjà vers l'escalier.

*
* *

— Lieutenant, j'aimerais interroger Amandine avec vous.

Nectaire a lui aussi été étonnamment rapide à réagir. Il s'est posté devant les premières marches, bloquant l'accès à l'étage.

— S'il vous plaît, insiste le secrétaire de mairie. Je connais le métier, les procédures, j'ai enquêté depuis une semaine sur cette affaire, j'en sais plus que vous sur cette histoire de fous.

Lespinasse n'a pas le temps de tergiverser.

— OK, accordé, on se fait l'entretien en duo.

Il monte une marche, cette fois c'est Aster qui le retient.

— Lieutenant ?

Lespinasse s'agace.

— Là, désolé, y a plus de place !

Il lève les yeux vers la brigadière Louchadière, qui se redresse au garde-à-vous en haut de l'escalier.

— Jennifer, vous me surveillez la sorcière, qu'on n'ait pas une troisième fugueuse dans la nature.

La sœur de Nectaire pose sa main bruissante de bracelets sur le poignet du gendarme.

— Ne vous inquiétez pas, lieutenant, je ne tenterai rien. Je me contenterai d'une recommandation. S'il vous plaît, ne dites pas à Amandine que Tom est mort.

Lespinasse ne s'attendait pas à une telle demande.

— Pourquoi ?

— Laissez-lui un peu de répit. Juste quelques heures. Juste une pause entre deux chocs... Et faites confiance à mon intuition.

Les sourcils broussailleux du policier se froncent, sans pouvoir échapper au mouvement hypnotique de l'unalome de cuivre.

L'intuition des Paturin...

— Si mon frère n'en a aucune, précise Aster, c'est parce que j'ai tout pris à la naissance. Laissez à Amandine une chance.

— Une chance ?

— Une chance de comprendre ! Qui ? Comment ? Pourquoi ? Tant que vous n'avez pas les réponses, inutile de la noyer de doutes.

Le lieutenant ne promet rien, mais opine de la tête, comme pour signifier qu'il va y réfléchir, que cela pèsera dans la balance au moment de formuler ses questions. Aster sourit, ouvre les lèvres pour murmurer un *merci* puis serre longuement son frère dans ses bras.

*
* *

Amandine ressemble à une princesse de porcelaine oubliée dans un lit de poupée. Une princesse endormie trop longtemps, une princesse réveillée contrariée, sans son baiser, par des pompiers bruyants, aucune trace du prince charmant.

Nectaire et Lespinasse ont apporté deux chaises qu'ils placent au bout du lit. Lespinasse a retrouvé son ton apaisé de négociateur empathique.

— Amandine, vous... vous avez été agressée, cette nuit. On a sans doute essayé de vous tuer. En vous injectant un opioïde. Avez-vous vu... quelqu'un ?

Amandine est assise dans le lit. Son dos repose sur trois oreillers dont les motifs, en herbier brodé, s'accordent avec les pétales blancs, tissés au crochet, de sa chemise de nuit.

— Non... Je dormais.

Ses longs cheveux pendent sur ses épaules, telles de fines bretelles soutenant ses dentelles. Elle se redresse encore sur le mille-plumes qui lui sert de dossier.

— Où est Tom ?

— ...

Lui dire ou non ?

Lespinasse sent le poids du regard de Nectaire, qui pèse davantage encore que les mots d'Aster.

— Nous avons d'autres questions à vous poser, madame Fontaine.

— Où... Où est Tom ?

— ...

Amandine tourne son visage de porcelaine vers Nectaire. Elle paraît si fragile. Un simple battement de cils pourrait la craqueler. Elle trouve tout de même la force de demander.

— Je veux parler à Aster !

La voix de moine de frère Lespinasse se fait la plus douce possible.

— C'est impossible.

— Alors je veux parler à Savine !

— Elle... Elle n'est pas là. Pourquoi ne voulez-vous parler qu'à ces deux femmes ?

— J'ai confiance en elles ! J'ai confiance en ta sœur, Nectaire, et plus encore en Savine. Et je n'ai pas confiance en vous.

Lespinasse encaisse avec professionnalisme. Comme tout flic, il est habitué à protéger les gens sans attendre de remerciements.

— Madame Fontaine, ce matin, nous avons découvert une maquette de village sous le lit de Tom. Une maquette représentant un étrange village englouti. Etiez-vous au courant ?

— Non.

— Vous souvenez-vous de la dernière fois où vous avez regardé sous le lit de Tom ?

— Non. Des années, sûrement. C'est sa chambre, c'est son univers, je le respecte.

Le gendarme s'efforce de garder son calme.

— Je comprends. Tom a-t-il, devant vous, évoqué cette histoire, un village englouti, la migration des âmes, la réincarnation ?

— NON !

Le visage d'Amandine a encore blanchi, il est presque translucide. Va-t-elle disparaître elle aussi, devenir invisible ? Sa voix, à l'inverse, gagne en puissance.

— Pourquoi toutes ces questions ? Où est Tom ?

Lespinasse hésite. La balance est en train de basculer dans l'autre sens. Ce serait plus simple de tout lui raconter, mais supporterait-elle le choc ?

Nectaire prend la parole avant que le lieutenant craque.

— Amandine, écoute-moi. Nous avons un souci avec Maddi Libéri. Je sais que tu es au courant, que tu t'es disputée plusieurs fois avec elle. Tu te souviens, elle parlait de coïncidences, de ressemblances, entre son fils et Tom. On va les reprendre si tu veux bien... Depuis le début.

Un sursaut de colère secoue Amandine. Quelques cheveux pendent sur sa poitrine, comme autant de fêlures sur son cœur.

— Vous êtes encore bloqués sur ces conneries ? hoquette-t-elle. Jonas lui avait répondu ! Point par point !

— Alors nous allons reprendre ses réponses, point par point, réplique Nectaire avec patience. Jonas a sans doute été tué par ce qu'il avait compris quelque chose. Quelque chose que nous devons comprendre nous aussi.

L'argument a porté. Amandine paraît mieux disposée.

— Vas-y, murmure-t-elle.

Nectaire inspire longuement avant de se lancer.

— Je commence par le premier. Le maillot indigo. Ça va peut-être te paraître étrange, mais c'est la coïncidence qui m'intrigue le plus ! Sans doute parce qu'elle n'a rien de surnaturel. Les autres, les ressemblances, les taches de naissance, les goûts communs ou les phobies, ou même l'ADN, ne peuvent s'expliquer que par magie, par sorcellerie... Mais ce maillot de bain indigo ? Esteban Libéri en portait un, avec un motif de baleine, tu ne peux pas le nier, c'est dans le rapport de Lazarbal, le flic qui a enquêté sur l'affaire. Alors désolé, Amandine, mais je n'arrive pas à croire que c'est uniquement par hasard si Tom portait le même, il y a six mois, sur la même plage, pile le jour où Maddi Libéri s'y promenait.

Amandine semble réciter sa réponse.

— La baleine, c'est à cause de Jonas. C'est une histoire dans la Bible, il paraît.

Nectaire croise le regard de Lespinasse. La réponse d'Amandine n'explique rien. Elle rend au contraire plus stupéfiant encore qu'Esteban ait porté le même, dix ans avant, alors que Jonas n'avait pas vingt ans et que Tom n'était pas encore né.

— Donc ce maillot, demande doucement Nectaire, c'est Jonas qui l'a acheté à Tom ?

Amandine prend le temps de réfléchir.

— Non, je ne crois pas... Jonas n'achetait jamais d'habits pour son fils.

— Qui alors ? Toi ?

— Non, je m'en souviendrais.

— Qui alors ? insistent en chœur Lespinasse et Nectaire.

Amandine puise dans sa mémoire, tout en calant autant qu'elle le peut son dos dans les oreillers de plumes. Si elle glisse, si elle bascule, son corps de porcelaine se brise.

— Je... Je crois que c'est Savine.

XII
L'EXÉCUTION
Le mouroir

– 72 –

Mon arcade sourcilière est ouverte, elle noie de sang mon œil droit, mais je suis incapable de l'essuyer.

Poignées et chevilles ligotées.

Je suis même incapable de crier, d'expulser la douleur qui brûle ma gorge, de cracher le venin de bave et de bile qui l'empoisonne.

Bouche bâillonnée.

Je suis allongée dans la pièce nue, frigorifiée, dos appuyé contre une paroi de lave grossièrement taillée. Un cachot de pierres volcaniques aiguisées, tout l'inverse d'une cellule capitonnée, une prison d'écorchés, où il suffit de se jeter contre les murs pour en finir, chair lacérée, derniers fragments de vie en lambeaux.

— Je vais vous raconter une histoire, Maddi. Je vais vous raconter mon histoire. Je crois que vous l'avez bien mérité.

Savine Laroche est appuyée contre la seule partie du mur recouverte de briques. Face à moi.

Je ne veux pas entendre sa voix.

Je veux traquer le moindre bruit. Je veux percevoir le moindre cri.

Je veux entendre la voix de Gabriel, si à nouveau il m'appelle.

Maman !

Où est Gabriel ?
Je veux entendre la voix de Tom, si à nouveau il me guide.
Là. Je suis là !
Je hurle dans ma tête, je hurle dans mon crâne, un vacarme assourdissant, à en transformer toutes les cellules de mon cerveau en cellules d'un asile de fou.
Où êtes-vous ?

— Je vais vous raconter mon histoire, Maddi. C'est l'histoire banale d'une fille perdue. Rassurez-vous, je vais vous épargner mon enfance, mon adolescence, elles vous permettraient de comprendre bien des choses, d'où je suis venue, où je suis arrivée, mais vous êtes intelligente, Maddi, vous devinerez, vous imaginerez cette forêt dans laquelle j'ai grandi, perdue. Les Aubiers, la pire cité de Bordeaux. Je vais vous épargner toutes ces fois où j'ai mis ma vie en danger, je vais vous épargner ce que j'ai offert à des inconnus pour un peu d'alcool, un peu de dope, un peu d'amour, je vais vous épargner les mauvais choix et les addictions, les fausses issues et les humiliations. Je vais vous épargner ma longue descente en enfer et je vais commencer là mon histoire, au plus profond du désespoir. J'avais à peine un peu plus de vingt ans.

J'avais suivi un garçon, différent, plus beau, plus sain, pour vous le décrire en quelques mots, surfeur, musicien, étudiant au campus Bastide, malheureux à Bordeaux, joyeux à Biarritz. Il se consola une ou deux fois dans mes bras entre deux partiels. Et se consolait dans d'autres bras bien plus bronzés, et bien moins piqués que les miens, sur la plage du Miramar, dès qu'il larguait les amphis. Je n'ai jamais osé lui dire que j'étais enceinte de lui. Je crois même que je ne me souviens plus de son prénom, aujourd'hui. D'ailleurs, l'enfant était-il vraiment de lui ? C'est juste une possibilité. Faute de certitudes, Maddi, mieux vaut s'en tenir à cette probabilité. Les autres géniteurs potentiels de la liste n'étaient vraiment pas à la hauteur.

J'ai accouché seule, à la clinique Belharra de Bayonne. J'étais pleine de bonne volonté, je vous le jure. J'ai essayé, Maddi, je vous l'assure, de m'en occuper, de l'élever. Je lui avais acheté un doudou, trop gros, des tétines, trop dures, des couches, trop larges ; jour après jour, je comprenais que je mettais mon enfant en danger. Quelques articles circulaient dans les journaux à l'époque, on parlait de cette association, Le Berceau de la Cigogne, une vingtaine de boîtes à bébés avaient été installées un peu partout en France, dont une rue Lasseguette à Bayonne. Je n'avais pas voulu accoucher sous X, j'avais voulu tenter ma chance. Cette boîte à bébés m'en offrait une seconde. Le bébé avait trois mois, il serait plus heureux sans moi, et moi plus heureuse sans lui.

C'est ce que je croyais...

Je ne sais pas si vous imaginez ce qu'une mère peut ressentir, Maddi, quand elle laisse son bébé dans un tiroir, qu'elle le referme, et qu'elle repart. Je ne sais pas si vous imaginez tout ce que le cerveau peut inventer, pour se protéger, pour survivre, pour continuer à marcher sans se retourner.

Mon pauvre cerveau n'est pas allé chercher bien loin, il s'est rassuré de la façon la plus simple possible, il a martelé une promesse, scandant chacun de mes pas qui m'éloignait de la rue Lasseguette et du Centre hospitalier de la Côte basque : je reviendrai ! Je reviendrai te chercher, mon bébé. Où que tu sois, je te retrouverai !

J'ai mis du temps, des années, mais j'y suis arrivée.

Aussi paradoxal que cela puisse paraître, abandonner mon enfant est ce qui m'a sauvée. Enfin non, pardon, je m'exprime mal. La promesse, obsédante, vitale, de retrouver mon enfant, de le récupérer, de l'élever comme une mère normale, est ce qui m'a sauvée. C'était le 29 septembre 2000. Je n'ai plus touché à un seul gramme de drogue depuis ce jour-là. Plus aucun paumé n'est venu squatter sous mes draps. J'ai repris des études, j'ai découvert que j'étais plutôt douée, pas plus brillante que les autres, mais ô combien plus volontaire. Et ô combien plus expérimentée ! Toutes les autres apprenties assistantes sociales étaient des petites filles de bonne famille n'ayant jamais mis les pieds dans les quartiers, et encore moins dans les cages d'escalier dont elles auraient la responsabilité. Mes erreurs, mes errances du passé devenaient le carburant de mon projet. Récupérer mon enfant ! Après avoir tant souffert, j'aurais été une meilleure mère. Je vous l'avais confié, je ne vous l'avais pas donné.

Oui, j'ai mis du temps à vous retrouver.

Il fallait que je sois prête ! Pour le reste, découvrir où mon enfant avait été placé n'était pas compliqué. Par mon métier, j'avais accès aux dossiers. J'ai facilement pu recouper les dates, les noms, les adresses. Les bébés abandonnés dans un tiroir sont plutôt rares.

Pour mûrir mon projet, pour peaufiner mon plan, j'ai mis presque dix ans.

Contrairement à ce que vous croyez, vous êtes loin d'être une mère parfaite, Maddi. Vous travaillez beaucoup, beaucoup trop. Esteban était seul, beaucoup trop seul. Il n'a pas été difficile de l'aborder sans que vous le remarquiez, d'échanger quelques minutes d'abord, de temps en temps, puis plus régulièrement, puis chaque matin, tel un rituel, lorsque Esteban allait chercher le pain. Il m'offrait un cannelé au miel, on discutait, puis il rentrait avant que vous soyez sortie de votre douche. On se retrouvait aussi sur le chemin de son cours de musique, ou près de la piscine. Une femme comme moi ne se remarque pas, une femme comme moi inspire confiance. Esteban n'a pas été difficile à apprivoiser.

D'autant plus que je lui disais la vérité !

Vous n'étiez pas sa maman, il était adopté ! Vous étiez enceinte d'un enfant qui serait vraiment le vôtre. Esteban aimait beaucoup les histoires, les légendes, il avait beaucoup d'imagination, comme tous les enfants naïfs. J'ai planté la graine dans sa tête, jour après jour : rejoindre un monde englouti, changer de vie, ou au moins changer de corps, pour que vous l'aimiez plus fort. Mais il fallait garder le secret !

Certains ne sont pas passés loin de la vérité, comme Gaspard Montiroir, son psy, mais il s'est dégonflé, ou ce flic, Iban Lazarbal, mais il n'a rien pu prouver. J'étais invisible.

Nous avions convenu, avec Esteban, de programmer son changement de vie le jour de ses dix ans. Bien entendu, cette histoire de changement de corps n'était pour moi qu'une métaphore, et pour Esteban qu'un jeu. Aucune goutte de sang ne serait versée, aucun corps ne serait noyé. Je me contentais de récupérer mon fils, vous aviez le vôtre, nous étions quittes.

Je dois vous confesser mon seul regret, Maddi. Je suis allée trop vite, je n'ai pas été assez patiente, je croyais avoir apprivoisé Esteban, mais il n'était pas prêt.

Ce matin-là, il m'a retrouvée de son plein gré, au bord de la plage, avec sa pièce de 1 euro dans la main. Personne, naturellement, n'a rien remarqué : il n'y avait aucune abeille à proximité, et Esteban n'est pas allé se baigner. Il avait confiance en moi, mais quand, au lieu d'acheter un cannelé et du pain comme les autres matins, je l'ai fait monter dans ma voiture, et que nous nous sommes éloignés, il a paniqué. J'ai dû me garer quelques kilomètres plus loin, en retrait de la route, à hauteur de la corniche d'Urrugne, pour essayer de le calmer.

J'ai tenté de lui raconter à nouveau ses histoires préférées, le monde à l'envers, le village sous la mer, mais il a refusé de m'écouter ; du haut de ses dix ans, il faisait très bien la différence entre un conte et la réalité. Le monde sous-marin, la réincarnation, tout ça c'était pour rire ; jamais il n'avait voulu mourir. Maintenant il voulait rentrer chez lui.

J'ai bloqué ses bras qui s'agitaient, pour l'apaiser. Je n'avais plus d'autre choix que de tout lui avouer.

J'étais sa véritable maman. Nous nous étions enfin retrouvés. Nous serions heureux tous les deux. Il a fini par accepter de se blottir contre moi. J'ai cru que c'était gagné.

Je continuais de le consoler : *Je ne vais pas te faire de mal, tu me connais, tu me connais maintenant. Tu pourras garder ton prénom si tu veux. Tu pourras écrire à Maddi de temps en temps.*

Il était apaisé, je sentais son cœur battre contre ma poitrine, je le berçais.

On va partir tous les deux, j'ai tout prévu, dans un pays où tu pourras nager dans une mer chaude toute l'année.

Ce furent les vingt secondes les plus belles de ma vie. Les seules, au fond, qui ont vraiment compté. Vingt secondes pour une vie entière, était-ce le prix à payer ?

Il était enfin à moi, je le croyais. Je me suis penchée pour l'embrasser, un baiser, un seul baiser. Il en a profité pour se dégager. Pour me frapper de ses deux pieds, ouvrir la portière, et courir droit devant sans se retourner, pieds nus, vers les falaises.

Esteban était un bon nageur, mais n'avait pas de notion des distances, il n'avait pas de notion des courants contraires. Il a sauté dans l'océan.

J'y ai tant repensé depuis. Et j'ai compris. Vous aviez eu dix ans, Maddi, dix ans pour lui pourrir l'esprit, pour lui faire croire que vous étiez sa véritable mère. Et moi seulement quelques instants. Il m'aurait juste fallu un peu plus de temps, pour le convaincre, pour le sauver.

On a repêché le corps d'Esteban vingt-neuf jours plus tard.

Maintenant qu'il n'était plus là, vous vous en fichiez, n'est-ce pas ? Ce n'était pas votre enfant. Vous en aviez un autre.

Mais moi, qu'est-ce qui me restait ?

Deux espadrilles et une pièce de 1 euro tombée sous le fauteuil passager.

Vous rendez-vous compte, Maddi ? Je vous avais confié mon enfant, et vous lui avez menti, toutes ces années. Vous l'avez déboussolé au point qu'il m'a fuie. Vous l'avez tué. Vous rendez-vous compte, vous l'avez tué !

– 73 –

Nectaire regarde la neige tomber par la fenêtre sale. Le hameau de Froidefond, la fontaine des âmes, la cour de la Souille, les véhicules qui ont labouré la neige en une douzaine de sillons : le fourgon de pompiers, l'ambulance, la fourgonnette des flics, sa vieille Renault 5... et l'emplacement vide du 4 × 4 Koleos.
Je crois que c'est Savine.

Dès qu'Amandine a prononcé ces six mots, Nectaire s'est levé d'un coup. Foudroyé. Le lieutenant Lespinasse a immédiatement compris qu'il devait prendre le relais et a doucement répété :

— Amandine, c'est très, très important. Est-ce Savine Laroche qui a acheté ce maillot de bain indigo ?

— Oui... je crois.

— Vous croyez ?

— Non... j'en... j'en suis sûre.

Lespinasse digère l'information, quelques secondes, ou prépare sa prochaine question, ou peut-être n'est-ce qu'une respiration calculée pour obtenir de nouvelles confessions.

— Savine Laroche vous offre souvent des choses ?

— Oui... Elle m'aide, elle s'occupe de Tom et moi. Elle gère ce qui est trop compliqué. Les comptes, les factures, enfin tous les papiers. Quand les fins de mois sont trop difficiles, elle trouve des solutions. Elle est assistante sociale, c'est son boulot, non ?

— Oui, acquiesce Lespinasse. Et... Et depuis quand Savine Laroche vous aide-t-elle ainsi ?

— Eh bien... Depuis toujours.

Le lieutenant hésite à se frotter la barbe, fronce à peine ses sourcils. Le moindre geste trop précipité pourrait briser l'élan des confidences.

— C'est-à-dire ? Vous pouvez être plus précise ?

— Bah, depuis qu'elle est arrivée à Murol. Tom devait avoir quatre ou cinq ans.

Quoi ? explose intérieurement Lespinasse. *Savine Laroche n'est pas auvergnate ?* Il se retient de crier, de se lever, de secouer Paturin, et se contente de murmurer, en tournant lentement la tête vers le secrétaire de mairie :

— Nectaire, depuis combien de temps connaissez-vous Savine ?

Le secrétaire fixe toujours, dans la cour de la Souille, le carré de neige moins épais sur lequel le Koleos était garé. Il répond mécaniquement, comme si on lui avait injecté un sérum de vérité.

— Depuis qu'elle est arrivée à Murol il y a cinq ou six ans. Mais elle s'est tellement bien adaptée, elle s'est tellement rendue utile, qu'on jurerait qu'elle a toujours habité là. En quelques années, elle connaissait déjà ici bien plus de gens que moi !

Nom de Dieu ! Lespinasse a l'impression d'être assis sur des punaises. Sa barbe le gratte. Son nez le démange. Il s'oblige pourtant à effectuer le moins de gestes parasites possible, et à continuer de fixer aussi calmement qu'il le peut Amandine. La fatigue commence à se lire sur son visage de porcelaine. Les urgentistes ne vont pas tarder à revenir. Tant pis, il doit poursuivre, sans la brusquer.

— Dites-m'en plus, Amandine. Comment qualifieriez-vous la relation entre Savine Laroche et Tom ?

— Comment ça ? Qualifier quoi ? Je ne comprends pas.

Le dos d'Amandine glisse petit à petit sur les oreillers, elle n'a plus la force de se redresser. Ses paupières se ferment, s'ouvrent un instant, puis se referment plus longtemps, telles celles d'une poupée dès qu'elle est allongée.

— Eh bien, Savine Laroche est-elle un peu pour Tom… (le lieutenant cherche ses mots)… comme une seconde maman ?

Lespinasse craint la réaction d'Amandine, mais au contraire, sa question paraît lui avoir redonné un sursaut d'énergie. Son sourire fatigué s'élargit.

— Ah, je vois. Je vois maintenant… Savine dit souvent que parmi toutes les familles dont elle s'occupe, je suis sa chouchoute, parce que j'ai été sa première protégée quand elle est arrivée. Quand j'y repense, j'étais si jeune. Jonas n'était jamais là. Je ne sais pas comment je m'en serais sortie sans elle. Je ne devrais pas dire ça, surtout aujourd'hui que j'ai vieilli, que je peux m'occuper de Tom toute seule, mais je crois qu'elle l'a éduqué mieux que moi… Plus que moi en tout cas.

Le sourire d'Amandine s'est figé, seuls ses yeux restent ouverts, en arrêt sur images devant ce bonheur passé. Au moment où Lespinasse va se lever, la jeune maman a encore la force de murmurer.

— Elle était toujours fourrée à la Souille à cette époque-là. Mon gamin, quand j'y repense, c'est presque le sien !

– 74 –

Bâillonnée.
Menottée.
Ligotée au point de n'être plus qu'un ver rampant dans la poussière.
Pourtant, mes yeux visent la lucarne de la grotte, se nourrissent de la faible lumière.

Quelques bribes de luminosité seulement, et tout s'éclaire. Je le savais, je l'avais toujours su.

Un monstre était tapi dans l'ombre !

Esteban ne m'a pas désobéi, Esteban ne voulait pas mourir, Esteban n'a pas succombé à une quelconque phobie. Esteban voulait vivre, mais le monstre rôdait.

Un monstre qui l'a enlevé.

Un monstre qui l'a assassiné.

Je lève les yeux et j'observe Savine. Son visage ridé, son corps boudiné, ses cheveux gris décoiffés. Qui pourrait croire qu'un être aussi infernal se cache derrière une apparence aussi banale ?

Un être entraîné sur la pente de sa folie, comme une boule de neige devient avalanche, rongé par cette maladie mentale qui, au fil des années, a grandi.

— Voyez-vous, Maddi, contrairement aux apparences, il n'y a aucune coïncidence dans cette histoire. Aucune ! J'avais perdu un fils, on m'avait seulement autorisée à le serrer quelques secondes dans mes bras. Quelques secondes ! Est-ce que vous croyez que cela suffit à une vie ? Est-ce que vous croyez qu'une mère peut s'en contenter ? Est-ce que vous pouvez imaginer le gouffre que ce manque peut creuser ? Est-ce que vous pouvez imaginer le précipice qui s'ouvre, sous mes pieds et rien, rien, à quoi s'accrocher ?

J'ai d'abord cherché une image, une photo, n'importe laquelle, qui ressemblerait à mon fils. Il y en avait des centaines, des milliers, des centaines de milliers, sur les réseaux sociaux. Toutes des jeunes mamans radieuses exhibant leur enfant, un mois, deux mois, trois mois, un an, deux ans, trois ans... Je n'avais rien d'autre à faire. J'ai passé des soirées, des nuits entières, à chercher. Ça m'a pris des années ! Savais-je d'ailleurs ce que je cherchais ? Je ne l'ai sans doute admis que quand je l'ai trouvé.

Un sosie ! L'enfant qui, parmi tous les autres enfants, lui ressemblait.

Il s'appelait Tom Fontaine, il avait quatre ans et trois mois, il prenait la pose sur une luge en bois, devant son papa, et habitait un village dont je ne connaissais rien, Murol, dans une région, l'Auvergne, où je n'avais jamais mis les pieds. Je n'avais aucune attache, je n'ai pas hésité, vous me comprenez, Maddi, je sais que sur ce point au moins de mon récit vous me comprenez, j'ai déménagé.

C'était simple, au fond. On m'avait volé mon fils, alors j'en voulais un autre, mais pas n'importe lequel : celui qui lui ressemblerait ! Au point de pouvoir croire que c'était lui. Au point qu'il puisse le remplacer ! Vous devez me trouver folle. Peut-être le suis-je, en effet, mais n'est-ce pas ce que chacun fait quand il perd ce qu'il aime ? Il cherche simplement à retrouver ce qu'il a égaré. Si possible à l'identique.

Bien plus tard, j'ai mis un nom sur cette recherche que mon esprit m'avait suggérée : un casting ! Un casting auprès de milliers d'enfants. Aucun réalisateur de cinéma n'aura jamais auditionné autant de candidats que moi pour interpréter un rôle. Le rôle d'une vie ! Vous voyez, Maddi, cette ressemblance stupéfiante n'a rien d'étrange, rien de magique, nous avons tous quelque part quelqu'un qui nous ressemble, si nous nous donnons la peine de chercher. Surtout s'il s'agit d'un jeune enfant que l'on peut modeler.

Le reste fut beaucoup plus facile. La mère de Tom était jeune, presque toujours seule, influençable. J'inspirais confiance. Le plus délicat, le plus douloureux fut la marque de naissance. J'ai profité du seul week-end où Amandine était absente, un bref séjour au Cap d'Agde, avec Jonas, que j'avais eu toutes les peines du monde à organiser. Je gardais Tom. Il n'avait pas encore cinq ans. Je me suis contentée de laisser tomber une goutte d'huile bouillante sur sa peau, pendant son sommeil. Je dois vous paraître bien cruelle, Maddi ? Rassurez-vous, je l'ai consolé à mesure qu'il pleurait, et il ne pleura pas si longtemps. Il n'en conserverait qu'un vague souvenir, ou aucun, seulement cette marque, une tache un peu plus brune, la même que celle d'Esteban. Les angiomes sont fréquents chez les enfants, mais évoluent, ce n'est pas moi qui vais vous l'apprendre. Il est difficile, au bout de quelques années, de les différencier d'une brûlure. D'ailleurs, quand vous l'avez examiné, peut-être avez-vous eu un doute ?

Comprenez bien, cette goutte, cette marque, c'était son baptême ! Est-ce vraiment plus douloureux que d'immerger un nouveau-né dans un bénitier ? Nos destins, désormais, étaient liés. Il était à moi et j'étais à lui. Amandine ne comptait plus.

Les enfants sont ce que nous en faisons. Il suffit d'un peu de patience et de beaucoup de persévérance. Mon fils aimait la musique, aimait nager, Tom aimerait la musique et aimerait nager.

Amandine m'écoutait, m'accompagnait, sans jamais remettre en cause mes choix pédagogiques. J'ai aussi appris à Tom des rudiments de basque, au prétexte de faire plaisir à son frimeur de père surfeur, qui lui n'en connaissait pas plus de trois mots.

Si je dois tout vous avouer, Maddi, de cette période, je n'ai qu'un regret. Une fois, une seule fois, j'ai eu honte de moi. Ce matin-là, une abeille s'était introduite dans sa chambre. Il était trop petit pour atteindre la fenêtre, trop petit pour pousser le verrou de sa porte, il appelait au secours, ses cris me faisaient mal à en crever. J'avais décidé d'attendre une heure avant d'intervenir, mais je n'ai pas pu résister, je suis allée le délivrer au bout de trente minutes. Etait-ce utile de lui inculquer cette peur ? Je ne sais pas, je pensais que cette apiphobie avait forcément un sens, comme tout le reste. Il fallait que Tom puisse croire à cette histoire de réincarnation. Je lui parlais si souvent de ce garçon mort noyé avant qu'il naisse et qui lui ressemblait tant. Notre secret ! Pour qu'il ne se contente pas de ressembler à Esteban. Qu'il le devienne ! Pourtant, il y a deux jours, quand il a disparu à la cascade du Saut du Loup, j'ai vraiment cru le perdre.

Le perdre si près du but...

Vous vous demandez sans doute quel rôle vous jouez dans cette histoire, Maddi ? Rassurez-vous, j'y viens. Vous l'avez compris, Tom était désormais mon fils, je l'avais complètement apprivoisé, sans verser aucune goutte de sang, rien qu'une goutte d'huile, mon plan, avouez-le, était bien innocent.

Mais je n'avais pas voulu voir que Tom grandirait, qu'Amandine, surtout, vieillirait, deviendrait plus indépendante, plus maternante, s'intéresserait chaque jour davantage à un garçon qui devenait un petit ado. Tom, tôt ou tard, allait m'échapper. Une nouvelle fois, on me le volerait.

C'est alors que le plan a germé, le plan parfait.

Faire d'une pierre deux coups.

Récupérer mon fils, pour moi seule, et me venger de vous !

– 75 –

Les yeux d'Amandine se ferment doucement. Lespinasse hésite à lui poser une nouvelle question. Il en sait suffisamment pour ajouter le nom de Savine Laroche au mandat de recherche qu'il a lancé sur Maddi Libéri et son fils Gabriel... même s'il comprend encore moins ce qui s'est joué à la Souille, au Moulin de Chaudefour et au lac Pavin. Maddi Libéri et Savine Laroche peuvent-elles être complices ? Quant au mandat de recherche, par ce temps, tous les véhicules qui n'ont pas quatre roues motrices sont bloqués, c'est-à-dire la majorité du parc de la police. Il n'y a pas grand-chose à espérer tant que les routes ne seront pas dégagées.

Amandine, assoupie, tombe paisiblement sur le côté.

— Juste une dernière question, madame Fontaine, insiste le lieutenant, et ensuite je vous laisse vous reposer.

Lespinasse entend des pas dans l'escalier. Des bruits de bottes cadencés. Les urgentistes, sans aucun doute. Ils lui avaient laissé quinze minutes, il en est à plus de vingt.

— Amandine, vos vacances, à Saint-Jean-de-Luz, il y a huit mois, qui en a eu l'idée ?

Les bottes s'arrêtent devant la porte. Nectaire, d'un pas étonnamment décidé, a quitté son poste d'observation devant la fenêtre et s'est approché du gendarme.

— C'est... continue de chuchoter le lieutenant. C'est Jonas, rassurez-moi ?

Amandine réagit au nom de Jonas. Ou peut-être aux médecins qui cognent à la porte. Elle offre au policier et à Nectaire le plus mélancolique des sourires.

— Jonas ? Non... Les vacances en famille, ce n'était pas vraiment son truc. Il n'était pas là, il était parti en rando moto dans les Pyrénées. C'est Savine qui a suggéré la destination, c'est Savine qui a tout organisé, la date, l'hôtel, et même le programme des activités. Savine est comme ça, vous savez, elle aime... (un dernier souffle s'échappe de ses lèvres entrouvertes)... tout planifier.

– 76 –

— Mon plan était simple, Maddi. Simple et précis. Je ne pouvais vivre en paix avec Tom qu'à deux conditions : que la police soit certaine qu'il était mort, et qu'une autre femme que moi soit accusée de l'avoir tué. En résumé, il me fallait une coupable idéale, et je n'ai pas mis longtemps à la trouver : vous, évidemment ! Vous à cause de qui j'avais échoué, il y a dix ans. A l'époque, Esteban ne me connaissait que depuis quelques mois, notre fugue était en grande partie improvisée.

Cette fois, je ne laisserais rien au hasard. Tom me connaissait depuis qu'il avait l'âge de s'en souvenir, je n'avais pas besoin de le convaincre, il me suivrait, il se passerait très bien d'Amandine et l'aurait oubliée au bout de quelques semaines. Ce serait comme des grandes vacances, on se cacherait en Espagne d'abord, puis au Maroc, puis n'importe où dans le monde, sous n'importe quelle nouvelle identité. Quand on travaille dans une mairie, ce n'est pas bien compliqué de se fabriquer des faux papiers.

J'ai été très prudente, Maddi, d'autant plus que vous ne l'étiez pas.

Il suffisait de consulter votre page Facebook pour en apprendre assez sur votre vie. Quand j'ai découvert que vous retourniez à Saint-Jean-de-Luz, tout s'est déroulé avec une facilité déconcertante.

J'ai envoyé Amandine et Tom sur la même plage, le même jour, avec le même maillot. Je n'avais même pas besoin d'être sur place. Le résultat a dépassé mes espérances : vous avez immédiatement mordu à l'hameçon. Jamais je n'aurais cru que vous quitteriez tout, aussi vite, pour retrouver ce garçon. Mais que vous ayez déménagé ou non n'aurait rien changé, je savais que vous ne pourriez plus vous enlever de la tête ce gosse de dix ans qui ressemblait tant à Esteban, que vous vous renseigneriez sur lui, que vous l'espionneriez peut-être, et que pour vous justifier, vous n'auriez pas d'autre choix que de vous accrocher à une histoire à dormir debout de migration des âmes, de réincarnation et de village englouti.

Il n'a pas été difficile non plus de convaincre Nectaire Paturin d'enquêter sur vous. Une à une, il rassemblait les preuves de votre névrose et de votre culpabilité. Pouvais-je rêver mieux qu'un ex-policier dont l'instinct le pousse à chaque fois à suivre le mauvais chemin ?

Je restais dans l'ombre, personne ne pouvait me soupçonner. Je n'avais rien à me reprocher. Comprenez bien, Maddi, mon plan n'avait rien de méchant, il ne devait y avoir aucun mort, aucune goutte de sang. Il s'agissait seulement de récupérer mon enfant, après toutes ces années, de me sauver avec lui et qu'on nous fiche la paix !

C'était trop demander ? Une fois de plus, vous avez tout fait foirer !

Vous êtes allée foutre la trouille à Tom et à Amandine. Martin Sainfoin, le policier municipal, a été le premier à s'inquiéter. Il connaissait bien Tom, ils partageaient tous les deux la passion du vélo et pédalaient souvent ensemble entre Besse et Murol. Martin a d'abord été intrigué par votre comportement étrange, puis dès qu'il s'est renseigné, par ces coïncidences encore plus étranges entre votre histoire de gosse disparu et Tom. Je n'avais pas prévu qu'il irait aussi vite, qu'il interrogerait Tom, que Tom se confierait à lui, et qu'il remonterait jusqu'à moi. Il m'a donné rendez-vous à Besse, à la Poterne, le soir même, pour qu'on s'explique. Tout le monde l'a entendu dans la mairie, mais bizarrement, personne ne m'a soupçonnée.

J'étais coincée. Si Martin Sainfoin dévoilait mon rôle dans tout cet enchaînement, mon plan échouait ! Je n'avais pas le choix, je devais agir vite, tant qu'il ne voyait encore en moi qu'une assistante sociale tenant des propos bizarres de réincarnation et de village englouti à un gosse. En apportant les tasses, j'ai glissé la digitaline dans son thé.

Une fois Martin Sainfoin éliminé, je pensais être tranquille, il était le seul adulte à qui Tom irait se confier. Mais cet emmerdeur de Jonas est réapparu ! Il vous a soupçonnée, comme prévu. Il a employé la manière forte pour faire parler Tom, je ne vous fais pas de dessin. Comment pouvais-je abandonner ce gamin dans une telle famille ? Vous êtes d'accord avec moi, Maddi, sur ce point au moins ? Heureusement Jonas fait partie de ces hommes tellement sûrs de leur force qu'ils veulent régler leurs problèmes seuls. Il m'a appelée quand j'étais à la mairie avec Nectaire. Je me suis arrangée pour fixer un rendez-vous discret dans la vallée de Chaudefour, laisser Nectaire en plan, occupé à préparer son infusion, y aller, revenir à peine une heure après. J'avais dans la poche le couteau *Thiers Gentleman* emprunté dans le magasin d'Aster, ce n'était pas bien difficile, j'étais tout le temps fourrée chez elle et Nectaire. Je n'avais pas prévu que votre fils, Gabriel, se serve aussi. Deux couteaux volés, ça n'a fait que brouiller les pistes.

Tout était en place.

Maintenant, c'était à vous de jouer, Maddi. A vous d'être dans la lumière. A vous de répéter que tout se jouerait le jour des dix ans de Tom, de le crier haut et fort, à moi, à Nectaire, à la terre entière. Souvenez-vous de notre dîner à la Potagerie, je crois que tous les clients ont dû vous entendre parler de cette histoire de monde sous-marin et de réincarnation. Vous criiez tellement fort : *Quelqu'un a enlevé Esteban. Quelqu'un va recommencer avec Tom... demain... le jour de ses dix ans.*

Je tissais ma toile, Maddi, un écran derrière lequel j'étais cachée, et sur lequel vous deviez apparaître aux yeux de tous comme obsédée, convaincue que le drame allait se répéter et que vous seule pouviez l'empêcher. Tout le monde devait être persuadé que vous étiez devenue cinglée. Même vous ! Avouez-le, j'en suis certaine, vous avez dû le penser.

Oui, tout était en place, le rideau pouvait se lever, chaque acteur mettre son masque... et jouer.

– 77 –

— Elle doit se reposer, lieutenant.

Lespinasse ne discute pas. Il n'aime pas qu'on discute son autorité, alors il ne va pas remettre en cause celle de la médecin qui se tient devant la porte de la chambre. Il sort dans le couloir. Il aurait eu encore beaucoup de questions à poser à Amandine Fontaine, mais il a d'autres urgences à gérer : deux femmes et un gosse de dix ans, dans la nature, sans le moindre début de piste pour les retrouver ; un lac à sonder, pour tenter d'y repêcher un gosse, un autre, qui s'y est noyé ; les flics de Clermont, de Saint-Jean-de-Luz, à recontacter ; ce psychiatre aussi, Wayan Balik Kuning, à rappeler ; et pourquoi pas, interroger à nouveau Aster Paturin, la Galipote de Besse. Les mystères s'accumulent tellement dans cette enquête qu'il en viendrait presque à faire confiance à cette sorcière.

— Monsieur, il faut sortir.

Nectaire est toujours penché au chevet d'Amandine, mais l'urgentiste insiste.

— Monsieur, il faut la laisser se reposer.

Au lieu de se lever, Nectaire se recroqueville davantage, comme s'il voulait embrasser longuement Amandine avant de la laisser. Un geste qui doit paraître naturel, tendre, l'urgentiste peut bien attendre.

D'un bras, il berce la femme allongée sur le lit, trop peu pour la réveiller, juste assez pour la maintenir dans un demi-sommeil. Son autre main, dissimulée, glisse jusqu'à sa poche et saisit la fiole de verre qu'Aster lui a confiée lorsqu'elle l'a enlacé en bas de l'escalier. *A toi de jouer, Nicky,* lui a-t-elle murmuré, *même si tu n'y crois pas, fais-le pour moi.*

— Monsieur, s'il vous plaît.

L'urgentiste se tient toujours à l'entrée de la chambre, Nectaire prend soin de lui tourner le dos, de se coller encore davantage à Amandine, pour un long câlin, sans que la médecin voie ses mains. Il fait sauter le bouchon avec l'ongle de son pouce et approche le goulot de la bouche à peine entrouverte. L'eau rouge glisse sur les lèvres pâles et s'écoule en un fin filet de bave, inondant le menton d'Amandine. *Je t'en prie,* supplie Nectaire dans sa tête, *fais un effort.*

— Monsieur, je vais devoir aller chercher des renforts !

Nectaire appuie plus fort encore le goulot de verre. Cette fois, à petites lapées, tel un chaton abandonné, Amandine se met à téter. Quelques gouttes. Quelques gouttes suffiront.

Nectaire a juste le temps de ranger la fiole alors que l'urgentiste s'approche du lit.

— C'est bon, docteur, je sors.

– 78 –

— Les trois coups de la pièce ont sonné à minuit, Maddi. Chaque acteur devait jouer son rôle. Le vôtre était court, tronqué, je l'admets. Vous ne m'en voulez pas ? Il n'y avait eu aucune répétition, il n'y aurait qu'une seule représentation, mais le scénario était écrit au mot près. Et je me chargeais, en coulisses, d'en assurer la mise en scène.

Nectaire était incontestablement l'acteur le plus difficile à diriger. Son instinct lui soufflait que vous mentiez, mais il avait tant appris à se méfier de ses intuitions qu'il était tenté de vous croire. Bref, vous voyez, aussi indéracinable qu'un clocher, mais une girouette dans sa tête. Impossible de prévoir quelle direction elle allait indiquer !

J'ai alors eu l'idée dont je suis la plus fière : ce test ADN ! Il était évidemment impossible que ce test entre Tom et Esteban soit positif, puisque seuls des frères jumeaux possèdent exactement les mêmes gènes. S'il l'était, dans l'esprit cartésien de Nectaire, c'est donc forcément que vous l'aviez truqué ! Et donc que depuis le début, Maddi, vous cherchiez à nous manipuler !

Jamais il n'aurait pu soupçonner que ce n'était pas vous, mais moi, qui mentais. Et pourtant, là encore, le tour de passe-passe était si simple... Je me suis contentée de vous confier le doudou-baleine de mon bébé, le seul souvenir que je n'avais pas abandonné dans la boîte à bébés, avec quelques tétines et un paquet de couches trop grandes. Je ne l'avais pas jeté, est-ce qu'on jette le premier jouet de son enfant ? J'avais naturellement offert une peluche semblable à Tom, ce fut même mon premier cadeau, Monstro, quand je suis arrivée à Murol. Monstro qui dormait dans le lit de Tom, une baleine, comme celle cousue sur le maillot d'Esteban.

Ici encore, il n'y a aucune magie, c'est évidemment moi qui ai suggéré à Esteban de choisir ce maillot indigo, dans une boutique de Saint-Jean-de-Luz. Il vous l'a demandé, vous l'avez acheté, sans vous douter de rien.

Pourtant, Maddi, si vous avez été bien attentive, vous aurez remarqué qu'il y a tout de même une coïncidence dans cette histoire. Une seule ! J'avais choisi par hasard cette baleine en peluche, alors que j'étais enceinte ; j'avais pris la première venue, la plus grosse que je pouvais acheter avec les quelques francs que j'avais en poche. Il m'était impossible de deviner alors que le père de Tom s'appellerait Jonas, comme ces grottes... comme la baleine de la Bible. Mais je crois que si j'avais acheté un ours ou un lapin en peluche, on aurait sans doute trouvé un autre point commun, non ? Vous n'êtes pas d'accord, Maddi ? Vous n'avez pas d'opinion ? Vous préférez peut-être connaître la suite de la pièce ? C'est vrai, vous en avez raté une bonne partie... Elle se résumait en quelques mots : *partir avec Tom, et faire croire à tous que c'est vous qui l'aviez enlevé.*

Je savais que Tom me suivrait, y compris en pleine nuit. Je n'allais pas commettre deux fois la même erreur, cette fois j'avais pris le temps, plus de cinq ans, pour qu'il ait confiance en moi. Seule la seconde partie de la pièce nécessitait une mise en scène plus sophistiquée.

Il fallait tout d'abord vous attirer au lac Pavin, seule. La découverte de la maquette du village englouti sous le lit de Tom y suffirait, j'en étais persuadée. J'avais semé suffisamment d'indices auparavant. Il me fallait ensuite envoyer Nectaire à votre poursuite, avec sa vieille Renault 5, pendant que je prétendais rester à la Souille pour veiller sur Amandine et prévenir les flics. Dès que Nectaire a quitté Froidefond, j'ai foncé moi aussi au Pavin, par la route des Fraux, un détour d'à peine trois kilomètres mais je savais qu'avec la tempête, la prudence de Nectaire, j'arriverais au lac, au volant de mon 4 × 4, avec une confortable avance. Il ne restait plus qu'à vous guetter, Maddi, vous assommer avec la première pierre venue, vous transporter dans mon Koleos jusqu'au sommet du site d'escalade, vous laisser dans le coffre, inanimée, et enfin appeler les policiers.

Quand Nectaire est enfin arrivé au lac, tout était prêt pour le second acte. Il avait mis davantage de temps encore que je ne l'avais calculé, près de deux heures pour franchir les dix kilomètres. J'avais enfilé votre veste de ski, votre écharpe, votre bonnet mauve et je ramais sur le lac, accompagnée d'un vulgaire mannequin de vitrine, on en trouve en trois clics sur n'importe quel site, habillé avec le blouson de Tom. Orange, évidemment ! Ma couleur préférée ! Heureusement, personne n'a fait le rapprochement. C'est moi qui m'occupais le plus souvent d'acheter ses vêtements, là encore, il n'était pas si difficile de les commander en plusieurs exemplaires.

Je naviguais assez loin et il y avait assez de neige pour que l'illusion soit parfaite. Nectaire était un acteur idéal, incapable de sprinter autour du lac pour me rattraper. J'avais tout le temps pour accoster un peu plus loin, balancer le premier mannequin lesté d'un lourd bloc d'obsidienne au fond de l'eau, enfoncer mes poings dans deux petites bottes et marcher à quatre pattes sur quelques mètres pour y laisser quatre empreintes, d'adulte et d'enfant, et entamer l'escalade sur ce site pour débutants.

J'ai attendu d'apercevoir les gyrophares de la gendarmerie, puis la silhouette essoufflée de Nectaire, pour lancer le troisième et dernier acte. Je pensais que Nectaire resterait sur la berge, il m'a surprise en grimpant dans la barque, en ramant pour avoir davantage de recul. Ça ne changeait rien... Il m'a vue en haut de la paroi, lâcher la main du second mannequin, il l'a vu tomber comme une pierre et ne jamais remonter. Je n'avais pas choisi le Pavin par hasard, c'est le lac le plus profond d'Auvergne, ses fonds sont presque insondables, ça n'étonnerait pas la police, cette fois, de ne pas retrouver le corps de l'enfant noyé. Quand ils se sont précipités sur la plateforme d'escalade, ils n'y ont trouvé que votre corps inanimé. Je m'étais envolée et la neige avait déjà effacé mes traces.

Vous voyez, Maddi, ma pièce n'était pas bien difficile à interpréter. J'avais eu des années pour la préparer, et il me fallait simplement miser sur trois atouts pour qu'elle soit un succès : attendre une météo favorable, choisir un enquêteur suffisamment lent, et désigner une coupable dont personne ne puisse douter de la folie.

Il ne me restait plus qu'à baisser le rideau.

Le plan parfait, je le croyais.

Il y a pourtant eu un grain de sable, un grain de sable que je n'avais pas prévu.

Un grain de sable qui hélas va vous coûter la vie, Maddi.

Votre propre fils, Gabriel.

– 79 –

— Je m'endors, Gabriel.

Est-ce la fatigue qui alourdit les paupières de Tom ? Est-ce l'accumulation d'émotions ? Ou seulement la chaleur ?

Le feu dans la cheminée, alimenté bûche après bûche, a fini par repousser l'air glacial que les deux enfants devinent à travers les grilles du mouroir. Le froid doit mordre quiconque met le nez dehors, mais il fait bon au fond de la caverne. Tom et Gabriel, pelotonnés près de l'âtre, pourraient presque retirer leurs pulls et leurs blousons. S'ils le pouvaient...

— Je suis désolé, répète Tom. Je n'arrive pas à garder les yeux ouverts.

— Repose-toi, dit doucement Gabriel en s'approchant encore. Repose-toi sur moi. Je suis plus confortable qu'un fantôme, tu vois ?

Tom trouve la force de plaisanter.

— Plus confortable qu'un fantôme peut-être, mais t'es presque aussi maigre qu'un squelette !

Il laisse pourtant retomber sa tête, trop lourde, sur l'épaule du garçon.

— J'ai peur de m'endormir, Gaby. J'ai peur de ne jamais me réveiller.

Gabriel se redresse un peu.

— Te mets pas des idées pareilles dans la tête ! Je prends le premier tour de garde ! Je vais te protéger.

— Vu comment t'es saucissonné, ironise Tom, c'est plutôt mal barré.

Gabriel se tortille autant qu'il le peut, mais parvient à peine à décoller ses jambes liées aux chevilles, et encore moins à écarter ses bras ligotés contre son tronc. Tom a lui aussi essayé de dénouer les nœuds, sans succès.

— Laisse-moi juste un peu de temps, assure Gabriel. J'ai une arme... un couteau.

Tom bâille. Les flammes dans la cheminée brûleraient presque sa joue.

— Et après ? Même si on arrivait à te désaucissonner ? On peut pas ouvrir la grille, j'ai essayé !

Gabriel continue pourtant de tirer sur ses chevilles, sur ses poignets, mais les liens sont trop serrés. Impossible, pour lui comme pour Tom, d'attraper le couteau dans sa poche. Ses efforts n'ont pour résultat que de faire glisser davantage son dos contre la paroi. Avec ses murs blancs, le mouroir ressemble à une chambre d'hôpital creusée dans la pierre, une clinique pour hommes préhistoriques, oubliée depuis cinq mille ans...

Quelqu'un sait qu'ils sont là, pourtant.

— Et après ? répond Gabriel. Ma mère va venir nous sauver ! Tu l'as entendue t'appeler tout à l'heure. Tu lui as même répondu. Et moi... je l'ai vue.

— Si elle avait réussi, elle serait déjà arrivée !

Tom s'écroule encore un peu plus sur lui. Gabriel sait qu'il a raison. Maman s'est forcément fait prendre elle aussi.

— OK, si tu veux... alors j'ai une autre idée.

Tom bâille encore. Il n'a plus la force de lutter.

— C'est gentil, murmure-t-il, mais te fatigue pas. Je fais juste une petite sieste. Tu vas me chercher des Mikado à l'Intermarché du coin et tu me réveilles quand c'est l'heure du goûter ?

Tous les muscles de Tom se relâchent d'un coup.

— T'endors pas ! crie Gabriel en le secouant. T'endors pas ici. On est dans le mouroir. S'endormir c'est mourir.

Tom se laisse tomber de l'autre côté, au pied de la cheminée.

— C'est pas grave, Gabriel, tu m'as fait boire l'eau rouge de la fontaine des âmes, je me réveillerai en bébé.

Gabriel fixe son ami, aussi surpris que désolé.

— Ça ne marchera que si je fais boire à ta mère l'autre moitié ! Et ce sera impossible tant que je suis prisonnier.

Face au visage dépité de Gabriel, Tom puise dans ses ultimes forces. Il s'appuie contre le bord brûlant du foyer.

— Je plaisantais, Gaby. Je crois que t'es encore plus dingue que moi. T'as vraiment cru à cette légende d'eau rouge qui viendrait des enfers ?

— Je... Je ne sais pas. Je viens d'arriver dans ton pays. J'écoute ce qu'on me dit. Tout comme j'ai écouté sur la clé USB de ma mère les trucs dingues qu'Esteban racontait à son psy.

Tom pose une main sur les deux jambes collées de Gabriel.

— Tu sais, Gaby, j'y ai jamais cru à tout ça. Au village englouti, à la réincarnation, aux fantômes, à l'eau des enfers. Ce sont des histoires, comme *Harry Potter* ou *Star Wars*. Je fais comme tous les enfants, je fais semblant d'y croire. Y a pas d'elfes, de gobelins et de sorcières dans la vraie vie.

Gabriel sourit tristement.

— Des sorcières, si.

— Même pas, Gaby, même pas.

Tom laisse reposer sa tête sur les deux cuisses de Gabriel, comme si elles avaient été liées exprès en traversin. Gabriel n'ose plus bouger les jambes.

— Avant de m'endormir, Gaby, je voulais te dire.

— Me dire quoi ?

Tom fait un dernier effort pour garder les paupières ouvertes. Ainsi allongé, il ne voit que le plafond blanc, les flammes... et le visage du garçon penché sur lui.

— Te dire merci !

— Pas de qu...

— Merci de m'avoir fêté mon anniversaire cette nuit. Merci de m'avoir suivi jusqu'ici. Merci d'avoir essayé de me délivrer. Merci... d'être mon seul vrai ami !

– 80 –

Le sang a coagulé autour de mon œil, du moins il ne coule plus, mais le bandage autour de ma tête est toujours imbibé. Chaque fois que je lève mes deux poignets liés et que je touche mon crâne du bout des doigts, ils s'enfoncent dans une éponge poisseuse, et redescendent écarlates devant mes yeux. Je ne souffre pas, pourtant. Mon cerveau fonctionne parfaitement, je vois, je ressens, j'entends, je comprends.

Je ne cherche plus à ramper dans la poussière de la grotte, à me redresser en me coupant aux murs, je ne cherche plus à cracher le bâillon suintant de bave, je ne cherche même plus à braquer mon seul œil sur Savine, ce ne serait pas plus utile que pointer le canon d'un pistolet déchargé.

Je garde mes forces.

Il y aura une occasion. Il y aura forcément une dernière occasion.

— Vous auriez dû vous occuper davantage de votre fils, Maddi. Vous auriez dû protéger Gabriel. Toutes ces histoires ne le regardaient pas. Vous aviez un fils pour remplacer Esteban, que vouliez-vous de plus ? C'était si difficile de le tenir en dehors de tout cela ?

Je ne sais pas comment il a découvert toute votre histoire, mais j'imagine que vous avez dû laisser traîner des dossiers à sa portée, des fichiers non effacés sur votre ordinateur, peut-être même des vidéos, des rapports de police, des séances de psy.

Gabriel, ainsi, a tout compris. Et naturellement, il a voulu rencontrer ce Tom, le sosie de son grand frère disparu, celui qui rendait dingue sa mère.

Ils ont le même âge, ils sont tous les deux fils uniques, sensibles, solitaires, ils sont naturellement devenus amis. Tom était obsédé par Esteban, cet enfant réincarné dans sa tête dont je lui avais tant parlé. Gabriel le connaissait lui aussi, il pouvait entrer dans ses pensées, et même dans les habits que vous conserviez ! Sans doute, bercés par toutes ces histoires de revenants, Tom et Gabriel se sont-ils amusés à jouer le jeu. C'est de leur âge, n'est-ce pas ? Flirter avec le fantastique. Croire encore à la magie. Faire semblant d'y croire, au moins.

Tout devait être si simple la nuit dernière. Je devais me contenter de m'introduire à la Souille, la porte de la ferme n'est jamais fermée. Amandine ne risquait pas de m'entendre, elle prenait toujours trois décoctions de valériane avant de s'endormir. Par sécurité, j'avais prévu de lui injecter une dose d'oxycodone, puis de réveiller Tom et de l'emmener.

J'ai drogué Amandine, peut-être trop, je tremblais, elle bougeait pendant son sommeil. J'ai laissé la seringue bien en évidence : en la trouvant, c'est évidemment à un médecin qu'on penserait en premier, puis je me suis rendue dans la chambre de Tom.

Elle était vide !

J'ai repéré ses traces de pas dans la cour de la ferme. Elles rejoignaient la route, sous la tempête. J'ai cru que l'histoire se répétait, que Tom me fuyait comme Esteban m'avait fuie il y a dix ans, que cette fois encore, je n'avais pas été assez patiente, je ne lui avais pas donné assez de preuves d'amour, qu'il avait peur, peur de moi.

Je l'ai cru, Maddi, je l'ai vraiment cru pendant quelques minutes de panique absolue, le temps que je quitte la Souille, que je remonte dans mon 4 × 4, que mes phares fouillent la nuit, la fontaine, Froidefond, le pont...

Il était là, trempé, gelé, un lapin apeuré, sans fourrure, pas même un manteau sur le dos.

Quand il m'a reconnue, il m'a souri et il a couru. Quand je lui ai ouvert ma portière, il n'a pas hésité une seconde et il a grimpé. J'étais venue à son secours, une fois de plus, comme à la cascade du Saut du Loup, comme tant de fois depuis toutes ces années.

A cet instant-là, Maddi, je peux bien vous l'avouer, je me suis sentie si fière. Je l'ai lu dans son regard, j'étais sa véritable mère.

Pendant que je lui frottais le dos et lui essuyais les cheveux pour le réchauffer, il m'a expliqué qu'Esteban était venu lui souhaiter son anniversaire. *Esteban ?* Oui, Esteban, son ami imaginaire qui avait l'air si réel. Bien entendu, j'ai tout de suite compris qu'il s'agissait de Gabriel. Quel autre gamin aurait pu être au courant ? Mais je ne me suis pas méfiée, Tom m'affirmait qu'Esteban était rentré chez lui, ou dans sa tête.

J'ai roulé au pas pendant plus d'un kilomètre. J'avais le temps, j'étais seule dans la nuit, je ne voulais surtout pas me retrouver deux roues plantées dans le bas-côté. Tom continuait de tousser, s'étonnait qu'on ne s'arrête pas à la Souille. J'ai profité d'une nouvelle quinte de toux pour lui demander d'avaler un cachet. Un demi-Stilnox. Il s'est endormi d'un coup moins d'un kilomètre après, le corps tordu, seulement retenu par la ceinture de sécurité, son pauvre cou vrillé, son dos cassé. Je me suis encore arrêtée pour mieux l'installer. J'ai pris le temps d'apprécier chacun de mes gestes de mère enfin libre de le protéger. De l'aimer.

Mon plan fonctionnait. J'étais trop heureuse pour me méfier ! Pas une fois je crois, même quand je me suis garée devant les grottes de Jonas, je ne me suis retournée. Jamais je n'aurais pu imaginer que Gabriel s'était caché, dès qu'il avait vu les phares de mon Koleos éclairer le pont de Froidefond. Et encore moins penser qu'il aurait pu me suivre, sur presque trois kilomètres, guetter mes uniques phares dans la nuit, marcher dans mes traces pas encore recouvertes par la neige, se rapprocher dès que je m'arrêtais. Trois kilomètres, en descente, moins de trente minutes de marche. Même si je roulais lentement, Gabriel a fini par me perdre. La neige était trop dense, la visibilité trop limitée. Il a cherché longtemps, avant de retrouver mon 4 × 4.

M'avez-vous écoutée, Maddi ? Avez-vous compris ce que cela signifie ?

Gabriel aurait dû haïr Tom, ce rival, ce gosse sorti de nulle part pour qui vous l'aviez obligé à déménager. Pour qui vous le négligiez ! Et pourtant tout au contraire, il a voulu le rencontrer. Il lui a offert son amitié. Et quand il en a eu besoin, il l'a aidé ! Vous rendez-vous compte, Maddi, à quel point votre fils a été capable d'être généreux, courageux ? A quel point en prenant soin de Tom, il a voulu vous prouver qu'il vous aime ?

Vous ne le méritez pas, Maddi ! Je ne vous ai pas menti, pendant votre conversation dans la voiture, en venant ici. Vous n'êtes pas digne de lui !

J'ai eu un premier doute quand l'adjudant Salomon est monté au Moulin de Chaudefour et a appelé Lespinasse : votre fils n'était pas chez vous ! J'ai eu la confirmation, il y a une heure, dans mon 4 × 4, quand vous m'avez désigné le point rouge sur l'écran de votre téléphone.

J'ai eu de la chance, Maddi. J'ai vraiment eu de la chance que vous soyez une aussi mauvaise mère.

Vous rendez-vous compte ? Il aurait suffi que Gabriel ait un téléphone sur lui, j'aurais été perdue, et vous l'auriez sauvé. Mais vous avez préféré coudre un traceur, sans lui en parler... et vous l'avez condamné !

– 81 –

Lespinasse plante ses deux pieds dans la neige. Il se tient si raide, jambes écartées, buste droit, qu'on pourrait croire à une statue trônant au milieu de la cour de la Souille, les chevilles prises dans un bloc de béton. Une statue à la gloire du téléphone portable, collé à son oreille ! Une statue qui tonne, à en fissurer son socle.

— Vous m'avez entendu, Moreno ? Je veux des hélicos ! Et des drones. Et des tanks s'il le faut. Tout ce qui peut voler au-dessus de la neige ou rouler dessus !

La réponse grésille. Jennifer Louchadière, qui sautille à côté du lieutenant pour se réchauffer, n'en comprend pas un mot.

— Quoi la météo ? poursuit Lespinasse. La tempête est terminée ! Et pour vous la faire courte, Moreno, j'ai un gosse dans la nature, et deux femmes qui courent après. L'une au moins est cinglée, et je ne jurerais pas que l'autre ne le soit pas.

Le lieutenant parlemente encore un peu avant de raccrocher, puis se tourne vers Jennifer. Son index désigne les marques de pneus du 4 X 4 Koleos, parfaitement repérables dans la neige.

— Bordel... Y a qu'à les suivre ! Ces traces sont plus lisibles que si le Petit Poucet les avait dessinées. Pourquoi on ne l'a pas encore retrouvée ?

Salomon s'approche. L'antenne d'un talkie-walkie se balance au-dessus de son oreille. Juché sur dix centimètres de poudreuse, l'adjudant semble mesurer plus de deux mètres.

— Je viens d'avoir confirmation de la mauvaise nouvelle, patron, le chasse-neige est passé entre Murol et La Bourboule, ils dégagent les départementales, toutes les marques ont été effacées.

Le lieutenant, la brigadière et l'adjudant se regardent, abattus. Après un bref silence, Lespinasse lève les yeux vers les sommets blancs du massif du Sancy, les forêts de sapins à perte de vue.

— Nom de Dieu, ils peuvent être n'importe où ! On va mettre des heures, des jours à les retrouver.

Il lève les yeux vers la fenêtre du premier étage de la Souille, celle de la chambre d'Amandine, où un rideau s'est soulevé. Le visage de Nectaire apparaît. Il serre la main d'Aster, qui elle-même serre entre ses doigts son pendentif de cuivre.

Quels anges des volcans prie-t-elle ? Quel monstre des enfers ? Derrière eux veillent trois urgentistes aux allures de cerbères, un seul uniforme pour trois visages sévères.

– 82 –

Savine m'a délié les chevilles pour que je puisse marcher. Elle a sorti de son sac un revolver, qu'elle pointe vers moi.

— Je ne vais pas vous mentir, Maddi, je ne m'en suis jamais servie. Peut-être suis-je incapable de viser, ou de tirer. Mais à vous d'évaluer le risque... Vous préférez peut-être revoir votre fils ?

Je ne discute pas. Comment le pourrais-je, d'ailleurs, toujours bâillonnée, poignets attachés ? Je la précède, suivant ses indications, le couloir de droite d'abord, puis celui de gauche, encore à gauche, une pièce, une autre pièce, froides, sombres, aux murs de lave rose chair, coupants, striés de veines rouge sang. Ma paupière droite restée collée, prisonnière d'une glu de sang séché. Ma tête me fait souffrir. Dès que je me suis levée, j'ai ressenti un vertige, incapable de distinguer si c'est le décor tout autour de moi qui tourbillonnait, ou seulement mes pensées. Je dois me concentrer, faire le vide, je dois expulser de mon cerveau les mots empoisonnés que ce monstre y a injectés. *J'ai eu de la chance que vous soyez une aussi mauvaise mère.*

— A droite, jusqu'au bout.

Savine me force à m'engager dans une galerie qui ressemble à un cul-de-sac. J'avance en direction de l'extrémité du tunnel, de plus en plus clair. Le couloir étroit s'ouvre sur la falaise. A priori, si je n'ai pas perdu tout sens de l'orientation, nous sommes proches de l'endroit où j'ai entendu la voix de Tom, avant que Savine m'assomme.

Dès que je débouche à la lumière, je repère le surplomb rocheux qui protège la falaise, la neige moins épaisse, les plateformes et l'escalier qui permettent de grimper jusqu'à une dernière cellule, à l'écart des autres, fermée par une grille.

— Grimpez ! m'ordonne Savine.

Je monte le long de la falaise de tuf en me collant le plus possible à la paroi. Humide, elle s'effrite à chaque pas. Ne surtout pas regarder en bas, ne pas laisser l'air frais m'enivrer, ne pas laisser mon crâne exploser dans cet étau de vent glacé, ne pas penser qu'à tout instant, ce monstre peut tirer.

Je ne suis pas une mauvaise mère.

J'aurai l'occasion de le prouver, il me restera forcément une dernière occasion.

Je parviens sur la plateforme et je m'effondre à genoux devant la grille, à bout de forces.

Mon œil droit s'ouvre pour la première fois, quelques millimètres entre ma pupille et ma paupière ; il laisse filtrer une fissure de lumière qui me brûle tel un éclair.

Savine, sans cesser de pointer le canon du revolver vers moi, sort un trousseau de clés. Elle ouvre le cadenas qui retient les deux battants de la grille de fer et la tire dans un sinistre bruit de portail de cimetière.

— Entrez. Vous aurez plus chaud à l'intérieur.

J'entre. Savine n'a pas menti. La température est presque étouffante dans cette étrange pièce carrée aux murs entièrement blancs. Un choc thermique d'au moins vingt degrés, qui augmente encore au fur et à mesure que je m'enfonce dans la grotte.

Je titube.

Ils sont là, mon Dieu, ils sont là.

Tous les deux, près de la grande cheminée, appuyés contre un tas de bois.

Je déglutis, mon bâillon est trempé du flux et reflux de mes mots entravés.

Tom dort, Gabriel tremble de peur.

Sur lequel des deux poser mon regard en premier ?

Mon Dieu...

Tom est si vulnérable, Gabriel baisse les yeux.

Tom respire doucement, Gabriel retient son souffle, n'ose pas parler, attend peut-être que je le fasse, il n'a pas dû remarquer que j'étais bâillonnée.

— Tu ne dis pas bonjour à ta maman, Gaby ?

Gabriel est attaché, chevilles liées, bras et poignets liés. Savine braque toujours son arme sur moi.

— Ne fais pas ton timide ! Je n'ai pas cessé de lui faire des compliments sur toi. Et, bonne nouvelle, tu vas enfin pouvoir avoir ta maman pour toi tout seul. Tom va disparaître de votre vie, je pars avec lui. Ton ami ne pourra pas te dire au revoir, je suis désolée. J'ai dû lui donner un médicament pour qu'il dorme, qu'il ne se souvienne de rien, ou presque. Tu vois, tu resteras son fantôme préféré.

Je voudrais broyer mon bâillon entre mes dents, pour pouvoir hurler, cracher, mordre, dire *je t'aime*, dire *je suis là*, dire *sauve-toi*, dire *n'aie pas peur*.

N'aie pas peur...

Même si Savine ne peut pas nous laisser derrière elle, vivants. Cela foutrait en l'air tout son plan.

Elle s'est avancée, serre toujours la crosse de son revolver et se penche avec douceur sur le corps endormi de Tom. Va-t-elle vraiment nous tirer une balle dans la tête ? Peut-elle passer aussi rapidement de l'amour pour Tom à la haine pour ceux qui la gênent ? Est-elle à ce point...

Gabriel bondit à ce moment précis !

Celui où Savine est la plus proche de lui, où elle s'y attend le moins. Les pieds de Gabriel sont toujours liés, mais ses mains se sont miraculeusement libérées. Il tient un couteau dans son poing et, sans hésiter, frappe Savine à l'épaule.

Elle roule sur le côté, touchée. Gabriel s'est aussitôt agenouillé et lève à nouveau son arme, frappe encore. Je cours vers eux aussi vite que je le peux, cahin-caha, sans pouvoir me servir de mes bras. Je suis fière de mon fils, si fière, mais ça suffit, Gaby, on va la maîtriser à deux, ne la tue pas, tu le regretteras.

La lame frappe encore une fois la poitrine de Savine.

Non, Gabriel !

Je suis presque sur elle, le monstre agonise, mais je me méfie d'une ultime convulsion.

Pas assez !

Le corps allongé de Savine se détend soudain, et d'un mouvement de jambes, balaie le sol de toutes ses forces, frappant de plein fouet mes tibias. Je m'effondre comme une quille alors que Savine se relève déjà.

Il n'y a pas une goutte de sang sur ses vêtements.

Pas un accroc.

J'ai l'impression d'avoir assisté à une mise en scène, un duel de carnaval, un combat à armes factices. Savine arrache avec violence le couteau des mains de Gabriel et le repousse violemment sur le tas de bois. Sa tête cogne le mur blanc, y laisse une trace de sang, avant que son corps désarticulé roule sur les bûches. Il ferme les yeux un instant.

Gaby !

Pour les rouvrir aussitôt et porter la main à sa poitrine. Je découvre, terrifiée, qu'une mare pourpre inonde son blouson, à hauteur de son poumon.

Non, Gaby, non.

Je n'ai jamais vu un tel masque de douleur déformer le visage de mon fils, une telle souffrance, une telle terreur. Il ouvre son blouson et en tire, avec autant de désespoir que s'il s'arrachait le cœur, une petite fiole de verre brisée dans lequel un fond de liquide rouge coule encore.

Merci mon Dieu, merci...

Savine observe la bouteille brisée et sourit. Elle a récupéré son revolver. Elle prend une seconde pour examiner le couteau avec lequel Gabriel l'a agressée, puis se retourne vers lui.

— Tu es vraiment très courageux, Gabriel. Il a dû te falloir beaucoup d'énergie pour parvenir à couper tes liens avec un couteau aussi inoffensif... Aster a raison de ne pas laisser les enfants accéder aux armes dangereuses dans son magasin, qu'ils ne puissent voler que des jouets.

Les yeux de Gabriel sont embués de larmes. Tom dort toujours, assommé par la drogue que Savine lui a fait consommer. Je reste allongée, genoux écorchés, tête fracassée.

— Cette fois, conclut Savine, je vais vraiment devoir m'en aller. Je ne voudrais pas que Tom se réveille et assiste à cette scène. Je vous laisse le feu ?

Elle range le canif dans sa poche, et lance trois nouvelles bûches dans l'âtre.

— Gabriel, tu es un garçon intelligent. Sais-tu comment s'appelle cette pièce ?

D'un revers de main, Gabriel essuie ses larmes. Sa chute l'a sonné, il est à bout de forces, mais je suis impressionnée par le regard d'animal sauvage qu'il a le courage de lancer.

— Le mouroir, dit-il sans baisser les yeux.

— Exact. C'est ici qu'on entreposait les cadavres. C'est pour cela qu'on peignait les murs à la chaux, cela évitait les épidémies. Enfin, il paraît... C'est pour cela aussi qu'il y a une grande cheminée, pour brûler les corps quand il y en avait trop. Heureusement, elle ne servait pas tout le temps.

Gabriel, cette fois, s'est effondré sur le tas de bois, terrassé par le contrecoup du choc. Il a lutté autant qu'il a pu. Je veux me persuader qu'il n'a rien de grave, je dois l'examiner, je dois le soigner, je dois me procurer cette occasion, cette dernière occasion, je dois le sauver...

Savine se déplace sur la droite de la cheminée et lève la main vers une chaîne dissimulée le long du conduit. Sans savoir qu'elle est là, il est presque impossible de la remarquer.

— C'est pourquoi, explique-t-elle, la plupart du temps, la cheminée du mouroir reste fermée. On ferme la trappe et hop, ça évite à la neige, aux oiseaux, et à toutes les autres saletés possibles de l'obstruer.

Sa main se referme sur la chaîne.

— Evidemment, il faut éviter de fermer la trappe quand le feu est allumé. Sinon, la fumée ne peut pas s'échapper et on se retrouverait très vite asphyxiés !

Elle baisse son bras d'un mouvement sec.

Clac.

Elle a brisé la chaîne et la trappe se referme. Presque immédiatement, un appel d'air attise le feu, avant que la fumée ne cherche vainement une issue et, perdue, commence à se répandre dans le mouroir.

Elle pointe son arme sur le corps immobile de Gabriel, mais s'adresse à moi.

— N'essayez rien pendant que je porte Tom dehors. Je ne voudrais pas être obligée de tirer sur un garçon aussi courageux.

Je suis parvenue à me lever. Le visage figé de Gabriel se floute déjà derrière le nuage noir qui s'élève en volutes vers le plafond. Je me poste devant elle, jambes écartées, poignets liés. Elle braque le canon de son revolver sur mon front.

— Poussez-vous, Maddi. Je ne veux pas risquer d'asphyxier mon fils.

Je ne bouge pas. Je la fixe, déterminée à lui faire comprendre que je veux parler.

— Désolée, Maddi, je n'ai pas le temps.

Je lève mes mains jointes en signe de prière, sans céder. Elle replie son index sur la détente, sans que je réagisse. Exaspérée, elle m'arrache mon bâillon.

Je prends à peine le temps de déglutir, j'avale ma salive en un haut-le-cœur et je crie.

— Juste une question, s'il vous plaît.

— Dégagez. Je vais tirer.

La fumée monte jusqu'au plafond du mouroir et s'y accumule. On peut encore respirer dessous, pour quelques secondes. Je m'exprime aussi rapidement que je le peux.

— Quelque chose aurait dû vous étonner, Savine. Souvenez-vous, c'est Aster qui a découvert le corps de Jonas, c'est elle qui a fait le rapprochement entre l'arme du crime et le couteau volé dans son magasin.

Mes mains jointes se lèvent et se baissent, pour ponctuer ma tirade.

— Evidemment, rugit Savine, c'est moi qui l'ai volé, je vous l'ai dit.

Elle s'approche encore, je devine qu'elle hésite à tirer. Elle préférerait nous laisser mourir ici en ne conservant aucune image de notre agonie, mais la fumée nous coiffe déjà d'un voile noir. Elle ne va pas prendre le risque d'attendre davantage. Elle m'abattra dès que le nuage de cendres lui piquera les yeux, le nez. Je débite toujours plus vite.

— Pourtant, quand Aster a appelé à la Souille tout à l'heure, souvenez-vous, elle a accusé Gabriel.

Savine, pour la première fois, me regarde droit dans les yeux. Intriguée, comme si elle avait enfin entraperçu que quelque chose clochait. La nuit de suie continue de tomber.

— Réfléchissez, Savine, Aster n'aurait pas appelé la police pour un vol de canif.

Mes mains poursuivent leur danse, avant de se bloquer à nouveau, jointes à hauteur de ma poitrine. La fumée descend sur nos yeux. Nos regards se troublent. Je vois le canon du revolver trembler, un doigt se crisper. Un flash surgit, *celui d'un cadeau emballé sur la table de ma cuisine, hier soir.* Je parle le plus vite possible avant qu'elle se décide à tirer.

— Gabriel a volé un vrai couteau dans le magasin d'Aster, mais il me l'a offert !

Un éclair de surprise traverse les yeux de Savine, une seconde de stupéfaction qui suffit à ralentir sa réaction. Au moment même où le brouillard sombre nous enveloppe, je tends mes mains liées, en aveugle, et plante le *Thiers Gentleman* à cran d'arrêt caché entre mes deux paumes. Plein cœur.

Elle s'effondre aussitôt, sans comprendre, foudroyée. Depuis ce matin, personne n'a pensé à me fouiller ; le couteau auvergnat, une fois replié dans son manche, n'est pas plus gros qu'un stylo. Il m'a fallu d'interminables minutes et d'infinies précautions, dans la grotte, pour le récupérer au fond de ma poche sans que Savine remarque mes contorsions désespérées.

Je m'accroupis, espérant que la fumée me laisse un bref répit. Sous la brume noire, j'observe les deux corps inanimés de Tom et Gabriel. Je dois couper mes liens, je dois les sortir d'ici le plus vite possible. La grille est ouverte, à vingt mètres, notre porte de salut, la fumée n'est piégée qu'au fond de la cavité.

J'arrache à deux mains le couteau planté dans la poitrine de Savine. Son corps est secoué d'un dernier spasme auquel je ne prête aucune attention.

Dans quelques secondes, nous serons tous asphyxiés.

Je retourne la lame vers mes poignets, pour scier la corde, sans me soucier de me taillader la peau avec, ni même de me percer les veines.

Le voile noir est déjà sur nous. Il enveloppe le cadavre de Savine, comme pour l'emporter en enfer.

Les cordes cèdent d'un coup, ainsi qu'un long lambeau de ma chair. Je m'en moque, je rampe, impossible de progresser autrement. Il reste moins de trente centimètres respirables à hauteur du sol. Devant moi, les deux petits corps sont allongés.

Celui de Tom, à ma droite, ne s'est toujours pas réveillé. Il dort d'un sommeil profond. Il ne se rendra pas compte que son sang s'empoisonne, que ses muscles se raidissent, que son cerveau se paralyse.

Gabriel, sur ma gauche, a lui aussi perdu connaissance, mais à l'inverse, son corps est secoué de frissons, de haut-le-cœur ; tout son être se bat, se débat contre le mal qui le ronge.

La brume est de plus en plus dense, ses ailes noires se sont posées sur le sol, plus rien ni personne ne peut lui échapper.

Je retiens ma respiration le plus longtemps possible.

Tétanisée.

Tom, Gabriel.

J'ai peut-être encore le temps de partir, mais je n'aurai pas le temps de revenir.

Un aller, sans retour ; je n'ai pas le droit d'hésiter.

Je dois choisir.

Choisir quel enfant je vais sauver.

– 83 –

Le temps s'est arrêté. La fumée a tout dévoré.

Elle est entrée partout, dans ma gorge, dans mon ventre, dans ma tête, mon cœur ne bat plus que pour diffuser le poison, asphyxier mes poumons, tout noircir.

Je suis incapable de choisir.

Comment pourrais-je abandonner Gabriel, il est ma chair, il est mon sang, j'ai tant à me faire pardonner, j'ai tellement d'amour en retard à lui donner. Fallait-il que tu croises la mort, Gaby, pour qu'enfin je le comprenne ?

J'observe effarée, au milieu de ce voile noir irréel, ton petit corps, convulsé, sans que je parvienne à esquisser le moindre geste.

Pardonne-moi. Comprends-moi. Comment pourrais-je abandonner Tom ? Tom ressemble tellement à Esteban. C'est lui que je vois dormir de ce sommeil calme. C'est lui qui m'est revenu, je l'ai tellement, tellement attendu. Comment pourrais-je ne pas lui tendre la main ? Regarde, il est comme un bébé, confiant, apaisé. Tu me comprends forcément, Gaby, toi aussi tu l'as immédiatement aimé, tu as eu envie de le protéger, de le sauver...

Je tends les bras vers Esteban, folle encore, maudite à jamais, quand une voix derrière moi murmure au milieu d'une quinte de toux, à la fois claire et sourde, comme sortie d'un puits, une voix qui supplie, *maman*.

Le temps s'est à nouveau arrêté. Mes bras en compas tracent un nouveau cercle, autour de Gabriel cette fois.

Oh, Esteban, je dois t'abandonner pour la seconde fois. Tu es mort, Esteban, comprends-tu ? Mort noyé. Tom... Tom n'est rien pour moi... Dois-je le tuer pour qu'enfin la malédiction soit achevée ? Dois-je le sacrifier ? Dois-je...

Impossible ! Je sais déjà que je ne pourrai pas choisir, je sais déjà qu'il est trop tard, je sais déjà que nous mourrons tous les trois, qu'aucun ne survivra.

Pardonne-moi Gabriel,

Pardonne-moi Tom,

je n'avais pas le choix.

Je ne résiste plus, je laisse le voile noir s'abattre sur moi.

– 84 –

— Attrape le gosse !
Un courant d'air agite la fumée. Elle tourbillonne comme une ombre réveillée.
Une silhouette nage dans le brouillard, rapide, déterminée.
— Attrape ce gosse, nom de Dieu, Maddi. Vite ! Je m'occupe de Gaby !
Je ne réfléchis pas, je tire le corps endormi de Tom vers la sortie. Je tousse, je crache, mais à chaque mètre de plus vers l'entrée du mouroir, l'air est moins épais, d'abord presque respirable, puis d'un coup, sitôt passée la grille de l'enfer, les ténèbres s'ouvrent sur un paradis clair. La fumée de la cheminée du mouroir n'est plus qu'un mince filet vaincu par un océan de neige.
Nous restons tous les deux, sur la plateforme, devant l'horizon blanc, chacun portant un enfant.
Tom respire doucement contre mon cœur. Régulièrement. J'humecte mon doigt pour effacer un peu de poudre noire sur le coin de ses lèvres. Il est sauvé.
Gabriel ouvre les yeux, comme s'il revenait d'un long voyage. Il essuie sa figure noircie de suie, son visage s'illumine de deux pupilles de ramoneur.
— Maman ?
— C'est fini. Tout va bien, Gaby.
Rassuré, il s'accroche aux épaules de l'homme qui vient de le sauver.
Je repense à ce petit point vert apparu sur l'écran de mon portable, quand j'ai décidé de partager avec Wayan l'application Traceur GPS KidControl, juste avant d'entrer dans les grottes de Jonas.

Il était le seul homme que j'avais le devoir de prévenir, si tu étais en danger, Gabriel.

Un homme beau, fort, intelligent, tellement que c'en est énervant.

Le seul homme à qui je me suis donnée, une fois, quelques mois avant que tu sois né.

Un homme trop fin pour ne pas avoir deviné, trop respectueux pour en avoir parlé.

Le seul homme qui, pour me suivre, a accepté de tout quitter.

Le vent nous couvre de poudre blanche. Nous sommes définitivement des anges. Les nuages s'ouvrent comme par magie, libérant un losange bleu qui s'agrandit.

Wayan Balik Kuning me regarde, barbe poivre et sel, cheveux cendre et neige, et me sourit.

Serre-le contre toi, Gabriel, serre-le de toutes tes forces.

Tu peux te reposer dans les bras de cet homme qui vient de te sauver,

Tu peux te reposer dans les bras de ton papa.

XIII

LA RÉINCARNATION

Poussière d'anges

– 85 –

Nectaire se gare dès qu'il aperçoit le panneau *Col de la Croix-Saint-Robert*. La neige a fondu depuis longtemps, il n'en reste que de rares flocons survivants cachés dans les coins d'ombre, de minuscules flaques de glace qui grelottent encore au soleil de juin, quelques traînées blanches tassées au fond des talus, maigres réservoirs à boules de neige pour les rares visiteurs arrêtés le long de la route.

L'hiver, cette année-là, a disparu aussi vite qu'il est arrivé.

Trois bouquets de fleurs sont posés sur le siège passager. Nectaire prend le premier, des colchiques, des chicorées sauvages, des mauves sylvestres et des genêts cueillis un peu plus bas, dans les sous-bois. La borne indiquant le sommet du col n'est qu'à une dizaine de mètres : un petit bloc de granit dressé au bord de la route, pile à 1 451 mètres. Nectaire la dépasse. La croix de bois est plantée un mètre après. Une croix de bois toute simple, deux planches de châtaignier reliées par un seul clou, et quelques mots gravés.

Martin. Ni Poupou ni rien.

Nectaire se penche et pose le bouquet. Martin aurait aimé. Quelques lacets plus bas, il aperçoit les combinaisons bariolées d'un groupe de cyclistes qui attaque le dernier tronçon de la montée. Combien franchiront le col aujourd'hui ?

Combien s'arrêteront ? Combien auront une pensée pour leur aîné ?

Nectaire a appris que le week-end dernier, Julien, le petit-fils de Martin, est devenu champion d'Auvergne cadets. Il s'est envolé dans le col de la Croix-Morand. Inarrêtable ! De la graine de champion, d'après ses entraîneurs ! Peut-être, imagine Nectaire, que le fantôme de son grand-père appuyait avec lui sur les pédales. Indétectable ! Peut-être que le petit Julien Sainfoin deviendra grand, et que dans dix ans, quand le Tour de France repassera là, ils franchiront ensemble le col de la Croix-Saint-Robert, en solitaire, déposant tout le peloton derrière !

*
* *

Nectaire redescend du col. Il a introduit une vieille cassette du *Boléro* de Ravel dans l'autoradio. Les hautbois, clarinettes et autres trompettes accompagnent avec un entêtement patient sa conduite prudente. Il prend le temps d'observer les gradins boisés de la vallée de Chaudefour, les dykes volcaniques de la Dent de la Rancune et de la Crête du Coq, dressés au-dessus des arbres tels des gardes forestiers pétrifiés, de ralentir en longeant le parking vide du Moulin, de surveiller les anciens pylônes de béton de la station, comme si d'autres fantômes pouvaient surgir et traverser la route, des familles entières skis sur l'épaule ou snowboard sous le bras.

La départementale continue d'onduler, jouant à cache-cache avec la Couze Chambon, il aperçoit déjà le pont de Froidefond, les maisons grises, la fontaine des âmes.

Dès qu'il se range dans la cour de la Souille et ouvre la portière, le hautbois d'amour et la flûte traversière de Ravel manquent d'en faire une crise cardiaque, en plein do majeur.

441

Tom et Gabriel ont installé une scène devant la ferme, quelques palettes de chantier empilées. Nectaire les surprend en plein concert, devant une foule de trois chats endormis et de dix poules surexcitées.

Ils jouent un mélange de rap et de rock, du moins c'est ce que Nectaire dirait. Pour ce qu'il en connaît...

— Vous êtes malades, crie le secrétaire de mairie. Vous allez réveiller le Sancy !

— On espère bien ! hurle Gabriel dans son micro.

Ils ont branché une sono. Tom accompagne son ami d'un riff électrique qui imite à la perfection une éruption volcanique.

— Je teste mon cadeau d'anniversaire ! T'as entendu, Nicky ? Cette guitare-lyre, ce son d'enfer ?

Nectaire sourit. Jamais Tom n'a été aussi heureux. Quand Maddi lui a offert la guitare, il l'en aurait presque étouffée tellement il voulait la remercier. Cet instrument, pour ses dix ans, c'est le plus beau cadeau de sa vie. Même si c'est pour jouer une telle bouillie.

— C'est quoi, s'inquiète Nectaire, cette musique de malades ?

— *Hegoak*, annonce fièrement Gabriel. L'hymne basque, mais on l'a arrangé à notre sauce, grâce aux partitions laissées par Esteban.

— C'était un vrai pionnier ! confirme Tom. Il avait tout pigé, la guitare-lyre, c'est l'avenir.

Et tous les deux dans un même chœur, Tom aux cordes et Gaby au cri, se mettent à scander, devant les dix poules scandalisées.

Hegoak ebaki banizkio[1].

---

1. Si j'avais coupé ses ailes.

– 86 –

Je vois Nectaire refermer la porte d'entrée de la Souille derrière lui. Je me tiens devant l'escalier, j'aperçois les deux bouquets dans ses mains, et je prends ma voix de médecin dont on ne discute pas l'autorité.

— C'est gentil, Nicky, mais c'est vraiment pas le moment. Amandine est en haut, dans sa chambre, elle ressent les premières contractions. Et tu la connais, hors de question pour elle d'accoucher ailleurs qu'ici !

— Je confirme, souffle Wayan, trois marches à côté de moi. (Il a enfilé une blouse de cuisine par-dessus son impeccable chemise blanche.) C'est vraiment pas le moment !

Je me tourne vers mon psy préféré.

— Wayan va prendre le premier tour de garde, moi je suis invitée au concert !

Il grogne pour le principe, tout en prenant Nectaire à témoin.

— J'ai pas dû lire jusqu'au bout la fiche de poste. *Sage-femme* devait être écrit en tout petit.

— Ne sois pas si modeste, t'as quand même fait dix ans de médecine !

On échange un regard complice, comme deux internes blagueurs et insouciants. Je grimpe pour l'embrasser. Juste une marche, juste un baiser, je dois aller écouter Gabriel chanter.

Nectaire a posé l'un des deux bouquets dans le vase du buffet et est resté planté avec le dernier, à nous mater.

— T'as rien d'autre à faire, Nicky ?

— Si... si...

Il ne bouge pas davantage, je redescends l'escalier et je m'avance jusqu'à lui.

— Pour qui est-il, ton troisième bouquet ?
— Ben... pour... Aster...

J'ouvre la porte de la cuisine.

— Eh bien, t'attends quoi pour aller lui donner ?

Juste avant que je lui claque la porte au nez, Nectaire a le temps de nous demander :

— Heu... vous voulez du thé ?

Vlam !

Je traverse la salle, direction la cour de la Souille, Gabriel m'attend, je lui ai promis de venir l'écouter.

— Maddi ?

Wayan n'est toujours pas remonté auprès d'Amandine.

— Maddi, répète mon apprenti gynéco, il ne te reste pas un test ADN ?

Un test ADN ? Mon cœur s'affole. Je commence à paniquer. Tout ne va pas recommencer ?

Wayan fixe derrière moi la porte fermée, et chuchote :

— On pourrait prélever une mèche de cheveux à Aster et à Nectaire. Je me demande si ces deux-là sont vraiment sœur et frère !

Je suis sortie dans la cour de la ferme. Gabriel me tourne le dos, il ne m'a pas aperçue. Je reste à le regarder, une éternité, perché avec Tom sur son estrade improvisée.

Gaby...

Je suis si fière !

Fière qu'il soit là, fière qu'il soit lui, fière de ce qu'il a osé, aucun autre enfant n'aurait ainsi risqué sa vie, fière qu'il soit aussi têtu que moi, fière de l'écouter chanter, rire, jouer, fière qu'il se soit trouvé un ami, Tom, fière de lui avoir trouvé un père, fière comme le sont toutes les mères, fière qu'...

Gaby s'est arrêté de chanter, comme s'il avait senti mon regard dans son dos. Il se retourne et me sourit. Tu ne ressembles pas à Esteban, Gaby, tu lui ressembles tellement moins que Tom, son sosie, son sosie troublant, et pourtant...
Je vous aime, Esteban et toi, j'en suis certaine maintenant, je vous aime tous les deux autant.
Esteban restera vivant, dans mon souvenir, mais c'est toi Gaby mon présent, et mon avenir.
Tu me tends ton petit micro d'argent, excité, sautillant, impatient.
— Viens, viens chanter avec nous, maman !

– 87 –

— Tiens, Astie. Pour toi ! L'unique femme de ma vie !
— Merci, Nicky.
Aster regarde son frère avec tendresse, prend le bouquet, et enfouit longuement son visage dans les angéliques des bois et les pensées sauvages, avant de prendre le temps de chercher une cruche dans la cuisine pour prolonger autant qu'elle le peut la vie des fleurs coupées. Elle semble parler à chacune des tiges, chacun des pétales, alors que Nectaire ouvre tiroirs et bocaux à la recherche de n'importe quel ingrédient qui puisse s'infuser.
L'art subtil d'éterniser le temps. Une coutume d'antan.
De l'étage, ils entendent des cris de plus en plus rapprochés. Les cloisons ne sont pas assez épaisses, et Amandine trop épuisée pour ne pas abandonner toute fierté et hurler sa douleur.
Nectaire a déniché au fond d'un pot des bâtons de cannelle rassis et des feuilles de mûrier ridées.
— Tu crois que ça va marcher ?

Aster interrompt sa conversation avec une vipérine rosée.
— Qu'est-ce qui va marcher ? Le bébé ?
— Mais non, idiote ! L'eau rouge des enfers. La migration des âmes. Tu crois que les quelques gouttes qu'Amandine a bues vont suffire ?
— Et toi, t'y crois ?
Nectaire émiette lentement la cannelle au creux de sa main, puis la renifle.
— Je crois... Je crois surtout que le monde se divise en deux. Ceux, comme moi, qui se contentent de ce qu'ils voient, sentent, goûtent, entendent, touchent, et ceux à qui ça ne suffit pas. Ceux, comme toi, qui ont besoin de penser qu'il y a autre chose, invisible, incolore, avant la vie ou après la mort. Ensuite toutes les religions se valent, toutes les superstitions, l'enfer, le paradis, la réincarnation...
Un cri explose, dépassant en intensité tous les autres, à en faire trembler les planches du mur de la cuisine.
— L'enfant arrive, dit doucement Aster.
Nectaire s'approche d'elle. Il suit des yeux le fil de cuivre qui pend au cou de sa sœur. Les spirales de l'unalome tournent à l'infini, comme entraînées par un mouvement perpétuel.
— Tu n'as pas répondu, Astie. Tu crois que ta migration des âmes a fonctionné ? Tu crois que le bébé aura les yeux bleu acier de Jonas ?
— Evidemment, confirme Aster tout en embrassant les pétales d'une ancolie pourpre. Et dès qu'il va naître, il se mettra à parler en basque !
Nectaire souffle sur la poudre de cannelle, amusé, et poursuit au milieu des cris, presque continus désormais.
— Il aimera le surf ? Il sera beau et un peu con ?
— Il fera souffrir les femmes, glisse Aster avec mélancolie. Il s'envolera comme un oiseau.
Nectaire dodeline de la tête, puis grimace.

— Tu crois vraiment que c'était une bonne idée de lui faire boire ton truc ?

Ils restent un long moment sans parler, dans le silence des épices et des fleurs, avant qu'Amandine ne pousse un dernier hurlement, de bonheur.

Et que son bébé pousse son premier cri !

— C'était du basque ! jure Nectaire.

Aster se penche pour confier un secret à une valériane.

— Ne te moque pas, Nicky. Je vais te répondre. Oui, je crois que la migration des âmes a fonctionné. Et même si tu n'arrives pas à admettre que j'ai enfermé dans ma fiole un petit fantôme invisible, échappé de la bouche de Jonas, pour le libérer dans celle d'Amandine, tu peux au moins te contenter d'une vérité à ta portée : si Amandine revoit l'homme qu'elle a aimé dans l'enfant qui est né, si ce pari-là est gagné, alors oui, la migration des âmes aura fonctionné.

— De l'autosuggestion ? C'est bien ce que je disais, alors, le monde se div...

Aster pose un doigt sur la bouche de son frère. La marque de l'ange.

Par la fenêtre de la cuisine ils peuvent observer le soleil éclatant repeindre en jaune primevère les cratères, incendier les façades noires des maisons de Froidefond, faire scintiller l'eau rouge qui coule pour l'éternité, éclairer Tom et Gabriel qui chantent à tue-tête sur leur scène improvisée. Maddi a couru à l'étage, dans la chambre d'Amandine, dès que Wayan l'a appelée.

Aster s'approche le plus près possible de l'oreille de son frère.

— Ecoute-moi bien, Nicky. On ne tombe pas du ciel quand on vient sur terre, on n'est pas déposé par une cigogne. On est attendu, on est accueilli, et dès qu'on ouvre les yeux, on a besoin de milliers de repères pour nous guider. Une voix, une odeur, une couverture chaude, un biberon tiède apporté par une infirmière, une première brassière que maman a offerte, cette brassière que quelqu'un lui a vendue, que quelqu'un a cousue, que quelqu'un a conçue, et ainsi de chacun de nos objets familiers, les peluches et les hochets avec lesquels on jouera, les musiques que l'on entendra, chaque détail de la chambre où on dormira, les histoires qu'on écoutera, l'inconnu dans la rue qui nous sourira. Nous ne serons jamais que le résultat des milliers de traces que l'on croisera, de milliers de petits cailloux blancs que d'autres ont laissés sur notre chemin. On les ramassera, ou pas. Tout le monde laisse des petits cailloux blancs quand il passe sur terre. Tout le monde. Tu peux appeler cela la réincarnation, ou pas.

Vois-tu, Nectaire, on naît poussière, on retournera poussière, mais une poussière dont se nourrit chaque nouvelle graine sur cette terre.

Sur la vente de ce livre, 10 % des droits d'auteur seront reversés au Secours populaire pour aider à son action humanitaire.

Le Secours populaire français est une association de solidarité dont l'objet est de lutter contre la pauvreté et l'exclusion, en France et dans le monde.

*Composition et mise en pages
Nord Compo à Villeneuve-d'Ascq*

Imprimé en France par CPI
en janvier 2021

N° d'impression : 3040663